Nascimento Mortal

J. D. ROBB

SÉRIE MORTAL

Nudez Mortal

Glória Mortal

Eternidade Mortal

Êxtase Mortal

Cerimônia Mortal

Vingança Mortal

Natal Mortal

Conspiração Mortal

Lealdade Mortal

Testemunha Mortal

Julgamento Mortal

Traição Mortal

Sedução Mortal

Reencontro Mortal

Pureza Mortal

Retrato Mortal

Imitação Mortal

Dilema Mortal

Visão Mortal

Sobrevivência Mortal

Origem Mortal

Recordação Mortal

Nascimento Mortal

Nora Roberts
escrevendo como
J. D. ROBB

Nascimento Mortal

Tradução
Renato Motta

Copyright © 2006 *by* Nora Roberts

Título original: *Born in Death*

Capa: Leonardo Carvalho

Editoração: FA Studio

Texto revisado segundo o novo
Acordo Ortográfico da Língua Portuguesa

2015
Impresso no Brasil
Printed in Brazil

Cip-Brasil. Catalogação na publicação
Sindicato Nacional dos Editores de Livros, RJ

R545n	Robb, J. D., 1950-
	    Nascimento mortal / Nora Roberts escrevendo sob o pseudô-
	nimo de J. D. Robb; tradução Renato Motta. — 1. ed. — Rio de
	Janeiro: Bertrand Brasil, 2015.
	    462 p.; 23 cm.
	
	    Tradução de: Born in death
	    ISBN 978-85-286-2032-0
	
	    1. Ficção americana. I. Motta, Renato. II. Título.

15-23615	CDD: 813 CDU: 821.111(73)-3

Todos os direitos reservados pela:
EDITORA BERTRAND BRASIL LTDA.
Rua Argentina, 171 — 2º andar — São Cristóvão
20921-380 — Rio de Janeiro — RJ
Tel.: (0XX21) 2585-2070 — Fax: (0XX21) 2585-2087

Não é permitida a reprodução total ou parcial desta obra, por
quaisquer meios, sem a prévia autorização por escrito da Editora.

Atendimento e venda direta ao leitor:
mdireto@record.com.br ou (0XX21) 2585-2002

Eu sou Alfa e Ômega,
o princípio e o fim,
o primeiro e o último.
— APOCALIPSE —

Amor gera amor.
— ROBERT HERRICK —

Capítulo Um

Os caminhos e os significados da amizade eram cruéis. A fim de navegar pelo seu tortuoso labirinto, uma amiga poderia ser convocada a qualquer momento para realizar atos inconvenientes, irritantes ou simplesmente pavorosos.

Sem dúvida, a pior de todas as demandas da amizade, na opinião de Eve Dallas, era assistir a uma sessão de aulas e treinamentos para trabalhar como assistente num parto.

O que se passava ali — as imagens, os sons, o ataque a todos os sentidos — fazia o sangue congelar nas veias.

Ela era uma tira, uma tenente da Divisão de Homicídios há onze anos na ativa, protegendo e defendendo as ruas duras e implacáveis de Nova York. Havia pouca coisa que nunca tinha presenciado, tocado, cheirado ou enfrentado. E pelo fato de as pessoas, em sua experiência, sempre conseguirem encontrar meios mais criativos e desprezíveis para matar seus companheiros da espécie humana, Eve conhecia muito bem os tormentos que poderiam ser impostos ao corpo humano.

Só que um assassinato sanguinolento e brutal não era *nada* comparado a dar à luz.

O motivo de aquelas mulheres com corpos enormes e estranhamente deformados pelo ente gerado dentro deles se mostrarem tão alegres e bizarramente *plácidas* sobre o que lhes acontecia — e pelo que ainda lhes iria acontecer — era algo além da sua compreensão.

Mesmo assim, ali estava Mavis Freestone, sua amiga mais antiga, com o seu corpinho de fada engolfado pela saliência da barriga, sorrindo como uma débil mental enquanto imagens de partos eram apresentadas no telão. E não estava sozinha. As outras mulheres da sala tinham mais ou menos o mesmo olhar de êxtase divino nos rostos.

Talvez a gravidez impedisse certos sinais de chegar ao cérebro.

Eve, no seu canto, sentiu-se ligeiramente enjoada. Quando olhou para Roarke, a contração que viu em seu rosto esculpido por um anjo lhe assegurou que ele sentia o mesmo que ela. Isso, pelo menos, era uma vantagem gigantesca na coluna dos "prós" do casamento. Uma mulher poderia arrastar seu marido, fazê-lo mergulhar em seus pesadelos pessoais e obrigá-lo a percorrer o intrincado labirinto da amizade ao seu lado.

Eve deixou as imagens se enevoarem e se abstraiu. Preferia analisar a cena de um crime — fosse assassinato em massa, mutilação ou membros decepados — a olhar para as pernas abertas de uma mulher em trabalho de parto e, subitamente, ver uma cabeça pipocar lá de dentro. Roarke tinha filmes de horror em sua coleção que eram muito menos horripilantes. Ouviu Mavis cochichar alguma coisa para Leonardo, o futuro pai da criança, mas bloqueou as palavras.

Quando, meu bom Deus, aquilo iria acabar?

As instalações do local eram fabulosas, reconheceu, tentando se distrair analisando o centro de obstetrícia. O prédio inteiro era uma espécie de catedral dedicada à concepção, gestação, nascimento e puericultura. Felizmente tinha conseguido escapar do tour completo pelo local que Mavis lhe oferecera, ao alegar trabalho.

Às vezes, uma pequena mentira bem-usada salva amizades e sanidades.

A ala educacional era suficiente. Ela aguentara a palestra inteira e várias demonstrações que a perseguiriam em pesadelos durante décadas. Além disso, fora forçada, na qualidade de participante da equipe de apoio do parto de Mavis, a assistir a um nascimento simulado com uma mãe androide e um bebê igualmente androide que guinchava muito.

E agora ali estava aquele vídeo horroroso.

Não coloque o pensamento nisso, alertou a si mesma, e voltou a analisar a sala de treinamento.

Paredes pintadas em tons pastéis estavam cobertas de pôsteres de bebês e mulheres grávidas em vários estágios de bem-aventurança. Todas pareciam levemente enevoadas e tinham ar de arrebatamento. Muitas flores recém-colhidas, plantas viçosas e verdejantes tinham sido espalhadas pela sala, de forma artística. Havia poltronas confortáveis, supostamente projetadas para ajudar as mulheres a erguer seus corpos avantajados. Três instrutores alegres e joviais estavam disponíveis para responder a perguntas, explicar detalhes, fazer demonstrações e servir bebidas refrescantes e saudáveis.

Mulheres grávidas, notara Eve, estavam constantemente comendo ou fazendo xixi.

Havia portas duplas nos fundos da sala e uma saída na frente, à esquerda do telão. Era uma pena ela não poder sair correndo e escapar por ali.

Em vez disso, deixou-se deslizar para uma espécie de transe. Eve era uma mulher alta e esbelta com cabelos castanhos num corte curto e picado. Seu rosto era anguloso e parecia mais pálido que de costume. Os olhos dourados cor de uísque estavam vidrados, naquele momento. A jaqueta que vestia sobre o coldre com a arma era verde-escura e, como foi seu marido que a havia comprado, feita de caxemira de alta qualidade.

Eve pensava em ir para casa, a fim de apagar da memória as últimas três horas daquela tortura com a ajuda de um litro de vinho quando Mavis agarrou sua mão.

— Dallas, veja! O bebê está vindo!

— Ahn? O quê? — Os olhos vidrados de Eve se arregalaram subitamente. — Como assim? *Agora?* Puxa, caraca! Respire fundo então, certo?

Uma gargalhada coletiva explodiu à sua volta quando Eve se colocou em pé.

— Não *este* bebê! — Dando risadinhas agudas, Mavis acariciou a barriga maior que uma bola de basquete e apontou: — *Aquele* bebê.

O instinto fez Eve olhar na direção que Mavis apontara, e ela presenciou em tela grande e de alta definição uma criatura coberta por uma gosma estranha escorregar de dentro das pernas abertas de uma pobre mulher e começar a se retorcer e guinchar.

— Puxa vida, por Deus! — Eve tornou a se sentar depressa, antes que suas pernas cedessem. Sem se importar se isso a fazia parecer fresca e covarde, agarrou a mão de Roarke. Quando ele a apertou com força, Eve percebeu que a mão dele estava tão úmida e pegajosa quanto a dela.

As pessoas aplaudiram, bateram palmas de *verdade* e depois deram vivas quando a criatura choraminguenta e de aparência escorregadia foi colocada sobre a barriga esvaziada da mãe, entre seus seios inchados.

Nascimento Mortal 11

— Em nome de tudo que é mais sagrado... — murmurou Eve para Roarke. — Estamos em 2060, e não em 1760. Não dava para eles inventarem um jeito melhor de lidar com esse processo?

— Amém! — foi tudo que Roarke conseguiu dizer, com a voz fraca.

— Isso não é maravilhoso? É ultra, mais que demais, *supermag!* — Os cílios de Mavis, que naquele dia exibiam um tom azul-safira, brilharam com lágrimas. — É um menininho. Awww, vejam que coisa doce!...

Ao longe, Eve ouviu o instrutor principal anunciando o fim do treinamento daquela noite — *graças a Deus!* — e convidando as pessoas a ficar mais um pouco a fim de beber alguma coisa e fazer mais perguntas.

— Ar! — murmurou Roarke em seu ouvido. — Preciso desesperadamente de um pouco de ar.

— São as mulheres grávidas — opinou Eve. — Acho que elas sugam todo o oxigênio do ambiente. Pense em alguma desculpa, tire-nos daqui depressa. Não consigo raciocinar direito, meu cérebro não está funcionando muito bem.

— Fique junto de mim. — Ele enfiou a mão debaixo do braço dela e a levantou. — Mavis, Eve e eu queremos levar você e Leonardo para jantar. Lá fora há coisas melhores do que as ofertas daqui.

Eve notou a tensão na voz dele, mas imaginou que qualquer pessoa que não o conhecesse tão bem quanto ela perceberia apenas o seu leve sotaque irlandês.

Havia muita gente falando ao mesmo tempo e as mulheres corriam em linha reta para o banheiro. Em vez de tentar absorver o que estava sendo dito ou feito, Eve focou a atenção no rosto de Roarke.

Suas feições eram uma distração para qualquer mulher, mas Eve estava longe demais para se preocupar com isso.

Roarke estava ligeiramente pálido, mas a brancura de sua pele só servia para intensificar ainda mais o azul selvagem dos olhos. Seu cabelo era uma cortina de seda preta que emoldurava um rosto projetado para fazer acelerar o coração de qualquer mulher. E aquela boca! Mesmo no seu atual estado de pavor, Eve se sentia tentada a se inclinar um pouco e dar uma boa mordida nela.

E o corpo acrescentava mais elementos à fantasia: alto, esguio, musculoso e espetacularmente coberto por um dos seus ternos de corte e caimento perfeitos.

Roarke não apenas era um dos homens mais ricos do universo conhecido, como também aparentava exatamente isso.

E naquele momento, por estar levando-a segura pelo braço para longe daquele pesadelo, Roarke era seu herói máximo. Ela agarrou a ponta do casaco no ar e perguntou:

— Conseguimos escapar?

— Eles foram ver se uma amiga deles queria se juntar a nós. — Ele continuava segurando Eve pela mão e ambos caminhavam rapidamente em direção à saída. — Avisei que iria pegar o carro para apanhá-los na frente do prédio. Isso vai evitar que eles usem as escadas.

— Você é brilhante, meu cavaleiro branco. Se eu conseguir me recuperar desse trauma, prometo trepar com você até seu cérebro derreter.

— Espero que meus neurônios se regenerem o suficiente para tornar isso possível. Por Deus, Eve, por Deus!

— Foi tenso aqui! Você viu como ele meio que escorregou quando saiu da...?

— Não complete a frase! — Ele a direcionou para dentro do elevador e ordenou em voz alta o andar da garagem onde estacionara o carro. — Se você me ama, não me faça reviver aquilo. — Encostou-se à parede da cabine. — Eu sempre respeitei as mulheres, você sabe disso.

Ela esfregou a ponta do nariz e riu.

— O que sei é que você comeu um monte delas. — Quando ele simplesmente a fitou sem expressão, acrescentou — Tudo bem, você sempre as respeitou.

— Pois esse respeito, agora, alcançou proporções bíblicas. Como *conseguem* passar por aquilo?

— Acabamos de ver em alta definição. Você reparou em Mavis? — Eve balançou a cabeça para os lados quando saiu do elevador. — Seus olhos estavam brilhando e não era de medo. Ela mal consegue esperar para passar por um momento como aquele.

— Na verdade, Leonardo me pareceu meio verde.

— Pois é, ele tem aquele problema de passar mal só de ver sangue. E tinha muito sangue... *entre outras coisas.*

— Chega! Não comece a falar sobre as outras coisas.

Devido ao mau tempo típico do fim de janeiro, Roarke tinha levado uma das suas picapes 4 x 4. Era imensa, preta e poderosa. Enquanto ele digitava as senhas do outro lado, Eve se encostou na porta do carona antes mesmo de ele abri-la.

— Escute aqui, meu chapa. Nós vamos ter de encarar o lance. Você e eu.

— Eu não quero fazer isso.

Ela riu. Já o vira enfrentar a morte com mais serenidade.

— O que fizemos lá dentro foi só uma prévia. Vamos ter de estar na mesma sala que Mavis quando ela mandar aquela coisinha para fora. Vamos estar lá contando até dez, mandando que ela respire fundo, faça mais força, se imagine no seu lugar feliz, sei lá.

— Poderíamos estar fora da cidade ou do país — sugeriu Roarke. — Não, poderíamos atender um chamado fora do planeta. Essa opção é a melhor. Receberemos um chamado fora do planeta e precisaremos ir até lá para salvar o mundo de um supercriminoso com mente de gênio.

— Ah, quem dera... Só que você e eu sabemos que estaremos dentro daquela sala. Muito em breve provavelmente, porque a bomba-relógio dentro de Mavis está tiquetaqueando mais depressa.

Ele suspirou, inclinou-se um pouco e deixou a testa descansar contra a dela.

— Deus tenha piedade de nós, Eve. Que Deus tenha piedade de nós!

— Se Deus tivesse um pouco de piedade, teria povoado o mundo sem precisar de intermediários. Ou intermediárias. Vamos beber. Muito!

O restaurante era em estilo casual e um pouco barulhento, exatamente o que a parteira indicara. Mavis tomava um coquetel de frutas exótico e quase tão borbulhante quanto ela. Seus cachos prateados e rebeldes tinham as pontas pintadas no mesmo tom de safira dos cílios. Os olhos estavam com um tom de verde vívido e sobrenatural para combinar — pelo menos foi o que Eve imaginou — com o tom da blusa colante que se moldava aos seus seios e barriga de melancia como um néon elástico. Numerosos penduricalhos em forma de rabiscos e espirais lhe pendiam das orelhas e lançavam centelhas luminosas quando ela movimentava a cabeça. Suas calças azuis, também em safira, lhe cobriam as pernas como uma segunda pele.

O amor da vida de Mavis se sentara ao lado dela. Leonardo era alto e grande como uma sequoia. Como era estilista de moda, nem ele nem Mavis se espantavam com visuais extravagantes. Ele vestia um blusão com padronagem de formas geométricas loucas, intricadas e muito coloridas sobre um fundo dourado. De algum modo, pelo menos na opinião de Eve, aquilo combinava com a compleição forte dele e sua pele em tom de cobre queimado.

Nascimento Mortal

A amiga que eles trouxeram estava tão grávida quanto Mavis. Talvez mais até, se é que isso era possível. A diferença era que, em contraste com o estilo meio fora de órbita de Mavis, Tandy Willowby usava uma suéter preta simples com gola em V por cima de uma camiseta branca. Era loura, de pele muito branca, olhos azuis claros e nariz de ponta arredondada.

Durante a viagem, Mavis fez as apresentações e explicou que Tandy era de Londres e estava em Nova York havia poucos meses.

— Estou muito feliz por ter encontrado vocês hoje à noite! Tandy não estava nas aulas — continuou Mavis quando eles chegaram ao restaurante, beliscando todos os aperitivos que Roarke pedira. — Ela só deu uma passadinha lá para entregar às participantes alguns cupons de desconto da loja Cegonha Branca. É uma butique absolutamente *mag*, só para grávidas. É lá que Tandy trabalha.

— É uma loja linda — concordou Tandy. — Eu nem tinha planejado passar por lá, muito menos ser levada para jantar. — Exibiu um sorriso tímido para Roarke. — É muita generosidade de ambos — acrescentou, olhando para Eve. — Mavis e Leonardo já me contaram muitas coisas boas sobre vocês dois. Imagino que estejam empolgados.

— Com o quê? — quis saber Eve.

— Com a oportunidade de fazer parte da equipe que vai dar assistência a Mavis durante o parto.

— Oh... Ah, sim, estamos... estamos...

— Sem palavras — concluiu Roarke. — De que parte de Londres você é?

— Na verdade eu sou de Devon. Mudei-me para Londres com meu pai quando ainda era adolescente. Agora moro aqui em Nova York. Devo ter um pouco daquele famoso desejo de conhecer o mundo. Embora planeje ficar morando aqui durante algum

tempo. — Com ar sonhador, passou a mão sobre a barriga. —
E você é uma policial — olhou para Eve. — Isso é fantástico!
Mavis, acho que você nunca me contou como foi que você e
Dallas se conheceram.

— Ela me prendeu — informou Mavis, entre uma garfada e
outra.

— Você está de brincadeira comigo. É sério, isso?

— Eu costumava aplicar golpes nas pessoas. E era boa nisso.

— Mas não era boa o bastante — atalhou Eve.

— Nossa, quero saber dessa história com detalhes! Só que
agora preciso fazer uma visitinha ao banheiro. De novo!

— Vou com você. — Mavis se levantou ao mesmo tempo que
Tandy. — Dallas, você também vem?

— Não, eu dispenso, obrigada.

— Eu me lembro apenas vagamente de como era não sentir
uma pedra dentro da bexiga o tempo todo — disse Tandy, lançando um sorriso largo para todos na mesa, e se afastou com
Mavis.

— E então...? — Eve se virou para Leonardo. — Vocês conheceram Tandy nas aulas?

— Sim, durante as palestras de orientação — confirmou ele.
— A previsão é que o parto de Tandy aconteça mais ou menos
uma semana antes do de Mavis. Foi bondade de vocês permitir
que ela nos acompanhasse. Tandy está enfrentando essa barra toda
sem um parceiro.

— O que aconteceu com o pai do bebê? — quis saber Roarke,
e Leonardo encolheu os ombros.

— Ela não fala muito a respeito disso. Diz apenas que ele não
quis se envolver nem se interessou pela gravidez. Se o sujeito é realmente assim, não merece a mãe nem o bebê. — O rosto largo de
Leonardo ficou tenso e ele fez uma cara séria. — Mavis e eu temos
tanta coisa que decidimos ajudá-la em tudo o que for possível.

Nascimento Mortal   17

— Financeiramente? — quis saber Eve, ligando as antenas.

— Não. Creio que ela não aceitaria o nosso dinheiro, mesmo que precisasse. Com relação a isso ela me parece bem. Estou falando de apoio e amizade. — Empalideceu um pouco e completou: — Vou tomar parte no grupo que vai assisti-la durante o parto. Vai ser uma espécie de... ahn... ensaio geral para Mavis.

— Você está tremendo de medo, não está?

Ele olhou na direção dos banheiros e depois para Eve.

— Estou apavorado! Tenho medo de perder os sentidos. E se eu desmaiar na hora?

— Só tome cuidado para não cair em cima de mim — avisou Roarke.

— Mavis não está nervosa. Nem um pouco. O pior é que quanto mais o tempo vai passando, mais eu tremo por dentro e... — Ergueu as mãos imensas e balançou-as no ar. — Não sei o que eu faria se vocês dois não tivessem aceitado estar lá na hora H para me dar apoio.

Ah, que inferno, pensou Eve, e trocou olhares com Roarke.

— Mas onde mais poderíamos estar? — Disse isso, chamou o garçom e pediu mais um cálice de vinho.

D uas horas mais tarde, depois de deixar Mavis e Leonardo em casa, Roarke seguiu para o sul e depois para leste, na direção do apartamento de Tandy.

— Puxa, mas eu poderia pegar o metrô. Não daria tanto trabalho a vocês, e são só alguns quarteirões.

— Já que são poucos quarteirões — disse Roarke —, não é trabalho nenhum.

— Puxa, como posso recusar? — Tandy deu uma risada leve.

— E é uma delícia estar dentro de um carro aquecido. Está uma noite terrivelmente gelada lá fora. — Ela se recostou e soltou um suspiro. — Eu me sinto paparicada e mais gorda que uma baleia. Mavis e Leonardo são fantásticos. Não dá para ficar junto de nenhum dos dois mais de cinco minutos sem se alegrar. E vejo que eles também têm a sorte de contar com bons amigos. Opa...

A cabeça de Eve girou tão depressa na direção do banco de trás que pareceu que iria voar de cima do ombro.

— Que *opa* foi esse? Nada de opas por aqui...!

— É que o bebê está chutando um pouco. Não se preocupe. Ahn... Sabia que Mavis está muito eufórica com o chá de bebê que vocês vão organizar na semana que vem? Ela não fala de outra coisa.

— Chá de bebê? Ah, certo! É... Semana que vem.

— Pronto, chegamos! Meu prédio fica no meio desse quarteirão. Muito obrigada a ambos. — Tandy ajeitou o cachecol e pegou a bolsa do tamanho de uma mala. — Agradeço muito pela comida maravilhosa, pela companhia e pela carona estilosa. Tornaremos a nos encontrar sábado, no chá de bebê.

— Você precisa de alguma ajuda para... ahn...

— Não, obrigada. — Tandy abanou a mão para Eve. — Até mesmo uma baleia deve saber se movimentar sozinha. Apesar de eu não conseguir enxergar meus pés há vários dias, ainda me lembro de onde eles estão. Boa noite para vocês e mais uma vez obrigada.

Roarke esperou um pouco, com o motor ligado, até Tandy colocar a chave na porta e entrar no prédio.

— Parece uma mulher simpática. Equilibrada e sensata.

— Diferente de Mavis. Exceto pelo fator baleia. Deve ser duro ficar grávida, enfrentar tudo por conta própria e longe do país de origem, ainda por cima. Mas ela parece estar lidando bem com isso. Por favor, me explique uma coisa, Roarke: por que uma pessoa, só porque é amiga de outra, tem de participar de aulas

Nascimento Mortal

de treinamento de parto, assistir a vários nascimentos e organizar chás de bebê?

— Não sei responder a essa pergunta.

— Pois é, nem eu. — Eve soltou um longo suspiro.

E ve sonhava com bebês que tinham vários braços e presas no lugar de dentes. Todos saíam de dentro de Mavis e destruíam a sala de parto, fazendo com que a parteira se encolhesse num canto, aos gritos, enquanto Mavis arrulhava: Eles não são *mag*? Eles não são ultra?

O *tele-link* na mesinha de cabeceira tocou e a fez escapar do pesadelo. Mesmo assim estremeceu uma vez antes de atender.

— Bloquear vídeo! — ordenou. — Acender luzes a dez por cento. Aqui é Dallas falando.

Emergência para a tenente Eve Dallas. Procurar policiais na Jane Street, número 51, apartamento 3B. Possível homicídio.

Entendido. Entre em contato com a detetive Delia Peabody. Estou a caminho do local indicado.

Certo. Câmbio final.

Eve olhou para o lado e viu que os olhos azuis de Roarke, em tom de raio laser, já estavam abertos e a fitavam demoradamente.

— Desculpe — pediu ela.

— Não sou eu que estou sendo arrancado para fora de uma cama quentinha às quatro da manhã.

— Tem razão. As pessoas deviam ter a cortesia de matar umas às outras em horas razoáveis.

Ela rolou para fora da cama e entrou no banheiro para uma ducha rápida. Ao voltar, ainda nua e quente depois de passar pelo tubo secador de corpo, viu que Roarke tomava uma xícara de café.

— Por que você se levantou?

— Já estava acordado mesmo... — disse ele, com naturalidade. — E olhe só o que eu teria perdido se tivesse virado para o outro lado e voltado a dormir. — Entregou a Eve a segunda xícara do café que tinha programado.

— Obrigada. — Ela levou a xícara com ela até o closet, onde começou a pegar algumas roupas. A temperatura devia estar congelante lá fora, refletiu. Voltando até a cômoda, pegou uma blusa de lã com gola em V para vestir sobre a blusa, debaixo do casaco.

Por duas vezes eles tinham adiado os planos de tirar dois dias para passar nos trópicos. O problema é que somando Mavis mais o bebê o resultado era uma mulher com chiliques só de imaginar que parte de sua equipe de apoio estava longe, dançando na areia e em ondas cálidas tão perto da data do parto.

O que se podia fazer diante disso?

— Bebês não nascem com dentes, certo?

— Não. Que ideia! — Roarke baixou a xícara e lançou um olhar indignado para Eve. — Por que você coloca imagens como essa na minha cabeça?

— Quando elas aparecem na minha, meu chapa, você deve sofrer também.

— Pode esperar sentada pelo seu café na próxima vez.

Ela acabou de se vestir depressa e comentou:

— Talvez esse assassinato seja o trabalho de um supercriminoso com mente de gênio que me obrigue a fazer uma investigação fora do planeta. E, se você for bonzinho comigo, talvez eu o leve como acompanhante.

— Não brinque comigo.

Nascimento Mortal

Ela riu e prendeu o coldre.

— A gente se vê mais tarde. — Foi até onde ele estava e... Puxa, ele era tão lindo, mesmo às quatro da manhã!... Tascou-lhe um selinho em ambas as bochechas, seguido por um beijo longo e quente na boca.

— Cuide-se bem, tenente.

— É o que pretendo.

Ela desceu as escadas quase correndo e foi até o pilar do primeiro degrau, onde seu casaco estava pendurado. Ela o deixava ali normalmente porque era mais prático — e porque sabia que isso irritava profundamente Summerset, o mordomo sargentão de Roarke e também a maior praga da existência de Eve.

Vestiu o casaco e descobriu que algum milagre acontecera e as luvas já estavam no bolso. Já que o cachecol de caxemira também estava ali, ela o colocou em torno do pescoço. Mesmo assim o frio foi um choque quando ela colocou o pé fora de casa.

Mas era difícil reclamar de alguma coisa, decidiu, pois tinha um marido tão prestativo que já ligara, por controle remoto, o aquecimento da viatura estacionada na porta de casa.

Ela saiu naquele frio inclemente, mas logo entrou no veículo quentinho.

Olhou pelo espelho retrovisor enquanto dirigia em direção aos portões. A casa que Roarke havia construído tomava todo o espaço do reflexo; pedra e vidro, saliências, ressaltos e torres — e a luz acesa na janela do quarto de dormir.

Roarke certamente tomaria uma segunda xícara de café, pensou Eve, ao mesmo tempo em que analisava cotações de ações na bolsa de valores, assistia aos primeiros noticiários da manhã e descobria as novidades do mundo dos negócios no telão da saleta de estar da suíte. Provavelmente faria algumas ligações para o outro lado do oceano e também para fora do planeta. Começar o dia antes do amanhecer não era problema nenhum para Roarke, conforme ela sabia.

Sorte pura, refletiu mais uma vez, ter se ligado a um homem que se adaptava com tanta facilidade ao ritmo louco da vida de uma policial tão ativa quanto ela.

O carro passou solenemente pelos portões que se fecharam silenciosamente atrás dela.

Aquela região de propriedades caríssimas e de primeira linha estava tranquila. Os ricos, privilegiados ou simplesmente afortunados se encolhiam debaixo das cobertas em suas casas e apartamentos dotados de aquecimento central. A poucos quarteirões dali, porém, a cidade explodia com vida pulsante e nervosa.

Vapores subiam das grades que separavam o asfalto do mundo subterrâneo da cidade grande, que se movia e estremecia debaixo das ruas e calçadas. No céu, dirigíveis de propaganda já apregoavam as barganhas do dia. Àquela hora da manhã, quem iria se importar com as ofertas especiais para o Dia dos Namorados no Sky Mall?, perguntou-se Eve. Por falar nisso, que pessoa completamente sã se enfiaria na loucura de um shopping lotado para economizar alguns dólares na compra de um chocolate em forma de coração?

Passou por um cartaz animado onde se via um grupo de pessoas impossivelmente perfeitas brincando numa praia de areia branca como açúcar e ondas azuis. Isso, pelo menos, era interessante.

Os rastros amarelos dos táxis da Companhia Rápido já zuniam de um lado para outro. A maioria devia estar se dirigindo para os principais centros de transportes públicos àquela hora, pensou Eve. Ou levando passageiros madrugadores que iriam pegar jatos para algum lugar. Dois maxiônibus arrotaram pesadamente, levando os pobres-diabos que pegavam no batente logo no primeiro turno ou os sortudos que iam para casa e para cama depois de trabalhar no horário da madrugada.

Nascimento Mortal

Tomou um caminho maior para escapar da festa eterna da Broadway. Dia ou noite, com sol escaldante ou vento congelante, os turistas e os ladrõezinhos de rua se amontoavam ao amanhecer naquela meca de barulho, luz e movimento.

Algumas das espeluncas noturnas ainda estavam abertas na Nona Avenida. Eve avistou um grupo de desordeiros de rua usando jaquetas de nylon estofadas e botas de cano alto circulando pela área — provavelmente ingerindo substâncias ilegais. Mas se eles tentavam se meter em apuros teriam dificuldade de fazer isso antes das cinco da manhã, pois a temperatura ainda estava em torno dos onze abaixo de zero.

Em seguida, passou por um bairro de operários perto de Chelsea antes de entrar na região preferida pelos artistas, o Greenwich Village.

A patrulhinha estava estacionada de frente para o meio-fio, diante de uma casa geminada que fora restaurada na Jane Street. Parou numa área de carga e descarga um pouco adiante, ligou sobre a viatura a luz sinalizando "Em Serviço" e saltou do carro no ar gelado. Depois de pegar o kit de trabalho e trancar o carro, viu que Peabody virara a esquina e caminhava pesadamente pela calçada.

Sua parceira parecia uma exploradora do Ártico, enrolada num casaco grosso e inchado cor de ferrugem, com um cachecol de um quilômetro enrolado no pescoço e um capuz combinando enterrado sobre o cabelo escuro. Sua respiração soltava mais fumaça que uma antiga locomotiva a vapor.

— Por que será que as pessoas não esperam o sol nascer antes de matarem umas às outras? — reclamou Peabody, muito ofegante.

— Você parece um dirigível de propaganda com esse casaco de neve.

— Eu sei, mas ele é quente pra caramba e me faz sentir magrinha quando eu o tiro.

Elas caminharam até a casa geminada, e Eve ligou o gravador.

— Não há câmeras de segurança — observou a tenente. — Nem placas de reconhecimento palmar. A fechadura da porta foi arrombada.

Havia grades e placas antitumulto nas janelas mais baixas, notou. A tinta da porta e da moldura das janelas estava desbotada e descascando. Quem quer que fosse o dono do imóvel não valorizava muito questões de manutenção e segurança.

Uma policial fardada cumprimentou-as com a cabeça assim que Eve abriu a porta.

— Olá, tenente e detetive. Está frio para valer — comentou. — O pedido de socorro foi feito às três e quarenta e dois da manhã. A irmã da vítima deu o alarme. Minha parceira está com ela lá em cima. A dupla que atendeu o chamado chegou às três e quarenta e seis. Eles observaram que a porta de entrada tinha sido danificada. A vítima está no terceiro andar, no quarto. A porta do aposento que dá para o corredor também foi forçada. A vítima ofereceu resistência e lutou muito, pelos sinais que eu vi. Suas mãos e pés foram atados com uma fita isolante larga, comum. Ela foi agredida antes de ser morta. Parece ter sido estrangulada com o laço do robe que usava, e ela ainda está com ele em torno do pescoço.

— Onde estava a irmã enquanto tudo isso acontecia? — quis saber Eve.

— Disse que tinha acabado de chegar em casa. Viaja muito a trabalho e usa o apartamento da irmã para dormir quando vem para Nova York. Seu nome é Palma Copperfield e trabalha como comissária de bordo da World Wide Air. Ela prejudicou um pouco a cena do crime; vomitou no corredor e tocou no corpo antes de sair correndo a fim de ligar para a Emergência.

A policial olhou para o elevador e completou:

— Estava sentada nos degraus da escada bem ali, chorando alto, quando chegamos aqui. E não parou de chorar até agora.

— Isso é sempre uma diversão. Mande os peritos subirem assim que chegarem aqui.

Preocupada com a manutenção de baixa qualidade, Eve preferiu subir de escada e começou a despir os casacos de frio durante a subida.

Um apartamento por andar, notou. Um lugar decente, com privacidade.

No terceiro andar, viu o que pareceu ser um olho mágico moderno e sofisticado instalado na porta e travas de segurança. Ambos estavam quebrados de um jeito que demonstrava amadorismo — mas fora eficiente.

Entrou no apartamento e viu a sala de estar onde a segunda policial estava em pé ao lado de uma mulher enrolada num cobertor e tremendo muito.

Vinte e poucos anos, pela avaliação de Eve, com cabelo louro muito comprido preso e afastado do rosto, onde as lágrimas tinham borrado toda a maquiagem. Segurava com as duas mãos um copo com algo que Eve imaginou que fosse água.

Ela tentou reprimir um soluço.

— Srta. Copperfield, sou a tenente Dallas. Esta é minha parceira, a detetive Peabody.

— A policial de Homicídios... A policial da Divisão de Homicídios — balbuciou, com um sotaque de vogais estendidas que Eve identificou como do Meio-Oeste.

— Isso mesmo.

— Alguém matou Nat. Alguém matou minha irmã. Ela está morta. Natalie está morta!

— Sinto muito. Você poderia nos contar o que aconteceu?

— Eu... Eu entrei. Natalie sabia que eu vinha passar a noite aqui. Liguei esta manhã para lembrar a ela. Chegamos tarde à cidade e eu tomei um drinque com Mae, a outra comissária, só para relaxar um pouco. A porta que dá para a rua... Ela estava quebrada, arrombada, ou algo assim. Eu nem precisei usar minha chave. Tenho uma chave daqui. Subi e a fechadura da porta do apartamento... Minha irmã colocou uma tranca nova e me informou a senha hoje de manhã quando... Acho que foi quando eu liguei. Mas ela parecia quebrada. A porta nem estava trancada. Eu pensei logo "Há algo errado por aqui, só pode haver", porque Nat jamais iria para a cama sem trancar o apartamento. Foi por isso que eu resolvi verificar e dar uma olhada nela antes de ir para o meu quarto. E foi então que eu vi... Oh, Deus, meu Deus... Eu a vi no chão e tudo em volta estava quebrado. Ela estava caída no chão e seu rosto... Seu rosto!...

Palma recomeçou a chorar e lágrimas volumosas lhe escorreram pelo rosto.

— Ele estava todo inchado, roxo e vermelho, e seus olhos... Corri até onde ela estava e a chamei pelo nome. Acho que a chamei pelo nome e tentei acordá-la. Fiz força para levantá-la do chão. Ela não estava dormindo. Eu sabia que ela não estava dormindo, mas eu precisava tentar acordá-la. Minha irmã. Alguém machucou muito a minha irmã!

— Vamos cuidar dela agora — Eve pensou no tempo que iria levar para ela e depois para os peritos até terminar a análise e passar aos procedimentos técnicos da cena do crime. — Vou precisar conversar novamente com você daqui a pouco. Será melhor eu mandar levá-la para a Central. Você poderá esperar por mim lá.

— Acho que eu não devia abandonar Nat. Não sei direito o que fazer, mas acho que deveria ficar.

— Você precisa confiá-la a nós, agora. Peabody.

— Pode deixar que eu cuido disso.

Eve olhou para a policial, que fez um sinal com a cabeça na direção da porta.

Eve se afastou da choradeira e então, selando as mãos e os pés, entrou no aposento para enfrentar a morte.

CAPÍTULO DOIS

Era um quarto de bom tamanho com uma aconchegante saleta de estar que dava para a rua. Eve imaginou que Natalie costumava se sentar ali para ver a vida passar.

A cama era feminina e enfeitada em demasia. Os muitos almofadões espalhados pelo aposento — alguns deles ensanguentados, agora — provavelmente ficavam empilhados sobre a colcha rendada de rosa e branco, como algumas mulheres adoravam fazer.

Um telão não muito grande estava instalado em ângulo para poder ser assistido tanto da sala de estar quanto da cama; havia fotos emolduradas de flores e uma cômoda grande. Os frascos e miudezas jogados no chão — vários deles quebrados — deviam estar originalmente sobre a cômoda, num arranjo jovial.

Dois tapetes macios enfeitavam o piso. Natalie fora largada sobre um deles com as pernas entortadas, presas à altura dos tornozelos; as mãos estavam amarradas na frente do peito e se apertavam de forma patética, como numa prece desesperada.

Vestia um pijama xadrez azul e branco. Havia respingos e manchas grandes de sangue. Um robe, também azul, fora lançado num

Nascimento Mortal

canto do quarto. O cordão de amarrar estava preso em torno da garganta da vítima.

O sangue sujava os dois tapetes macios, e uma mancha grande tinha sido formada por uma poça de vômito junto da porta. O quarto fedia a ambos e a urina.

Eve foi até o corpo e se agachou para fazer o teste de identificação padronizado, e também para averiguar a hora exata da morte.

— A vítima é do sexo feminino, branca, vinte e seis anos — recitou para o gravador. — Foi identificada positivamente como Natalie Copperfield, moradora deste local. As marcas roxas nas faces indicam traumas infligidos em torno da hora da morte. O nariz parece fraturado. Dois dedos da mão direita também parecem ter sido quebrados. Há marcas visíveis de queimaduras no ombro, onde o paletó do pijama foi rasgado. Também há queimaduras nas plantas dos dois pés. A pele do pescoço apresenta um tom azul acinzentado, consistente com estrangulamento. Os olhos estão saltados e com muito sangue. A testemunha tocou no corpo da vítima ao descobri-lo, contaminando a cena do crime. A hora da morte foi definida em uma e quarenta e cinco da manhã, aproximadamente duas horas antes da descoberta.

Mexeu-se um pouco de lado quando Peabody entrou.

— Cuidado com o vômito — avisou Eve.

— Obrigada. Temos duas policiais e uma terapeuta do departamento conversando com a irmã.

— Ótimo. A vítima ainda está de pijama. Não me parece provável ter havido ataque sexual. Veja aqui, em torno da boca. Ela foi amordaçada, em algum momento. Ainda há restos de cola da fita isolante em seu rosto. Reparou no dedo mindinho e no anular?

— Ai! Foram quebrados como gravetos.

— Sim. O agressor lhe quebrou os dedos e o nariz. Depois a queimou. Muito do estrago feito às coisas dela pode ter sido causado pela luta ou, então, o assassino queria se mostrar violento para provar alguma coisa.

Peabody atravessou o quarto e foi até uma porta.

— O banheiro fica ali. O *tele-link* não está na mesinha de cabeceira ao lado da cama, mas eu o vejo largado no chão.

— E o que isso lhe diz?

— Creio que a vítima agarrou o *tele-link* e correu para o banheiro. Talvez planejasse se trancar lá dentro para pedir ajuda. Só que não conseguiu.

— Sim, é o que eu também acho. Acordou ao ouvir alguém entrar no apartamento. Provavelmente achou que era a irmã. Talvez a tenha chamado ou simplesmente resolveu se virar para o outro lado e voltar a dormir. Mas a porta se abriu. Não era a irmã. Ela pegou o *tele-link* e correu para o banheiro. Sim, pode ter sido desse jeito. Havia uma tranca nova na porta — material bom; e um novo olho mágico. Pode ser que alguém a estivesse incomodando. Pesquise tudo sobre a vítima e veja se ela registrou queixa contra alguém nos últimos dois meses.

Ela se levantou e foi até a porta do corredor.

— O assassino chegou por aqui, ela deve tê-lo visto da cama. Foi esperta em pegar o *tele-link* e correr na direção oposta, rumo a uma porta com chave. Muito esperta e com raciocínio rápido, pois supostamente acabara de acordar de um sono pesado.

Voltou para a cama, deu a volta nela para avaliar a distância até o banheiro e viu algo brilhar debaixo da cama. Agachou-se e pegou, com os dedos selados, uma faca de cozinha.

— Ora, mas por que ela estaria com uma faca de trinchar no quarto?

— Uma tremenda faca! — espantou-se Peabody. — Do assassino, talvez?

— Se era dele, por que não a usou? Aposto que isso veio da cozinha dela. Trancas novas e uma faca junto da cama. Ela estava preocupada com alguém.

Nascimento Mortal

— Não registrou queixa contra ninguém. Se tinha alguma preocupação desse tipo, não avisou à polícia.

Eve vasculhou a cama, por baixo do colchão, e sacudiu os travesseiros. Depois foi para o banheiro. Pequeno, muito arrumado, igualmente feminino. Nada indicava que o assassino tivesse estado ali. Mas Eve apertou os lábios quando chegou no armário e encontrou desodorante de homem, pelos aparados de barba e colônia masculina.

— A vítima tinha um namorado — afirmou Eve, voltando para procurar mais alguma coisa nas gavetas das mesinhas de cabeceira. — Há camisinhas aqui e óleo corporal comestível.

— Um caso que terminou mal, talvez? Trocar a fechadura é comum quando o ex-namorado tem uma cópia da chave. Pode ser que ele não tenha gostado de ter sido dispensado.

— Talvez — repetiu Eve. — Mas esse tipo de caso geralmente inclui ataque sexual. Verifique o *tele-link* dela. Pesquise as gravações recebidas e enviadas nos últimos dois dias. Quero ver o resto do apartamento.

Eve saiu e tornou a examinar a sala de estar. Se foi um rompimento amoroso traumático, a vítima certamente esperava que o ex aparecesse e batesse na porta por algum tempo. *Qual é, Nat, droga, deixe-me entrar, precisamos conversar!* O cara estava revoltado e a porta era relativamente frágil. O mais provável é que ele a tivesse arrombado. Mas não dava para ter certeza. Foi até a cozinha. Espaçosa e, pelo visto, um lugar que a vítima tinha usado recentemente. Um conjunto de facas com uma delas faltando estava sobre o balcão branco muito bem limpo.

Foi até o segundo quarto, transformado num escritório doméstico. Ergueu as sobrancelhas. O lugar fora vandalizado. A central de dados e comunicação que Eve supunha ter estado sobre a mesa de aço escovado sumira.

— Não há computador nem central de comunicações no escritório — informou a Peabody, que apareceu na porta.

— Mas que tipo de escritório é esse?

— Exato. Nem um disco aqui, nenhum arquivo em papel, também. Embora outros aparelhos portáteis ainda estejam aqui, o computador sumiu. Certamente era o alvo dele. O computador e a vítima. O que será que Natalie tinha que mais alguém queria?

— E queria a ponto não só de matá-la, mas também de ter certeza de que ela sofreria antes de morrer. — Um tom de pena surgiu na voz de Peabody quando ela tornou a olhar para o corpo. — Não há nada neste *tele-link* a não ser uma ligação às sete e meia da manhã para a firma Sloan, Myers & Kraus. Ela avisou que não iria trabalhar porque estava doente. Trata-se de uma firma de contabilidade com escritórios junto do rio Hudson. Todas as ligações anteriores a essas, da manhã de ontem para trás, foram apagadas. A Divisão de Detecção Eletrônica poderá recuperá-las. Você quer ouvir as gravações que ficaram?

— Sim, vamos levá-las conosco. Quero conversar mais um pouco com a irmã.

A caminho da Central, Peabody leu os dados da vítima no tablet.

— Nasceu em Cleveland, Ohio. Os pais, ambos professores, ainda estão casados. Uma irmã só, três anos mais nova. Não tem ficha criminal. Era contadora na firma Sloan, Myers & Kraus há quatro anos. Nunca se casou, nem há registros de coabitação com alguém. Morava na Jane Street há dezoito meses. Até então seu endereço era a Rua 16, em Chelsea. Antes disso era a casa dos pais, em Cleveland. Trabalhava para uma firma de contabilidade lá, em meio expediente. Parece que esse foi um bom estágio enquanto ela estava na faculdade.

— Lidava com números, então, e resolveu morar em Nova York. Qual é o histórico da firma aqui?

Nascimento Mortal

— Deixe eu ver... Puxa, eles são uma empresa imensa! — começou Peabody, lendo os dados. — Têm clientes cheios de grana, também atendem a várias companhias. Ocupam três andares na Hudson Street e empregam cerca de duzentos funcionários. A firma existe há mais de quarenta anos. Ah, a vítima era executiva sênior na área de administração de contas.

Eve refletiu sobre tudo isso enquanto entrava com a viatura no estacionamento subterrâneo da Central de Polícia.

— Talvez ela estivesse arrancando a pele de algum desses clientes endinheirados. Pode ser que um deles estivesse trabalhando com caixa dois ou lavando dinheiro; evasão de impostos, máfia, talvez estivesse encobrindo outro funcionário; chantagem, extorsão, desvio de dinheiro.

— A firma tem excelente reputação.

— Isso não significa que todos os clientes ou funcionários também têm. É um ângulo a analisar.

Estacionou o carro e ambas seguiram rumo aos elevadores.

— Precisamos do nome do namorado, ex ou atual. Faça as perguntas de costume aos vizinhos do prédio. Verifique o que ela possa ter mencionado à irmã sobre trabalho ou problemas pessoais. Pelo que vimos, a vítima esperava encrenca ou estava pronta para enfrentar algum sufoco; talvez um problema que não queria denunciar ou ainda não decidira relatar. Pelo menos para a polícia.

— Talvez tenha feito isso com um colega ou superior da firma, caso tenha relação com trabalho.

— Ou uma amiga.

Quanto mais alto elas subiam no elevador, mais pessoas se acotovelavam dentro da cabine. Eve conseguiu sentir o aroma de sabonete de menta em alguém que chegava para trabalhar, misturado com suor velho em alguém indo embora depois de um longo turno. Ao chegar ao seu andar, forçou passagem para conseguir saltar.

— Vamos marcar uma sala de interrogatório — instruiu Eve. — Não quero conversar com a irmã da vítima no saguão porque há muitas distrações ali. Ela vai precisar de um terapeuta de luto, e ele poderá estar ao lado dela durante o papo.

Eve passou pela sala de ocorrências e foi direto para o seu escritório. Largou o casacão e foi conferir o álibi da testemunha. Palma Copperfield fora uma das comissárias do voo comercial que viera de Las Vegas e aterrissara no centro da cidade mais ou menos à mesma hora que sua irmã estava sendo estrangulada.

— Olá, Dallas.

Eve ergueu a cabeça e viu Baxter, um dos detetives da sua divisão.

— Há duas horas que eu não tomo café — avisou ela. — Talvez três.

— Ouvi dizer que você trouxe uma mulher chamada Palma Copperfield aqui para a nossa choupana.

— Isso mesmo, uma testemunha. Sua irmã foi estrangulada nas primeiras horas do dia.

— Ah, que merda! — Ele passou a mão pelo cabelo. — Torci tanto para ter entendido errado essa história!

— Você as conhecia?

— Conheço Palma, um pouco. A vítima, não. Conheci Palma faz alguns meses numa festa. Era amiga de uma amiga minha, ou algo assim. Saímos juntos algumas vezes.

— Ela tem só vinte e três anos.

Ele fez uma careta e replicou:

— Mas eu não pretendo me aposentar tão cedo, ora. De qualquer modo, não rolou nada importante. Palma é uma mulher legal, muito legal. Ela ficou ferida?

Nascimento Mortal 35

— Não. Mas foi quem encontrou a irmã morta no apartamento.

— Que barra! Droga! Elas eram muito ligadas, me parece. Palma me contou que costumava ficar com a irmã quando vinha para Nova York. Eu a deixei na porta de um prédio na Jane Street uma noite, depois de jantarmos.

— Vocês ainda têm algum envolvimento?

— Não, e nunca tivemos. Saímos juntos algumas vezes, apenas isso. — Como se não soubesse o que fazer com as mãos, Baxter enfiou-as nos bolsos. — Escute, Dallas... Se um rosto familiar servir de ajuda nesse caso, posso conversar com a testemunha.

— Talvez. Sim, pode ser. Peabody agendou uma das salas de interrogatório. A sala de ocorrências é pública demais para um papo desse tipo. Ela estava péssima quando peguei suas declarações iniciais. Alguma vez ela comentou com você se a irmã estava envolvida com alguém?

— Ahn... Comentou, sim. Havia um sujeito — analista financeiro, corretor de valores, algo desse tipo. Era coisa séria, talvez ela estivesse noiva. Acho que não prestei atenção aos detalhes. Não estava atrás da irmã, entende?

— Você transou com a testemunha, Baxter?

— Não. — Ele sorriu de leve. — Como eu disse, ela é uma mulher legal.

Isso significava que eles não tinham dormido juntos e ficaria menos estranho levá-lo para a sala de interrogatório.

— Muito bem, deixe-me avisar Peabody, que está analisando as informações do *tele-link*. Vamos falar com a testemunha.

Eve deixou Baxter entrar na sala antes dela e viu Palma erguer o rosto manchado de lágrimas. Piscou algumas vezes, tentando se localizar e processar as novas informações, e então uma série de emoções lhe surgiram no rosto. Reconhecimento, alívio, desalento; por fim, a dor voltou a se instalar.

— Bax. Por Deus! — Ela estendeu as duas mãos e ele atravessou a sala para tomá-las entre as suas.

— Palma. Eu sinto muitíssimo!

— Não sei o que fazer. Foi Nat, minha irmã. Alguém a matou. Não sei o que fazer.

— Vamos ajudá-la.

— Ela nunca magoou ninguém! Bax, ela nunca feriu ninguém em toda a sua vida. O rosto dela...

— Isso é muito duro, a pior coisa que pode acontecer. Mas você pode nos ajudar a ajudá-la.

— Certo. Tudo bem, mas você vai poder ficar aqui comigo, não vai? Ele pode ficar? — perguntou, olhando para Eve.

— Claro. Vou ligar o gravador e lhe fazer algumas perguntas.

— Não sei o que... Vocês não acham que eu a feri, certo?

— Ninguém acha isso, Palma. — Baxter estendeu a mão e apertou a dela de leve. — Mas precisamos perguntar algumas coisas. Quanto mais soubermos, mais depressa encontraremos a pessoa que fez isso.

— Vocês vão encontrá-la. — Disse isso lentamente, como se também esse conceito precisasse ser processado. Fechou os olhos por um momento e repetiu: — Vocês vão encontrar quem fez isso. Vou lhes contar tudo o que sei.

Eve ligou o gravador e recitou os dados necessários.

— Você chegou a Nova York bem cedo, na madrugada de hoje. Essa informação é correta?

— Sim, vim num voo de Las Vegas. Aterrissamos pouco antes das duas da manhã e eu saí de lá... não sei bem... uns vinte minutos mais tarde, talvez. Mais ou menos isso. Ao sairmos eu e minha amiga Mae, a outra comissária, paramos num bar do aeroporto para tomar um cálice de vinho. Descontrair um pouco, entende? Depois, dividimos um táxi até o centro da cidade. Ela saltou antes.

Mora com mais duas comissárias num apartamento do East Side. Depois disso, fui para a casa de Nat.

Parou de falar, respirou fundo e bebeu um gole da água que estava num copo plástico sobre a mesa.

— Paguei o táxi e entrei no prédio. Tinha a chave e conhecia a senha para entrar no apartamento de Nat. Só que a fechadura do prédio estava avariada. Isso acontece às vezes, não dei muita importância. Pelo menos na hora. Mas, quando subi, vi a fechadura do apartamento também quebrada, a mesma fechadura que Nat me contou que tinha trocado há pouco tempo. Foi quando senti um friozinho na barriga. Só que achei... sei lá... Que não tinham instalado o trinco direito.

— Você reparou algo de errado assim que entrou na sala de estar? — quis saber Eve.

— Na verdade eu não prestei muita atenção. Prendi a correntinha de segurança que ela deixara solta para mim, pousei minha maleta no chão junto da porta e fui dar uma olhada para ver se estava tudo bem. E não estava.

As lágrimas lhe surgiram nos olhos mais uma vez e lhe escorreram pelo rosto, mas ela foi em frente.

— Nat estava no chão, havia sangue e o quarto estava... Parecia ter havido uma briga ali. Seus vidros de perfume estavam quebrados, e também as tigelinhas que ela gostava de colecionar. Nat estava no chão, sobre um dos tapetes cor-de-rosa. Estávamos juntas quando ela os comprou. Eles eram macios como pelo de gato. Ela não podia ter animais de estimação no apartamento, mas os tapetes eram macios e... Desculpem.

— Você está indo muito bem — incentivou Baxter. — Muito bem mesmo!

— Eu corri. Acho que corri, tudo agora está confuso. Será que eu gritei? Acho que gritei o nome dela, corri, tentei erguê-la do chão, sacudi-la e acordá-la, embora soubesse que ela estava...

Eu não queria que ela estivesse morta, entendem? Seu rosto tinha marcas roxas, estava cheio de sangue e seus olhos...! Eu sabia que ela estava morta. Havia fita isolante em torno dos seus pulsos.

Como se tivesse acabado de se lembrar, lançou um olhar chocado para Eve.

— Meu Deus! Os pulsos e tornozelos dela!... Estavam presos com fita isolante. — Palma pressionou a mão trêmula sobre a boca. — Eu precisava pedir socorro a alguém, mas passei mal antes de conseguir sair do quarto. Não consegui pegar meu *tele-link* na bolsa e passei mal. Depois eu corri, não consegui ficar ali mais tempo. Fugi, liguei para a polícia e fiquei sentada na escada, esperando. Devia ter voltado para ficar junto com ela. Não devia tê-la deixado sozinha daquele jeito.

— Você fez a coisa certa — garantiu Baxter, pegando o copo d'água e entregando-o a ela. — Fez exatamente a coisa certa.

— Ela lhe contou se alguém a estava incomodando? — perguntou Eve.

— Não, mas eu sei que *alguma coisa* perturbava Nat. Dava para sentir. Ela me pareceu chateada quando conversamos ontem cedo, mas, quando eu lhe perguntei o que havia de errado, ela disse para eu não me preocupar e afirmou que estava com muita coisa na cabeça, só isso.

— Ela estava saindo com alguém? Um homem?

— Bick! Oh, meu Deus, Bick. Eu nem me lembrei dele. — Os olhos dela transbordaram mais uma vez e ela tapou a boca com as duas mãos. — Eles estão noivos. Vão se casar em maio. Minha nossa, preciso contar a Bick o que aconteceu.

— Qual é o nome completo dele?

— Bick, Bick Byson. Eles trabalham juntos, isto é, para a mesma empresa. Departamentos diferentes. Nat é uma executiva sênior na Sloan, Myers & Kraus. É contadora. Bick é um analista financeiro lá. Estão juntos há quase dois anos. Como é que eu vou conseguir contar isso a ele?

— Será melhor se nós fizermos isso.

— E meus pais? — Ela começou a balançar o seu corpo para a frente e para trás, sem parar. — Tenho de contar a eles, mas não quero fazer isso pelo *tele-link*. Preciso ficar aqui? Tenho de ir para casa, em Cleveland, para lhes contar que Nat se foi. Oh, Nat!

— Podemos conversar a respeito disso depois que acabarmos de fazer o que é preciso aqui — sugeriu Eve. — Sua irmã e o noivo dela enfrentavam alguma dificuldade?

— Não, não sei de nenhuma. São loucos um pelo outro. Acho que imaginei que eles pudessem ter tido alguma briga, e foi por isso que eu a achei tão preocupada ontem. Com tantos planos para casamento as pessoas ficam muito estressadas, mas eles são muito felizes juntos. Estão ótimos!

— Sua irmã tinha uma aliança de noivado?

— Não. — Palma tornou a respirar fundo. — Decidiram não comprar aliança alguma para poupar dinheiro. Bick é ótimo, mas também é muito simples com essas coisas, um pouco controlado. Nat não se incomodava com isso. Na verdade ela é igualzinha, entendem como é? Economizava para uma emergência.

— Ele não morava com ela? Isso economizaria no aluguel.

— Minha irmã não aceitaria isso. — Palma pela primeira vez sorriu e Eve conseguiu ver o motivo da atração que Baxter sentiu por ela. — Ela me disse que eles iriam esperar até estarem casados para isso. Em minha família todos são muito conservadores e antiquados. Acho que meus pais gostam de achar que Nat nem mesmo fazia sexo com Bick. Mas eles se amavam — murmurou.

— E estavam muito bem juntos.

— Havia algum problema no trabalho?

— Ela nunca comentou. Na verdade, não nos víamos há mais ou menos três semanas. É que me apareceu a oportunidade de pegar o voo de Nova Los Angeles para o Havaí e ficar lá por dez dias; aproveitei para tirar umas miniférias por lá com duas amigas. Tinha acabado de voltar para a escala entre Las Vegas e Nova York. Conversei com Nat umas duas vezes nesse período, mas íamos colocar os papos em dia agora e também sair para fazer compras e conversar sobre os planos para o casamento. Ela não mencionou problema algum, seja pessoal ou de trabalho, mas eu *percebi* que algo andava errado. Só que não prestei muita atenção.

E ve saiu da sala com Baxter.
— Você sabe alguma coisa sobre o noivo da vítima?
— Não. — Ele esfregou a nuca. — Palma comentou alguma coisa sobre a sua irmã ter ficado noiva. Estava muito empolgada e esse foi o motivo de eu ter, como direi... Tirado o time de campo, entende? Essas coisas podem ser contagiosas.

— Seus problemas com compromisso não têm nada a ver com essa história, deixe-os de lado. Ajudou muito você estar aqui com ela. Um rosto familiar serviu para acalmá-la um pouco. Por que não pega um voo, sem fugir do nosso cronograma, e a leva para ver os pais?

— Obrigado, tenente. Tenho algum tempo livre para fazer isso.

— Mas seja breve e não fuja do cronograma — repetiu Eve. — Faça-a compreender que eu preciso que ela esteja disponível aqui. E quero saber quando ela vai e quando volta, a rotina de sempre.

— Tudo bem. Estou sentindo muito o que aconteceu, por ela. Você vai atrás do namorado?

— Sim, é meu próximo passo.

• • •

Nascimento Mortal 41

— Byson não apareceu no escritório — informou Peabody, apertando o passo para acompanhar Eve numa passarela aérea. — Segundo a assistente dele, isso não é comum. Ele quase nunca falta ao trabalho e sempre informa quando precisa viajar ou vai se atrasar. Ela tentou ligar para a casa dele e também para seu *tele-link* portátil. Ficou preocupada porque não conseguiu achá-lo.

— Conseguiu o endereço dele?

— Claro, mora na Broome Street, em Tribeca. De acordo com as informações da assistente tagarela, ele e a vítima acabaram de comprar o apartamento, mas ele já está morando lá enquanto faz algumas obras de reforma antes do casamento.

— Então vamos tentar esse lugar.

— Ele pode ter escapado — disse Peabody ao sair da passarela aérea e seguir a pé até o elevador que as levaria à garagem. — Brigou com a noiva, eliminou-a, passou em casa e fugiu de vez.

— Isso não foi um problema pessoal entre o assassino e a vítima.

Peabody uniu as sobrancelhas quando elas saltaram do elevador e seguiram pela garagem.

— Ferimentos no rosto como aqueles e estrangulamento cara a cara geralmente são bem pessoais — insistiu Peabody.

— Por acaso encontramos alguma ferramenta na cena do crime?

— Ferramenta?

— Chave de fenda, martelo, medidor de área a laser?

— Não, mas o que... Oh... — Balançando a cabeça em sinal de compreensão, Peabody se sentou no banco do carona. — A fita isolante. Se não havia nenhuma ferramenta no apartamento, por que ela teria fita isolante, certo? O assassino levou a fita com ele, o que diminui a possibilidade de crime passional.

— Além disso, não houve ataque sexual. As fechaduras foram quebradas. Quando a irmã da vítima conversou com ela algumas horas antes do assassinato, não percebeu nenhuma indicação de que houvesse algum problema no paraíso. Não foi pessoal — repetiu Eve. — Foi algo ligado a negócios.

O apartamento ficava num prédio antigo e bem preservado localizado num bairro onde as pessoas pintavam os portais das casas e se sentavam sob eles durante as noites quentes de verão. As janelas que davam para a rua eram largas e ofereciam aos moradores uma boa visão do tráfego; as lojas próximas iam das tradicionais padarias e *delicatéssens* administradas por casais até as sofisticadas butiques onde os pares de sapatos custavam o equivalente a uma viagem curta a Paris e faziam dos pés de quem os usava invejáveis.

Alguns dos apartamentos tinham luxuosas varandas onde, Eve imaginava, as pessoas espalhavam plantas e cadeiras no tempo quente para poderem sentar ali e curtir uma bebida gelada enquanto observavam o mundo lá fora.

Pelo aspecto externo aquilo era um grande passo adiante do endereço na Jane Street, mas ficava dentro das possibilidades financeiras de um casal de profissionais jovens em ascensão na carreira.

Byson não atendeu o interfone, mas, antes de Eve ter a chance de usar sua chave mestra, uma voz feminina surgiu de um alto-falante.

— Vocês estão à procura do sr. Byson?

— Isso mesmo. — Havia uma tela de segurança ao lado da portaria, com câmera, e Eve ergueu o distintivo. — Somos da polícia. Você poderia nos deixar entrar, por favor?

— Esperem um instante, sim?

Um zumbido grave se ouviu e as trancas foram liberadas. Elas entraram num pequeno saguão comum onde alguém se dera ao

Nascimento Mortal

trabalho de colocar uma planta de folhas muito verdes num vaso colorido. Ao ouvir o som do elevador que descia, Eve aguardou.

A mulher que saltou vestia uma suéter vermelha com calça cinza; tinha o cabelo castanho puxado para trás e preso num rabo de cavalo curto e eriçado que deixava à mostra um rosto bonito. Trazia preso junto do quadril um bebê de sexo e idade indeterminados.

— Fui eu que liberei a entrada de vocês — informou ela. — Sou vizinha do sr. Byson. Há algum problema?

— Isso é uma coisa que precisamos discutir com ele.

— Não sei se ele está em casa. — Ela balançou o bebê enquanto falava. A criança olhava fixamente para Eve com olhos de coruja, até que enfiou um dos dedos na boca e começou a sugá-lo de forma obsessiva, como se ali houvesse ópio. — Ele deve estar no trabalho a essa hora.

— Mas não está.

— Isso é estranho, porque eu normalmente o escuto quando ele sai de casa. Moramos no mesmo andar e eu ouço o elevador chegar, mas realmente não ouvi hoje. O pior é que ele contratou os serviços de um encanador. Eles estão reformando o apartamento, entende? Quando Bick marca algum serviço para ser feito, passa lá em casa antes e me pede para abrir a porta para os operários. Ele não fez isso hoje, e foi por isso que eu perguntei quem era no interfone. Nunca dá para ter certeza... Pode ser alguém com uma chave inglesa que só quer entrar para roubar tudo.

— Quer dizer que você tem a chave e conhece a senha para entrar no apartamento dele?

— Isso mesmo, tenho a chave e sei a senha. Algo errado aconteceu, não foi? Vocês querem que eu as deixe entrar lá? Se possível, gostaria de ter uma ideia sobre do que se trata. Não acho correto e não me sentiria bem deixando vocês entrarem sem saber se há algo errado.

— Sim, estamos com um problema. — Eve ergueu o distintivo mais uma vez. — A noiva do sr. Byson foi morta.

— Oh, não! — Ela balançou a cabeça lentamente para os lados. — Não!... Por favor entrem. Nat? Não é possível!

A voz dela ficou mais aguda e falhou. Em resposta a isso, o bebê tirou o dedo da boca e abriu o berreiro.

— Você a conhecia? — Eve deu um passo para trás de leve, para longe do bebê.

— Claro. Ela vinha muito aqui. Eles vão se casar daqui a alguns meses. — Os olhos da mulher se encheram de lágrimas e ela se virou meio de lado para puxar o bebê mais para perto de si. — Eu gostava muito dela. Estamos todos torcendo para chegar logo o dia em que seremos vizinhos. Bick e Nat, eu e meu marido... Nós... Puxa, não consigo acreditar. O que houve? O que aconteceu com Nat?

— Precisamos conversar com o sr. Byson.

— Oh, céus, por Deus! Tudo bem, tudo bem. — Obviamente abalada ela se virou para chamar o elevador. — Isso vai acabar com ele. Shhh, Crissy, shh! — Ela balançou, sacudiu e deu tapinhas na bebê ao entrar no elevador. — Eles eram loucos um pelo outro, mas sem ser melosos demais, entendem? Eu gostava tanto dela. Talvez haja algum engano.

— Sinto muito — foi tudo o que Eve disse a respeito. — Ela mencionou algum problema? Algo ou alguém que a estivesse incomodando?

— Não, acho que não. Estava tensa por causa dos planos para o casamento, mas isso é comum. Eles iriam se casar em Cleveland, porque ela é de lá. Hunt e eu planejávamos ir à cerimônia, nossa primeira viagem desde que Crissy nasceu. Hunt é meu marido. Olhem, vou buscar a chave — acrescentou quando as portas se abriram para um corredor. — Este é o apartamento deles. Somos só nós aqui neste andar.

— São dois apartamentos por andar?

— Sim. O espaço é grande e a iluminação é ótima. Hunt e eu compramos nosso apartamento quando eu fiquei grávida. É um bairro excelente, temos três quartos.

Ela destrancou a própria porta, sem parar de balançar a criança que agora exibia o olhar vidrado e a boca escancarada de um doidão feliz. Mantendo a porta aberta com o quadril, pegou um molho de chaves numa tigela sobre a mesinha ao lado da porta de entrada.

— Ainda não sabemos seu nome — disse Eve.

— Oh, desculpem. É Gracie. Gracie York. — Ela girou a chave na fechadura ao mesmo tempo em que digitava um código no painel ao lado. — Talvez Bick esteja resolvendo algum problema, ou algo do tipo. Eu não ouvi nenhum barulho quando acordei, deve ter saído bem cedo. Crissy anda meio agitada e eu dormi até um pouco mais tarde hoje de manhã. Os primeiros dentinhos dela estão nascendo. — Gracie tentou empurrar a porta, mas Eve ergueu uma das mãos e a impediu.

— Espere só um minutinho. — Eve bateu na porta. — Sr. Byson! — gritou ela. Aqui é a polícia. Abra a porta, por favor.

— Acho que ele não está em casa — disse Gracie.

— Mesmo assim nós vamos esperar um minuto antes de entrar. — Eve tornou a bater na porta. — Sr. Byson, aqui é a tenente Dallas, da Polícia de Nova York. Nós vamos entrar!

No instante em que abriu a porta, Eve percebeu que Byson estava em casa e que sua vizinha tinha acertado na mosca um pouco antes: a morte de Natalie Copperfield acabara com ele. Ou, refletiu Eve, o assassino da noiva fizera isso.

— Ohmeudeus ohmeudeus ohmeudeus! — Gracie balbuciou as palavras todas juntas e elas saíram num jorro agudo e histérico; em seguida apertou o rosto da bebê contra o dela e recuou um passo para trás no corredor.

— Sra. York, vá para seu apartamento — ordenou Eve. — Entre e tranque a porta. Minha parceira e eu iremos conversar com a senhora daqui a alguns minutos.

— É Bick. É mesmo Bick? Diante da nossa porta. Moramos bem em frente!

Peabody notou um sinal quase imperceptível de Eve e pegou a mulher pelo braço.

— Leve Crissy para casa — disse ela, com muita gentileza. — Leve-a para dentro. Nada de perigoso vai lhes acontecer. Entre lá e espere um pouco por nós.

— Não compreendo. Ele deve estar morto. No apartamento do outro lado do corredor!

Peabody levou a vizinha para dentro e se virou para Eve com olhar de resignação.

— Você deve estar querendo que eu fique com ela, certo? — disse para Eve.

— Isso mesmo. Dê o alarme, entre com ela e consiga uma declaração formal. Vou pegar o kit de serviço e começar a analisar a cena do crime.

Capítulo Três

ssim que pegou o kit, Eve selou as mãos e passou spray selante nas botas. Com o gravador ligado, entrou na cena do crime.

Percebeu que havia uma janela lateral que dava para o prédio do lado e onde havia uma varanda estreita.

— A janela que dá para o sul está aberta — declarou para o gravador, e foi até o outro lado do aposento para dar uma olhada mais cuidadosa. — Parece ter sido forçada pelo lado de fora. Há uma escada de incêndio aqui, provavelmente usada para ter acesso a este andar. É possível que o assassino também tenha saído por aqui.

Era mais seguro desse jeito, pensou Eve. Sem chance de ser visto pelos vizinhos de frente ao entrar ou sair do apartamento.

Virou-se de frente para o cômodo por onde acreditava que o assassino tinha entrado.

— O corpo está virado de barriga para cima com as mãos e os pés presos com fita isolante, como no primeiro crime. A segunda vítima é do sexo masculino, raça mista, vinte e tantos anos, vestindo apenas uma cueca branca. Você acordou quando ouviu alguém entrando aqui, não foi, Bick? E deu trabalho ao invasor. Há sinais de luta, com mesa virada e luminária quebrada. Nem todo o sangue que se vê no local deve ser da vítima, e isso é uma boa notícia para nós. O rosto e o corpo da vítima exibem várias marcas roxas e arranhões.

Ela continuou o trabalho agachada ao lado do corpo.

— Há algumas marcas aqui que parecem queimaduras de contato feitas por uma arma de atordoar acionada no meio do peito. Eles lutaram, o assassino incapacitou Byson com uma rajada, depois o amarrou e espancou. Talvez para interrogá-lo? Um cordão azul de plástico foi usado no estrangulamento.

Ainda agachada ali, ela observou o ambiente em volta.

— Há caixas de material de construção empilhadas no canto norte da sala amarradas com corda plástica azul, como a que deixou marcas no pescoço da vítima.

Eve pegou as impressões digitais do morto para confirmar sua identidade e cobriu suas mãos com um plástico.

— Hora da morte... — anunciou, lendo o medidor eletrônico. — Duas e quarenta e cinco da manhã. Ele veio aqui depois de eliminar Natalie Copperfield. — Aproximou-se um pouco mais do corpo e continuou: — Há traços de cola em torno da boca, como os encontrados na primeira vítima. Por que a fita foi arrancada antes da sua morte? Ele precisava que você lhe contasse alguma coisa? Será que queria ouvir você sufocar enquanto o estrangulava? Talvez um pouco dos dois.

Ela se levantou, afastou-se do corpo e foi para o cômodo que ficava além da sala. Era tipicamente um aposento improvisado para servir de quarto a um homem solteiro, deduziu. Provavelmente era ali que ele dormia durante a obra, e não na suíte principal. Um colchão fora colocado sobre um estrado e, ao lado, estava a luminária que formava um par com a que estava quebrada na sala.

Roupas espalhadas, como se pertencessem a alguém desarrumado. Não estavam atiradas ao acaso, como numa busca.

— Ele acordou e pegou uma das luminárias para usar como arma. A mulher tinha agarrado o *tele-link* e tentou correr para o banheiro, mas o homem tinha um instinto diferente. Proteger a caverna. Saiu do quarto e se atracou com o invasor. Talvez o tenha apanhado de surpresa. Houve uma luta. As marcas dos nós dos dedos da vítima indicam que ele teve chance de aplicar um ou dois golpes no assassino. Só que recebeu uma rajada de atordoar no peito e caiu.

Eve saiu do quarto e analisou mais uma vez o posicionamento do corpo em relação ao que acontecera.

— O assassino atou os pés e as mãos da vítima com fita isolante e também prendeu sua boca, mas o assassinato não aconteceu de imediato. Por que aplicar fita adesiva na boca do dono da casa se ele já estava desacordado? Devia ter algo a dizer antes de matá-lo. Ou perguntas a fazer. Você contou a ele o que fez com Natalie? Aposto que sim.

Eve fez uma vistoria rápida no apartamento. O imóvel tinha três quartos. Aparentemente era igual ao da vizinha. O aposento maior estava sem móveis, mas havia outras caixas com material de obra. O terceiro quarto fora transformado num escritório, mas não havia nenhum computador nem centro de comunicação e dados. Dava para perceber que ali havia um conjunto desses, provavelmente coberto para protegê-lo da poeira da obra. Via-se uma camada de pó sobre a mesa dobrável que funcionava como escrivaninha e uma parte limpa onde o computador ficava.

Eve voltou à sala e analisava a janela aberta quando Peabody entrou.

— A vizinha ficou muito abalada, mas é forte e está se aguentando bem. Eu deixei que ela ligasse para o marido no trabalho; ela pediu que ele voltasse para casa. Ele saiu mais ou menos às sete da manhã. A testemunha contou que o marido e a vítima costumavam malhar um pouco numa academia aqui perto, antes do trabalho. Eles obviamente não se encontraram hoje de manhã.

— A hora da morte dele foi uma hora depois da de Copperfield, e o *modus operandi* também foi o mesmo. Não encontrei nenhum computador no apartamento, nem discos.

— Eles sabiam de alguma coisa grave sobre alguém — concluiu Peabody. — Algo relacionado ao trabalho de ambos, provavelmente. Sabiam de alguma coisa, ouviram algo ou investigavam algum assunto. Foi por ali que ele entrou? — perguntou, esticando o queixo na direção da janela.

— Sim, o trinco foi forçado. A escada de incêndio fica junto deste apartamento, o invasor provavelmente desceu por ela. E deve tê-la erguido novamente no lugar a partir do chão. Vamos mandar os peritos analisar os controles da estrutura. Não deve haver impressões digitais lá, mas isso os manterá ocupados.

Eve repassou para a parceira tudo que tinha visto na cena do crime e suas impressões.

— Talvez encontremos algumas amostras de DNA nos cacos da luminária e nos punhos da vítima — sugeriu Peabody, olhando para o corpo. — O morto estava em boa forma física e parece ter dado muito trabalho ao seu agressor.

— Mas não foi o bastante.

Elas deixaram a cena do crime por conta dos peritos e seguiram para a firma de contabilidade.

— Sabe de uma coisa, Dallas? Ver essa bebezinha me fez lembrar uma coisa. Como foi sua aula de treinamento para o parto, ontem à noite?

— Esse assunto não deve ser mencionado — reagiu Eve. — Nunca!

— Ah, qual é?

— Nunca!

Nascimento Mortal

Prendendo o riso, Peabody olhou para fora pela janela, fingiu analisar demoradamente uma carrocinha de lanches que estava na esquina e, por fim, perguntou:

— O chá de bebê foi anunciado. Já está tudo pronto?

— Já, já, já... — Pelo menos ela esperava que sim.

— Eu fiz um lindo cobertorzinho para bebês, pois entrei no clima de tecelá durante os feriados do fim de ano. Ele tem todas as cores do arco-íris. Também vou tricotar botinhas minúsculas e uma touca. O que você vai dar para o neném?

— Não sei.

— Você ainda não comprou o presente para o chá de bebê? Está em cima da hora!

— Ainda tenho alguns dias. — Considerando a questão, Eve olhou para a parceira. — Você poderia comprar algo por mim? Eu pago.

— Nada disso, não é correto. — Peabody cruzou os braços. — Ela é sua amiga mais antiga, sua melhor amiga, e o primeiro bebê dela vai nascer. Você mesma tem de comprar o presente.

— Droga, droga, droga!

— Mas pode deixar que eu vou com você. Podemos passar pela loja que Mavis anda namorando depois de investigarmos a firma de contabilidade. E quem sabe almoçar por lá, também.

Eve imaginou o processo de fazer compras em uma butique para bebês e teve de reprimir um calafrio.

— Eu lhe dou cem dólares para você fazer isso sem mim.

— Isso é golpe baixo — replicou Peabody. — Ainda bem que eu sou forte demais para ser subornada. Você vai ter de encarar essa, Dallas. É por Mavis.

— Aulas de assistente para a hora do parto, organizar chás de bebê e agora fazer compras. Não existem limites para o preço de uma amizade?

Eve deixou o assunto de lado, enterrando-o no fundo da mente, e entrou no saguão principal da Sloan, Myers & Kraus.

Para manter o padrão dos serviços prestados a clientes do mais alto nível, o ambiente era sofisticado, com paredes de vidro que iam do chão ao teto, muito verde e plantas viçosas. O imenso balcão de atendimento em granito cinza servia de estação de trabalho para três recepcionistas. Cada um deles usava um *headset* e trabalhava freneticamente num teclado. Três salas de espera se abriam em leque a partir dali, oferecendo poltronas confortáveis, telões de entretenimento e uma seleção de discos à escolha dos clientes.

Eve colocou o distintivo sobre o balcão diante de um sujeito que vestia um terno com calça, paletó e colete e tinha cabelo curto com mechas louras encaracoladas

— Quero ver alguém da administração.

Ele lançou um sorriso esplendoroso para Eve.

— Essa pessoa certamente não sou eu. A senhora procura alguém responsável por um departamento específico ou o administrador geral?

— Vamos começar por baixo. Preciso falar com os supervisores de Natalie Copperfield e Bick Byson.

— Vamos ver. A srta. Copperfield é executiva sênior do setor corporativo, cuida dos parceiros de fora e da área internacional. Trabalha neste andar. A senhora deverá procurar Cara Greene. Quanto a Byson, Byson, deixe ver... Bick Byson — ele só faltava cantarolar enquanto lia a tela. — É vice-presidente da área de finanças pessoais e domésticas. Trabalha no andar de cima e a responsável é Myra Lovitz.

— Vamos falar com Greene primeiro.

— Ela está numa reunião.

Eve fez o distintivo estalar sobre o balcão e avisou:

— Não, ela não está mais em reunião.

— Por mim, tudo bem. Vou chamá-la. A senhora não quer se sentar?

— Não, chame Greene.

Um lugar cheio de ostentação, analisou Eve enquanto esperava. Muito dinheiro passava por aquelas portas. E nada era mais motivador que dinheiro quando o assunto era assassinato.

Cara Greene usava um terninho vermelho escuro abotoado até a garganta, mas com um corte especial que lhe destacava o busto bonito, grande e atrevido. Exibia uma expressão de impaciência no rosto liso cor de caramelo e entrou clicando o piso da recepção com seus sapatos de salto agulha.

— A senhora é da polícia? — quis saber, apontando para Eve com um dedo acusador.

— Tenente Dallas, detetive Peabody. Você é Cara Greene?

— Isso mesmo, e a senhora acabou de me arrancar de uma reunião muito importante. Se meu filho causou problemas novamente na escola, prometo lidar com ele. Não gosto de policiais vindo me procurar no trabalho.

— Não viemos procurá-la por causa do seu filho. Estamos aqui para falar de Natalie Copperfield. Se a senhora preferir, poderá vir até minha sala na Central de Polícia. Agora mesmo.

A irritação foi substituída por uma expressão de desconfiança.

— O que houve com Natalie? Não acredito que a senhora esteja aqui para me avisar que ela está em apuros. Aquela menina nunca fez algo contra a lei.

— Podemos falar sobre isso na sua sala, sra. Greene?

A expressão tornou a mudar, mas dessa vez havia uma sombra de medo nos olhos verde-garrafa.

— Aconteceu alguma coisa com ela? Algum acidente? Ela está bem?

— É melhor conversarmos na sua sala.

— Venham comigo. — Movimentando-se depressa, Cara deu a volta pelo balcão da recepção e entrou através de um par de portas que se abriram como num passe de mágica quando ela se aproximou. Manteve o ritmo apressado e passou diante de muitos cubículos onde empregados do baixo escalão trabalhavam como escravos. Depois, seguiu pelas salas dos contadores que mastigavam seus números até alcançar a sala de esquina, mais adequada à sua posição de liderança na empresa.

Fechou a porta quando entraram e se virou para Eve.

— Conte-me o que aconteceu, mas faça isso depressa, por favor.

— A srta. Copperfield foi assassinada na madrugada de hoje.

A respiração da executiva foi cortada por um instante, mas ela expeliu o ar como num soluço logo em seguida e ergueu a mão. Foi — não tão depressa dessa vez — até um recesso embutido numa das paredes, onde ficavam as bebidas, pegou uma garrafa de água gelada e se jogou sobre uma cadeira antes de abri-la.

— Como? Como assim? Não compreendo. Eu devia ter desconfiado que havia algo errado quando ela avisou que estava doente ontem e não apareceu para a reunião desta manhã. Eu devia ter desconfiado. Fiquei tão furiosa com ela por ter faltado! Essa reunião era... — Tornou a erguer a mão. — Desculpem, sinto muito. É que isso é um choque terrível.

Antes de Eve ter chance de fala, ela se lançou para fora da cadeira e se colocou em pé.

— Oh, Deus, Bick. É o noivo dela. Ele já sabe? Natalie está noiva do nosso vice-presidente na área de finanças pessoais. Ele deve estar no andar de cima. Por Deus! Eles vão se casar em maio.

— Ela trabalhava diretamente com você?

— Sim, é uma das minhas executivas sênior do setor de contas e está subindo rápido na carreira porque é muito boa e... Quer dizer... Oh, Deus, oh, meu Deus... Ela era boa. Excelente. Lidava bem com as pessoas, era inteligente e trabalhava com muita dedicação. Eu pretendia promovê-la, ia lhe oferecer um cargo de vice-presidente.

— Vocês eram amigas? — quis saber Peabody.

— Éramos. Não do tipo "melhores amigas", pois eu preciso manter certa distância por ser chefe dela, mas éramos amigas, sim. — Fechando os olhos, passou a garrafa gelada pela testa. — Tínhamos um relacionamento muito bom. Não consigo acreditar que isso esteja acontecendo.

— Por que não nos conta onde estava entre meia-noite e quatro da manhã de hoje?

— A senhora não acha que... — Cara tornou a se sentar. Dessa vez abriu a garrafa d'água e bebeu. — Eu estava em casa com meu marido e nosso filho de doze anos. Fomos nos deitar pouco depois da meia-noite. Por Deus, como ela foi morta?

— Não podemos divulgar detalhes no momento. Já que vocês eram amigas e considerando sua posição de autoridade, ela comentou algo sobre estar preocupada ou chateada? Ameaçada, talvez?

— Não, não... Não. Eu diria que ela me pareceu um pouco desligada nas últimas duas semanas, mas considerei isso uma distração natural devida aos planos do casamento. Ela certamente contou a Bick se algo a incomodava. Ela contava tudo a ele.

Sim, pensou Eve, o mais provável é que tenha contado. E foi por isso que ele também estava morto.

— Em que ela estava trabalhando, no momento?

— Administrava várias contas, chefiava algumas pessoas e participava de equipes de trabalho.

— Vamos precisar de uma lista com todas as contas que ela gerenciava e também precisaremos analisar os arquivos dela.

— Não posso fazer isso. Simplesmente não posso! Temos de proteger a privacidade dos nossos clientes. Ficaríamos enterrados em processos até o pescoço se eu entregasse extratos confidenciais à polícia.

— Vamos solicitar um mandado judicial.

— Por favor, façam isso. Estou falando sério e sendo sincera. Por favor, tragam um mandado e eu prometo cuidar de tudo pessoalmente para que vocês obtenham todo e qualquer dado que a lei exija. Preciso falar com o sr. Kraus — continuou, tornando a se levantar. — Tenho de contar a ele sobre a situação e o que aconteceu. E Bick também. Vocês também precisarão conversar com Bick.

— Bick Byson também foi assassinado na madrugada de hoje.

Ela perdeu a cor quando todo o sangue lhe fugiu do rosto.

— Eu... Eu não consigo raciocinar. Não sei o que dizer. Isso é horrível!

— Desculpe, entendo que isso é um choque para você, mas precisamos conversar com a supervisora do sr. Byson.

— Ahn... Ela é... oh, Deus, não consigo me concentrar. Myra! Myra Lovitz. Posso contatá-la para vocês.

— Prefiro que a senhora não fale com ela antes de nós. Quem mais trabalhou em contas com a srta. Copperfield?

— Vou lhes conseguir uma lista dos nomes. Desculpem. — Foi até a mesa, abriu a gaveta de cima e pegou um lenço de papel. — Desculpem, agora é que a ficha está caindo. Posso ligar lá para cima e avisar à assistente de Myra que vocês estão indo vê-la. Isso ajudaria?

— Seria ótimo. Obrigada pela sua cooperação. Vamos voltar com um mandado para investigar os arquivos.

No andar de cima elas foram recebidas pela assistente e levadas para uma sala nos fundos, muito parecida com a de Cara Greene.

Myra Lovitz estava sentada atrás de uma mesa coberta por pastas, arquivos, discos e anotações. Tinha sessenta e poucos anos, pela avaliação de Eve. Deixara o cabelo ficar grisalho, de um jeito que combinava com seu rosto magro com feições duras, cheio de ângulos. Vestia um terno azul com riscas de giz e tinha um ar muito profissional. Sorriu com azedume ao ver Eve e Peabody.

— Muito bem, do que se trata? É uma batida policial?

— Viemos falar de Bick Byson.

Até mesmo o sorriso azedo desapareceu.

— Aconteceu alguma coisa com o meu garoto? Estou tentando entrar em contato com ele a manhã toda.

— Ele está morto. Foi assassinado nesta madrugada.

Os lábios dela se crisparam e suas mãos apertaram a ponta da mesa.

— Maldita cidade. Que horror! Foi um assalto?

— Não.

Eve deixou que Peabody contasse a história dessa vez, fizesse as perguntas e tomasse o depoimento. Foi quase uma repetição do primeiro interrogatório, mas no estilo mais descortês de Myra.

— Ele é um rapaz fantástico. Inteligente e confiável. Sabe como seduzir os clientes quando é necessário, mas também se mostra muito sério e profissional quando é isso que eles esperam. Também sabe avaliar as pessoas muito bem. Isso aconteceu com ele e com aquela menina doce da contabilidade que trabalha no andar de baixo? Os dois? Minha nossa, que mundo é este em que estamos!

— Em que eles estavam trabalhando no momento? — perguntou Eve.

— Os dois? Bick e Natalie não cuidavam das mesmas contas. Ele trabalhava com pessoas físicas e orçamentos domésticos. Ela cuidava de pessoas jurídicas e empresas em geral, quase todas do exterior.

— Como lhe pareceu que ele estava nas últimas duas semanas?

— Um pouco agitado, agora que a senhora mencionou. O casamento estava chegando e eles tinham acabado de comprar um apartamento em Tribeca. Estavam reformando o imóvel, redecorando-o e comprando mobília nova. É compreensível um homem ficar agitado num momento desses.

— Ele mencionou alguma preocupação específica com você?

— Não. — Os olhos dela se estreitaram. — Não foram assassinatos aleatórios, não é? A senhora está tentando me dizer que alguém matou esses dois jovens deliberadamente e...?

— Nada disso — interrompeu Eve. — Não estamos tentando lhe dizer nada no momento.

Depois de jogar a bola para o campo das requisições de mandados, Eve só queria uma coisa: voltar à Central para redigir o relato escrito, apresentar o relatório oral, organizar o cronograma dos acontecimentos e montar um quadro com dados sobre o crime.

Mas Peabody não se permitiu ser dispensada.

— Você está adiando o momento e vai se arrepender depois, quando tiver de fazer sozinha todas as compras para o bebê.

— Não vou "fazer compras" com ou sem você. Pretendo simplesmente adquirir alguns produtos. E é melhor não levarmos mais de dez minutos.

— Então também poderemos comer alguma coisa, certo?

— Tem sempre algo a mais quando é com você. Aposto que nem vamos encontrar lugar para estacionar perto da loja. Eu poderia simplesmente comprar alguma coisa on-line. Você me sugere o que comprar e eu resolvo tudo. Isso não é o bastante?

— Não.

— Sua vaca!

— Você vai me agradecer quando Mavis ficar toda mole de emoção e melosa.

— Não gosto de nada mole e meloso, a não ser que venha envolto em chocolate.

— Por falar em chocolate, que tipo de bolo vamos ter no chá de bebê?

— Não sei.

Sinceramente chocada, Peabody se virou para Eve, no banco do carro.

— Você ainda não providenciou o *bolo*?

— Não sei. Provavelmente sim. — Como a ideia do chá de bebê, o que ela precisava fazer, ainda não tinha feito e deveria organizar fazia seu estômago arder, Eve se encolheu de leve.

— Olhe, eu contratei um bufê, ok? Fiz isso sozinha, não joguei a responsabilidade em cima de Roarke, nem pedi a Summerset que cuidasse de tudo. Deus me livre!

— Muito bem. E o que você pediu? Qual é o tema?

A ardência no estômago se transformou em cólica.

— Que "tema"?

— Você não escolheu um *tema*? Como você vai oferecer um chá de bebê sem ser temático?

— Santo Cristo, eu preciso de um tema? Nem sei o que isso significa. Contratei a mulher do bufê, fiz a minha parte. Avisei a ela que era um chá de bebê. Informei o número de convidados... mais ou menos. Avisei o dia, a hora e o local. Foi nesse ponto que ela começou a me fazer um monte de perguntas. Isso me provocou uma tremenda dor de cabeça e eu avisei para ela não me fazer tantas perguntas, senão seria despedida. Mandei que ela simplesmente providenciasse o que era necessário. Por que isso não é o suficiente?

O suspiro de Peabody foi longo e sentido.

— Escute, me passe o nome do bufê e eu verifico tudo com a responsável. Ela fornece a decoração também?

— Ai, cacete. É preciso decoração?

— Vou ajudá-la, Dallas. Vou servir de ligação entre você e a organizadora do bufê. No dia da festa eu chego mais cedo e ajudo a montar e preparar tudo.

Eve estreitou os olhos e tentou ignorar a sensação de alegria e alívio que sentiu borbulhar no peito.

— Quanto isso vai me custar?

— Nada. Eu adoro chás de bebê.

— Você é uma mulher doente da cabeça, sabia?

— Veja ali! Aquele carro vai sair. Pegue aquela vaga! Entre na vaga! Fica no primeiro andar, quase na porta. Isso é um sinal da deusa da fertilidade, ou algo assim.

— Malditos partidários da Família Livre — resmungou Eve, mas conseguiu entrar na vaga antes de um Minibug que também a disputava.

Eve sabia que iria odiar fazer compras numa butique para bebês. Era uma mulher que se conhecia muito bem.

Havia bichos de pelúcia gigantescos e música suave, daquelas de anestesiar o cérebro. Também havia minicadeiras, estranhas jaulas com redes em volta, mais animais espalhados e estrelas idiotas presas nas paredes e penduradas no teto. Araras estavam cheias de estranhas roupas em miniatura. Havia sapatinhos pouco maiores que o seu polegar. Sapatos do tamanho de um polegar eram uma coisa antinatural, decidiu. Nenhuma criatura tão pequena era capaz de caminhar sobre duas pernas; então para que eram necessários sapatos?

Estranhos objetos se balançavam, giravam e tocavam mais música tilintante só de olhar para eles.

Muitas gestantes circulavam pelo local, enquanto outras carregavam o fruto do seu ventre em coisas parecidas com tipoias coloridas ou estranhos assentos acolchoados que prendiam em torno do pescoço. Um desses frutos emitia guinchos agudos e estranhíssimos.

E havia outros, um pouco maiores, que se sentavam em carrinhos acolchoados ou vagavam sem rumo definido pela loja, sempre socando os animais de pelúcia e trepando em tudo que estava em volta.

— Coragem — disse Peabody, tentando tranquilizá-la e apertando o braço de Eve com força antes que ela tentasse escapar.

— Aponte para qualquer produto que eu compro. Não importa o que for. Preço não é problema.

— A coisa não funciona desse jeito. Primeiro temos de consultar a lista em uma das telas, está vendo ali? Mavis se registrou e agora nós vamos descobrir o que ela deseja ganhar e o que as pessoas já compraram. Essa loja tem coisas fabulosas.

— Por que uma coisa que não pode andar, falar nem se alimentar sozinha precisa de tanta tralha?

— Exatamente por esses motivos. Bebês precisam de estímulos e de conforto. Vamos nessa... — Peabody tocou em uma das telas. Uma jovem simpática e muito sorridente surgiu.

— Seja bem-vinda à Cegonha Branca! Em que podemos ajudá-la?

— Queremos nos registrar para ter acesso à lista de Mavis Freestone, por favor.

— É pra já! Vocês querem ver a lista completa dos produtos escolhidos pela sra. Freestone ou apenas os que ainda não foram comprados?

— O que sobrou — respondeu Eve, depressa. — Só o que sobrou.

— Um momento, por favor.

— Por que ela fala devagar desse jeito? — perguntou Eve. — Até parece que eu tenho paralisia cerebral.

— Mas ela não está...

— Dallas?

Eve estava num tal estado de nervos que quase deu um pulo ao ouvir o próprio nome. Virando-se para trás, viu Tandy Willowby caminhando com dificuldade em sua direção.

— Oh, e você é Peabody, certo? Nós já nos encontramos uma vez na casa de Mavis, lembra?

— Claro que eu me lembro. Como você está?

— Estou ótima. — Tandy deu alguns tapinhas na barriga. — Prestes a começar a contagem regressiva. Vocês vieram aqui comprar coisas para Mavis?

— Simplesmente me diga o que comprar. — Eve estava disposta a implorar, se necessário. — Estou em cima da hora.

— Tudo bem. Na verdade, eu sei o presente perfeito. Por favor, cancelem o programa de busca — pediu. — Só que ele pode custar mais do que vocês estão dispostas a gastar e...

— Não me importo com o preço. Pode mandar embrulhar.

— É um pouco grande. Para ser franca, eu tive de convencer Mavis mais de dez vezes a não comprar a loja toda e esperar até o chá de bebê. Mas sei que ela está louca para ganhar essa cadeira de balanço automática.

Tandy passou por entre os corredores da loja e seguiu na frente de Eve e Peabody através de florestas e campos de mercadorias para bebês, sempre balançando seu rabo de cavalo louro.

— Convenci meu chefe a encomendar um aparelho desses nas cores preferidas de Mavis. Sabia que se ela não conseguisse ganhá-lo de presente acabaria por comprá-lo depois do chá de bebê. Vou lhes mostrar o modelo que temos em exposição e depois vocês podem dar uma olhada no telão para ver o que mandamos encomendar. Ele já chegou e está no depósito.

— Tudo bem. Excelente. Eu pago o que for por ele e... Ei! — reclamou Eve quando Peabody a cutucou com o cotovelo.

— Vamos pelo menos ver o produto.

— Ah, sim, vocês precisam ver! — concordou Tandy, com os olhos em tom de azul-bebê arregalados e confiantes. — É mais que demais, como Mavis costuma dizer.

O que Eve viu quando Tandy apontou foi uma espécie de poltrona confortável no formato de um S comprido. Isso, por algum motivo, fez Peabody emitir arrulhos de êxtase.

— Ela reclina, balança, gira, vibra e toca música. Vem com vinte melodias relaxantes, mas dá para gravar outros sons ou canções e baixar outras músicas no site. Também dá para registrar o som da voz da mãe, do pai, o que a pessoa desejar. — Tandy passou a mão de leve pela curva superior do sistema. — O material é anti-manchas, resistente à água e extremamente macio. Experimente só...

Como aquilo era quase uma ordem, Eve deu uma batidinha na poltrona.

— Agradável. Macia. Aconchegante. Vou levar!

— Você precisa se sentar nela! — insistiu Tandy.

— Mas eu não...

— Vá em frente, Dallas — incentivou Peabody, com um empurrãozinho. — Experimente. Você tem de fazer isso.

— Puxa, tudo bem, tudo bem. — Sentindo-se uma idiota, Eve se abaixou cuidadosamente junto da poltrona e sentiu que ela se movimentou sozinha, como se estivesse viva. — Ela se mexeu!

— São as almofadas internas de gel se preparando para receber suas formas — sorriu Tandy. — Vou ajustar o sistema para você, mas a usuária pode usar um dos programas predefinidos manualmente ou por reconhecimento de voz. Os controles são para destras e canhotas. Basta acionar a alavanca com o dedo.

Tandy demonstrou como fazer, revelando um painel.

— Aqui está uma nova função do produto, exclusividade do modelo Deluxe, justamente o que Mavis está namorando.

O bebê adormeceu e a mamãe está cansada? — Tandy pressionou três botões, e a poltrona começou a zunir suavemente, ao mesmo tempo em que a lateral se abriu e um pequeno suporte almofadado saiu e se ergueu lentamente. — Basta se virar de lado, colocar o bebê dentro do suporte lateral em forma de berço e mãe e filho poderão tirar um rápido cochilo.

— Isso é absolutamente fantástico! — arrulhou Peabody novamente, como uma pombinha matinal.

— O suporte aguenta até vinte quilos e pode balançar de forma independente da poltrona. Existe ainda um pequeno compartimento do outro lado para acomodar toalhas para regurgitação, lenços umedecidos e cobertores extras. Garanto que ela faz tudo para a mãe, exceto dar de mamar e trocar as fraldas.

— Que bom. — Com indisfarçável alívio, Eve se levantou da poltrona.

— Essa poltrona recebeu nota máxima das revistas *Baby Style*, *Parenting* e *Today's Family*. O *Mommy Channel* também a escolheu como um dos melhores produtos do ano.

— Você me convenceu, produto vendido!

— Sério? — Um rubor de alegria encheu o rosto de Tandy. — Puxa, isso é brilhante, isso é *mag*.

— Vocês podem entregar isso a tempo do chá de bebê, certo?

— Claro! E como eu tenho certa influência por aqui, vou conseguir que ela seja transportada, depois da festa, para o apartamento de Mavis. Sem custo adicional.

— Obrigada. — Como se lembrou de perguntar só nesse momento, Eve analisou a poltrona mais uma vez e perguntou: — Quanto custa esse troço?

Quando Tandy recitou o preço, Peabody não conseguiu reprimir um ruído forte, como se engolisse em seco. Eve simplesmente olhou para a poltrona e exclamou:

— Puta merda!

Nascimento Mortal

— Sim, eu sei que é muito caro, mas vale o preço. E posso lhe oferecer dez por cento de desconto em qualquer compra feita hoje se você solicitar o cartão da Cegonha Branca.

— Não, não, obrigada. — Eve passou as mãos pelo rosto. Aceitar essa oferta, em sua opinião, seria o mesmo que tentar o destino. — Eu pago o preço sem desconto. E quero nas cores que Mavis gosta.

— É um presentão excepcional e surpreendente, Dallas — disse Peabody.

— Sim, é mesmo. — Os olhos de Tandy ficaram rasos d'água com tanta emoção. — Mavis tem muita sorte de poder contar com uma amiga como você.

— Ah, isso é verdade.

Aquilo era só dinheiro, lembrou Eve a si mesma enquanto fazia o pagamento. Era só uma montanha de dinheiro. Enquanto ela se retorcia por dentro por puro choque, Peabody e Tandy tagarelavam sobre recém-nascidos, a festa de sábado e aparelhinhos especiais para bebês. Quando chegaram à questão de amamentar no peito ou não, Eve decidiu que aquilo já era o suficiente.

— Precisamos ir. Temos crimes para combater e coisas desse tipo.

— Estou muito feliz por vocês terem dado uma passadinha aqui, e não foi só por causa da venda. Mal posso esperar pelo chá de bebê no sábado. Minha vida social anda fraca ultimamente — acrescentou, rindo de leve. — O chá de bebê de Mavis vai ser o ponto alto do meu calendário desse ano. Com exceção do nascimento deste bebê aqui — deu uma palmadinha na barriga.

— O sistema para acalentar será entregue na véspera do evento, ao meio-dia. Qualquer problema que surja, qualquer detalhe ou dúvida, por favor entrem em contato comigo aqui na loja.

— Faremos isso. Obrigada, Tandy.

— Vejo vocês lá, então!

Foi com um sentimento de gratidão no coração que Eve saiu do ambiente aquecido, perfumado e musical para a rua fria, barulhenta e com muito vento.

— Que horas são, Peabody?

— Ahn, uma e meia da tarde.

— Quero me deitar um pouco numa sala escura.

— Mas...

— Tudo bem, estamos em horário de trabalho, nada de moleza para os traumatizados. Salgadinhos de soja fritos poderão substituir o conforto do esquecimento completo.

— Vamos comer, então? — Peabody quase executou uma dancinha feliz. — Devíamos fazer compras com mais frequência.

— Morda essa língua.

Capítulo Quatro

Eve não sabia exatamente o que pensar sobre o fato de se sentir mais à vontade num necrotério do que numa butique de bebês, nem o que isso revelava sobre si mesma. Mas não se importava com isso. As paredes brancas frias e o cheiro de morte mal disfarçado pelo desinfetante de pinho representavam um ambiente familiar para ela.

Empurrou a pesada porta que dava na sala de autópsia no instante em que Morris, o chefe dos legistas, transferia o cérebro de Bick Byson de dentro do crânio para uma balança.

— Dois pelo preço de um — comentou Morris, com o elegante terno do dia coberto por uma proteção de plástico transparente. Parou para digitar alguns dados e colocou o cérebro sobre uma bandeja.

Morris era musculoso nos lugares certos, embora não fosse muito alto, e seu terno cor de chocolate sobre a camiseta dourada exploravam isso. Estranhamente sexy, tinha olhos amendoados e cabelo preto sedoso e brilhante preso atrás da nuca numa trança firme e intrincada.

— Minha avaliação também é essa: dois pelo preço de um — concordou Eve. — E já vi que você concorda com o resto. Mesmo método, mesmo assassino, certo?

— Força física e traumas parecidos. Em termos pouco técnicos, ele tirou o couro deles. Prendeu as vítimas pelos tornozelos e pelos pulsos. Ficarei muito surpreso se os peritos descobrirem que a fita isolante usada nas duas vítimas não veio do mesmo rolo. A morte ocorreu por estrangulamento nos dois casos. A vítima do sexo masculino recebeu uma rajada de atordoar no peito. Disparo quase em contato com a pele um pouco acima do esterno. Também sofreu, como você anotou na descrição feita na cena, marcas roxas e ferimentos nos nós dos dedos. Ele reagiu e atacou o agressor. Removi alguns cacos de cerâmica de suas costas e nádegas.

— Luminária quebrada. Pelo visto ele agarrou o abajur da mesa de cabeceira, foi até a sala de estar e tentou usá-lo contra o invasor.

— Não achei traumas *post mortem* em nenhum dos dois. Quando seu assassino os matou, deu o trabalho por encerrado. Não houve ataque sexual em nenhum dos dois. A vítima do sexo feminino...

Morris limpou as mãos seladas e deu a volta na mesa onde Natalie jazia limpa, nua e etiquetada.

— Esse não é o corte em Y que você geralmente usa — observou Eve, franzindo o cenho enquanto analisava o corpo.

— Você tem um excelente sentido de observação, Dallas. — Os olhos dele cintilaram de alegria. — Não fui eu que a abri. Estou supervisionando o trabalho de um novo legista. Costumamos dizer que nossos clientes "morrem para aprendermos". A mulher foi torturada antes do óbito. Dedos quebrados. O ângulo e a posição indicam que eles foram virados para trás.

Morris ergueu a própria mão, apertou o dedo mindinho com a outra e a puxou com força para trás e para baixo, garantindo:

— Eficiente e muito doloroso.

Eve se lembrou da falta de ar, da dor e do choque que sentiu quando seu pai tinha quebrado o osso do seu braço com um estalo.

— Sim — concordou ela. — Dói muito.

— Há queimaduras no ombro, na barriga e nas solas dos pés. Parecem ter sido feitas com uma ponteira a laser ou algo do gênero. Está vendo o formato circular? A ponteira deve ter sido encostada à pele com muita força e firmeza para queimá-la e, ao mesmo tempo, deixar uma marca profunda.

A fim de dar uma olhada melhor, Eve colocou um par de micro-óculos.

— Não vejo falhas importantes em torno dessas marcas — observou ela. — Seus pés estavam firmemente presos na altura dos tornozelos, mas ela certamente se retorceu e lutou quando foi queimada. Ele teve de firmar e imobilizar o pé dela com uma das mãos para mantê-lo parado. Leva seu trabalho muito a sério.

Tirando os micro-óculos, completou:

— Seu nariz foi fraturado.

— Foi, e quando usamos os micro-óculos dá para ver os detalhes das marcas roxas nas duas narinas. — Pegou o par que Eve descartara e o ofereceu a Peabody quando a tenente apontou para a parceira com o polegar.

Colocando-os com cuidado, Peabody se inclinou para ver melhor.

— Só consigo ver uma massa disforme de tecidos dilacerados. — Prestou mais atenção e fez cara de estranheza quando Morris iluminou com uma caneta luminosa a lateral de uma das narinas de Natalie. — Ah, agora eu entendi. Ele colou a boca da vítima com fita isolante e depois prendeu suas narinas com força usando o polegar e o indicador para lhe cortar o ar.

— Com o nariz quebrado ela já teria um trabalho considerável para respirar. Ele tornou tudo ainda mais difícil.

— Estava interrogando-a — garantiu Eve a Morris. — Se fosse uma morte direta por tortura, ele faria ainda mais danos. Teria retalhado outras partes dela, lhe quebraria mais alguns ossos, haveria queimaduras mais graves em outras partes do corpo. Também perceberíamos vestígios de algum tipo de abuso sexual, traumas nos seios e na área vaginal.

— Concordo. Ele queria apenas feri-la. No caso do homem ele pulou a sessão de interrogatório. Foi direto para a surra e o estrangulamento.

— Porque a mulher lhe contou o que ele precisava saber ou lhe entregou o que ele queria levar — concluiu Peabody.

— A segunda vítima teve de morrer porque a primeira contou que o noivo também sabia de tudo ou vira o mesmo que ela. O motivo do crime foi ela — murmurou Eve.

N a Central, Eve se sentou à sua mesa, ingeriu várias canecas de café e acrescentou dados e anotações aos relatórios iniciais. Ligou mais uma vez para a promotoria a fim de reforçar os pedidos de mandado, mas ouviu as respostas de sempre.

Advogados, refletiu Eve. Os representantes da firma de contabilidade tinham adotado o movimento instintivo de tentar bloquear os mandados. Isso já era esperado, pensou, mas ela iria consegui-los de qualquer jeito, mesmo que só acontecesse no fim do dia.

Eve, no mesmo movimento instintivo, também ligou para cobrar resultados do laboratório. As evidências tinham sido todas recolhidas, estavam sendo devidamente processadas, os técnicos não podiam fazer milagres, blá-blá-blá.

Nascimento Mortal

O que havia de concreto eram dois cadáveres, um casal, mortos cada um em sua casa a poucos quarteirões uma da outra, num intervalo de uma hora entre as mortes. A mulher fora morta antes. Ambos trabalhavam para a mesma empresa, mas em departamentos diferentes. Mortes violentas, computadores, dados e discos subtraídos do local do crime.

Nenhum inimigo em comum era conhecido.

O assassino devia ter transporte próprio, refletiu. Não dava para ficar carregando centros de dados e comunicação pelo meio da rua de uma cena de crime para outra.

Franzindo o cenho, verificou as chamadas recebidas para ver se Peabody já tinha identificado os modelos dos equipamentos que pertenciam às duas vítimas. Descobriu que sua eficiente parceira tinha copiado para o seu sistema a lista completa de equipamentos registrados nos nomes das vítimas. Uma unidade de mesa e um tablet para cada um.

Isso não incluía os *tele-links* portáteis nem as agendas virtuais, pois nada disso exigia registro junto ao CompuGuard, o poderoso sistema de controle oficial. Como acontecera com os outros equipamentos, porém, nada disso fora encontrado nas cenas dos crimes.

Eram máquinas poderosas e compactas, pensou, analisando os modelos, mas não conseguia imaginar o assassino carregando os aparelhos de Natalie Copperfield e Bick Byson pela escada de incêndio.

Não, havia um veículo parado na rua à sua espera para transportá-los e trancá-los com segurança enquanto ele acabava com a missão da noite.

Onde ele estacionara? Será que morava perto? Tinha trabalhado sozinho?

Levara a fita isolante consigo e, provavelmente, a arma de atordoar, a ponteira a laser e as outras ferramentas que tinha usado para provocar os ferimentos e as queimaduras. Isso indicava preparação, não havia dúvida. Contudo, usara armas que encontrara à mão para dar vazão ao assassinato propriamente dito. Além de preparado, ele era oportunista.

Sabia que o prédio da vítima feminina não tinha câmeras, alarmes nem equipamentos de segurança. Também sabia que o segundo local tinha sistemas de segurança. Tinha estudado os locais antes de agir, o que reforçava a ideia de preparação. Ou então já conhecia os lugares pessoalmente.

Será que já tinha estado lá antes dos assassinatos?

Tivera contato pessoal com as vítimas?

Ela se levantou, montou o quadro com dados dos crimes e tornou a se sentar, virando a cadeira meio de lado para poder estudar os rostos dos mortos.

— O que você sabia, Natalie? O que conseguiu de comprometedor? O que descobriu? Seja o que for, isso a deixou preocupada.

Tinha ligado para o trabalho avisando que ia faltar porque estava doente. Mandou instalar uma tranca extra e um olho mágico num apartamento do qual iria se mudar daqui a alguns meses. Sim, ela certamente estava preocupada.

Mas não o bastante para contar tudo à irmã ou à chefe de quem, pelo que parecia, era amiga.

Mas Bick foi trabalhar normalmente na véspera da morte. Talvez não estivesse tão preocupado, ou queria manter os olhos e ouvidos atentos no trabalho.

Natalie não estava preocupada a ponto de pedir ao noivo que passasse a noite com ela.

Não estava preocupada com a sua vida, concluiu Eve, apesar da faca de cozinha no quarto. Abalada, tensa, nervosa, cuidadosa. Mas não temendo pela própria vida. Provavelmente se sentiu tola, até um pouco sem graça por levar a faca para o quarto. Certamente

Nascimento Mortal

73

não estava assustada a ponto de chamar a polícia ou ir para o apartamento do noivo por alguns dias.

Pode ser que estivesse trabalhando em alguma conta especial. Gostava do seu espaço pessoal e da tranquilidade do seu cantinho, mas a noite caiu e ela ficou nervosa.

A fim de refrescar a memória, Eve pegou a transmissão gravada do *tele-link* de Palma e reviu e transmissão que Natalie fizera para a irmã.

"Oi, Nat!"

"Palma, onde você está?"

"Sobrevoando Montana. Estou na linha entre Las Vegas e Nova York, lembra? Os voos ficam lotados num dia como hoje. Ida e volta, os ônibus espaciais estão cheios. Vou chegar tarde em Nova York. Está tudo bem se eu for dormir aí, certo?

"Claro. Eu preciso mesmo ver você. Estou com saudades."

"Eu também. Escute, há alguma coisa errada?"

"Não, não. É que estou com muita coisa na cabeça ao mesmo tempo."

"Você brigou com Bick?"

"Não. Estamos ótimos. É só que... Tem muita coisa rolando por aqui e... Olha, amanhã você vai estar de folga, não vai?"

"Depois de um voo como o de hoje, pode apostar que sim. Você está a fim de faltar ao trabalho e tirar o dia todo para colocarmos os papos em dia?"

"Estou, sim. Poderíamos ir fazer compras."

"Ou falar sobre os planos para o casamento."

"Isso! Talvez eu consiga colocar algumas coisas para fora conversando com você."

"Você não está amarelando com o casamento, está?"

"O quê? Não, nada disso. Não tem nada a ver com o casamento. É sobre..."

"Droga, o passageiro da poltrona 5-A está me chamando novamente."

"Vá cuidar dele, conversamos sobre tudo amanhã de manhã. Mais uma coisa: você recebeu a chave nova do apartamento e a senha que eu enviei hoje de manhã?"

"Está tudo comigo. Querida, você parece meio abatida. O que... Ai, pelo amor de Deus! Bip, bip, bip! Desculpe, Nat."

"Tudo bem, vá trabalhar. A gente vai se encontrar logo, logo. Palma, estou feliz porque vamos nos ver amanhã."

"Eu também. Teremos panquecas no café da manhã?"

"Pode apostar."

"Até logo, então."

Havia um alto nível de estresse na vítima, decidiu Eve. Não seria preciso uma análise de voz para detectar isso. Dava para perceber claramente nos seus olhos. Não medo exatamente, mas tensão e fadiga.

Ela decidira contar tudo à irmã, fosse lá o que fosse. Ia abrir o bico, exatamente como fizera com o noivo; Eve tinha certeza disso. Foi uma sorte Palma estar longe dali na hora em que os crimes tinham ocorrido.

A vítima procurava conselhos, alguém com quem compartilhar o fardo. Descobri tal coisa, coisa e tal, vi isso, suspeito daquilo. Não sei como devo proceder.

Fechando os olhos, Eve trouxe o apartamento de Natalie à cabeça. Tudo muito feminino, bem arrumado, coisas que combinavam umas com as outras. Com as roupas que Eve tinha encontrado nos armários acontecia a mesma coisa. Natalie tinha muito estilo. Era uma contadora dedicada, esforçada e competente.

Prática e organizada. Mandara instalar uma fechadura nova. Tomava cuidados e era cautelosa.

O que tinha visto ou investigado fora a causa da sua morte, mas essa descoberta devia ter acontecido há pouco tempo. Eve percebeu que Natalie Copperfield era uma mulher com muita autoconfiança.

Talvez tivesse compartilhado as informações com mais alguém além do namorado. Se foi o caso, tinha escolhido a pessoa errada.

Pegando a lista que lhe fora entregue, Eve começou a fazer uma pesquisa básica nos colegas de trabalho, superiores e donos da empresa. Depois ligou para Peabody pelo *tele-link* interno.

— Faça uma pesquisa completa acerca dos outros inquilinos do prédio de Natalie Copperfield — ordenou Eve. — Pode ser que ela tenha testemunhado algo em casa ou nas redondezas.

— Eu ia fazer isso agora mesmo. Acabei de rever as declarações dos vizinhos nos dois prédios. À primeira vista não encontrei nada de errado.

— Então precisamos cavar mais fundo. Recebi sinal verde para investigar a vida financeira de ambos. Vou mergulhar nisso.

— Eles não eram chantagistas, Dallas, não sinto vibrações desse tipo.

— Vamos olhar mesmo assim.

Não havia "vibrações". Eve concordava com isso, mas levantou os dados bancários de Natalie. O que descobriu era, imaginou, o que seria de esperar nas finanças de uma contadora. Extratos organizados, vida equilibrada, despesas frugais. Uma ou outra extravagância, apenas; havia uma lacuna grande e pesada nas finanças que acontecera três meses antes na loja Casamento Branco, onde ela comprara um vestido, véu, grinalda e outros ornamentos.

Só que Eve não tinha achado nenhum vestido de casamento sofisticado no apartamento, e comentou o fato com Peabody.

— O vestido ainda deve estar em prova — foi o que a parceira lhe explicou. — A loja mantém o vestido com as costureiras e agenda várias provas até uma semana antes do grande dia.

— Ah. Tudo bem, então. Mas vamos verificar, apenas para ter certeza.

— Encontrei alguns registros policiais no nome do vizinho do primeiro andar, Michael Pauli. Posse de pequenas quantidades de drogas ilegais. A última data de três anos atrás. Num inquilino do segundo andar temos um registro por bebedeira e tumulto, além de uma entrada por roubo de loja. Nenhum dos dois é recente.

— Andei pesquisando o pessoal da firma e vou remeter os dados para você. Continue a busca que eu vou levar tudo para a Divisão de Detecção Eletrônica. Vou ver se eles conseguem descobrir mais coisas sobre os *tele-links* portáteis.

— Posso ir até a DDE — ofereceu Peabody.

— Não pretendo mandá-la até lá para você e McNab ficarem brincando de apertar a bunda um do outro.

— Que pena...

— Pesquise os nomes, Peabody. Se algo surgir, me avise. Se não pintar nada, remeta os resultados de volta para o meu computador, com cópia para o meu sistema de casa. Dê o turno por encerrado quando terminar a busca. Só depois disso você poderá ir para casa brincar de "apertar bunda".

— Ele não tem muita bunda para apertar, mas em compensação o que tem de...

Para poupar a si mesma, Eve desligou o *tele-link* na cara da parceira. Em seguida resolveu se poupar um pouco mais e pegou a passarela rolante para ir até a DDE em vez de tomar o elevador. Naquela hora de mudança de turnos, os elevadores eram uma caixa fechada de corpos e odores estranhos. As passarelas lhe pareciam um pouco melhor, apesar de viverem entulhadas de tiras entrando

Nascimento Mortal

e saindo dos andares, trazendo suspeitos para interrogatório e arrastando outros para serem fichados.

Eve forçou a passagem acotovelando as pessoas e decidiu pegar a escada quando faltava um andar. Ao sair no corredor da DDE sentiu-se ofuscada pelo padrão em zigue-zagues enlouquecidos como raios em tom de azul-néon sobre um fundo rosa-choque que só mesmo Ian McNab poderia chamar de camisa.

— Quero saber onde você comprou essa camisa — exigiu Eve.

— Ahn? Ah, olá, Dallas. Gostou?

— Não quero cometer o erro letal de entrar lá por engano. — Pescou algumas fichas de crédito no fundo do bolso. — Vá me pegar uma lata de Pepsi naquela entidade sarcástica e sádica que as pessoas chamam de máquina de venda automática.

— Tudo bem. — Ele pegou os créditos que ela colocou em sua mão.

Peabody estava certa, pelo menos quanto ao fato de que ele não tinha muita bunda. Era magro como um graveto e se vestia como um astro de circo, mas tinha a alma de um verdadeiro *geek* da eletrônica.

Seu cabelo estava colado para trás sobre as orelhas com gel fixador e lhe descia pelas costas num rabo de cavalo louro e comprido, deixando livre seu belo rosto. Havia muitos aros de prata ao longo da orelha esquerda. Eve sempre se perguntava como era possível seu corpo não adernar para aquele lado quando ele caminhava.

— Recebi os dados do seu caso, Dallas — informou ele, entregando-lhe a lata de refrigerante que pegara. — Estava voltando de uma pausa e ia ligar para você agora mesmo.

— Já me conseguiu alguma coisa?

— Recuperei e transcrevi as gravações da primeira vítima que foram dadas e recebidas nos últimos sete dias. Posso recuperar outras, mais para trás, se quiser. Mesmo quando a pessoa apaga as ligações antigas, elas ainda ficam armazenadas no disco durante mais ou menos...

— Não quero uma aula de nerdices, McNab, só os resultados.

— Então vamos lá nos fundos.

Se na Divisão de Homicídios o clima profissional era do tipo "roupa casual", a DDE estava mais para "alta-costura". Em Vênus. As botas em cores berrantes enfeitadas com relâmpagos eram apenas um detalhe na roupa de McNab, e em torno dela Eve viu materiais brilhantes, botas com sola de gel e toneladas de ornamentos corporais. Se a Homicídios era um acalanto, a DDE era rock pesado. Guinchado, na verdade, refletiu Eve, ouvindo os bipes, zumbidos, vozes altas, música agitada e apitos eletrônicos.

Ela enlouqueceria em menos de uma hora se trabalhasse em condições como aquelas. Perguntou-se como era possível que Feeney, seu antigo parceiro e atual capitão de toda a Divisão, conseguia sobreviver a tudo aquilo. Na verdade ele parecia *adorar* trabalhar no meio daqueles pavões e flores exuberantes.

McNab pegou um disco em sua estação de trabalho.

— Vamos procurar uma cabine — chamou ele.

Serpenteou pela selva colorida. A maioria dos funcionários da DDE parecia dançar, sempre falando em microfones e usando fones nos ouvidos. Aquilo tudo provocava calafrios em Eve. Ela seguiu McNab através de portas de vidro, atrás das quais uma dúzia de cabines estavam alinhadas como soldados. Mais da metade delas estava ocupada.

McNab se apossou de uma delas e enfiou o disco na ranhura discreta de um computador pequeno e sofisticado.

— A maioria das transmissões que eu recuperei foi feita para a segunda vítima. Há algumas para a mãe dela, para a irmã e para o trabalho. Outras para lojas e prestadores de serviço. Ela estava de casamento marcado, certo?

— Sim, esse era o plano.

— Pois é. Ela andou conferindo orçamentos com floristas, perguntando sobre o vestido, esse tipo de coisa.

— Podemos pular essas gravações?

— Imaginei que você fosse pedir isso e organizei tudo em dois arquivos. Neste aqui estão as transmissões feitas para o namorado. Depois você pode ouvir as outras, se precisar. Reproduzir! — ordenou ele à máquina.

O computador recitou a data da transmissão, o horário e o código da gravação. Byson apareceu na tela exatamente como tinha acontecido no *tele-link* portátil de Natalie.

Era um rapaz muito bonito, avaliou Eve. Antes de ter o rosto destruído.

"Oi, Nat"

"Bick, você está sozinho?"

"Sim, mas estou de saída para uma reunião. Aconteceu alguma coisa?"

"Preciso falar com você sobre... Aquilo que eu andei pesquisando. Podemos almoçar juntos?"

"Não vai dar, já marquei almoço com um cliente. O que houve?"

"Não é uma boa falar sobre essas coisas pelo tele-link. Depois do trabalho podemos ir para minha casa? Preciso mostrar tudo para você. Apareça lá assim que sair do trabalho, pode ser? Acho que é muito importante."

"Combinado, então. A gente se vê mais tarde."

O computador anunciou o fim da transmissão, e o marcador de tempo zerou.

— Ela estava ansiosa, assustada, mas também empolgada — declarou Eve. — Falava com um ar de veja só o que eu descobri.

A próxima gravação foi do dia seguinte, uma ligação recebida.

"Oi, gata. Estou tentando adiar essa reunião de negócios, mas está difícil. Você quer que eu passe na sua casa depois?"

"Não, não, tudo bem, vou estar no trabalho. Bick, estou descobrindo fatos novos e acho que ainda tem muito mais. Amanhã eu lhe conto tudo. Você pode me encontrar para tomarmos o café da manhã juntos no lugar de sempre?"

"Combinado. Sete e meia está bom?"

"Perfeito. Nossa, Bick, eu não consigo acreditar no que descobri. Temos que desvendar tudo, porque isso precisa ter um fim."

"Poderíamos contar tudo à polícia."

"Ainda não, precisamos confirmar com mais dados. Ainda não sabemos quem mais está envolvido, pelo menos até agora, nem com certeza absoluta. Precisamos ser cuidadosos. Eu lhe conto tudo amanhã de manhã."

"Não trabalhe até muito tarde. Eu te amo."

"Eu também te amo."

Havia outras transmissões ao longo do dia, e a tensão aumentava em cada uma delas. Todas eram igualmente misteriosas e a última delas foi feita quase à meia-noite, duas horas antes do primeiro assassinato.

"Queria só falar com você e ver o seu rosto."

"Nat, escute, eu posso passar a noite aí."

"Já está tarde e você teve um dia puxado. Eu estou bem, sério mesmo. Só um pouco sobressaltada, acho. Além do mais, Palma vem dormir aqui quando chegar de viagem e eu sempre me sinto estranha por eu e você dormirmos juntos quando ela está aqui em casa."

"Sua puritana!"

"É, acho que sim."

Nesse momento ela riu de leve.

"Pretendo conversar com ela, Bick, vou lhe contar tudo."

"Não gosto do jeito como eles tentaram comprar o seu silêncio. Puxa, Nat, eles tentaram subornar você!"

"E até onde sabem, eu pretendo aceitar a grana deles."

"Foi mais um ultimato do que um suborno. Pode ser que eles tentem machucar você."

"Pedi quarenta e oito horas para pensar sobre a oferta. Tenho bastante tempo. Não há motivo para eles tentarem fazer algo contra mim antes da minha resposta. Mandei instalar uma fechadura nova na porta, um olho mágico, e Palma vem passar a noite aqui. Já que eu entrei nisso, quero ir até o fim, Bick. Quero terminar o que comecei. Preciso juntar as peças, vou trocar umas ideias com Palma. Amanhã poderemos entregar tudo para as autoridades."

"Eu passo aí logo cedo. Vamos fazer isso juntos."

"Mas não traga as cópias dos seus arquivos, ouviu? Quero mantê-las como uma espécie de seguro, entende? Se a polícia não resolver o caso, podemos entregar tudo para a mídia. Isso precisa ser denunciado."

"De um jeito ou de outro, Nat, vamos ferrar com esses caras."

"E depois seguimos com nossas vidas. Mal posso esperar para nos casarmos."

"Sou louco por você. Durma bem, gata. Tudo isso terá um fim amanhã de manhã."

"Mal posso esperar por isso também. Amo você. Boa noite."

— Civis tentando bancar os detetives! — reagiu Eve, agitada com a mistura de pena e raiva. — Se tivessem procurado a polícia, estariam vivos.

— Tinham descoberto algo quente — concordou McNab. — Subornos e ameaças que terminam em assassinato sanguinolento. Vou pesquisar mais para trás e ver se ela contou outros detalhes para ele em ligações antigas. Mas me parece bem claro que foi alguma coisa que ela descobriu no trabalho.

— E eu aqui, ainda esperando pela porra dos mandados para analisar os arquivos dela. Advogados malditos! Se alguém quiser, terá tempo suficiente para recolher provas, desmontar indícios incriminadores e esconder o esquema todo.

— Tudo sempre deixa rastros, e os cães farejadores da DDE vão desenterrar tudo, Dallas. — Ele tirou o disco e o passou para Eve. — Foi uma pena o que aconteceu com eles. Deu para perceber que gostavam de verdade um do outro.

— Se tivessem se dedicado apenas aos números e deixado os bandidos para nós, ainda estariam numa boa.

Mas a pena que sentia deles pesava sobre Eve quando ela saiu da cabine.

— Pesquise as transmissões antigas — disse a McNab. — Continue voltando para trás. A mim, parece que, se alguém entrou em contato com Natalie pelo *tele-link* a respeito disso, ela deve ter mantido cópia da gravação. Pensou que estivesse montando um caso sólido. Contadores sempre analisam tudo na base de colunas, balanços entre lucros e perdas, mas mantêm registros de tudo. Se houve algum contato por meio eletrônico, ela escondeu a prova disso em algum lugar.

A não ser que tivesse sido recolhida, pensou Eve enquanto saía da Boate DDE, com muito alívio e grata pelo silêncio. Ela teria contado ao seu assassino qualquer coisa que lhe fosse perguntada, antes de ele acabar com ela.

Eve foi até o laboratório antes de ir para casa. Sua ideia era apressar Dick Berenski, chefe dos técnicos do laboratório, e pedir que ele passasse para ela tudo o que descobrira até o momento. Só que, ao se movimentar pelos corredores envidraçados entre os equipamentos e cubículos para exames, viu Harvo, uma técnica com quem já trabalhara antes.

O cabelo ruivo curto e espetado de Harvo, conforme Eve notou, estava coberto por uma touca estampada onde se viam vários homens nus.

Nascimento Mortal

— Gostei da touca.

— A diversão pode estar em qualquer lugar. — Harvo estourou uma bola de chiclete com a cor de pulmões saudáveis. — Se você procura por Cabeção, ele não está. Saiu de férias, foi passar alguns dias no Sul. Provavelmente está quase bêbado neste exato momento, dando em cima de alguma mulher desafortunada que só queria curtir sua *piña* colada em paz.

— Quem está tomando conta do hospício?

— Yon é o responsável por este turno, mas saiu para trabalho de campo. Descobriram um cadáver boiando no East River. Como esse é o seu evento favorito, ele foi visitar o local. Se você quiser, eu posso lhe repassar tudo o que conseguimos até agora sobre o duplo homicídio.

— Eu agradeceria muito.

— Estamos aqui para servir.

Em vez de levar Eve até os domínios de Berenski, Harvo a conduziu através de um labirinto de corredores até a estação de trabalho que ela usava.

— Você não curte trabalho de campo, Harvo?

— Nah... Essa não é a minha praia, gosto mais de ficar na colmeia. — Sentou na banqueta, ergueu os tênis verdes com solado grosso e detalhes em preto e os prendeu na trave de metal da banqueta. — Além do mais, esse lance de lidar com cadáveres frescos não está no alto da minha lista de preferências. Curto mais trabalhar com as evidências, entende? Remexendo a bunda na banqueta, começou a digitar no teclado com suas unhas compridas e muito bem pintadas.

— Não fui eu quem analisou sua fita isolante. O técnico que fez isso acabou de sair para casa. Deve ter enviado o relatório para o seu computador, mas já que você está aqui...

— Já que eu estou aqui...

— A fita usada nos dois assassinatos veio do mesmo rolo, está vendo aqui? Temos a ponta cortada que foi achada nos tornozelos da vítima do sexo feminino, e ela bate direitinho com a ponta da fita usada para prender as mãos da vítima do sexo masculino. Levamos horas para alisar e confirmar no microscópio a união dos dois pedaços, mas conseguimos uma identificação positiva. É uma fita adesiva preta e larga, geralmente usada para trabalhos de jardinagem.

— Suponho que nós não conseguimos o milagre de alguma impressão digital, por exemplo.

— Nem umazinha. Mas temos traços de DNA. Não achamos nada na mulher, nem debaixo das unhas. Há digitais na cena do crime número um; pertencem à vitima, à segunda vítima e à irmã da primeira vítima. Os respingos de sangue são todos da vítima. Ela não conseguiu ferir o agressor, mas o homem morto conseguiu deixar suas marcas nele.

— O DNA é da cena dois, então?

— Pois é. Nem todo o sangue da cena dois pertence à vítima. Conseguimos várias amostras excelentes nos nós dos dedos da segunda vítima. Ele deu boas porradas no canalha. Se você conseguir agarrá-lo, poderemos confirmar o DNA e ele está no papo. Também vimos muitas digitais nas paredes do apartamento da vítima número dois.

— Está acontecendo uma reforma lá.

— Sim, foi o que eu soube. Temos muitas impressões para analisar; vamos fazer um levantamento de todas elas e lhe enviamos os nomes e endereços dos donos de cada uma. Não havia nada no corpo da mulher. Mas encontramos marcas de sangue e saliva no corpo do homem, e não eram dele. A corda usada para estrangular a vítima número dois foi obtida nos pacotes de material de obra que estavam no local.

— Ele também acha que a diversão pode estar em qualquer lugar.

— Acho que sim. Tem mais uma coisinha. As fechaduras das portas da vítima mulher foram destruídas. A da portaria foi quebrada com um objeto liso de ponta redonda. Um martelinho, talvez. Bam... bam e pronto! Invasor dentro do prédio. Mas é melhor analisar a fechadura do apartamento. Foram usadas ferramentas de chaveiro para entrar lá.

Eve já reparara nisso por si mesma, mas fez que sim com a cabeça.

— Ele veio preparado — comentou. — Sabia das fechaduras novas.

— Então eu lhe envio as identificações das digitais da segunda cena para você pesquisar os donos.

— Agradeço muito.

O assassino manteve o olho nela, refletiu Eve enquanto enfrentava a batalha do trânsito na volta para casa. Primeiro tentou suborná-la, mas provavelmente pretendia matá-la desde o início. Natalie Copperfield achou que essa oferta de suborno serviria para lhe dar mais tempo, mas isso proporcionou horas extras para o assassino também. Ele teve tempo de planejar e preparar tudo com calma.

Informações tão quentes a ponto de justificar dois assassinatos eram importantes demais para ele arriscar a se livrar do perigo só com uma propina.

Tudo apontava para a firma de contabilidade, a resposta só poderia estar lá. Eve precisava colocar as mãos naqueles arquivos. Usando o *tele-link* do carro, entrou em contato com Cher Reo, assistente da promotoria.

— Estou de saída — avisou Reo logo de cara. — Tenho um encontro, é coisa séria, Dallas. Não venha me sacanear!

— Tenho dois cadáveres no necrotério e quero meus mandados, Reo. Não venha me sacanear.

— Você consegue imaginar o volume de papelada que um advogado consegue gerar em poucas horas?

— Essa é uma daquelas perguntas idiotas do tipo "você sabe quantos anjos conseguem dançar na cabeça de um alfinete?"

Reo exibiu um sorriso amargo e respondeu:

— Mais ou menos por aí.

— Por que os anjos dançariam na cabeça de um alfinete? Não seria muito melhor sacudir as asas em cima de uma nuvem?

— Eu certamente preferiria isso. — Os lábios de Reo se curvaram de forma marota. — Só que eu não sou anjo.

— Nem eu. Muito bem, fim do papo filosófico. Quero saber dos advogados e dos meus mandados.

— Vou consegui-los, Dallas, mas isso não vai rolar até amanhã de manhã. Não são apenas advogados, estamos lidando com advogados podres de ricos com orçamentos milionários e hordas de dedicados funcionários paralegais que conseguem encontrar precedentes em qualquer palheiro.

— Precedentes num palheiro? O que isso quer dizer?

— Deixa pra lá. — Reo soltou um suspiro longo e sentido. — Foi um dia comprido, isso é tudo que eu posso lhe assegurar. Estou com um juiz fazendo a revisão do último bloco de recursos neste exato momento. Se ele não tiver muito interesse em curtir, digamos, uma refeição decente nem tiver uma vida de verdade, pode ser que continue trabalhando e libere seus mandados em duas horas, ou seja, ainda hoje. Assim que eu souber de alguma novidade eu lhe repasso.

— No minuto em que você receber essa notícia eu quero ser informada — disse Eve, desligando.

Era tempo demais, calculou Eve. Era tempo demais para o assassino ficar solto por aí, agindo. Quem quer que tivesse matado Natalie Copperfield e Bick Byson — ou ordenado sua morte —, provavelmente já teria começado a apagar ou ajustar os arquivos e registros incriminadores na mesma hora.

Torceu para McNab estar certo sobre os cães farejadores da DDE que cavariam fundo até encontrar algum rastro; o mesmo rastro que ela pressentia que estava sendo ainda mais encoberto naquele exato instante, enquanto os advogados pescavam "precedentes no palheiro".

De qualquer modo, mesmo que a DDE a decepcionasse, Eve tinha um cão farejador muito sofisticado, inteligente e que pertencia só a ela.

Foi pensando assim que ela passou com a viatura pelos portões de casa.

Capítulo Cinco

Como sua cabeça estava em outros assuntos, Summerset a pegou desprevenida quando ela bateu a porta e entrou no saguão.

— A senhora já solicitou seu formulário requisitando mudança de endereço, tenente?

— Ahn? O quê? — Ela fez um esforço para trazer a mente de volta para aquele momento e lugar, mas na mesma hora se arrependeu. Ele estava invadindo o momento dela! Aquele magricelo ossudo e de terno preto que era um pé no saco! — Será que você não consegue arrumar outro casarão para assombrar? Ouvi dizer que tem um disponível da Rua 12 Leste.

Os lábios dele se afinaram — se é que era possível aquilo que se travestia de lábios se comprimir ainda mais numa linha fina e reta.

— Supus que a senhora, uma vez que parecia não residir mais nesta casa, estava necessitada de um formulário para me informar sua mudança de endereço.

Ela despiu o casaco lentamente e o pendurou no pilar do primeiro degrau da escada.

— Tudo bem, me traga o formulário que eu preencho para você. — Ela começou a subir a escada. — Quantas letras M existem no nome Summerset, afinal?

Eve o deixou para trás, parado no grande saguão. Roarke provavelmente estava em casa, decidiu, mas ela iria esperar até os ouvidos diabólicos do mordomo estarem fora de alcance antes de procurar pelo marido em um dos scanners de pessoas que existiam na casa.

Sentiu-se tentada a ir direto para o quarto e se lançar na cama para descansar durante vinte minutos. Mas o caso pesava em sua cabeça e ela resolveu ir para o escritório doméstico.

Ele estava lá, servindo um cálice de vinho.

— Foi um longo dia para você, tenente. Imagino que esteja precisando disso.

— Mal não vai fazer. — Ou aquele homem tinha poderes mediúnicos, ou ela era muito previsível. — Você já chegou em casa há muito tempo?

— Umas duas horas.

Ela franziu o cenho e conferiu o relógio

— Puxa, é mais tarde do que eu imaginava. Desculpe, eu devia ter feito a tal ligação para avisar que iria chegar mais tarde, certo?

— Mal não iria fazer. — Mas ele foi até onde ela estava e lhe entregou o cálice. Em seguida pegou o queixo de Eve com a mão livre e analisou-lhe o rosto antes de tocar-lhe os lábios com os seus. — Foi um dia longo e cansativo.

— Já tive dias mais curtos e menos pesados.

— E pelo seu jeito suponho que você vai torná-lo ainda mais longo. Carne vermelha?

— Por que as pessoas andam se comunicando comigo em código, hoje?

Ele riu e passou a ponta do indicador pela covinha do queixo dela.

— Você precisa de um bom bife. Sim, concordo que pizza seria mais fácil de comer sentada em sua mesa de trabalho — continuou, antes que ela falasse. — Vamos considerar a ideia de apreciar um jantar tradicional, daqueles que exigem talheres, como uma espécie de multa por você não ter me avisado do atraso.

— Acho que é justo.

— Decidi que vamos jantar no jardim de inverno. — Para evitar protestos, ele simplesmente a tomou pelo braço e a levou até o elevador. — Isso vai ajudá-la a clarear as ideias.

Ele possivelmente estava certo. No mundo de Roarke era muito simples ordenar um jantar de verdade com todos os utensílios e luxos, acompanhado de vinho, às vezes velas, e sempre num cenário viçoso e luxuriante onde as luzes da cidade cintilavam e piscavam sem parar por trás de vidros fumê, e uma deliciosa lareira crepitava em algum lugar bem perto.

Havia dias em que Eve se espantava por não se sentir atordoada devido ao choque cultural.

— Excelente ideia — disse ela, sem retrucar, tentando adequar a mente e o astral ao novo ambiente.

— Fale-me da sua vítima.

— Foram vítimas, no plural, mas isso pode esperar.

— Elas estão na sua cabeça. Nós dois sabemos que é melhor você desabafar.

— Ora, quer dizer que você não prefere falar de política, do tempo, nem das últimas fofocas das celebridades durante o jantar?

Ele sorriu, recostou-se na poltrona e mandou que ela falasse, acenando com o cálice.

Ela lhe contou tudo, analisando os crimes passo a passo, falando do tempo calculado, do método utilizado e do cenário geral.

Nascimento Mortal

— Sabe o que aconteceu quando eu os ouvi falando um com o outro pelo *tele-link*? — perguntou ela. — Percebi a importância da relação. Eles tinham uma ligação forte que ia além da superfície, entende? Ia além da coisa melosa dos primeiros estágios da atração.

— As possibilidades que eles tinham, entendo. Não se trata só de duas pessoas sendo eliminadas, mas do potencial de tudo que eles poderiam ter construído juntos.

— Sim, acho que você definiu de forma perfeita. — Ela olhou pelo vidro escuro para as luzes da cidade que oferecia ao mundo o que havia de melhor e o que havia de pior. — Isso me deixa revoltada.

— Você raramente deixa de ficar revoltada diante de assassinatos.

— Sim, isso é o esperado. Mas estou me referindo à revolta que senti pelas vítimas. Que diabo eles estavam pensando da vida? — O sentimento de frustração a atravessou por dentro e surgiu em seus olhos e em sua voz. — Por que não procuraram a polícia? Estão mortos não apenas porque alguém os queria mortos, mas porque fizeram contra gente graúda um jogo do qual não poderiam sair vencedores.

— Muitos de nós não recorremos à polícia de forma automática.

— Sim, alguns até fogem dela — disse Eve, num tom seco. — Ela mandou instalar uma nova fechadura dois dias antes. Isso mostra que estava preocupada. Levou a faca para o quarto com ela. Pelo menos eu suponho que tenha feito isso, pelo que vi da cena. E mostra que estava assustada. Só que... — Enfiou o garfo com força no bife. — Mesmo assim não contou nada à irmã indefesa que vinha passar a noite em seu apartamento. E nem ao menos foi se proteger na casa do namorado.

E você está sofrendo ainda mais, pensou Roarke, porque isso poderia ter sido evitado se ela tivesse ido procurar alguém como você.

— A vítima tinha um senso de independência e tinha alguma certeza de que lidava bem com as coisas e poderia enfrentar a situação — sugeriu Roarke.

Eve balançou a cabeça.

— É a tal postura do "isso não pode acontecer comigo". A mesma que faz com que pessoas circulem por áreas perigosas à noite ou se recusem a gastar dinheiro com um sistema de segurança decente. A violência sempre se abate sobre os outros. E sabe do que mais? — acrescentou, balançando o garfo no ar. — Eles estavam na pista certa. *Puxa, olha só o que nós descobrimos. Vamos jogar a merda no ventilador, dar entrevistas, virar celebridades.*

— Eram pessoas comuns que trabalhavam numa firma comum, e de repente acontece algo que os arranca da rotina. Por falar nisso, essa firma de contabilidade tem uma excelente reputação.

— Mas você não utiliza os serviços dela. Eu verifiquei. O maior motivo para isso é que sua vida viraria uma bagunça imensa e complicada se você fizesse isso.

— Pensei em usar os serviços deles uma vez, mas a Sloan é muito rígida e inflexível.

— Mas essa não é a descrição exata de um contador?

— Que vergonha citar um clichê desses — disse ele, rindo. — Existem pessoas, querida Eve, que curtem e têm muita habilidade para lidar com números, finanças e que não são tão rígidos nem são inflexíveis.

— E eu achando que você era a exceção à regra. Não esquenta comigo, estou só revoltada — admitiu. — Realmente revoltada, mesmo. A firma colocou seus advogados para travar o jogo e embolar o meio de campo com os mandados o dia todo. Dois funcionários deles foram assassinados e eles ainda estão dificultando meu trabalho.

— Estão apenas cumprindo a função deles — lembrou Roarke.

— Desculpe, tenente, mas, se eles não exercitassem os músculos nessas horas tentando usar a lei a seu favor ou tentar todo o possível para proteger a privacidade dos clientes, não teriam uma reputação tão boa.

— Alguém lá dentro sabe o que Copperfield e Byson descobriram. Eles eram apenas dentes de uma engrenagem que se movia para o centro da roda, mas não passavam de peças substituíveis. Alguém acima deles sabe de tudo.

Roarke cortou mais um pedaço de carne.

— Não é muito difícil alguém com boas habilidades de hacker acessar os arquivos no computador do trabalho de Copperfield.

Eve não disse nada por um momento porque já tinha pensado exatamente nisso. Uma abordagem rápida e eficiente.

— Não posso fazer uma coisa dessas.

— Imagino que não possa. E o motivo é o mesmo de a firma pagar os advogados para encherem a mesa do promotor com pedidos de recursos. É o trabalho deles. Nesse momento você não sabe se há outras vidas em risco e não pode justificar o atalho.

— Não, não posso.

— Então, suponho que vai procurar alguém mais próximo do eixo da roda: a superiora imediata de Copperfield.

— Eu já a interroguei e analisei seus dados. Não estou descartando-a do caso, mas se ela não ficou realmente chocada e arrasada com a morte de Copperfield está desperdiçando sua vocação de atriz. Isso não significa que ela não soubesse das coisas que Copperfield tinha descoberto ou pelo menos de parte delas. Por que motivo Copperfield não iria procurar sua supervisora com quem tinha, supostamente, uma relação de amizade? Eu tenho de assumir que Greene, a supervisora, conhecia o segredo. Ou tinha medo dele.

— Você tem certeza de que o motivo foi alguma coisa que ela descobriu na empresa?

— Tudo aponta para isso. Lavagem de dinheiro, evasão de impostos, fraude, renda não declarada? Talvez uma cobertura legítima para alguma atividade ilegal. — Ela encolheu os ombros. — Pode ser um monte de coisas. Você provavelmente conhece gente que usa os serviços dessa empresa.

— Estou certo que sim.

— Algo como caixa dois — acrescentou. — Mas não só renda não declarada ou algo do tipo — continuou. — É algo maior, a julgar pelo nível de nervoso e empolgação que a descoberta gerou e a violência das mortes. É coisa grande. Algo que deu origem a uma proposta de suborno e acabou em duas mortes.

Roarke pensou em completar os cálices de ambos com mais vinho, mas isso seria um desperdício. Sua tira dedicada não aceitaria beber um segundo cálice, pois ainda iria trabalhar.

— Você pensa na possibilidade de isso ser ataque de um profissional?

— Não me parece, nem sinto desse jeito. Se fosse o caso, por que não esconder o motivo e fazer tudo parecer um arrombamento seguido de roubo? Ou estupro, vendeta pessoal? Mas os crimes também não foram descuidados. Quando eu o agarrar, vou ficar surpresa se descobrir que esses foram os seus primeiros assassinatos.

Novamente em seu escritório de casa, Eve montou na parede um quadro semelhante ao que tinha na Central. Com o gato se esfregando entre as pernas, Roarke ficou em pé observando tudo. E analisando os fatos.

— Um sujeito esquentado e covarde — sentenciou ele.

Eve parou e se virou.

Nascimento Mortal

— Por que diz isso?

— O rosto dela é uma pista. Foram necessários muitos golpes para fazer esse estrago. Isso era desnecessário, certo?

— Certamente. Continue.

— Atar as mãos e os pés dela com tanta força a ponto de deixar essas marcas roxas? — Roarke ergueu o ombro. — Isso é raiva, me parece. As queimaduras nas solas dos pés... Há muita crueldade nisso. E foi covardia estrangulá-la quando ela já estava amarrada. A mesma coisa com o noivo. Depois de usar uma arma de atordoar. Isso me espanta.

— Eu também fiquei espantada. Mas você deixou de lado uma possibilidade. Ele sentiu prazer ao fazer isso. Não daria para ver os rostos deles tão de perto se os matasse de outro jeito. Isso tornou o ato mais íntimo. Não sexual, mas íntimo. E ele arrancou a fita adesiva das bocas das vítimas antes de matá-las. Deu-se a esse trabalho. É poderoso observar de perto a vida de alguém se esvaindo, ver seu desespero e ouvir seus gritos enquanto a morte se aproxima. Ele poderia ter cometido o crime de várias outras formas, por que usar esse método?

Os olhos dela se tornaram sem expressão ao olhar para as fotos que pregara no quadro.

— Dá para sentir os músculos deles, suas mãos. Dá para ouvir os engasgos e a falta de ar que a fita teria abafado. Sim, existe raiva aqui, mas a sensação de poder é maior.

Ela se acomodou para trabalhar e não ficou surpresa quando o gato saiu de fininho e foi atrás de Roarke — que certamente seria muito mais atento e generoso do que ela ao longo das próximas horas.

Estudou os dados que Peabody enviara para a sua unidade. Os vizinhos de Natalie Copperfield estavam no fim da lista, na opinião de Eve. Por que se preocupar em trocar as fechaduras da porta do apartamento quando seu inimigo em potencial poderia agarrar você no corredor do prédio ou no elevador?

Quanto a Byson, os vizinhos também não se encaixavam como suspeitos, na opinião dela. A fonte de tudo era Copperfield, e não o seu noivo.

Contas internacionais, refletiu Eve, era a área de atuação de Copperfield. Contrabando era uma contravenção sempre popular. Um cliente importante servindo de testa de ferro para contrabando de armas, drogas ou pessoas?

Ela reviu as conversas entre as duas vítimas, analisou os rostos, fixou-se nas vozes. Notou preocupação, algum choque, empolgação, mas nada de horror ou medo verdadeiro.

Será que não haveria algum desses elementos se eles tivessem descoberto que aquilo envolvia mortes?

Tudo indicava algum crime de colarinho branco. Grana alta num golpe de colarinho branco, mas, pelo menos até onde eles investigaram, sem violência.

Um pensamento lhe ocorreu nesse instante e ela se levantou para caminhar até a porta do escritório de Roarke, contíguo ao dela. Mas estava vazio. Ela fez uma cara de estranheza e ele disse, no ouvido dela:

— Procurando por mim?

— Caraca, você faz menos barulho que a porcaria do gato.

— Essa bola de banha não é um animal exatamente silencioso. Venha para a cama.

— Eu só queria...

— Vinte horas de trabalho já são mais que suficientes. — Ele a pegou pelo braço mais uma vez. — Seus mandados chegaram?

— Meia hora atrás. Agora eu vou só...

— Retome o caso de manhã.

— Certo, está bem. — Ela concordou porque percebeu uma coisa: se ele conseguia arrastá-la sem que ela tivesse forças para impedi-lo, isso era sinal de que a fadiga atrasava seu tempo de reação. — Eu estava aqui especulando... Já que você é um super-magnata e coisa e tal, quantos obstáculos e pessoas um dos seus subalternos precisa enfrentar antes de entrar na sua sala?

— Isso depende do nível do subalterno e do seu motivo para me ver.

— Seja quem for e pelo motivo que for, teria de passar por Caro, certo? — insistiu Eve, referindo-se à assistente de Roarke.

— Sim, muito provavelmente.

— E mesmo que o subalterno inventasse uma desculpa esfarrapada para conseguir entrar, Caro saberia que havia um compromisso ou encontro marcado.

— Certamente.

— E cada um desses caras no topo da cadeia alimentar teria uma Caro como assistente.

— Só existe uma Caro no mundo e ela é minha. Mas eu acho que sim, eles teriam uma assistente pessoal que, supostamente, seria muito eficiente.

No quarto, ela descalçou as botas e começou a se despir quase em transe devido ao cansaço. Isso lhe mostrou que o que tivesse deixado pendente desapareceria de sua cabeça quando ela se afastasse do trabalho.

— Vou acordar ligada e energizada — murmurou. — Vou colocar as mãos naqueles malditos arquivos. Esses advogados babacas me custaram a porra de um dia inteiro de trabalho. Eu adoraria dar alguns bons chutes nas bundas deles.

— Isso mesmo, querida.

— Ouvi o seu risinho de deboche.

Ela se enfiou na cama e deixou que ele se deitasse junto dela até se sentir protegida e quentinha.

— Comprei o presente para o chá de bebê hoje — anunciou.

— Ótimo.

Ela também deu um risinho de deboche no escuro.

— Se Mavis entrar em trabalho de parto durante a festa, é você que vai dirigir até a maternidade para levá-la.

Caiu um silêncio completo durante mais de dez segundos.

— Você está tentando me provocar pesadelos, não é? Que coisa mesquinha!

— Uma pessoa me disse hoje que a diversão pode estar em qualquer lugar.

— Ah, é? Muito bem, então. — O braço dele penetrou por baixo da camisola dela e a palma de sua mão lhe envolveu um dos seios. — Puxa, veja o que eu encontrei!

— Estou dormindo.

— Não me parece. — O polegar dele circulou em torno do mamilo enquanto os dentes lhe atacaram a nuca. — Mas tudo bem, pode dormir, se quiser. Vou só me divertir um pouco para afastar os pesadelos. Em estilo multitarefa.

As mãos e a boca dele estavam muito ocupadas. Eve poderia declarar por experiência própria que aquele homem sabia funcionar em estilo multitarefa. O lento e constante surgir da excitação levou para longe a fadiga, até que ela arqueou o corpo de prazer.

Sua mente se aquietou, mas seu sangue se acelerou.

Ela se virou para ele e o agarrou, a boca buscando a dele.

O gosto daquilo e o sabor de Eve se infiltraram em Roarke até ele se sentir encharcado por ela. Com o corpo esguio dela pressionado contra o dele e suas mãos errantes e deslizantes tocando-o, a sensação dela acabou por seduzir o sedutor.

Ele queria mais da pele dela, o rápido pulsar em sua garganta, a curva firme do seu seio macio, forte e quente. Ela prendeu a respiração por alguns segundos, mas logo soltou o ar num grunhido de aprovação, e seus quadris se ergueram em convite e procura.

Quando ela se movimentou no ritmo que lhe foi imposto e estremeceu de anseio por mais, a necessidade que havia nele e nunca ficava domesticada por completo escapou livre.

Sim, *agora*, pensou ela. *Agora mesmo!*

O instante em que ele a penetrou com força foi como um fósforo que se acende, e ela sentiu o choque glorioso de ser possuída. Viu os olhos dele grudados nos dela no instante em que tombou por sobre a onda de êxtase e se viu lançada num abismo tempestuoso feito de velocidade e calor.

— Comigo — exigiu ela. — Goze junto comigo!

Quando os lábios dele esmagaram os dela e a tempestade atingiu o auge, ela sentiu que ambos levantaram voo ao mesmo tempo.

Sem ar, com o sistema de ambos começando sua longa jornada de volta à calmaria, ela piscou ao ver o céu escuro além da claraboia que ficava sobre a cama deles. Ele continuava largado ali, seu peso amassando-a contra o colchão e seu coração batucando junto do peito dela.

Eve se sentiu maravilhosamente sonolenta mais uma vez, do mesmo jeito que seu gato Galahad ficaria se encontrasse uma tigela de creme inesperadamente e devorasse tudo.

— Acho que a diversão realmente pode estar em qualquer lugar.

Os lábios de Roarke lhe roçaram o cabelo e ele saiu de cima dela, mas arrastou-a com ele, colocando-a por cima.

— Eu concordo — disse ele.

Aninhada sobre o peito de Roarke ela adormeceu com um sorriso no rosto.

uando ela acordou, Roarke estava na saleta de estar da suíte analisando os relatórios financeiros matinais, como era seu hábito. Eve sentiu o aroma do café, mas resolveu ir direto para o chuveiro.

Ao sair da ducha, o cheiro a atingiu em cheio novamente. Farejando o ar como um cão de caça, ela se virou e viu uma grande caneca de café sobre a bancada ao lado da pia.

Isso a fez sorrir e a comoveu por dentro, do mesmo jeito que tinha acontecido quando ela pegou no sono. Tomou o primeiro glorioso e revigorante gole de café ainda nua, e só então largou a caneca para usar o tubo secador de corpo e colocar um robe.

Levando a caneca com ela, saiu do banheiro e foi até Roarke. Inclinando-se sobre ele, aplicou-lhe um beijo quase tão forte quanto o café.

— Obrigada.

— De nada. Cheguei a pensar em me juntar a você debaixo do chuveiro para fazer seu sangue acelerar por outro motivo, mas já tinha vestido essa roupa. — Sem tirar os olhos de Eve, Roarke esticou o dedo para o lado em sinal de censura para Galahad, que já se aproximava sorrateiramente da tigela de frutas vermelhas. — Você me parece bem descansada, querida.

— Simples: sexo sonolento seguido por seis sólidas horas de sono.

— Sete palavras com S! Seguidas por um sorriso sensual e sagaz, para seguir a sequência de "esses".

— Rá-rá! Um sujeito sexy e sensível que saboreia sutilezas. Sacou só? Sei segurar minhas aliterações, seu sabichão.

Ele teve de rir.

— Agora que você se divertiu sente-se aqui, tome um bom café da manhã e eu lhe conto o que descobri sobre sua firma de contabilidade por meio de um dos meus associados.

— Que associado? — Ela baixou a caneca de café que ia voltar a beber. — Quando?

— Você não o conhece, falei com ele há alguns minutos.

Nascimento Mortal 101

— Conte-me tudo enquanto eu me visto.

— Coma antes!

Ela deu um suspiro, mas se largou diante da mesa e colocou algumas das frutas vermelhas numa tigela menor.

— Abra o bico, garotão.

— Jacob Sloan fundou a firma com Carl Myers, pai de Carl Myers Júnior. Sloan tem uma carteira pequena de clientes poderosos que ele continua a gerenciar pessoalmente. Porém, de acordo com minha fonte, mantém uma voz muito ativa na administração da empresa.

— É o dono do jogo, dona da bola e ele gosta de saber onde ela está.

— Eu diria que sim. Myers cuida das contas nacionais, corporativas e pessoais, como seu pai fazia. Só que se dedica mais às contas individuais de grande monta. Robert Kraus, que se tornou sócio há uns dez anos, administra a área legal e supervisiona algumas das contas mais importantes da área internacional.

Roarke pegou uma tigela cheia de algo suspeito, parecido com casca de árvore, e a empurrou para Eve.

— Esse tal associado soube informar o quanto cada um dos três sócios manda mais no dia a dia?

— Ele me disse que os três são muito ativos. Apesar de ser uma firma multifacetada com vários níveis de atuação em vários departamentos, com supervisores hierárquicos de esfera inferior e assim por diante; os sócios promovem uma reunião semanal entre eles três e compartilham um resumo diário; também analisam relatórios trimestrais e avaliações de empregados, que têm cópias enviadas para cada sócio. Os três gostam de colocar a mão na massa.

— Se é assim, fica mais difícil a atividade suspeita de um passar despercebida pelos outros dois.

— Pelo visto sim, mas difícil não quer dizer impossível nem improvável.

— Sloan é o chefão — murmurou Eve. — Provavelmente também é o chefe mais complicado de contatar pessoalmente, no caso de um executivo contábil de baixo escalão. E também o mais difícil de alcançar quando alguém descobre algo suspeito. Pelo menos se essa pessoa acreditar que ele não está envolvido.

— E se ela achar que está ou não tiver certeza disso, mais um motivo para ela tentar arregimentar o máximo de fatos e provas possíveis antes de procurar as autoridades.

— É, eu sei. — Ela comeu um pouco da casca de árvore sem questionar o que era. — A biografia que eu levantei de Sloan diz que ele é um sujeito que venceu pelo próprio esforço. Batalhou muito, assumiu riscos e vive se gabando disso, mas construiu uma empresa de boa reputação, tijolo por tijolo. Um casamento, apenas, e sua mulher vem de uma família com grana e prestígio. É um sujeito conservador e teve um único filho. Tem uma segunda casa nas ilhas Cayman.

— Isso faz muito sentido, considerando que lá é um paraíso fiscal — disse Roarke. — E um bom lugar para proteger a renda. Ele certamente conhece todos os macetes para fazer isso.

— Natalie Copperfield gerenciava contas estrangeiras. Pode ser que tenha tropeçado em alguma armação dele. Quando um sujeito constrói uma empresa que não perde o brilho ao longo dos anos, emprega muito tempo nessa firma e coloca todo o seu esforço nisso, deve ter muito orgulho dela... E também tem muita coisa em jogo.

Ele se levantou da mesa e completou:

— Bem, vou ver qual a impressão que eu tenho dele. — Inclinando-se, beijou Roarke. — Se eu precisar de ajuda para interpretar alguns números, você estará disponível?

Nascimento Mortal

— Pode ser.

— Bom saber. Até mais tarde.

Ela mandou que Peabody e McNab a encontrassem no saguão do prédio onde ficava a firma de contabilidade. Como fora ordenado, quatro guardas com caixas especiais para transportar arquivos já estavam posicionados no local.

McNab vestia um paletó que parecia ter sido usado como tela para um bebê hiperativo que gostava de pintar coisas com os dedos.

— Não dá para você tentar parecer um policial de verdade?

Ele simplesmente sorriu.

— Quando chegarmos lá em cima, eu vou exibir uma expressão dura e severa.

— Ah, sim, até parece que isso vai fazer diferença.

Ela atravessou o saguão a passos largos e exibiu o distintivo para o segurança. Ele já estava com uma expressão dura e severa, e manteve a pose enquanto conferia as identidades e a papelada.

— Minhas ordens são para escoltá-los até o andar desejado.

— Está vendo isso aqui? — Eve deu um tapinha no distintivo e no mandado. — Eles passam por cima das suas ordens. Se você quiser se apertar no elevador conosco, tudo bem, mas vamos subir agora mesmo.

Ele fez sinal depressa para outro guarda e foi atrás de Eve quando ela partiu rumo aos elevadores. Todos subiram em silêncio. Quando as portas se abriram, havia um casal à espera, ambos de terno.

— Identificação e mandado, por favor. — A mulher falou com rispidez e analisou cuidadosamente os três distintivos e o mandado de busca e apreensão. — Tudo me parece em ordem. Meu associado e eu vamos acompanhá-los até a sala da srta. Copperfield.

— Vocês é que sabem.

— O sr. Kraus está a caminho daqui. Se a senhora puder esperar por ele...

— Você leu isto? — Eve exibiu o mandado novamente. — Isso não exige que eu espere por ninguém.

— Por simples cortesia...

— Vocês deveriam ter pensado em cortesia antes de travarem minha investigação durante mais de vinte e quatro horas. — Eve seguiu na mesma direção que ela e Peabody tinham tomado na véspera.

— Foram questões de privacidade — começou a explicar a funcionária, apertando o passo para alcançar Eve.

— Sim, tanto quanto assassinato. Vocês já atrasaram demais o meu lado. Se Kraus quiser conversar comigo, poderá fazer isso enquanto estivermos recolhendo os arquivos e equipamentos eletrônicos. — Virou na direção da sala de Natalie. — Esse mandado me autoriza a confiscar todo e qualquer dado, disco e cópia, qualquer pasta, anotação, comunicação e propriedade pessoal. Vamos encurtar a história: estou legalmente autorizada a levar tudo o que estiver dentro desta sala. Vamos passar o rodo em tudo — disse a Peabody e McNab.

— Nossos clientes são muito sensíveis a isso.

Com rapidez estonteante, Eve girou nos calcanhares.

— Sabe o que também é muito sensível? O corpo humano. Quer ver o que fizeram com Natalie Copperfield? — Eve fez um movimento para pegar algo em sua bolsa.

— Não, isso não é necessário. Estamos todos desolados com o que aconteceu à srta. Copperfield e ao sr. Byson. Estamos muito solidários com suas famílias.

— Sim, eu tropecei na sua desolação e solidariedade algumas vezes ontem, enquanto tentava trabalhar. — Eve abriu uma das gavetas.

— Tenente Dallas.

O homem que entrou na sala estava em boa forma física, aparentava cinquenta e poucos anos, vestia um terno cinza-escuro e uma camisa imaculadamente branca. Tinha um nariz proeminente e olhos escuros num rosto de feições fortes e tom azeitonado. Seu cabelo era todo preto e fora penteado para trás em ondulações que formavam um belo conjunto com os fios grisalhos que ele deixara sobre as têmporas ou descolorira para criar efeito.

Eve o reconheceu da foto da identidade que acessara na véspera. Era Robert Kraus.

— Olá, sr. Kraus.

— Será que eu poderia impor minha presença sobre a senhora por alguns minutos? Caso seus associados possam dar continuidade ao trabalho que estão efetuando, meus sócios e eu gostaríamos de conversar com a senhora em nossa sala de conferências.

— Depois ainda temos que cumprir o mandado na sala de Byson.

Ele pareceu um pouco consternado, porém assentiu com a cabeça.

— É claro. Tentaremos ser breves.

Eve se virou pera Peabody e ordenou:

— Carregue tudo devidamente encaixotado e etiquetado. Chame alguns guardas para ajudar no transporte se eu não tiver voltado até tudo estar pronto. Pode deixar que eu encontro vocês.

— Em primeiro lugar, permita-me pedir desculpas pelo atraso que provocamos nas investigações — começou Kraus, apontando o corredor para Eve. — Ética e legalmente somos obrigados a tentar proteger nossos clientes.

— Ética e legalmente eu sou obrigada a proteger as vítimas.

— Compreendo. — Ele seguiu além dos elevadores comuns e apontou para uma cabine privativa. — Eu conhecia os dois,

Natalie e Bick. Ambos vinham obtendo meu respeito profissional e pessoal. Kraus para o sexagésimo quinto andar! — ordenou ele ao sistema.

— Algum deles conversou com o senhor a respeito de certo problema potencial em nível pessoal ou profissional?

— Não. Mas seria muito incomum se algum deles fizesse isso, especialmente se a questão fosse pessoal. Caso houvesse algum problema ou questionamento relacionado a uma das contas, eles certamente teriam procurado o seu superior imediato no departamento, que, caso necessário, teria relatado o caso a mim ou a um dos outros sócios da firma. Certamente o sócio que fosse contatado teria expedido um relatório ou memorando abordando essa tal circunstância singular, mesmo que já tivesse sido resolvida.

— E o senhor recebeu algum relatório ou memorando desse tipo?

— Não, não recebi. Estou intrigado por ver que a senhora acredita ou suspeita que o que aconteceu a eles possa ter alguma coisa a ver com Sloan, Myers & Kraus.

— Eu não lhe disse nada sobre o que acredito ou suspeito — reagiu Eve, de forma automática. — Investigar todos os aspectos das vidas das vítimas, seus movimentos e pessoas com quem se comunicaram antes do crime é procedimento padrão e rotineiro.

— É claro.

O elevador parou e mais uma vez ele acenou para Eve, convidando-a a saltar na frente dele.

Aqui é o centro do poder, percebeu Eve. O poder, assim como acontecia com o calor, tinha a tendência de subir.

Uma parede revestida de vidro do chão ao teto num suave tom amarelado cobria a imagem da cidade com uma luz dourada que servia de declaração forte sobre dedicação, diligência e riqueza. Um carpete de lã alta e muito macia, em vermelho sangue, cobria o chão, mas as bordas do piso junto às paredes eram em madeira

Nascimento Mortal 107

nobre. Não havia área de recepção ali, nem recessos para as pessoas esperarem. Eve imaginou que qualquer cliente que tivesse importância suficiente para alcançar aquele andar jamais deveria ser obrigado a se identificar, nem precisaria ficar esperando até poder ser recebido.

No lugar da recepção estava uma sala de estar com sofás confortáveis, obviamente instalados para facilitar conversas íntimas e pessoais. Também havia um bar pequeno e estiloso, onde Eve imaginou que os clientes VIPs poderiam pedir o drinque preferido.

Espaço e silêncio eram as palavras de ordem ali. As portas dos escritórios eram poucas e ficavam distantes, todas encobertas por uma parede interna do mesmo vidro dourado. Kraus acompanhou Eve até a parede do fundo e acenou sutilmente com a mão diante de um pequeno sensor de segurança. O vidro se abriu silenciosamente e revelou uma imensa sala de reunião.

Com a cidade ainda se impondo majestosa por trás deles, os outros dois sócios estavam sentados à mesa com quase um quilômetro de comprimento.

Carl Myers, o mais novo, se levantou. Seu terno preto parecia menos austero devido a estreitas e elegantes listras prateadas. Na manga esquerda ele prendera uma tira de luto. Seu cabelo era ondulado, castanho-claro, penteado para trás na testa. Seus olhos cor de mel fitaram Eve de forma direta quando ele deu a volta na mesa e estendeu a mão.

— Tenente Dallas, sou Carl Myers. Lamentamos muitíssimo nos encontrarmos devido a circunstâncias tão trágicas.

— A maioria das pessoas está imersa em circunstâncias trágicas quando eu as encontro.

— Sim, é claro. — Ele não se abalou com a resposta. Muito bonito e com corpo em excelente forma, apontou para a cabeceira da mesa, onde Jacob Sloan se sentava. — Por favor, sente-se. Há alguma coisa que a senhora deseje para beber?

— Não, obrigada.

— Jacob Sloan, tenente Dallas — apresentou Myers.

— A tira de Roarke.

Aquela era uma expressão à qual ela já se acostumara, mesmo quando era dita, como naquele momento, com um tom de escárnio. Diante disso, Eve bateu com a unha no distintivo preso à cintura e avisou:

— Isso aqui me torna a tira da Polícia de Nova York.

Ele fez que sim com a cabeça com um suave erguer das sobrancelhas grisalhas. Pareceu a Eve que seu rosto estava sempre pronto para uma batalha, como se fosse talhado para exercer o poder de forma pura. Seus olhos cinza tinham um tom de pedra e seu terno preto era extremamente formal. Assim como o rosto, seu corpo musculoso e suas mãos eram compridos e elegantes, mas transmitiam a força do aço.

Ele não estendeu a mão para Eve.

— A senhora, uma representante do Departamento de Polícia, está infringindo os direitos dos nossos clientes.

— Alguém infringiu de forma muito pior os direitos de Natalie Copperfield e Bick Byson.

A boca de Sloan se apertou em sinal de desagrado, mas seus olhos permaneceram impassíveis.

— Esta firma leva esse conjunto atual de circunstâncias muito a sério. A morte de dois dos nossos funcionários...

— Assassinato — corrigiu Eve.

— Como queira — concordou com um aceno. — O assassinato de dois dos nossos funcionários é chocante e trágico, e iremos cooperar com sua investigação à sombra do que a lei determina.

— O senhor não tem muita escolha com relação a isso, sr. Sloan. Que tal citar o espírito da lei?

— Por favor, permita-me lhe oferecer ao menos um café, tenente — atalhou Myers.

— Não quero café.

— O espírito da lei é muito subjetivo, não concorda? — continuou Sloan. — O conceito que a senhora tem dele pode muito bem variar em relação ao meu, e certamente diverge do conceito que nossos clientes têm. Eles esperam e exigem que protejamos sua privacidade. As circunstâncias desse evento lastimável vão reverberar por toda a nossa empresa. A preocupação de que dados financeiros sensíveis e confidenciais possam ser vasculhados por olhos não autorizados por esta firma certamente afligirá muitos de nossos clientes. Tenho certeza de que a senhora, na condição de esposa de um homem poderoso, influente e rico deve compreender isso.

— Em primeiro lugar, não estou aqui na condição de esposa de ninguém, e sim como investigadora principal de um duplo homicídio. Em segundo lugar, a aflição dos seus clientes, quem quer que sejam eles, não representa uma prioridade para mim.

— A senhora é uma mulher sarcástica e difícil.

— Ter nas mãos os corpos de duas pessoas que foram espancadas, torturadas e estranguladas não traz à tona o meu lado mais ensolarado.

— Tenente... — Myers estendeu as mãos. — Compreendemos perfeitamente que a senhora tem uma responsabilidade a observar. Assim como nós. Pode acreditar quando eu lhe asseguro que todos nós aqui queremos que o responsável pelo que aconteceu a Natalie e Bick seja agarrado e punido. Nossa preocupação, numa frente secundária, é com relação aos nossos clientes, que confiam em nós e contam conosco. Existem pessoas... concorrentes, se preferir... adversários do mundo dos negócios, ex-cônjuges, a mídia, que percorreriam grandes distâncias físicas e morais para conhecer o conteúdo dos arquivos que a senhora está confiscando hoje.

— O senhor está insinuando que eu aceitaria ser subornada por um desses concorrentes para lhes repassar tais informações?

— Não, não, em absoluto. Mas outros que não tenham a sua integridade podem ser tentados a fazer isso.

— Todo e qualquer colaborador da minha equipe que terá acesso às informações contidas nesses arquivos será escolhido a dedo por mim ou pelo meu comandante. Se os senhores desejam a minha garantia de que todos esses dados permanecerão em segredo, vocês a têm. Eu lhes dou minha palavra. A não ser que determinados dados sejam o motivo ou estejam ligados aos assassinatos de Copperfield e Byson. Isso é o melhor que vocês podem obter de mim.

Ela esperou um segundo e completou:

— Já que estamos todos reunidos aqui, vamos esclarecer algumas coisas. Preciso ser informada de onde cada um de vocês estava na noite dos assassinatos. De meia-noite às quatro da manhã.

Sloan colocou as mãos sobre a mesa diante dele.

— A senhora nos considera suspeitos?

— Sim, sou cética, sarcástica, etc. Onde estava na noite em questão, sr. Sloan?

Ele sugou muito ar pelo nariz e bufou com força.

— Até meia-noite e meia, aproximadamente, minha esposa e eu estávamos recebendo a visita de nosso neto e uma amiga. Por volta dessa hora eles saíram de nossa casa; eu e minha esposa nos retiramos para dormir logo em seguida. Permaneci em casa até a manhã seguinte quando saí para trabalhar, às sete e meia.

— Nomes, por favor? Do seu neto e da amiga.

— O nome dele é igual ao meu. Ele foi batizado em minha homenagem. Sua amiga se chama Rochelle DeLay.

— Obrigada. Sua vez, sr. Myers...?

— Levei dois clientes de fora para jantar. São o sr. e a sra. Helbringer, de Frankfurt. Conosco também estavam o filho deles e a nora; ficamos juntos até pouco depois da uma da manhã. Estivemos no Rainbow Room. — Ele sorriu com ar cansado.

Nascimento Mortal

— Naturalmente eu tenho o recibo do restaurante para comprovar. Minha esposa e eu voltamos para casa e fomos para a cama por volta de duas horas, suponho. Saí para trabalhar na manhã seguinte às oito e meia.

— Como poderei contatar seus clientes?

— Oh, Deus. — Ele passou a mão pelo cabelo. — Suponho que a senhora precise fazer isso. Eles estão hospedados no Palace. Um hotel que, pelo que eu sei, pertence ao seu marido.

— Sim, é um mundo pequeno. E o sr. Kraus?

— Também jantei com clientes em companhia de minha esposa, só que em nossa casa. Recebemos Madeline Bullock e seu filho, Winfield Chase, da Fundação Bullock. Eles estiveram hospedados conosco por alguns dias durante sua visita a Nova York. Jantamos e depois jogamos cartas até por volta de meia-noite, creio.

— Precisarei entrar em contato com eles.

— Ambos estão viajando neste momento. Creio que ainda vão fazer uma ou duas paradas antes de voltarem a Londres, onde fica a sede da Fundação.

Tudo bem, ela os localizaria, pensou Eve.

— O sr. Kraus declarou que nenhuma das duas vítimas o procurou com perguntas ou problemas relacionados às suas funções ou vidas pessoais. Por acaso isso aconteceu com algum de vocês dois? — perguntou Eve, olhando para Sloan e Myers.

— Não — disse Sloan, com voz seca.

— Conversei com Bick poucos dias antes de isso acontecer — informou Myers. O assunto era relacionado com um fundo fiduciário para o novo neto de um cliente. Ele não mencionou nenhum problema.

— Obrigada. Pode ser necessário que eu torne a conversar com todos vocês, e certamente terei de interrogar os supervisores e associados das vítimas sobre o que aconteceu.

— Cavalheiros, será que os senhores poderiam nos deixar a sós por um instante? — pediu Sloan, erguendo uma das mãos. — Gostaria de trocar algumas palavras com a tenente Dallas em particular.

— Jacob... — tentou Kraus.

— Não preciso de aconselhamento legal, pelo amor de Deus, Robert. Deixem-nos a sós.

Quando isso aconteceu, Sloan se levantou da mesa e se dirigiu até a parede de vidro.

— Eu gostava daquela moça — começou ele.

— Poderia repetir o que disse, por favor?

— Natalie. Eu gostava dela. Era jovem, brilhante, havia uma centelha de sucesso nela. Era muito amiga do meu neto. Apenas amiga — ressaltou Sloan — Eles trabalhavam no mesmo departamento. A supervisora dela estava decidida a sugerir seu nome para uma promoção. E Natalie certamente teria conseguido essa vitória. Conversei com os pais dela hoje pela manhã. A senhora acha que não existe compaixão em mim? Não existe solidariedade? Há muito mais que isso.

Suas mãos se fecharam com força e ele completou:

— Há raiva. Esta firma é um lar para mim. Eu a construí. Alguém invadiu esse lar e matou duas pessoas da minha família. Quero que a senhora encontre esse canalha. Mas saiba de uma coisa, tenente: se durante o curso da sua investigação vazar algum dado confidencial de algum dos nossos clientes, eu vou acabar com a sua carreira.

— Então estamos de acordo, sr. Sloan. Contanto que o senhor também entenda que se, durante o curso da minha investigação, eu descobrir que o senhor teve alguma ligação direta ou indireta com esses assassinatos, vou colocá-lo na cadeia.

Ele foi até ela e dessa vez estendeu a mão.

— Então pode ter certeza de que estamos em perfeita sintonia, tenente.

Capítulo Seis

Eve encontrou Peabody e o resto da equipe acabando de recolher tudo na sala de Byson.

— McNab, vá com os guardas durante o transporte de todos esses itens até a Central. Quero que fique colado nessas caixas e seus conteúdos cada minuto do percurso e depois também. Preencha pessoalmente os formulários de entrada de todo o material. E tranque tudo na sala de conferência cinco. Já combinei com o comandante. Quanto aos eletrônicos, leve-os diretamente para Feeney.

— Sim, senhora.

— Esses eletrônicos deverão receber novos códigos de entrada na DDE, e só poderão ser examinados com liberação de duas senhas: uma sua e outra de Feeney.

— Temos um caso de segurança nacional aqui? — perguntou ele, erguendo as sobrancelhas.

— Não, mas nossos pescoços estão em jogo. Portanto, se não quiser fazer o seu de alvo, registre e documente cada passo do processo. Peabody, você e eu vamos pegar declarações dos colegas das vítimas. Você fica com este departamento e com o pessoal ligado a Byson. Faça uma nova rodada de perguntas com a supervisora dele. Vou cuidar dos funcionários ligados a Copperfield.

Ela se preparou para sair, mas se virou novamente.

— Cada passo do processo deve ser registrado, McNab — repetiu, e tomou o elevador para o departamento de Natalie. Sabia exatamente por onde começar.

— Preciso falar com Jacob Sloan, o neto.

Dessa vez a recepcionista não hesitou, simplesmente ligou o *tele-link* interno.

— Jake? A tenente Dallas quer conversar com você. Sim, está bem. Terceira porta à esquerda — informou a recepcionista, olhando para Eve. — Desculpe, tenente, mas a senhora saberia informar... Já sabe alguma coisa sobre os funerais?

— Não. Desculpe. Tenho certeza de que as famílias vão emitir algum tipo de comunicado.

Ela seguiu na direção indicada e encontrou Jake Sloan à espera dela junto à porta de sua sala. Era musculoso como o avô, mas a juventude o tornava mais esbelto. Seu cabelo era louro escuro, puxado para trás e terminava num pequeno rabo de cavalo junto da nuca. Seus olhos eram tristes, tinham cor de espuma do mar e pareciam estar à deriva.

— A senhora é a responsável pelos assassinatos de Natalie e Bick? Isto é, está investigando os crimes, certo? Sou Jake Sloan.

— Eu gostaria de conversar com você em particular.

— Sim, claro, entre. Deseja beber alguma coisa? — perguntou, assim que fechou a porta.

— Não, obrigada.

— Eu não consigo me acalmar. — Começou a caminhar de um lado para outro pela sala não muito grande. Havia vários *posters* pendurados nas paredes, todos com formas geométricas em cores primárias. E brinquedos sobre a mesa. Pelo menos para Eve pareciam brinquedos. Uma bola vermelha para flexionar a musculatura dos pulsos tinha o formato de um demônio com chifres, ao lado de um cão de desenho animado no alto de uma mola larga; um pequeno cano retorcido se balançava na ponta de uma corda e mudava de cor conforme se movia.

Ele foi até um recesso na parede feito para bebidas e pegou uma garrafa de água num frigobar.

— Eu quase não vim trabalhar hoje — confessou a Eve. — Só que não aguentei a ideia de ficar em casa, sozinho.

— Você e Natalie se conheciam muito bem.

— Éramos amicíssimos. — Seu sorriso foi curto e trêmulo. — Almoçávamos juntos pelo menos duas vezes por semana e Bick nos acompanhava sempre que podia. Falávamos de amenidades e fofocas na pausa para o café e conversávamos muito. Também nos encontrávamos à noite uma ou duas vezes por mês, normalmente. Nat e Bick, eu e a garota com quem eu estivesse saindo. Há seis meses que ela é a mesma.

Ele se largou na cadeira.

— Desculpe, estou divagando. A senhora não veio aqui para falar de nada disso.

— Na verdade eu vim, sim. Você conhece alguém que quisesse fazer mal a Natalie?

— Não. — Eve notou o brilho das lágrimas antes de ele virar a cabeça e olhar fixamente para a imagem de um círculo azul dentro de um triângulo vermelho emoldurado na parede. — As pessoas adoravam Nat. Não entendo como isso possa ter acontecido. Ela e Bick! Os dois! Desde ontem eu me pego pensando que isso deve ser algum terrível engano e que a qualquer momento ela vai enfiar a cabeça por aquela porta e propor "Vamos tomar um *skinny latte*?".

Ele se virou, tentou abrir um novo sorriso e explicou:

— Sempre tomávamos *lattes* durante a pausa para o café.

— Você e Natalie estiveram envolvidos alguma vez de forma romântica ou sexual?

— Ahn? Puxa vida, não! As coisas não rolavam assim entre nós. — Um leve tom de rubor lhe chegou ao rosto. — Desculpe, mas para mim isso é o mesmo que pensar em transar com uma irmã, entende? Nós nos demos bem um com o outro desde o primeiro dia. Ficamos amigos no ato, como se já nos conhecêssemos. Não creio que nenhum dos dois fosse o que o outro procurava em termos de envolvimento romântico. Nat logo ficou de olho em Bick. Eles foram feitos um para o outro, unidos pelo destino, entende? Dava para qualquer um notar isso. Por Deus!

Ele colocou os cotovelos sobre a mesa e pousou a cabeça sobre as mãos.

— Fico enjoado só de pensar no que aconteceu com eles — completou.

— Ela comentou alguma coisa sobre preocupações pessoais ou estar com algum problema? Já que vocês eram tão ligados, ela teria lhe contado se algo a estivesse incomodando?

— Eu imaginava que sim, mas ela não contou. E algo a estava perturbando.

— Por que diz isso? — quis saber Eve, olhando fixamente para ele.

— Porque eu a conhecia bem. Dava para notar. Só que ela não queria tocar no assunto. Disse que estava conseguindo lidar bem com o problema e eu não devia me preocupar. Eu a zoava, dizia que isso só podia ser nervosismo de mulher prestes a se casar, falava que ela ia dar uma de louca, fazer a "noiva em fuga" e ela ria muito. Mas é claro que não se tratava de nada disso — balançou a cabeça. — Ela estava ansiosa com os detalhes da cerimônia e da festa, mas não com o casamento propriamente dito, se entende o que eu quero dizer.

— Então o que poderia ser?

Nascimento Mortal

— Talvez algum problema com uma das contas.

— Por que acha isso?

— Ela andava trabalhando muito com a porta trancada nas últimas semanas. Isso não era do feitio de Nat.

— Faz ideia de qual conta poderia ser?

Ela balançou a cabeça para os lados.

— Não sei, e também não insistia no assunto. Todos nós temos contas confidenciais sobre as quais não podemos conversar com mais ninguém no departamento. Achei que ela pudesse estar perdendo algum cliente importante e tentava apagar o incêndio. Isso acontece, às vezes.

Ele olhou para longe novamente, de volta ao círculo azul dentro do triângulo vermelho.

— Nós tínhamos combinado de sair todos juntos no próximo sábado, nós quatro. Não sei como é que pode isso, eles estarem mortos.

Alguém bateu na porta e a abriu.

— Jake! Oh, desculpe, eu não queria interromper.

— Papai. — Jake se levantou na mesma hora. — Ahn... Esta é a tenente Dallas, da polícia. Este é meu pai, Randall Sloan.

— Como está, tenente? — Randall estendeu a mão e cumprimentou Eve com firmeza. — A senhora está aqui por causa de Natalie e Bick, certo? Estamos todos em uma espécie de... Acho que ainda estamos atordoados e perplexos.

— Você os conhecia?

— Sim, e muito bem. É um choque terrível, uma perda imensa. Volto depois, Jake. Só passei aqui para saber como você estava.

— Tudo bem — garantiu Eve. — Já encerrei minha visita aqui.

— Ela tentou trazer à memória a ordem hierárquica da empresa. Você é vice-presidente da firma, certo?

— Isso mesmo.

Mas não um dos sócios, refletiu Eve, apesar do terno caríssimo e do jeito estiloso.

— Na condição de executivo importante, o senhor tinha muito contato com alguma das vítimas?

— Não exatamente, pelo menos não no trabalho. É claro que, pelo fato de Nat e Bick serem amigos do meu filho, eu os conhecia melhor do que outros executivos de contas. — Randall foi até onde o filho estava e colocou a mão sobre o ombro dele. — Eles formavam um casal especial.

— Algum dos dois expressou alguma preocupação com o senhor, dentro ou fora do trabalho?

— Não creio. — As sobrancelhas de Randall se uniram. — Ambos eram excelentes profissionais em sua área de atuação e muito felizes, até onde eu sei, em suas vidas pessoais.

— Preciso lhe perguntar, por questão de rotina: onde vocês estavam na noite dos assassinatos?

— Levei clientes para jantar — respondeu Randall. — Sasha Zinka e Lola Warfield. Tomamos alguns coquetéis e jantamos no restaurante Enchantment, no centro. Depois disso fomos ao Club One para ouvir um pouco de jazz.

— A que horas vocês deixaram o local?

— Deviam ser quase duas da manhã quando saímos do Club. Dividimos um táxi para o norte da cidade e eu os deixei em casa. Não sei com certeza, mas creio que eram quase três horas quando eu cheguei em casa.

— Obrigada.

— Minha namorada e eu estávamos na casa de Pop... é como eu chamo meu avô — explicou Jake quando Eve olhou para ele. — Acho que saímos de lá por volta de meia-noite ou meia-noite e meia e fomos para o meu apartamento. Minha namorada passou a noite lá.

— Agradeço pelo tempo de vocês — disse Eve, levantando-se. — Caso eu precise saber de mais alguma coisa entrarei em contato.

Nascimento Mortal

Eve seguiu de sala em sala, interrompendo reuniões e ligações de *tele-link*, enfrentando lágrimas e ansiedade. Todo mundo gostava de Nat e Bick, ninguém sabia de nenhum problema com eles. Eve conseguiu um pouco mais de informações através de uma das assistentes de contas que Natalie compartilhava com dois outros executivos.

Encontrou Sarajane Bloomdale na sala de café, bebericando uma caneca de chá que tinha cheiro de musgo molhado. Era uma mulher miúda com o cabelo curto em forma de balão que lhe descia até as sobrancelhas numa franja densa cortada reta. Seus olhos estavam muito vermelhos e o nariz rosado.

— Estou assim há uns dois dias — contou Sarajane a Eve. — Peguei uma congestão nasal terrível. É péssimo, sabia? Basicamente eu tinha resolvido descansar dormindo até o pior passar, mas ontem Maize, uma das outras assistentes, me ligou. Estava histérica, chorava muito e me contou o que tinha acontecido. Não acreditei nela e fiquei dizendo "Isso é conversa fiada, é pegadinha, Maize". Repeti isso várias vezes e ela resistia, garantindo que era verdade, que eles estavam mortos, mas eu continuava dizendo...

— Eu já entendi. Há quanto tempo você trabalhava com Natalie?

— Uns dois anos. Ela era ótima. Evitava se encostar, fazendo-se de morta, esperando que eu fizesse todo o trabalho pesado, como uns e outros por aqui. Tem gente que suga os funcionários até sobrar só o bagaço. Mas Natalie era fantástica. Muito organizada, entende? Não era preciso virar tudo do avesso para descobrir onde tinha enfiado algum documento ou arquivo. Sempre se lembrava de datas especiais como o aniversário da gente e trazia coisas gostosas de vez em quando. No dia em que eu terminei com meu namorado, faz uns dois meses, ela me levou para almoçar.

— Ela estava trabalhando em algo específico nas últimas duas semanas? Ou fez algum pedido incomum?

— Nada fora do normal. Estava trabalhando em algo secreto, trancava muito a porta de sua sala, ultimamente. — Sarajane olhou em torno e atrás de Eve para verificar a porta. — Eu meio que percebi que ela estava cuidando de detalhes para o casamento — sussurrou Sarajane. — Não permitem que cuidemos de assuntos pessoais durante o horário de expediente, mas sabe como é... era o casamento dela, coisa e tal.

— E ligações feitas por seu intermédio, correspondências eletrônicas ou não que ela pedia que você enviasse?

— Nada de diferente, apenas rotina. Mas ela voltava depois que o expediente terminava e entrava novamente no computador, nos últimos tempos. Percebi isso por acaso quando conferi seu calendário de horas trabalhadas no sistema. Reparei na hora de entrada. Acho que até comentei sobre isso em voz alta. Algo como "Puxa, Natalie, você vai ficar com olheiras medonhas se continuar ralando desse jeito". Mas ela me olhou com ar divertido e pediu que eu não comentasse isso com ninguém, porque estava apenas colocando o trabalho em dia.

— E você comentou?

— Talvez, de passagem.

— Com quem?

— Não sei. Pode ser que tenha sido Maize, ou Ricko, do departamento de assuntos legais. Estamos saindo juntos, eu e Ricko. Pode ser que eu tenha comentado numa boa que ela andava trabalhando demais e isso não era legal porque a fazia ficar com cara de cansada. Dava para notar. Ela devia relaxar mais com o noivo dela. E ficar de olho naquela piranha que trabalhava com ele.

— Que piranha?

— Lilah Grove. Sabe o que é?... Quinn, uma assistente do andar de baixo, me contou que a atirada da Lilah Grove vivia flertando com o sr. Byson sempre que tinha chance. Pedia que ele

Nascimento Mortal

fosse resolver alguma coisa na sala dela, para ajudá-la, e discutiam contas de clientes durante o café ou na hora do almoço.

Sarajane fez uma cara feia que denotava deboche.

— Estava de olho nele, entende? Alguns carinhas caem de quatro por mulheres com esse tipo de comportamento. Eu até cheguei a falar com Natalie sobre isso. Afinal, ela era minha chefe, certo? Foi por isso que eu contei, mas ela simplesmente riu e não deu importância.

— Entendi. Você sabe me dizer se Natalie marcou algum encontro para conversar com um dos chefões daqui? Ou se pretendia se reunir com algum deles?

— Não. Pelo menos não me pediu para marcar nada. Ahn... Vocês, da polícia, basicamente carregaram todo o meu material de trabalho. Agora eu não sei o que estava marcado na agenda, nem o que devia estar organizando agora.

— Eu não poderia dizer.

Eve terminou as conversas daquele dia com Cara Greene. Chegou na porta da sala dela no instante exato em que a mulher jogava um pequeno comprimido azul na boca.

— É um analgésico — explicou. — Estou com uma dor de cabeça de matar! Foi um dia absolutamente horrível.

— Você sabe o motivo de Natalie tornar a entrar várias vezes no computador depois do expediente se encerrar, ultimamente?

— Não. — Cara exibiu um ar de estranheza. — Todos nós trabalhamos até mais tarde por aqui, e nessa época do ano a coisa aperta por causa do prazo para declaração do Imposto de Renda. Só que... Eu certamente saberia se Natalie estivesse trabalhando até mais tarde ou ficasse em sua sala por mais tempo depois do horário de trabalho. Não estamos nem falando das últimas semanas antes do prazo final da entrega da declaração, no dia 15 de abril, quando cada um de nós praticamente se muda para cá. Não era nada rotineiro ela sair e depois voltar. — A senhora não quer se sentar um pouco? Eu preciso me sentar. — Jogou-se sobre uma cadeira. — Essa agitação toda, passar o dia atendendo ligações de clientes revoltados ao descobrir que suas contas estão sendo analisadas pela polícia, tudo isso é muito desagradável. Tentar bancar a mãe dos funcionários, quando eles entram para chorar no meu ombro por causa de Natalie, ou tentar aliviar seus medos, despejando em cima de mim receios de que algo semelhante também possa acontecer com eles. E tentar refletir e descobrir se a senhora está certa, se essa coisa horrível tem realmente algo a ver com o trabalho de Natalie e se eu perdi algum detalhe importante que deveria conhecer...

— Nada lhe vem à cabeça?

— Nadinha. Só consigo imaginar que era algum tipo de assunto pessoal. Alguém queria atingi-los, estava enciumado ou zangado. Não sei dizer ao certo.

— Existe isso? Há muita ciumeira aqui no trabalho?

— Uma espécie de competição exacerbada certamente há. E é óbvio que nem todos aqui são melhores amigos. Só que, honestamente, não consigo pensar em ninguém que alimente um rancor tão grande ou pudesse ter impulsos genuinamente maus contra Natalie.

— Você conhece Lilah Grove?

— A *Femme Fatale* das Contas Individuais? — Os lábios de Cara se curvaram num sorriso malicioso. — Sim, já soube das fofocas sobre ela se mostrar amiga demais de Bick. Isso não preocupava Natalie, e nunca soube que Lilah e Natalie tenham brigado ou sequer trocado palavras ríspidas.

Talvez elas guardassem tudo isso para resolver depois do expediente, pensou Eve enquanto descia para se encontrar com Peabody.

— Você já pegou uma declaração de Lilah Grove? — quis saber Eve.

Nascimento Mortal

— Que é isso, você tem um sexto sentido? — espantou-se Peabody. — Ela era a primeira sobre a qual eu ia conversar com você.

— É a Sex Queen do departamento. Dava em cima de Byson. Qual foi sua impressão dela?

— Um pouco dura e com o pavio curto. Fútil, ambiciosa. E gosta de se gabar das duas coisas. Garante que o flerte era mútuo e inofensivo, expressou repulsa e irritação pelo fato de algumas pessoas do seu departamento fazerem fofocas desse tipo a respeito dela. Tudo me pareceu falso. Seus olhos se encheram d'água algumas vezes quando falou das vítimas, mas nem chegou a borrar a maquiagem, que me pareceu muito bem aplicada e caríssima. Ela usa Estou a Fim.

— Usa o quê?

— Um perfume, Dallas. O verdadeiro, e não uma marca genérica ou a água de lavanda, que é muito mais barata. Eu gosto de entrar no setor de beleza e experimentar um pouco desse perfume quando passeio pelas lojas de departamentos mais caras.

— Ah, é você?

— Sou eu o quê?

— A única pessoa em todo o universo que gosta quando aquelas mulheres que ficam de tocaia nessas lojas pulam na sua frente e jogam perfume em você.

Peabody endureceu seus ombros e ergueu sua cabeça com dignidade.

— Somos mais de uma pessoa. Na verdade nós formamos um exército pequeno, mas muito cheiroso.

— Sei... Aposto que esse tal perfume cheira a campina ensolarada. Vou fazer mais algumas perguntas a Lilah Grove antes de voltar para a Central.

— Segunda porta à direita.

— Farei isso sozinha. Vá conferir as coisas com McNab.

— Sim, senhora. Mais uma coisa, Dallas... — Peabody exibiu um sorriso travesso. — Sempre que eu uso "Estou a fim" ele me leva às nuvens — e saiu caminhando devagar e assobiando.

— Tudo bem, eu pedi por isso — murmurou Eve.

A porta da sala se abriu. Eve viu uma loura com cabelo comprido muito ondulado recostada para trás em uma cadeira de couro cor de caramelo examinando as unhas enquanto falava num *headset*.

Havia flores no escritório e um cabide prateado alto tinha um belo casacão vermelho pendurado nele, junto de um cachecol branco. A caneca de café sobre a mesa também era vermelha e tinha uma chamativa letra L em relevo.

A loura usava um terninho azul; uma tira de renda no decote em V fazia o papel de blusa. Os olhos que se ergueram para receber Eve eram num tom forte de verde, como os de uma gata.

— Espere um instante — disse ela no microfone. — Posso ajudá-la?

Eve ergueu o distintivo e Lilah olhou para o teto com cara de tédio.

— Sinto muito, mas preciso desligar. Mais tarde eu retorno sua ligação. Conseguirei a informação que você deseja antes das duas da tarde. Sim, com certeza. Até logo.

Tirou o *headset* e o colocou sobre a mesa.

— Conversei com uma detetive agora mesmo.

— E agora vai poder conversar comigo. Tenente Dallas.

— Puxa, pelo menos estou subindo na hierarquia. Escute, sinto muito sobre Bick e Natalie. Foi um choque terrível para todas as pessoas que os conheciam, mas eu preciso trabalhar.

— Que engraçado, eu também. Havia algo rolando por fora entre você e Bick?

— Puxa, você certamente é muito mais direta do que a detetive. Tudo não passava de um inofensivo flerte de escritório.

— E fora do trabalho?

Ela encolheu os ombros e fez com a mão um gesto fluido e largo.

— Não chegamos ao ponto interessante. Talvez se tivéssemos tido mais tempo...

— Você não via problema em invadir território alheio, então?

Sorrindo, Lilah conferiu as unhas mais uma vez e nem pestanejou ao responder:

— Ele ainda não era casado.

— Qual é o seu problema, Lilah? Não tem capacidade de conseguir um homem só para você?

Eve reparou no relâmpago de ódio quente e penetrante que surgiu no olhar dela.

— Consigo o homem que quiser — retrucou Lilah.

— Exceto Bick.

— Você é uma vaca, sabia?

— Pode apostar que sim. Por que Bick?

— Ele era lindo, gostava de badalar, tinha um corpo fantástico, um jeito de quem era muito bom de cama. Poderíamos ter feito uma bela dupla, numa boa.

— Mas você deve ter ficado puta porque ele não mordeu a isca.

— Não quis me comer porque isso era um problema em sua consciência, mas a perda foi dele. Se você acha que eu matei Bick e sua namoradinha por causa disso, pode verificar com sua detetive. Tenho dois álibis. Gêmeos, ainda por cima. Um metro e noventa, quase noventa quilos cada um e burros como postes. Deixei os dois arrasados de cansaço, mas isso só aconteceu depois das três da manhã.

— Qual era a conta mais importante de Bick?

— James Wendall, uma firma do tipo sociedade comercial — disse ela, sem precisar pensar.

— E quem ficará com a conta agora que ele morreu?

— Oficialmente? — Lilah inclinou a cabeça de leve. — Ainda não foi decidido. Extraoficialmente? Vou fazer de tudo para herdar essa conta. Mas não preciso matar ninguém para isso, ouviu, amiga? Basta ser boa no que eu faço.

— E aposto que você é — disse Eve, abandonando a conversa e indo se juntar a Peabody no andar de baixo.

—Ela não é nenhuma flor que se cheire, como minha avó costumava dizer.

— Não entendo essa expressão — reclamou Eve, saindo com o carro da vaga e indo para a Central. — Se uma flor é fedorenta, quem iria se interessar em cheirá-la, para começo de conversa? Ela é apenas o tipo de mulher que agarra o touro à unha.

— Não é flor que se cheire significa... Ah, deixa pra lá. Você acha que ela está envolvida?

— Pode estar. Mas mulheres assim não precisam matar para conseguir o que querem. Usam o cérebro e o sexo, traem e também roubam. Ela poderia seduzir alguém e conseguir que ele fizesse o trabalho sujo, mas com que objetivo? Tirando Bick Byson de cena, ela ganharia algumas das suas contas e seria promovida mais depressa, mas por que matar Natalie Copperfield? Era ela o alvo principal. O que você conseguiu pesquisando os álibis?

— Vamos lá... O de Jake Sloan é Rochelle DeLay. Vinte e cinco anos, solteira, trabalha no serviço de bufê do Palace.

— Ela é empregada de Roarke?

— Sim, de certo modo. O pai dela é o lendário DeLay, chef famoso do Palace. Ela trabalha lá faz mais ou menos dois anos. Não tem registros criminais.

— Vamos dar uma passada lá para confirmar o álibi cara a cara — disse Eve, virando à esquerda. — E os outros?

Nascimento Mortal

— Os de Randall Sloan são Sasha Zinka e Lola Warfield. Elas têm quarenta e oito e quarenta e dois anos, respectivamente. Casadas há doze anos. Dinheiro grande, tradicional e de herança, obtido por Zinka. São as donas da Femme.

— Que vem a ser...?

— Maquiagem de qualidade e caríssima. A empresa foi fundada pelo bisavô de Sasha Zinka e permanece até hoje como uma das poucas companhias independentes desse tamanho e importância. Também são donas de spas famosos e sofisticados onde seus produtos são usados e vendidos. Encontrei um registro policial do passado em Zinka. Agressão e dano ao patrimônio público. Socou um policial quando era jovem.

— Sério?

— Nunca cumpriu pena. Também pagou multas elevadíssimas e enfrentou alguns processos civis. Não vi mais nada na última década.

— Agitações da juventude. É geniosa.

— Encontrei grana ainda mais alta nos álibis de Robert Kraus, que são Madeline Bullock e Winfield Chase. Mãe e filho. Sam Bullock foi o segundo marido dela e eles não tiveram filhos. Sam Bullock morreu com cento e doze primaveras, depois de estarem casados há cinco anos. Madeline tinha quarenta e seis.

— Puxa, isso não é romântico?

— Sim, é uma emoção que me aperta o coração. O primeiro marido era mais novo, um rapazote de setenta e três, e eles se casaram quando Madeline tinha vinte e dois.

— Rico?

— Era. Não no nível de Sam Bullock, mas bem de vida. Foi comido por um tubarão.

— Sem zoações, Peabody.

— Estou falando sério. Estava mergulhando na Grande Barreira de Corais. Tinha oitenta e oito anos. De repente passou o tubarão, viu que havia um almoço suculento bem ali e nham-nham-nham.

Lançou um olhar pensativo para Eve e completou:

— Terminar como lanche de tubarão não está na minha lista de meios preferidos para morrer. E quanto a você?

— Agora que eu pensei nessa possibilidade, ela vai subir direto para número um. Alguma desconfiança de morte suspeita?

— Bem, tenente, não tivemos oportunidade de interrogar o tubarão, mas na certidão de óbito aparece "acidente infeliz" como *causa mortis*.

— Então tá.

— Apesar de a firma de Bullock atuar em várias áreas, seu início foi com produtos farmacêuticos. A Fundação Bullock, que a viúva administra desde que o marido faleceu há oito anos, é algo colossal e distribui anualmente milhões de dólares em contribuições filantrópicas e de caridade. Saúde infantil é sua prioridade. Não encontrei nenhum registro policial da viúva, e as autuações juvenis do filho, agora com trinta e oito anos, estão lacradas. Não há anotações sobre coabitação dele, nem de casamento.

— A empresa tem sede em Londres, certo?

— Isso mesmo. Eles têm várias casas, mas nenhuma aqui nos Estados Unidos. Mãe e filho moram no mesmo endereço. Ele é vice-presidente da Fundação.

— Deveria ter condições de morar num espaço só dele, com essa idade.

— Continuando... O álibi de Myers é Karl e Elise Helbringer, da Alemanha. Casados há trinta e três nos, três filhos. Karl abriu a empresa com Elise quando ambos tinham vinte e poucos anos. Fabricavam botas, o que os levou a sapatos, produtos do tipo, bolsas e todo tipo de coisas. Incluindo romance, pelo visto, já que se casaram logo em seguida. A fábrica foi um sucesso instantâneo no mundo da moda urbana e descolada e isso resultou num pequeno império alemão. Como fabricantes de botas, eles não só ficaram ricos como têm dinheiro transbordando dos bolsos.

— Botas?

— A fundação deles é referência e a marca Helbringer original é campeã de vendas no mundo todo. Você está usando um par nesse exato momento.

— Um par de quê?

— Botas Helbringer. São muito distintas em sua simplicidade. Não encontrei nada que comprometa os filhos.

— Vamos confirmar tudo isso na Central.

Eve estacionou na porta da frente do Palace Hotel, de Roarke. O porteiro se materializou do nada junto do carro. Eve percebeu que ele a reconheceu e viu o ar de resignação que lançou ao vê-la sair do carro.

— Bom dia, tenente. A senhora quer que eu mande estacionar sua viatura?

— O que você acha?

— Acho que a senhora deseja que ela fique parada exatamente onde está.

— Acertou em cheio. — Ela subiu a pequena escada e entrou no saguão com piso revestido em mármore. Reparou nos arranjos de flores imensos, muito elaborados e nas fontes que pareciam cantar.

Caminhou direto pelo saguão, debaixo de lustres de cristal que pareciam cascatas de luz, e seguiu até a recepção. Ao ver que também foi reconhecida ali por um dos atendentes bonitos e elegantemente uniformizados, percebeu que Roarke devia ter feito uma reunião com os empregados só para exibir sua foto.

Mesmo assim apresentou o distintivo.

— Preciso conversar com Rochelle DeLay.

— Claro, tenente. Vou chamá-la imediatamente. Sente-se ali e fique à vontade, por favor.

Diante do gesto de cortesia, Eve refletiu um pouco. Já que todos ali pareciam tão ávidos para cooperar, resolveu fazer o mesmo.

— Muito obrigada.

Escolheu uma das poltronas de veludo com encosto alto colocadas em meio a uma elegante selva de flores.

— Se um dia a minha avó, aquela que chama as pessoas de "não é flor que se cheire", vier a Nova York, vou trazê-la para tomar chá neste lugar — comentou Peabody, inspirando com força o ar com perfume floral enquanto se sentava. — Acho que ela vai curtir muito. Por falar nisso, podemos aproveitar essa espera para conversar sobre o chá de bebê de Mavis.

— Nem pensar!

— Ah, qual é, Dallas? Estamos em contagem regressiva. Descobri um bom tema para a festa. Já que se trata de Mavis e inspirada pela poltrona que você comprou, escolhi arco-íris. Fui a uma loja especializada ontem à noite e consegui todo tipo de coisas *mais que demais*.

— Muito bom, vá em frente.

— E também temos de encomendar as flores. Eu me lembrei de um lugar que eu conheço. O problema é que eu... ahn... Não tenho grana para comprar tudo.

Embora tentasse se abstrair do que Peabody falava, a última frase atingiu Eve em cheio.

— Meu Deus, Peabody, minha nossa! Você não tem que pagar por nada. Ninguém espera que faça isso.

— Eu quero ajudar e tudo o mais, só que...

— Não com o dinheiro! — Eve se obrigou a focar o assunto e lidar com aquilo. — Escute, você tem razão. Deve haver tralhas e enfeites. Quanto mais tralhas, mais Mavis vai curtir. Se você estiver disposta a organizar tudo, eu banco a conta.

— Que bom... Isso é ótimo! Só que... ahn... Eu ainda não sei qual é o limite do meu orçamento.

Eve simplesmente suspirou.

— Acho que o céu é o limite.

— Uau! Isso é completamente *ultra*. Puxa, vai ser o evento do ano.

— Agora, desligue a garota feliz e histérica, por favor — avisou Eve, levantando-se. — Seja uma tira.

Eve avistou a figura miúda que vinha em sua direção, magra e muito elegante, vestindo um terninho em estilo quase militar. O tom verde-oliva da roupa combinava com sua pele café com leite. O cabelo, preso num elegante coque no alto da cabeça, era castanho-escuro.

Seus lábios se abriram num educado e discreto sorriso de boas-vindas, mas o sorriso curto não alcançou os olhos cor de chocolate derretido.

— Sou a tenente Dallas e esta é a...

— Detetive Peabody — completou Peabody, antes de Eve ter chance de terminar a frase.

— Sou Rochelle DeLay. Vocês devem estar aqui para falar de Natalie. Tudo bem se nos sentarmos um pouco aqui mesmo? Minha sala é minúscula e está lotada até o teto de suprimentos para uma festa.

— Aqui está ótimo.

— Acabei de conversar com Jake. Preferia que ele tivesse ido para casa descansar. Não creio que esteja em condições de ficar no trabalho em contato com as pessoas de sempre, pois ele via e interagia com Nat quase o tempo todo, diariamente.

— Vocês eram amigas?

— Sim, muito. Construímos uma bela amizade quando Jake e eu começamos a sair juntos. No caso de Nat e Jake... — olhou para longe por um momento, como as pessoas costumam fazer quando estão quase desmontando. — Eles eram como pessoas da família um para o outro.

— Não a incomodava o fato de o homem com quem você namorava ser tão íntimo de outra mulher?

— Poderia incomodar se, no passado, tivesse havido algo romântico entre eles ou talvez se a mulher em questão fosse outra. Nat era absolutamente louca por Bick e eu gostava muito dela. Costumávamos nos divertir muito juntos, nós quatro. Foi identificação instantânea, entende? Não sei o que fazer para ajudar Jake.

— Srta. DeLay — começou Peabody. — Às vezes as mulheres contam para outras mulheres coisas que não contam aos homens, não importa o quanto sejam ligados. Natalie comentou algo com você sobre estar preocupada ou importunada com alguma coisa?

— Não consigo pensar em nada desse tipo. Só que nós tínhamos... ahn... combinado de almoçar juntas na véspera, horas antes de tudo acontecer. Ela me ligou dizendo que não estava se sentindo muito bem e tinha resolvido ficar em casa naquele dia, sem ir trabalhar, para resolver algumas coisas. Desacelerar um pouco, entende? Eu estava ocupada, atolada de trabalho... atolada mesmo! — repetiu Rochelle, e sua voz falhou. — Confesso que fiquei um pouco aliviada por não precisar sair. Agora, analisando nosso papo, vejo que ela me pareceu meio... não sei, um pouco abalada, talvez nervosa. Não prestei atenção a nada disso na hora. Eu devia ter ido até lá, devia ter levado alguma coisa para ela comer. Essa é minha reação de costume e eu não fiz nada porque estava ocupada demais. Mas, se houvesse alguma coisa grave, ela deveria ter me contado, não acham? Não penso em outra coisa.

— Sentir-se atormentada pelo que não aconteceu não resolve nada — disse Eve. — Você deve parar de se culpar. Conte-me onde estava na noite em que ela e Bick morreram.

— Fomos jantar na casa dos avós de Jake. Depois jogamos bridge. Quer dizer, eles jogaram — consertou, com um sorriso fraco. — Ainda estão me ensinando as regras, mas eu sempre

Nascimento Mortal

estrago tudo. Passava de meia-noite quando saímos de lá e fomos direto para o apartamento de Jake. Estamos meio que morando juntos, mas não é nada oficial. Estamos deixando as coisas acontecerem, por assim dizer. Eu estava no salão de festas Leste.

— O que disse?

— Na manhã seguinte. Eu estava no salão de festas Leste, ajudando a preparar a mesa para um banquete. Jake entrou e foi direto falar comigo. Estava chorando. Eu nunca o tinha visto chorar antes disso. Foi quando ele me contou. Nós dois nos sentamos no chão ali mesmo, num canto do salão de festas.

Capítulo Sete

Eve olhou para as caixas que cobriam a mesa da sala de conferências que tinha agendado e sentiu que uma dor de cabeça gigantesca se aproximava.

— Muito bem, aqui vai o trabalho pesado. Vamos analisar todos os discos, papéis, memorandos, agendas, blocos de anotações, tudo de duas semanas para cá, para começar. Pelas declarações das testemunhas faz dez dias, duas semanas no máximo que as pessoas começaram a notar que havia algo errado com Natalie Copperfield, e foi num desses dias que ela ligou para Bick Byson informando que precisava mostrar algo a ele.

— Podemos vasculhar os nomes e as anotações também — disse Peabody. — Mas e as contas? Poderíamos usar um ajudante que manje de números.

— Sim, poderíamos — concordou Eve. — Só que, pelo menos por enquanto, só você e eu vamos trabalhar com isso. Precisaremos buscar padrões repetitivos. Um arquivo ou conta que ela visitou várias vezes ao longo desse período. Qualquer coisa que tenha copiado para seu computador de casa ou algum dado que tenha repassado para Byson.

Eve olhou com muita decepção para o AutoChef da sala de conferências, pois sabia que ali não havia um estoque do seu café de qualidade especial.

— Vamos procurar menções sobre reuniões ou encontros com os chefões — continuou. — E conversas com os correntistas.

— Vamos levar um tempão nisso — comentou Peabody. — Talvez seja melhor eu encomendar alguns sanduíches.

— Pode ser. A assistente disse que ela entrou no sistema depois do expediente algumas vezes, nos últimos dias. Vamos ver tudo que ela acessou nesses momentos.

Eve se virou ao ouvir a porta se abrir.

— Descobriu alguma coisa? — perguntou Baxter.

— Pelo visto a vítima topou com algo estranho no trabalho, andava pesquisando mais a fundo por conta própria e compartilhou suas preocupações com o noivo. Estamos cavando mais fundo aqui.

— Precisa de mais uma pá?

Eve enfiou as mãos nos bolsos antes de responder.

— Como está sua carga de trabalho?

— Tenho algumas coisas para resolver, lugares para visitar e análises de ligações. Nada que meu ajudante não consiga encarar — acrescentou, referindo-se a Trueheart, o policial que Baxter treinava. — O garoto poderá me avisar caso precise da minha presença lá. Além do mais eu tenho direito a algumas horas de folga. Posso usá-las ajudando você.

— Tudo bem, mas trabalhe só durante o horário do turno. E se alguma coisa importante pintar no seu campo volte para lá na mesma hora.

— Combinado.

Quando seu comunicador tocou, Eve olhou para a tela.

— Peabody, coloque Baxter a par de tudo porque estão me chamando do gabinete de Whitney. Preciso atualizá-lo sobre o caso.

Ela atendeu o chamado e encontrou o comandante Whitney atrás da mesa. Ele lhe pareceu estar com ar cansado; talvez "sobrecarregado" fosse a melhor palavra para descrevê-lo. Seus ombros largos carregavam um peso considerável.

Fios grisalhos espalhados generosamente em meio ao seu cabelo escuro cortado muito curto serviam de moldura para um rosto largo cor de café. Whitney olhou para Eve sem dizer nada enquanto ela relatava os movimentos e detalhes da investigação.

— Os dados que você confiscou estão num local seguro?

— Sim, senhor. Os detetives Peabody e Baxter estão dando início a uma pesquisa completa. O capitão Feeney está supervisionando a busca eletrônica com o detetive McNab.

— Outras possibilidades?

— Como assim, senhor?

— Existe alguma hipótese de isso ter cunho pessoal? Um ex-namorado ciumento?

— Não eliminei essa possibilidade, comandante, mas nada aponta nessa direção. Tudo me leva a crer que estamos lidando com um duplo assassinato motivado por algo que a primeira vítima descobriu no local de trabalho.

Whitney assentiu com a cabeça e perguntou:

— Você entende a sensibilidade e a importância dos dados que estão neste departamento?

— Entendo, senhor.

— Você já considerou o quanto é delicado o fato de você, pessoalmente, ter acesso a esses dados? — Os olhos dele se mantiveram fixos nos dela.

— Pessoalmente em que sentido, comandante?

— Você é casada com um poderoso homem de negócios que tem muitos interesses em áreas como indústria e finanças, Dallas. Pode ser que esses interesses entrem em conflito ou em competição com alguns grupos cujos dados confidenciais você tem em mãos.

Uma pequena bola de calor se formou na barriga de Eve.

— Tenho *possíveis* evidências em mãos, comandante.

— Não seja ingênua, Dallas.

— Nunca fui ingênua. Sou a investigadora principal de dois assassinatos e busco evidências, motivos e culpados. Não estou atrás de segredos nem tenho interesse em informações confidenciais de nenhum tipo sobre os concorrentes do meu marido.

— Existe a preocupação de que, caso tais dados cheguem às mãos de seu marido, eles possam ser usados para obter vantagens pessoais sobre os competidores.

A bola de calor se ampliou.

— Ele não precisa da minha ajuda para competir no mundo dos negócios. E certamente não passaria por cima de dois cadáveres para ganhar um troco extra. Com todo o respeito, senhor — disse Eve, assumindo um tom que não tinha nada de respeitoso —, insinuar que possa existir algo além é um insulto a mim e a ele.

— Não se trata de alguns dólares a mais, e sim um ganho potencial de milhões. Talvez mais. E sim, sei que é um insulto. Sei que também é necessário que a situação seja bem compreendida. Se as informações que estão agora à sua disposição forem usadas de algum modo que não esteja relacionado à investigação, tanto você, quanto este gabinete e todo o departamento serão responsabilizados.

— O entendimento da minha responsabilidade pessoal perante a vítima, o povo de Nova York e este departamento é e sempre foi cristalina, senhor. — Agora a sensação de calor em sua barriga

tinha se transformado numa enxurrada semelhante a lava. —
Caso exista alguma dúvida quanto à minha compreensão dessa
responsabilidade ou da minha capacidade de corresponder a ela,
o senhor tem não apenas a obrigação de me retirar do caso, como
também deve solicitar que eu devolva meu distintivo.

— Quer ficar revoltada, pode ficar, tenente. Agora, volte ao
trabalho.

Ela girou nos calcanhares, lutando para manter a fúria sob
controle e segura. Mas não conseguiu bloqueá-la por completo.
Olhou para trás quando abriu a porta com força.

— Não sou a porra de um fantoche nas mãos de Roarke —
reagiu ela, e bateu a porta com força atrás de si.

Eve carregou a raiva com ela até o andar da Divisão de
Homicídios e a sala de conferências. Bastou um olhar para a
expressão de Eve, e Peabody desistiu de fazer um comentário descontraído que tinha na ponta da língua.

— Senhora — disse ela, em vez disso. — Baxter está analisando
os dados de Byson. Até agora não encontramos nada que tenha
sido transferido do computador de Copperfield para o dele.

— Vamos continuar procurando.

— No front das pesquisas eletrônicas, McNab acaba de comunicar que alguns arquivos foram deletados do computador de
Copperfield.

— O detetive McNab agora faz relatórios para você? Houve
alguma mudança na cadeia de comando nos últimos vinte
minutos?

Como conhecia aquele tom, Peabody manteve o dela neutro.

— O detetive McNab achou que estivéssemos juntas, senhora,
ou aqui, ou na rua. Como eu sabia que a senhora estava conversando com o comandante, recebi o relatório e agora estou simplesmente o repassando.

— Vou à DDE.

Baxter e Peabody ergueram os olhos para o teto quando Eve deu as costas. Felizmente, para sua integridade física, seus instintos foram rápidos o bastante e ambos focaram a tela quando ela girou o corpo de repente.

— Não quero que ninguém entre nesta sala nem se aproxime desses arquivos sem minha autorização. Isso ficou claro?

— Sim, senhora!

Quando a porta bateu com força, Peabody soltou um longo suspiro e assobiou.

— Whitney deve ter dito alguma coisa braba que a deixou revoltada.

Eve entrou como um furacão na DDE e avançou pelo laboratório em busca de McNab. Ele estava curvado sobre o computador da sala de Natalie Copperfield. Vários detetives e técnicos trabalhavam em outros computadores na mesma área.

— Você terá de trabalhar numa cabine selada ao longo de todo este caso — avisou Eve.

— Ahn? O quê? — Ele arrancou o *headset* da cabeça.

— Esta investigação acaba de ser colocada sob código azul. Usaremos cabines privadas, faremos relatórios orais e discutiremos apenas fatos essenciais.

— Uaaau, tá legal. — Ele recuou um pouco, como se sentisse o calor que parecia emanar dela e tivesse medo de se queimar. — Alguns arquivos foram apagados. Eles eram...

— Cabine privada — interrompeu ela, de forma ríspida. — Agora!

— Sim, senhora. Vou precisar de alguns minutos para transferir tudo para lá.

— Então caia dentro! — Saiu ventando, mudou de rumo e seguiu em direção à sala de Feeney. Ele estava sentado à sua mesa, metralhando com velocidade sobre o teclado enquanto cantarolava uma melodia.

De vez em quando praguejava.

— Estou quase agarrando você, seu filho da mãe.

— Seus detetives têm dificuldade para interpretar ordens diretas ou entender a cadeia de comando? — perguntou Eve.

Ele xingou mais uma vez, ergueu os olhos e viu o mesmo que Peabody. Recostando-se na cadeira, empinou o queixo em direção à porta e sugeriu:

— Não é melhor fechar a porta?

Ela a bateu com força.

— Quando eu trabalho como investigadora principal de um caso, os homens da equipe, sejam da DDE ou da Divisão de Homicídios, devem apresentar seus relatórios diretamente a mim.

— Você tem alguma queixa contra um dos meus garotos? — Todos os que trabalhavam com Feeney eram seus "garotos", não importavam os cromossomos.

Antes de explodir mais uma vez, ela caiu em si. O que estava fazendo? Fofoquinhas ridículas por causa de nada só porque estava revoltada?

— Tenho um caso cheio de suscetibilidades nas mãos — explicou.

— Sim, já soube. Meus garotos fazem relatórios para mim e eu soube que você os requisitou para pesquisas eletrônicas. E então?

— É um caso suscetível a influências externas por causa do dinheiro. Você acha que Roarke passaria por cima de duas vítimas e usaria dados secretos importantes para tirar um competidor do caminho? Acha que ele usaria minha investigação ou alguma informação que eu poderia compartilhar com ele para ganho pessoal?

— Que merda é essa que você está falando? McNab fez algum comentário idiota?

— Não. Whitney fez uma declaração direta.

Feeney apertou os lábios e, por fim, bufou com força. Passou os dedos pelo cabelo espetado cor de gengibre, que já ficava grisalho.

— Ainda tenho um pouco daquele café que você me deu no Natal. Quer um pouco para rebater isso?

— Não. Não — repetiu Eve, caminhando até a janela. — Droga, Feeney. Se ele quer me dar um esporro por algo que eu fiz ou não fiz, alguma coisa que um membro da minha equipe fez ou deixou de fazer, tudo bem. Mas insinuar que Roarke me usaria e que eu permitiria isso é ultrapassar todos os limites.

— Coma algumas amêndoas.

Ela apenas balançou a cabeça para os lados.

Feeney enfiou os dedos na tigela de amêndoas açucaradas sobre sua mesa.

— Quer meu palpite sobre isso?

— Acho que sim. Se eu vim até aqui cheia de marra quando você estava tão ocupado, é porque devo estar precisando da sua opinião.

— Então vou dá-la. Acho que alguns daqueles chefões controladores e os advogados que os adoram andam por aqui dando chilique, fazendo ameaças e mostrando os dentes. Devem estar reclamando com o prefeito e com o secretário de Segurança Pública. O prefeito e o secretário devem ter despejado tudo em cima de Whitney. Agora ele tem de seguir o ritual e despejar as normas do departamento sobre você, como alerta. Quer minha opinião sobre a visão pessoal dele?

— Quero.

— Conheço o comandante há muito tempo. Se ele tivesse alguma dúvida ou preocupação quanto a isso, ele tiraria você do caso e fim de papo. Ao fazer isso estaria protegendo a si mesmo. Em vez disso, simplesmente alertou você e manteve o próprio rabo na reta.

— Pode ser.

— Dallas? — Ele esperou até que ela se virasse da janela. — Você tem alguma preocupação quanto a Roarke em relação a isso?

— Não. Porra, claro que não!

— E acha que eu tenho? Acha que alguém da equipe tem alguma preocupação ou receio?

O aperto que Eve sentia no peito afrouxou um pouco.

— Não — garantiu. — Mas eu preciso contar tudo a ele. Mesmo que não lhe mostre nenhum dado financeiro desse caso, preciso abrir o jogo. Se você acha que eu estava puta quando entrei aqui, eu lhe garanto que aquilo foi um passeio na praia comparado a como Roarke vai ficar.

Ele empurrou a tigela de amêndoas na direção dela e, por um momento, surgiu uma centelha de diversão em sua cara de cão abandonado.

— Todo casamento é um campo minado.

— Porra, e como! — Mas ela relaxou um pouco, o bastante para se sentar na quina da mesa e pegar algumas amêndoas. — Desculpe.

— Esqueça isso. Também já nos conhecemos há muito tempo.

— Não sei se o seu prato está muito cheio, Feeney, mas, se puder aguentar mais, eu gostaria de poder contar com você.

— Acho que dá para arrumar um tempinho. Gosto de pratos cheios.

— Obrigada. Por tudo.

• • •

Nascimento Mortal

om a raiva aplacada, Eve seguiu direto para a sala de conferências, onde encontrou Peabody e Baxter mergulhados em trabalho e cercados por uma pilha de sanduíches que mais parecia uma montanha. Quando a tenente entrou, Baxter manteve os olhos na tela, mas Peabody arriscou uma olhada para cima. Obviamente encorajada pelo que viu no rosto da parceira, acenou com a cabeça para a pilha de comida.

— Chegamos à conclusão de que alguns sanduíches gigantes poderiam nos ajudar a trabalhar melhor.

— Tudo bem. — A raiva de Eve tinha diminuído e seu apetite também. Selecionou alguns discos e foi trabalhar num dos computadores. Momentos depois uma caneca de café apareceu ao lado do seu cotovelo.

— Ahn, também imaginei que você iria preferir sua bebida especial enquanto trabalhamos nisso — disse Peabody.

— Obrigada. Imagino que você também supôs que eu compartilharia com vocês o meu café especial e carregou o AutoChef com base nisso.

— Estava errada? — perguntou Peabody, sorrindo com ar de vitória.

— Imagino que vocês já estão enfiando tudo para dentro da barriga.

— Baxter está. Eu tomei apenas alguns goles com elegância e delicadeza.

Eve respirou fundo.

— Escutem... O comandante queria mais que uma simples atualização do caso. Está com algumas preocupações... Pelo menos alguns babacas estão... Com a possibilidade de Roarke, por meu intermédio, conhecer alguns dos dados que estamos investigando. E depois usá-los para prejudicar concorrentes.

— Não é de espantar que você tenha saído de lá disposta a chutar com força a primeira bunda que aparecesse no caminho — comentou Peabody.

— Bem... — Baxter interrompeu o que fazia e coçou a bochecha. — Whitney disse o que tinha de dizer, mesmo sabendo que era uma baboseira explosiva. Nessas horas deve ser um saco ser o comandante.

O restinho de raiva que Eve sentia simplesmente desapareceu.

— Deve ser — concordou ela. — Vamos garimpar nesse lamaçal para ver se achamos algum ouro.

Eles garimparam durante muitas horas. Os arquivos de Natalie Copperfield eram muito organizados e eficientes, mas não lhes trouxeram nada de novo.

— McNab disse que muitos dados foram apagados. — Eve se recostou na cadeira. — Tudo que eu encontrei até agora se enquadra na categoria de tempo perdido, também conhecida como "arquivos apagados". São apenas pequenos buracos para quem os considera assim, mas a vítima era uma abelhinha muito trabalhadora.

— Isso me faz sentir indolente e preguiçosa — concordou Peabody, e completou em seguida: — Isso não é verdade, obviamente, já que sou uma detetive dedicada do Departamento de Polícia de Nova York, treinada pela melhor investigadora que existe.

— Puxa-saco! — disse Baxter, com um sorriso.

— Já ganhei três medalhas de ouro na categoria puxa-saco.

— Informação fascinante — disse Eve, num tom seco. — Mas a questão é: Natalie Copperfield mantinha registros precisos do seu trabalho, do seu tempo, e estou vendo buracos aqui. Temos um padrão de espaços vazios que remontam a cinco ou seis meses atrás.

— Também saquei isso — concordou Peabody. — Poderiam ser os planos para o casamento dela. Alguns dos seus assuntos pessoais podem ter prejudicado seu trabalho. Acontece com os melhores funcionários.

— Pode ser. Ou talvez seja uma conta que lhe foi repassada por essa época. Os buracos nos arquivos começaram a aumentar dez dias antes da sua morte. Mais ou menos quando acreditamos que ela tenha descoberto algo suspeito.

— Se o assassino apagou todos esses dados de clientes — disse Baxter —, ele ou ela teve acesso ao computador da vítima e aos seus arquivos. Mas não me parece que um cliente seja capaz de acessar isso.

— Pode ter hackeado o sistema dela remotamente ou pode ter contratado alguém habilidoso para isso — replicou Eve. — Mas também pode ser alguém de dentro da empresa. Ou as duas coisas. O fato de não estarmos encontrando todos os arquivos dela aqui é evidência de que havia algo que o assassino não queria que fosse achado.

— A supervisora dela certamente conhece todas as suas contas — sugeriu Peabody.

— Sim. Vou dar mais uma passada lá para conversar com ela antes de levar tudo para casa. Peabody, preciso que todos esses dados sejam protegidos. Baxter, se você quiser fazer algum trabalho de campo, pode confirmar algumas coisas com a irmã da vítima. Veja se Copperfield mencionou ter conseguido alguma conta nova nos últimos seis meses. Provavelmente uma conta grande.

— Certo.

— Confira com Trueheart como vão as suas atividades. Se precisar trabalhar depois da hora, é só falar comigo que eu autorizo.

— Obrigado.

— Peabody, se McNab conseguir algo, eu quero ser avisada. Quando acontecer e onde eu estiver. Vou estar em campo.

A ferocidade do tráfego fez Eve olhar para o relógio. A firma de contabilidade já deveria estar fechada a essa hora. Tentou a agenda eletrônica de Cara Greene e depois o *tele-link* pessoal dela. Quando foi transferida para o serviço de recados, deixou uma mensagem pedindo que ela entrasse em contato o mais depressa possível. Como havia uma longínqua possibilidade de Greene estar trabalhando até depois da hora, Eve tentou achá-la no *tele-link* do trabalho. Em vão. Deixou o mesmo recado.

De nada adiantava bater na porta de um apartamento vazio, decidiu. Resolveu esperar pelo retorno ou procurar Greene logo cedo, de manhã.

Agora precisava bolar a melhor abordagem para contar tudo a Roarke.

Manter o bico calado não era uma opção. Mesmo que quisesse fazer isso ele perceberia que havia algo errado. Roarke tinha instintos mais apurados que os de um falcão. Fugir da raia iria levá-la, inevitavelmente, à mentira. E isso a colocaria do lado errado da briga.

Droga, ela não queria problemas por causa disso.

Falar de forma franca e direta talvez fosse o melhor jeito, decidiu. Tudo bem que ele fervesse por dentro, ficasse furioso e explodisse com o insulto. Tinha direito a isso.

O problema é que ele iria ferver, ficar furioso e explodir em cima dela. Foi por isso que resolveu fazer a coisa certa, mesmo que fosse mais difícil; bancaria a boa esposa e aguentaria o tranco. Depois ele teria de se desculpar mesmo, talvez até se humilhasse um pouco.

Isso não seria tão ruim.

Estava se sentindo mais ou menos preparada para enfrentar o embate quando passou com a viatura pelos portões de casa.

Considerando várias formas de abordar o assunto, subiu os degraus da entrada e trocou o ar gelado pelo ambiente quente do saguão. A luz dourada e o aroma levemente cítrico de limpeza no ar foram estragados pela figura agourenta vestida de preto que surgiu do nada: Summerset.

— Eu não sabia que a senhora estava tirando alguns dias de folga — começou ele. O gato saiu do seu lado e foi quase pulando na direção de Eve.

— De que você está falando?

— Ao ver que a senhora voltou para casa sem manchas de sangue e sem nenhuma peça de roupa destruída, imaginei que tivesse passado o dia envolvida com alguma atividade de lazer.

— O dia ainda não acabou — lembrou Eve, atirando o casaco de couro sobre o pilar do primeiro degrau. — Pode ser que eu termine a noite envolvida em atividades de lazer, como, por exemplo, chutar sua bunda ossuda. É claro que você é quem sairia ensanguentado e rasgado.

Pegou o gato rechonchudo no colo e o levou com ela para o andar de cima. Ele ronronou alto como um *jetcóptero* quando ela coçou suas orelhas bem devagar, mas ela ajeitou o animal sobre o sofá do quarto e foi tentar descobrir em que cômodo Roarke estava, usando o localizador de pessoas.

— Onde está Roarke?

Roarke ainda não voltou para casa esta noite.

Isso lhe daria um tempo extra, refletiu Eve, tirando a roupa de trabalho e vestindo a roupa de ginástica. A melhor forma de clarear as ideias e tonificar os músculos era uma bela e suarenta sessão de malhação na academia completa que havia na casa.

Para evitar Summerset ela pegou o elevador para o andar de baixo e programou uma caminhada ladeira acima na máquina de exercício cardiovascular. Fez vinte minutos sem parar até seus quadríceps começarem a arder. Só então trocou para uma corrida no plano.

Estava numa boa série de exercícios para o tronco na máquina de pesos quando Roarke entrou.

— Dia longo? — conseguiu perguntar a ele, bufando com força.

— Um pouco. — Ele se inclinou e tocou os lábios dela com os dele. — Você está começando ou terminando?

— Terminando. Mas ainda aguento uma luta de boxe curta, se você estiver a fim de se exercitar.

— Já malhei de manhã. Estou a fim de um belo cálice de vinho e uma boa refeição.

Ela analisou o rosto dele e concluiu:

— Já vi que foi um longo dia, então. Problemas?

— Coisas irritantes, basicamente, a maioria já resolvida. Mas, pensando melhor, eu não me importaria de nadar um pouco antes do vinho, se tiver companhia.

— Vamos nessa. — Ela pegou uma toalha e a passou sobre o rosto. Era melhor soltar logo a bomba ou adiar o momento até ele estar mais solto por ação da bebida? Difícil decidir, mas lhe pareceu errado deixar que ele relaxasse para depois atingi-lo com um soco na barriga.

— Ahn, aconteceu um lance hoje. — Para dar a si mesma alguns instantes extras, ela foi pegar uma garrafa de água no frigobar. — Tem a ver com o duplo homicídio que estou investigando. É um problema com a firma de contabilidade.

— Você conseguiu o mandado?

— Consegui. Isso é parte do problema.

— Que problema?

Ela se preparou como se estivesse para mergulhar numa piscina muito fria.

— Existem preocupações em alguns níveis de hierarquia quanto ao sigilo de dados dos arquivos atualmente nas mãos da Polícia de Nova York e da investigadora principal do caso, porque ela é casada com você.

— Existem dúvidas, em algum nível, quanto à sua capacidade de lidar com dados sigilosos? — A voz dele estava quase agradável, até mesmo simpática. Eve ligou as antenas.

— Existem questionamentos, em alguns níveis, a respeito da ética de você estar tão próximo de informações financeiras secretas de concorrentes seus atuais ou futuros no mundo dos negócios. Mas quero que você entenda que eu...

— Então alguém está receando — interrompeu ele, suavemente — que eu possa ser capaz de usar minha esposa e sua investigação de um duplo assassinato para não apenas descobrir a situação financeira de meus concorrentes atuais ou futuros, mas também para usar tais informações a meu favor e lucrar mais? Eu entendi direito?

— Em resumo, é isso. Escute, Roarke...

— Eu ainda não acabei. — Ele pronunciava cada palavra como se brandisse um chicote. — Será que não ocorreu a nenhum desses burocratas de diversos níveis que eu não preciso usar minha esposa ou sua investigação para arrasar com um competidor no campo dos negócios, caso decida fazer isso? E que eu sempre consegui competir e ser bem-sucedido por mim mesmo antes de conhecer a investigadora principal desse caso?

Eve odiava quando ele usava a palavra *esposa* nesse tom. Como se ela fosse apenas um de seus relógios de grife. A raiva borbulhou em sua garganta e foi muito difícil engolir tudo novamente.

— Não sei dizer o que passa ou passou pela cabeça deles, mas...

— Cacete, Eve. Você acha que eu usaria você para ganhar mais da porra do dinheiro?

— Nem por um segundo. Olhe para mim. Nem por um segundo!

— Eles acham que eu poderia rastejar sobre corpos ensanguentados, arriscar a sua reputação e a minha só para obter um ganho extra?

— Acabei de dizer que nem por um segundo...

— Eu ouvi o que você disse — rebateu ele, e seus olhos eram letais. — Vejo que para alguns vale o velho ditado... "Uma vez ladrão..." Já trabalhei lado a lado com a Polícia de Nova York, dediquei a ela muito do meu tempo precioso, assumi consideráveis riscos físicos e agora eles vêm questionar minha integridade em algo assim? Em algo desse tipo? Pois eles que se fodam! Se não conseguem nem pretendem confiar em mim depois de tudo o que fiz pela lei, eles que se fodam com todas as cores da bandeira. Quero que você repasse o caso para outro investigador.

— Você quer... Epa, espere um minuto!...

— Quero que você repasse o caso — repetiu ele. — Não quero ter nem mesmo um único *byte* desses dados *confidenciais e sigilosos* em minha casa, nem na cabeça de minha esposa ou em algum lugar onde eu possa ser suspeito de tê-los usado. Porra, eu não aceitarei ser acusado em algum momento, mais adiante, de ter usado esses dados para vencer alguma concorrência ou decidir a assinatura de um contrato. Não aceitarei isso de jeito nenhum!

— Tudo bem, vamos nos acalmar um minuto, aqui. — Eve precisou respirar fundo duas vezes antes de sentir que a cabeça tinha parado de girar. — Você não pode me pedir para desistir dessa investigação.

— Pois é exatamente o que estou pedindo. E, se eu me lembro bem, sempre pedi muito pouco de você quando o assunto tem relação com o seu trabalho. Você não é a única investigadora qualificada da polícia. Repasse o caso! — exigiu mais uma vez. — E faça isso agora, porque não admito ser insultado dessa forma.

Nem vou tolerar que minha esposa seja a pessoa que vem me trazer um insulto desses porque seus superiores não tiveram colhões para fazer isso eles mesmos.

Eve ficou parada e atônita quando ele virou as costas e saiu pisando duro.

Capítulo Oito

A raiva de Roarke parecia ter dentes que lhe atacavam a garganta quando ele entrou como um furacão em seu escritório e fechou as portas. Sabia que, se não tivesse se afastado, essa raiva iria fazer com que ele piorasse a situação com Eve.

E com a porra do trabalho dela, pensou. Tiras canalhas! Por que, cacete, tinha iludido a si mesmo acreditando que poderiam aceitar quem ele era e o que era?

Nunca fora inocente nem alegara isso.

Tinha roubado? Muitas vezes. Tinha enganado? Obviamente. Tinha usado golpes inteligentes, armado farsas e qualquer outra coisa que o ajudasse a agarrar à unha todas as chances para sair do beco onde vivia e subir até onde estava agora? Com certeza que sim! E faria tudo novamente, se necessário, sem remorsos nem arrependimentos.

Nunca pediu para ser considerado puro e santo. Fora um rato das ruas de Dublin com habilidades especiais e ambições específicas, e tinha usado as primeiras para alcançar as últimas. Por que não?

Descendia de um homem que era assassino a sangue frio e, sim, também tinha feito coisas parecidas.

Só que se tornou mais e melhor. Tinha se tornado diferente, pelo menos. E quando se apaixonou por uma tira, por uma mulher que respeitava de todas as formas possíveis, desistira de muita coisa. Todas as suas áreas de atuação profissional eram legítimas, agora. Podia ser considerado um tubarão no mundo dos negócios, mas era um tubarão que cumpria todas as leis.

Mais que isso: trabalhara diversas vezes com os tiras, os mesmos elementos que, no passado, tinham representado o inimigo. Oferecera seus recursos ao Departamento de Polícia inúmeras vezes. O fato de que isso o divertia, intrigava e satisfazia não mudava a essência da ajuda.

Aquilo era de enfurecer. Era um insulto inaceitável.

Com as mãos enfiadas nos bolsos ele se manteve diante da janela, olhando com raiva para as luzes cintilantes da cidade que ele transformara em lar.

Ele construíra a si mesmo, lembrou mais uma vez. Tinha entalhado com muito cuidado a vida que levava e amava aquela mulher mais que qualquer coisa no mundo. Saber que havia alguém que suspeitava que ele pudesse usá-la ou que ela se permitiria ser usada era algo de enfurecer.

Pois bem, eles teriam de procurar outra pessoa para virar noites e trabalhar até a exaustão para encontrar seu assassino sanguinário. E se achavam que algum dia, mais à frente, poderiam chamá-lo novamente para bancar o consultor civil especialista, eles que fossem catar coquinhos.

Ouviu quando a porta divisória entre sua sala de trabalho e a de Eve se abriu, mas não se virou.

— Já disse tudo que queria dizer sobre esse assunto — avisou a ela. — Está decidido.

— Tudo bem, fique só ouvindo, então. Não culpo você por ficar chateado.

— Chateado?

— Não o culpo por ter ficado muito puto dentro das calças. Eu me senti do mesmo jeito.

— Ótimo. Estamos em sintonia.

— Acho que não. Roarke...

— Se você acha que isso foi só uma pirraça minha ou que você conseguirá me amaciar está muito enganada. Determinei um limite e nós o atingimos dessa vez, Eve. Espero que você respeite minha posição nesse caso. — Ele se virou. — Espero que você simplesmente me coloque em primeiro lugar, só isso.

— Você já conseguiu as duas coisas, mas precisa me ouvir. Com limite ou sem limite, você não pode sair por aí arremessando ordens em cima de mim.

— Não foi uma ordem, foi uma declaração.

— Que se foda essa declaração, Roarke, que se foda tudo isso! — A raiva dela começou a aumentar, mas havia uma camada de medo por cima de tudo que a deixava enjoada. — Você está puto, eu estou puta e se a coisa continuar desse jeito vamos acabar terrivelmente putos um com o outro; talvez cheguemos ao ponto de cruzar um limite muito mais sério, de onde não haverá recuo com facilidade, apesar de sermos nós os que estão sendo atacados por fatores externos.

— E desde quando o Departamento de Polícia se tornou um fator externo para você?

— Qual é, eu preciso provar alguma coisa para você, agora? — De repente havia mágoa invadindo a raiva, o medo e o enjoo. — Para você? O que é preciso provar aqui? Minha lealdade? A lista de prioridades dessa lealdade?

Nascimento Mortal

— Talvez sim. — Ele virou a cabeça meio de lado e disse, com frieza: — Estou me perguntando em que lugar eu fico nessa lista de prioridades.

— Vejo que você está realmente puto. — Ela respirou fundo antes que perdesse o restinho de raiva que sentia. Ou pior: antes que perdesse a luta para segurar as lágrimas que lhe pinicavam o fundo dos olhos. — Tenho alguma coisa a dizer, porra, e vou dizê-las. Se depois que eu acabar você continuar exigindo que eu repasse a investigação, farei isso.

Algo dentro dele o apertou e largou em seguida, mas ele simplesmente encolheu os ombros.

— Coloque tudo para fora, então.

— Você não me acredita, dá para notar — começou ela, falando devagar. — Deve achar ou se perguntar se eu não estou falando isso da boca para fora, só para bajular você e ganhar a briga. Isso, por si só, é um insulto e eu já fui insultada demais por hoje, porra! Fique calado e me escute! Quando alguém atinge você, me atinge também. É assim que as coisas são. Isso não acontece só porque eu sou sua esposa, nem porque sou uma mulher bonitinha e burra que recebe ordens do *marido*.

— Eu nunca disse que você era *bonitinha e burra*.

— Pois é isso que eu entendo, às vezes, quando você me chama de "esposa".

— Ah, que papo "nada a ver"!

— Digo o mesmo, garotão. Quando eles dão porrada em você, também dão em mim, porque somos uma coisa só. Eu posso não compreender muita coisa sobre os mistérios do casamento, mas essa parte eu entendo muito bem. Portanto, pode acreditar quando eu lhe digo que o Departamento sabe exatamente como eu me sinto a respeito desse assunto.

— Muito bem, então, mas...

— Eu ainda não acabei! — reclamou ela. — Amaciar você, que ridículo! Mas quer um consolo? Quando eu despejei essa história em cima de Feeney e depois em Baxter e Peabody, eles tiveram a mesma reação: isso é uma palhaçada e um insulto. Mas nem por um momento pensaria, Roarke, em sair dessa situação com o rabo entre as pernas e repassar o caso. Não só pelas vítimas que importam *demais* para mim nesse momento, mas pelo meu próprio orgulho e pelo seu. Tudo bem, reconheço, pelo nosso orgulho como casal! Não quero tirar o time de campo só porque o prefeito, o secretário de Segurança, o comandante ou sei lá quem está se borrando de medo e precisa fugir da responsabilidade porque alguns babacas estão cheios de mimimi e sabem que você é mais inteligente e mais esperto que eles, para começo de conversa.

— E estou muito *revoltada*! — Ela chutou a mesa. — Indignada, chateada, *putíssima* por ter sido desrespeitada. Como se eu fosse alguma *mocinha* idiota que prejudica uma investigação só para fazer seu homem lucrar. Ou que meu homem seja um empresário incompetente que não consegue arrasar com os competidores sem suar a camisa. Não podemos permitir que eles nos tirem de campo. Não podemos permitir que, por causa de politicagem barata, eles coloquem em segundo plano duas pessoas que morreram por estar fazendo o que era certo, mesmo que de forma *burra*.

Tornou a chutar a mesa e se sentiu um pouco mais calma.

— Você sempre fez mais do que ficar ao meu lado nas questões de trabalho e merece melhor tratamento por parte deles. Mesmo assim eu vou fazer mais do que ficar ao seu lado. Se repassar o caso é o que você precisa que eu faça, é o que farei.

Ela respirou fundo e continuou:

— É o que farei, e se você ainda não sabe que vem em primeiro lugar é muito burro. E não é mandando todo mundo à merda que você vai resolver o problema. Ficar no caso e colocar você como consultor oficial, essa é a melhor resposta. Descobrir quem matou essas duas pessoas é a melhor resposta. Quero encerrar esse caso e quero que você esteja ao meu lado quando isso acontecer. Só que dessa vez a decisão final é sua.

Ela passou os dedos pelo próprio cabelo, percebeu que estava exausta e completou:

— A bola está no seu campo.

Ele não disse nada por longos e agitados minutos.

— Você faria isso? Repassaria esse caso para outro investigador só porque eu pedi?

— Não. Eu repassaria o caso porque, nessas circunstâncias, acho que você tem o direito de pedir. Eu não pulo quando recebo ordens suas, garotão, do mesmo modo que você em relação a mim. Mas quando a coisa é importante, eu respeito. É isso que você quer que eu faça?

— Era, antes de você entrar. — Ele atravessou a sala e tomou-lhe o rosto entre as mãos. — Era isso que eu queria, sou forçado a admitir, e estava quase certo de que você iria recusar. Isso me daria uma saída cômoda, em que poderia culpar você por toda essa cagada. Depois eu iria dissolver um pouco da minha revolta com uma bela discussão com você. — Beijou a sobrancelha dela, o nariz e os labios. — Mas você não recusou e acho que essa briga histórica está fora de questão, agora.

— Estou sempre disposta a encarar uma briga histórica.

Dessa vez ele sorriu.

— É difícil conseguir energia para isso quando sou forçado a admitir que você está certa. Na verdade, analisando melhor, isso me irrita muito, porque você acertou na mosca ao descrever a situação. As vítimas merecem você. Não vou permitir que o Departamento tenha a satisfação de ver você recusar esse caso por minha causa. E também não vou me permitir aturar dedos apontados que me acusam de ser um trapaceiro capaz de usar a esposa.

Fiz muita coisa na vida da qual mereço ser acusado, mas essa não é uma delas.

— Estamos acertados, então?

Ele afagou os ombros dela de leve antes de recuar.

— Parece que sim. Mas o termo *esposa* não é sinônimo de *bonitinha* e *burra*. Amo muito a minha esposa. Eu simplesmente *dormi* com algumas mulheres bonitinhas e burras, no passado.

Roarke ainda estava chateado, ela percebeu. Por mais frio e contido que ele se mostrasse, Eve o conhecia muito bem e via a raiva sob sua pele, pronta para explodir. Não dava para culpá-lo. Mas havia outras formas de dissolver aquela raiva, bem mais eficazes do que uma sessão de malhação pesada na academia ou uma briga agitada e longa.

— Eu continuo precisando de uma boa ducha. — Seguiu na direção da porta e olhou por cima do ombro, ao sair. — Não me importo de ter companhia.

Ela ordenou os jatos em força máxima à temperatura de trinta e oito graus e deixou o calor atingir os ossos. Com os olhos fechados e a água batendo sobre o cabelo, sentiu que a maior parte da dor de cabeça cedia suavemente.

Quando sentiu braços fortes que a enlaçavam, a tensão em seu corpo se transformou em excitação.

— Desculpe — disse ela, ainda com os olhos fechados —, mas você vai ter de entrar na fila. Já marquei com outro cara uma trepada debaixo do chuveiro.

As mãos dele subiram e lhe cobriram os seios; dentes lhe mordiscaram o pescoço.

— Tudo bem, talvez eu deixe você furar a fila.

Ela tentou se virar de frente, mas mãos firmes a mantiveram de costas enquanto lábios quentes passeavam pelo seu pescoço e ombros. Sentiu mordidas leves em meio ao vapor que subia.

Nascimento Mortal

Com um dos braços enlaçando-a pela cintura, ele abriu um compartimento na parede de vidro e deixou escorrer na mão uma generosa quantidade de sabonete líquido. Esfregou-o sobre os seios dela, o torso e a barriga em círculos lentos, enquanto a água caía em jatos pulsantes.

Tudo dentro dela se apertou em nós deliciosos que se desatavam e tornavam a apertar. O calor molhado e as mãos suaves lhe excitavam todos os sentidos até o limite, mergulhando-a em sensações maravilhosas.

Ela ergueu os braços, jogou-os para trás e os prendeu em torno do pescoço dele, para se soltar um pouco mais. Os círculos preguiçosos começaram a descer pelo seu corpo e escorregaram para a região abaixo do umbigo. O corpo dela se arqueou e um suspiro rouco lhe escapou dos lábios quando ele a levou além do limite.

Ela estremeceu com força e se lançou contra as mãos ocupadas que a acariciavam, alimentando as necessidades dele ao mesmo tempo em que saciava as dela. O corpo dele começou a se mexer mais depressa; a avidez, a vontade, o desejo e o amor estavam tão entrelaçados que criavam uma massa de calor que emanava do coração para o espaço entre as pernas deles.

Uma unidade, ele pensou. Duas almas perdidas e empapadas de sombras que haviam se encontrado. Ele não deveria ter esquecido o milagre disso, mesmo durante a raiva.

Quando ele a virou de frente e se fitaram, reparou que os olhos dela pareciam mais pesados, seu rosto estava vermelho de desejo e seus lábios se curvavam de leve.

— Oh, é você? Bem que me pareceu alguém familiar, mas eu não tinha certeza — brincou. Em seguida, deslizou a mão pela barriga de Roarke, agarrou seu pênis quente, duro e pulsante com as mãos e disse: — Sim, reconheço isto aqui.

Manteve os olhos sonolentos bem abertos e fixos nos dele quando se viu empurrada e esmagada contra a parede molhada.

Com os jatos d'água despencando sem parar ele invadiu-lhe a boca, saboreou-a e tremeu de emoção quando sentiu que os lábios dela tomavam os dele com a mesma sofreguidão.

Depois, firmando os quadris dela, penetrou-a com uma estocada forte, engolindo seus gritos, seus arquejos e seus gemidos, girando suavemente e avançando até o fundo.

Os dedos dela desceram até o membro dele e tentaram envolvê-lo pela base enquanto o choque e a excitação a rasgavam. Não havia mais nada ali, exceto o calor, a umidade e aquele corpo glorioso e rígido colado ao dela, dentro dela. A onda de prazer a lançou tão alto que ela teve de lutar para conseguir um pouco de ar e balbuciar o nome dele.

Ela se contorceu para lançar um grito e isso a deixou fraca, mole e zonza. Sentiu quando ele gozou e se entregou a ela por completo, mas logo se sentiu totalmente sem forças.

— *Ta cion agam ort.* — Com o corpo muito quente e ainda colado no dela, ele murmurou essas palavras.

Eu amo você, pensou Eve, reconhecendo a frase em idioma celta. Sabendo que ele só fazia isso nos momentos que julgava mais importantes, ela sorriu.

S entindo-se relaxada e adaptável, Eve permitiu que ele escolhesse a refeição da noite. Acabou comendo uma espécie de peixe leve grelhado, uma porção de arroz com ervas e vegetais crocantes. Teria preferido um belo hambúrguer com batatas fritas encharcadas de sal, mas não podia reclamar.

O cálice de vinho branco italiano gelado ajudou tudo a descer de forma suave como seda.

— Antes de irmos mais adiante — começou ele —, quero dizer que mais do que me sentir chutado foi como se eu tivesse levado um soco na boca do estômago por causa disso. E doeu pra cacete.

— Sinto muito.

— Não foi culpa sua. O fato é que eu fiquei igualmente furioso comigo mesmo. Eu deveria ter imaginado.

— Por quê? *Como?*

— Uma firma de contabilidade importante com clientes VIP — encolheu os ombros. — Fatalmente alguém mencionaria a possibilidade de eu ter acesso a dados financeiros de concorrentes. As reclamações seriam só uma questão de tempo.

— Ei! — Ela cutucou o ar com o garfo. — Não me venha ficar do lado deles a essa altura do campeonato. Isso vai me deixar revoltada novamente.

— Nada disso, não estou do lado deles. Acho que a coisa foi feita de um jeito porco. Mesmo assim eu poderia ter imaginado algo desse tipo e certamente estaria mais bem preparado para o golpe que recebi.

— Eles nos deram uma bofetada moral e nos humilharam. Nunca esquecerei isso.

— Nem eu. Por que não me conta sobre o progresso da investigação? No mínimo isso vai ser como dar um soco no olho deles, no fim das contas.

— Certo.

Ele ouviu com atenção enquanto ela relatava os novos dados.

— Como você vê, alguém teve acesso aos arquivos dela e deletou vários dentre os que ela pesquisava. E foi um trabalho limpo, segundo McNab. Eles continuam cavando para encontrar mais.

— Era mais esperto eles terem levado os computadores, como fizeram com os das cenas dos crimes.

— Analisando em retrospectiva, sem dúvida. Imagino que o assassino não tinha como ter certeza de que acessaria uma conta específica, para começar a acompanhá-la por lá. Até conversarmos com a supervisora da vítima, não sei se conseguiremos concentrar as buscas numa conta específica. Ao analisar o computador do escritório dela, mesmo numa olhada rápida, dá para perceber o quanto ela era arrumada e organizada com seus arquivos e dados. As peças que estão faltando só aparecem para quem está à procura delas em épocas e datas específicas.

— Contas estrangeiras — refletiu ele. — Devemos buscar uma companhia, talvez, ou indivíduos ligados a ela que também tenham interesses aqui. O mais provável é que o acesso tenha ocorrido a partir daqui mesmo, de Nova York. A DDE ainda não conseguiu determinar se o acesso foi feito remotamente ou no local?

— Ainda não. Minha intuição diz que foi feito a partir da própria firma. O assassino levou consigo os computadores das casas das vítimas. Se tinha boas habilidades de hacker, por que não apagou os arquivos lá mesmo? Ou fez isso remotamente antes ou depois dos assassinatos? Ele carregou os equipamentos para poder se livrar deles, apagar os dados e jogar fora as máquinas. Só que não é fácil sair de uma firma carregando computadores.

— A segurança lá é boa?

— Excelente. Não creio que uma pessoa de fora conseguiria ficar perambulando ali depois do expediente sem aparecer nas gravações dos discos de segurança, e ninguém foi visto. Ele apagou os arquivos durante o horário de trabalho. Talvez tenha conseguido as senhas e apagado tudo de outra estação de trabalho dentro do prédio ou talvez tenha entrado na sala da vítima enquanto a assistente estava ocupada, fazendo outra coisa. Com o atraso para conseguir o nosso mandado, houve bastante tempo para isso. O assassino ou um comparsa trabalha na empresa.

Ele tomou um pouco de vinho e perguntou:

— A primeira vítima conseguiu alguma conta ou contas nas últimas semanas?

Nascimento Mortal

— Já pensei nisso e não encontrei nada. Não vi novidades nas últimas duas semanas, pelo menos aparentes; não dá para encurtar a lista de suspeitos a partir disso. Se ela descobriu algo suspeito, já era. Talvez uma das contas subitamente não estivesse em harmonia e ela a separou para averiguar mais de perto. Ou pode ser que o cliente tenha começado a fazer operações suspeitas só recentemente. Quem sabe ela acabou tropeçando em algo estranho por eles terem ficado mais negligentes? Isso acontece. Só que ela não discutiu problema de cliente algum com seus superiores, nem com a assistente. Não que alguns deles vá confessar uma coisa dessas agora.

— Só contou ao noivo — concordou Roarke, balançando a cabeça. — Porque confiava nele por completo.

— Exato. Mas não acredito que ela não tenha ao menos mencionado algo a um dos sócios, à sua supervisora ou ao chefe do departamento. Era meticulosa. Você vai entender o que estou dizendo ao ver os arquivos dela.

— Aceito sua palavra, por agora.

Eve colocou o cálice sobre a mesa e comentou:

— Acho que aparamos as arestas e você já poderá entrar na equipe quando tiver tempo para isso.

— Por enquanto eu prefiro esperar até ver os arquivos — afirmou ele. — Ao chamá-la de meticulosa, você quer dizer que ela mantinha tudo em perfeita ordem, certo?

Eve lutou contra a irritação que ameaçava voltar.

— Isso mesmo, mas ela era meticulosa no sentido de manter impecável seu espaço de trabalho, seu apartamento, seu closet. Nunca teve uma avaliação profissional que não fosse fantástica. Tinha um bom relacionamento com o chefe do departamento e, aparentemente, com todo mundo com quem trabalhava. Era amiga íntima do neto de um dos donos da firma.

— Uma ligação romântica?

— Não. Eram apenas amigos. Uma amizade boa e platônica. O neto tem uma namorada e os quatro costumavam sair juntos. Mas ela não mencionou problema algum nem mesmo com esse grande amigo.

— Talvez pela ligação de sangue dele com o dono?

— Pode ser, pode ser. — Ela se levantou da pequena mesa onde eles tinham comido. — Mas isso é inconsistente com o seu tipo e o seu feitio. Natalie Copperfield era boa como membro de uma equipe e era rígida quanto às normas. Aposto que levou o problema para um dos superiores, Roarke, só que escolheu a pessoa errada.

— Ela também devia lidar diretamente com clientes.

— Sim, no escritório da empresa ou na filial dos clientes em Nova York. Também fazia algumas viagens, certamente. Mas não encontrei nada fora do comum. Não houve nenhum encontro de última hora, segundo sua assistente. Nada de viagens inesperadas para se encontrar com um cliente ou seus representantes. Ao analisar o escritório doméstico dela, percebi que tudo ali se resume a negócios comuns, pelo menos à superfície. Levar os computadores do apartamento sem fazer com que a ação parecesse um assalto que terminou mal foi um erro.

— Não sei. — Ele considerou a hipótese. — Como você disse, era mais simples levar os computadores do que ficar lá e tentar invadir o sistema. Ainda mais se considerarmos que o assassino tinha um segundo trabalho a fazer. Pode ter sido excesso de confiança. Algo do tipo "vá em frente e procure nos arquivos dela, porque já cuidei do resto e cobri os rastros".

— Ninguém consegue cobrir todos os rastros. Tudo bem, tudo bem, o homem que está na minha frente é uma exceção. — Acrescentou, ao ver que Roarke ergueu uma sobrancelha. — Mas se ele fosse tão bom quanto você e tão meticuloso, digamos

Nascimento Mortal

165

assim, também teria encontrado um jeito melhor de dar cabo de Copperfield e Byson.

— Como, por exemplo...?

— Marcar um encontro e levar os dois juntos para fora do apartamento. Fazer parecer um assalto ou um assassinato de momento. Estuprar a mulher, o homem ou ambos. Enviar sinais dúbios para os investigadores. Acho que estou em busca de alguém focado na missão que se propôs: eliminar a ameaça e remover as evidências. Isso é pensamento em linha reta, deixando de lado os floreios e as alegorias.

— Talvez a única forma pela qual ele consiga tirar vidas seja bloquear todo o resto, com exceção dos alvos. Foque no objetivo e não leve em conta a enormidade da ação para chegar lá.

— Não creio, pelo menos não por completo. Sim, tudo bem alcançar o objetivo. Mas se ele tivesse necessidade de se distanciar emocionalmente da ação não teria usado o estrangulamento. É algo íntimo. E foi feito cara a cara.

Estreitando os olhos, trouxe à mente as cenas dos crimes e os corpos.

— Ele vivenciou os assassinatos. Quando o assassino não quer uma parte ativa naquilo, coloca uma fita isolante, tudo bem. Cobre as bocas, o nariz e vai embora. Não precisa vê-los sofrer e morrer. Mas ele os fitou longamente, olho no olho, enquanto os matava.

— Mas não é para isso que eu preciso de você — continuou ela, com rispidez. — Consigo entrar na cabeça dele. Ou posso ter um perfil montado por Mira, basta contar todos os detalhes a ela. O que eu preciso é de um homem que saiba avaliar números. Um homem de negócios. Altas finanças, altos riscos, altos benefícios. Preciso que você olhe para os dados e os analise de um jeito que eu não consigo.

— Farei isso, mas esta noite eu prefiro os dados genéricos. Posso dar uma olhada na lista de clientes dela e lhe fornecer um palpite baseado em coisas que eu sei e que podem não aparecer nos registros e no histórico dos clientes.

— Por que apenas generalidades esta noite?

Ele refletiu longamente. Era mais fácil escapar pela tangente, mas ela fora franca e direta com ele e merecia o mesmo.

— Vou mandar meus advogados prepararem uma espécie de contrato que vai me proibir de usar qualquer dado ou segredo do qual eu possa tomar conhecimento ao longo desta investigação.

— Não.

— Isso vai proteger nossos respectivos traseiros, Eve. Também vou proibir você ou qualquer membro da equipe investigativa de me revelar o nome da organização, da corporação ou da companhia cujos dados eu estiver analisando. Posso muito bem trabalhar apenas com os números.

— Isso é papo furado. Sua palavra já é o bastante.

— Para você, sim, e eu lhe sou grato por isso. Mas eis o fato: é mais simples trabalhar como eu proponho e também mais lógico. Provavelmente eu sou competidor das firmas que têm essas contas; certamente vou me encontrar em algum momento com alguns ou com todos os clientes que estão na lista de suas vítimas. E em determinado momento, mesmo que eu prometa que não vou usar os dados que você vai colocar em minhas mãos...

— Não quero nem preciso de nenhuma promessa sua! — explodiu Eve.

Sua fúria com aquilo foi como um beijo longo e bem reconfortante.

— Tudo bem, não existe nada disso entre nós, mas sejamos práticos. Poderia parecer ou alguém poderia argumentar que isso me serve e eu terei uso para tais informações. Mesmo com um contrato poderia acontecer, se analisarmos friamente, mas pelo menos isso demonstra boas intenções de minha parte.

— Mas é um insulto a você!

Nascimento Mortal

— Não se a ideia partir de mim mesmo. Melhor ainda se eu insistir nisso. O que é exatamente o que vou fazer. — Ele sabia como calcular as vantagens disso, como manipulá-las a seu favor e como vencer. — Não quero ver nenhum dado financeiro a não ser que você concorde com essa ressalva. Podemos brigar por causa disso, se você quiser, mas esse é o meu limite. Vou preparar o contrato e depois podemos seguir em frente.

— Certo, tudo bem. Se é assim que você quer... — Eve teve de refrear a vontade de chutar outra peça do mobiliário.

— É assim. Resolvido isso, ficarei feliz em analisar a lista de clientes.

Ela foi até a mesa de trabalho e pegou uma lista impressa da pasta de arquivos.

— Dê uma olhada nos números e reflita. Nesse meio-tempo eu tenho algumas pesquisas para fazer.

Ela também ia aproveitar para matutar e reclamar consigo mesma da situação, pensou Roarke.

— Estarei em minha sala — anunciou ele.

De fato, ela reclamou mentalmente da situação por alguns minutos, mas também trabalhou no caso.

Rodou o programa de probabilidades e ficou satisfeita ao ver que o computador concordava com ela quanto à possibilidade de alguém da firma estar ligado ao duplo assassinato: noventa e três vírgula quatro por cento.

Analisou as anotações, os relatórios de Peabody, os laudos do laboratório, do legista e os registros das cenas dos crimes. Em seguida, montou um segundo quadro dos assassinatos.

Novo segredo na fechadura, lembrou a si mesma. Faca no quarto, junto da cama. Mas Natalie não estava tão apavorada a ponto de ir dormir com o namorado, nem se proteger num hotel. Não estava apavorada a ponto de pedir à irmã que não viesse passar a noite em sua casa.

— Ela conhecia o assassino — disse Eve, em voz alta. — Ou o intermediário. Estava nervosa, empolgada, cautelosa, mas não amedrontada com algum possível risco à sua vida. Faca no quarto. Arma tipicamente feminina.

Ela caminhou diante do quadro enquanto pensava. Qualquer agressor decente conseguiria desarmar com facilidade uma mulher com a compleição física de Natalie Copperfield. Mas ela estava sozinha e a situação começou a incomodá-la um pouco. Pegou a faca como se pudesse usá-la, caso houvesse necessidade.

— Não era uma mulher burra, mas me parece muito ingênua — acrescentou Eve. — Decidiu que resolveria a parada ela mesma com ajuda apenas do noivo. Um pouco de emoção para as suas vidas. Mas para quem mais ela contou?

Quando o *tele-link* tocou, ela se virou e atendeu a ligação com ar distraído.

— Dallas falando.

— Escute, eu sei que é tarde, mas estou com um monte de ideias na cabeça. — Era Peabody na tela e havia muitas rugas de preocupação em sua testa. — Você ainda está trabalhando?

— Estou. Para quem mais ela contou?

— Quem? Contou o quê?

Obviamente Peabody não estava falando de trabalho, percebeu Eve, tirando a cabeça do quadro que montara na parede.

— Que monte de ideias você teve? — perguntou Eve.

— Sobre o chá de bebê.

— Ai, meu santo Cristo com muletas de plástico!

— Escute, Dallas, a festa é depois de amanhã.

— Nada disso, vai ser no sábado.

— Amanhã é sexta-feira e sábado é o dia que vem depois, lembra? Pelo menos no meu mundinho isso não mudou.

— Droga, droga, droga!

Nascimento Mortal

— Então vamos lá... Bolei um tema e comprei algumas coisas a caminho de casa. Estou pensando em passar aí amanhã à noite e dormir na sua casa para poder preparar tudo logo cedo, no sábado.

— Como assim, preparar tudo logo cedo?

— Ora, a decoração, os arranjos de flores que eu encomendei... Sei lá, um monte de coisas. Além do mais eu tive uma ideia sobre a cadeira de balanço que você comprou para Mavis e como podemos usá-la como foco de interesse para a festa, só que disfarçada como uma espécie de trono até a hora de...

— Por favor, em nome de Deus, não me conte mais nada.

— Então tudo bem com você se eu e McNab acamparmos aí amanhã à noite?

— Claro, traga a família, todos os seus amigos, os estranhos que você encontrar na rua, todos serão bem-vindos aqui.

— Beleza! A gente se fala de manhã.

Eve desligou e ficou sentada na ponta da cadeira, diante da mesa, sem olhar para nada em particular. Chá de bebê e duplo homicídio. Será que ela era a única pessoa no mundo que percebia que essas duas coisas não tinham nada a ver uma com a outra? Além do mais, ela não se achava preparada para a primeira. Aquilo não estava no seu manual de instruções.

Mesmo assim ela tentara, certo? Tinha contratado o serviço de bufê, permitiu que Mavis convidasse uma horda de pessoas, e muitas delas certamente lhe pareceriam mais estranhas que alienígenas mutantes. Mesmo assim, aquilo não era o bastante.

— Por que eu preciso decorar a casa? — quis saber quando Roarke apareceu no portal

— Não sei. Na verdade, gostaria sinceramente que você não fizesse isso. Gosto de nossa casa como ela está.

— Pois é. Eu também! — Jogou os braços para cima. — Por que ela precisa ser toda preparada para um chá de bebê?

— Ah, você está falando disso? Bem... Não faço ideia. Aliás, prefiro permanecer ignorante quanto a essa área em particular dos costumes sociais.

— Peabody me disse que teremos de escolher um tema.

— Como assim, uma canção? — Ele pareceu atônito por um instante.

— Sei lá! — Confusa, Eve cobriu os olhos com as mãos. — Também teremos de arrumar um trono.

— Para o bebê?

— Sei lá. — Ela puxou um monte de fios de cabelo com as mãos. — Não consigo pensar nesse assunto, isso me desgasta demais. Estava refletindo sobre assassinatos agora mesmo e me sentia ótima. Agora estou com a cabeça cheia de temas, tronos e me sinto enjoada.

Respirou fundo e repetiu em voz alta:

— Para quem mais ela contou?

— Peabody? Acho que ela acabou de contar para você.

— Não, puxa, não estou falando de Peabody. Natalie Copperfield! Em quem ela confiava ou respeitava? A quem se sentia na obrigação de comunicar quando achava algo estranho nas contas? Em qual dos clientes acreditava e julgava que, mesmo que ele fizesse algo ilegal, antiético ou até lhe oferecesse propina, não chegaria a lhe causar algum dano físico? Porque eu garanto que ela não deixaria sua irmã chegar para passar a noite em sua casa, muito menos conversaria sobre cafés da manhã acompanhados de panquecas se acreditasse que poderia haver algum perigo verdadeiro.

— Em primeiro lugar, com relação à pessoa ou pessoas para quem ela contou, eu diria que isso depende do nível de ilegalidade do que descobriu. Não é impossível que ela tenha ido procurar diretamente o cliente ou os seus representantes. Mas o mais provável é que tenha mostrado os dados à sua supervisora.

— Estou de volta à estaca zero, pesquisando ligações. Não vejo forma de identificar para quem ela pode ter relatado o problema, além do noivo.

— Com relação à lista de clientes, vi que há várias companhias de alto nível aqui. Qualquer uma delas ou todas, em algum momento, podem ter feito algo de escorregadio ou suspeito. Não dá para operar grandes empresas sem eventuais deslizes. Depois é preciso pagar advogados para limpar a barra, pagar multas ou acertar acordos em tribunais. Mas não conheço nenhum escândalo importante envolvendo as empresas que estão nesta lista. Também não ouvi boatos sobre práticas ilegais em nenhuma delas. Mas posso apurar os ouvidos e sondar por aí, se você quiser.

— Seria ótimo.

Ela franziu o cenho ao olhar para o quadro mais uma vez.

— Espere um momento. E se o cliente não for o problema principal aqui? E se alguém dentro da firma fez algo parecido com o que Whitney insinuou que você poderia fazer?

Roarke virou a cabeça meio de lado e concordou.

— Repassar dados sigilosos de um cliente para outro? Teoria interessante.

— A pessoa poderia exigir uma porcentagem dos ganhos, uma comissão, quem sabe um salário mensal pelas informações repassadas. Um cliente tem um acordo para ser fechado. Você acessa os arquivos dos concorrentes que sua firma de contabilidade representa e repassa dados sigilosos por determinado valor. Talvez ela tenha notado algo assim: um cliente repetidamente derrubando outro ou outros em situações de competição. Questiona as porcentagens disso, xereta um pouco.

— Isso explicaria seus motivos para não contar nada a um superior. Se é que ela não fez isso.

— Não daria para contar para alguém acima dela na cadeia de comando se ela não tivesse certeza de quem fazia parte dessa prática antiética. Posso fazer uma análise comparativa de todas as operações realizadas nos últimos doze meses e conferir com os clientes quem sempre se sobressai e vence licitações ou algo assim.

— Posso fazer isso para você.

— Pode? — Isso fez Eve abrir um sorriso de orelha a orelha. — Você provavelmente vai enxergar algo assim mais depressa, se houver algo estranho. Enquanto isso, eu posso dar uma olhada mais apurada nas finanças, ganhos e gastos dos sócios da firma.

— Eles saberiam como esconder os ganhos. São contadores.

— Tudo bem, mas é preciso começar de algum lugar.

Capítulo Nove

De manhã cedo, com um céu de nuvens densas como leite talhado, Eve fitava com olhar turvo sua segunda xícara de café. Era cedo demais, mas a culpa por ela estar assim não era da hora, pensou. Era dos números.

Roarke despejou uma omelete no prato que estava diante dela.

— Você precisa disso.

Ela olhou para a omelete e depois para ele, que se sentou na frente dela.

— Meus olhos estão sangrando? Sinto como se eles estivessem sangrando.

— Até agora, não.

— Não sei como você aguenta isso dia após dia. — Cometeu o erro de olhar para o telão onde apareciam mais números; dessa vez eras as cotações da Bolsa que giravam na tela. Colocou uma das mãos sobre os olhos e implorou: — Tenha piedade de mim!

Ele riu, trocou de canal e apareceu o noticiário matinal.

— Você se afogou nos números, querida?

— Eles me apareceram até nos sonhos. Dançando. Outros cantavam. Acho que alguns tinham dentes. Eu preferiria me deitar na calçada nua em pelo e ser atropelada por milhares de turistas de Dakota do Sul a ser contadora. E você! — furou o ar com o garfo, apontando na direção de Roarke. — Você ama isso! As porcentagens, as margens de lucros, as despesas gerais, as taxas de negociação, as isenções de impostos e sei lá mais quantas porras desse tipo.

— Amo um pouco mais do que isenções de impostos e "porras desse tipo".

— Como é que alguém consegue rastrear para onde vai o dinheiro, para início de conversa, quando ele bate e volta para todos os lados e em toda parte? Um cara investe uma bolada durante cinco minutos em bundas de porcos e depois zás!, chuta as bundas para escanteio e as troca por engenhocas eletrônicas para depois desistir delas e jogar o dinheiro todo em pés de moleque.

— Não é inteligente colocar todos os ovos numa bunda de porco só.

— Sei. — Eve teve de lutar contra um bocejo. — Esses contadores passam o ancinho na grana e depois espalham tudo por todo lado.

— Dinheiro é parecido com estrume. Não dá para fazer nada crescer sem espalhar um pouco por toda parte.

— Não consegui achar nada estranho, mas a verdade é que meu cérebro fritou na segunda hora. Os estilos de vida deles batem com a renda declarada, a renda combina com os ganhos do trabalho, comissões, investimentos e blá-blá-blá. Se algum deles está arrastando um pouco da grana para o lado, deve estar enterrando muito bem.

— Vou ver se raspo um pouco do lixo que possa estar cobrindo mais alguma coisa. Nesse meio-tempo, encontrei alguns clientes que mostraram um impulso invulgar nos negócios, com lucros consideráveis nos últimos dois anos. Pode ser resultado de boa gestão — acrescentou, enquanto comia. — Talvez uma maré de sorte ou informações privilegiadas.

— Eles têm filiais aqui em Nova York?

— Têm.

— Excelente. Então, me arrume algum material para eu poder atormentá-los e intimidá-los. Isso vai compensar minha longa e terrível noite atolada em números. — Ela comeu com mais entusiasmo. — Roarke... Digamos que você estivesse adulterando números nos livros contábeis por baixo da mesa, na área cinzenta entre a lei e a ética.

— Eu?... — ele exibiu uma expressão falsa de insulto e choque. — Que insinuação terrível!

— Tá legal. Mas, se estivesse fazendo isso e um dos seus empregados descobrisse, como você lidaria com o problema?

— Negaria. Com firmeza e convicção. E enquanto estivesse negando eu certamente me dedicaria a cobrir qualquer dano potencial, mexendo nos números e alterando dados. Dependendo de como a situação evoluísse, daria um aumento ao empregado ou o transferiria.

— Em outras palavras, existem muitas formas de contornar o problema quando é um lance ligado a dinheiro. Matar duas pessoas é uma reação extrema e esquenta mais o clima. Agora a polícia está vasculhando tudo.

— Uma reação exagerada e tola, sim. Tem gente que leva essas coisas para o lado pessoal quando elas são apenas negócios.

— É exatamente isso que eu estava pensando.

Como aquilo era algo que pretendia submeter à avaliação de Mira, Eve enviou os arquivos para o computador da psiquiatra que montava perfis de criminosos. Em seguida entrou em contato com a assistente de Mira, uma funcionária excessivamente protetora da rotina da médica, e marcou um encontro.

A caminho do centro da cidade, um dirigível de propaganda apregoava em alto e bom som as festas de preços e extravagâncias de um lugar chamado Caverna de Aladim. O que o povo buscaria num lugar desses? Lindas lâmpadas com gênios dentro a preço de liquidação? Tapetes voadores em ponta de estoque?

Ainda era cedo demais para caçadores de barganhas e para turistas que não fossem determinados buscadores de pechinchas. Os nova-iorquinos caminhavam com a pressa de sempre pelas calçadas, indo ou voltando do trabalho ou se dirigindo para reuniões durante o café da manhã. Diaristas se apertavam no frio dos pontos de ônibus, à espera do transporte que iria levá-los, em meio a muito barulho, até a parte norte da cidade, onde ficavam os apartamentos e casas geminadas que eles passariam todo o dia limpando.

Muitos mais, Eve sabia, estariam esmagados debaixo das ruas indo para outros distritos nos vagões de metrô que trovejavam sobre os trilhos.

Nas esquinas os donos de carrocinhas estavam preparados para vender aos pobres clientes a medonha lama escura que chamavam de café, sempre acompanhado por rosquinhas duras. Vapor subia das grades das churrasqueiras, tentando atrair os que estivessem esfomeados demais ou fossem loucos o bastante para degustar os ovos *poché* falsos que eram preparados numa água suspeita.

Alguns camelôs mais criativos espalhavam suas roupas de grife falsificadas e produtos do mercado negro sobre mesas improvisadas ou cobertores. Cachecóis, chapéus e luvas seriam os campeões de venda num dia como aquele, refletiu, pois o vento cruel penetrava nos ossos e o céu se preparava para despejar neve.

O que acabou acontecendo. A neve caiu acompanhada de granizo miúdo minutos antes de o carro entrar na garagem da Central.

Nascimento Mortal

Em sua sala, Eve tomou mais uma caneca de café, colocou os pés sobre a mesa e olhou para o quadro dos assassinatos.

Foi pessoal, pensou mais uma vez.

Jake Sloan tinha um relacionamento pessoal com as duas vítimas.

Lilah Grove tentou criar uma ligação com a vítima do sexo masculino.

Cara Greene era a chefe de departamento da primeira vítima e supostamente mantinha uma relação de amizade pessoal com as duas vítimas.

Todas as três gerações da família Sloan tinham interesse pessoal em Natalie Copperfield.

E todos três tinham feito consideráveis investimentos na firma e também no seu sucesso e reputação.

Eve colocou a cabeça meio de lado e redirecionou os pensamentos. Afinal, que ligação atual ou antiga, dentro da firma, havia entre todas essas pessoas?

Colocou na tela os dados que Roarke lhe passara e começou a buscar essa ligação.

No mesmo instante em que Eve trabalhava, Roarke entrava no gabinete do comandante Whitney, que se levantou e lhe ofereceu a mão.

— Obrigado por me receber sem que eu tenha marcado hora — começou Roarke.

— Não é problema algum. Aceita um café?

— Não, obrigado. Não pretendo tomar muito do seu tempo, comandante. — Roarke abriu a pasta, pegou um papel e o entregou a Whitney. Tinha mantido sua equipe de advogados trabalhando a noite toda naquilo. — Soube que existem algumas preocupações no caso Copperfield/Byson, relacionadas com a questão ética da minha ligação com a investigadora principal.

— Por que não se senta?

— Muito bem. O que o senhor tem aí — continuou Roarke, com o mesmo tom frio na voz — é um documento que meus advogados redigiram nesta manhã; esse documento me impede de usar qualquer dado que possa chegar às minhas mãos por meio da tenente Dallas durante o curso da sua investigação.

Whitney deu uma lida rápida do documento e fitou Roarke com firmeza.

— Entendo — foi a sua reação.

— Ele também estipula que, caso eu tenha acesso a algum desses dados, isso aconteça pelo sistema de contato cego. Terei acesso apenas a números, e não a nomes de clientes nem organizações. O documento é muito detalhado e as penalidades, caso eu quebre qualquer das cláusulas descritas, são muito rigorosas. Naturalmente o senhor levará tal compromisso para ser analisado pelo departamento legal da polícia. Caso seus advogados requisitem alguma mudança ou adição ao que foi apresentado, isso poderá ser discutido com meus representantes legais, até que o documento sirva aos interesses de todas as partes.

— Vou providenciar para que isso seja feito.

— Muito bem, então. — Roarke se levantou. — É claro que esses documentos e determinações legais não levam em consideração o fato de que eu posso mentir e enganar, contornando as estipulações e usando minha esposa e duas pessoas brutalmente assassinadas para aumentar meus ganhos financeiros pessoais. Entretanto, espero que o departamento e este gabinete compreendam... Compreendam de *verdade*... que a investigadora jamais permitiria isso.

Roarke esperou alguns segundos e completou:

— Eu gostaria de ouvir o senhor dizer que não questiona a integridade da tenente. Para ser franco eu insisto em ouvir isso.

— A integridade da tenente Dallas não está em dúvida para mim, nem está sendo questionada.

— Só a minha, então?

— Oficialmente, este departamento e este gabinete têm o dever de assegurar a privacidade dos cidadãos de Nova York e também de garantir que as informações geradas ou descobertas durante o curso de uma investigação não serão utilizadas para prejudicar ninguém, para ganho pessoal de qualquer pessoa ou em alguma atividade ilegal.

— Julguei que o senhor me conhecesse melhor, comandante — rebateu Roarke, mal conseguindo controlar a fúria. — Pelo menos bem o bastante para ter certeza de que eu não faria nada que refletisse de maneira negativa na imagem de minha esposa, nem que colocasse sua reputação ou sua carreira em risco.

— Sim — concordou Whitney. — Eu o conheço bem o bastante para ter absoluta certeza disso. Portanto eu devo declarar, extraoficialmente, que tudo isso é uma imensa baboseira. — Whitney passou os dedos sobre o documento com tanta força que ele deslizou de leve sobre a mesa. — Uma baboseira burocrática, política e de demagogia barata que me enfurece quase tanto quanto a você. Eu lhe peço desculpas em nível pessoal por isso.

— O senhor deveria ter pedido desculpas a ela.

Ao ouvir isso, Whitney ergueu as sobrancelhas.

— A tenente Dallas não é uma civil, trabalha sob meu comando e conhece a linha de atuação do departamento. Não me desculpo por informar a uma subordinada sobre um possível problema numa investigação. E ela também não faria isso se estivesse em meu lugar. Pelo menos é o que espero.

— Ela pretende me colocar no caso oficialmente como especialista consultor civil.

— Certamente, não é? — Whitney se recostou na cadeira e franziu o cenho. — Um sinal de escárnio para qualquer pessoa que quiser questionar a integridade dela ou a sua. No entanto...

— Juntou os indicadores e os colocou para cima, analisando

a situação. — Isso de certo modo o colocaria sob a proteção do departamento ao longo da investigação, o que acabaria por nos preservar também. E o seu documento, que eu suponho ser muito complexo e detalhado, deve cuidar do resto. E haverá apoio dos meios de comunicação, caso seja necessário.

— Sim, poderemos cuidar disso — garantiu Roarke.

— Não tenho dúvidas. Vou pedir ao Departamento Legal que examine este papel com atenção e o submeta à aprovação do secretário Tibble.

— Então eu me retiro e deixo tudo aos seus cuidados, senhor. Whitney se levantou.

— Quando tiver chance de conversar com a tenente, diga-lhe que eu tenho toda confiança de que este caso será encerrado num prazo satisfatório.

Isso, Roarke pensou, era a coisa mais próxima de um pedido de desculpas que Eve conseguiria.

— Farei isso.

Quando Peabody enfiou a cabeça pela porta entreaberta da sala de Eve, a tenente estava colocando alguns nomes novos no quadro.

— Baxter e eu acabamos de analisar tudo — disse ela a Eve. — Não apareceu nada suspeito. Além disso, Copperfield e Byson não tinham clientes em comum.

— Vocês precisam cavar mais fundo — disse Eve, quase para si mesma. — Esqueçam os números por enquanto e pesquisem os nomes. Olhem para as pessoas. Os números deixam qualquer pessoa maluca.

— Eu gosto deles. — Peabody entrou e deu a volta na mesa para alcançar o fundo da sala, onde estava o quadro.

— Aqui estão os três chefões — mostrou Eve, dando tapinhas nos nomes: — Sloan, Myers e Kraus. Debaixo de Sloan temos o filho e mais embaixo o neto. E também a ligação de Copperfield com Jake Sloan, ambos sob o nome de Cara Greene. Debaixo de Copperfield também temos a assistente, Sarajane Bloomdale. Rochelle DeLay se liga a Jake Sloan, a Copperfield e também a Byson, que entra bem aqui, debaixo dos três sócios da firma e sob Myra Lovitz, e também com uma ligação extra com Lilah Grove.

— Você vai precisar de um quadro maior.

— Talvez. Depois, temos os álibis de cada um. Myers e Kraus com os clientes.

— Todos foram verificados — garantiu Peabody.

— Jacob Sloan e esposa receberam o neto e a namorada. Pode ser um ardil para proporcionar um álibi para o neto. Seria até conveniente.

— Mesmo assim, plausível.

— Randall Sloan tem clientes protegendo seu traseiro para as horas em foco.

— Isso também foi confirmado. Nenhum dos álibis era cliente de Natalie Copperfield.

— Sim, eu sei. Entretanto, a Fundação Bullock é representada na área legal por Stuben, Robbins Cavendish e Mull, que eram clientes de Copperfield. Uma dessas contas, segundo Greene me informou quando entrei em contato com ela agora de manhã, foi para as mãos de Copperfield há menos de um ano.

— Arrá! — Peabody encolheu os ombros ao ver o olhar fulminante de Eve. — Senti vontade de dizer isso, ué...

— A firma de advogados britânica tem uma filial em Nova York, o que também é conveniente. Byson entra em cena aqui, pois foi o profissional que cuidava da contabilidade de Lordes Cavendish McDermott e...

— Ela tem nome de cantora de ópera.

— Mas é socialite, viúva de Miles McDermott, um cara rico de verdade. Além disso, descobri outras ligações. Randall Sloan tem como álibis Sasha Zinka e Lola Warfield. Zinka tem uma irmã que mora em Praga e que, juntamente com dois sócios, é sócia-gerente de um hotel da categoria cinco diamantes, cuja contabilidade é feita por...

— Sloan, Myers e Kraus. Eu analisei os clientes de Copperfield, mas não me lembro de Zinka. Um nome desses me chamaria a atenção.

— O nome da irmã é Anna Kerlinko. E o grupo que é dono do hotel era cliente de Copperfield. Uma conta também conseguida há menos de um ano.

— Temos não só um monte de coincidências, como também um monte de ligações.

— Gosto de ligações. Pesquise os dados dessas empresas e também os funcionários da filial de Nova York. Tenho uma consulta rápida com Mira e depois vamos fazer trabalho de rua.

Ao sair, Eve parou e ficou olhando fixamente para uma máquina que vendia lanches. Eve e as máquinas automáticas vinham desenvolvendo uma espécie de guerra fria. Mas ela queria a porcaria de uma Pepsi. Seu plano era entrar na sala de Mira com uma lata de refrigerante na mão, pois assim a médica não insistiria em colocar nas suas mãos uma xícara do chá floral que ela fazia.

Eve balançou as fichas de crédito nos bolsos. Não pretendia apertar o botão do refrigerante, pois isso representava mais que um risco: era problema *na certa*.

Pegou as fichas de crédito de que precisava e estava prestes a se arriscar a desapontamento e irritação enfiando-as ela mesma quando viu dois guardas no corredor caminhando em sua direção, apressando a caminhada de um sujeito magricela e algemado que vinha entre ambos.

O magrinho não estava lá bom da cuca e reclamava aos guinchos como um papagaio, falando de assédio, direitos constitucionais e alguém chamado Shirley.

— Ei! — Eve ergueu a mão e exibiu as fichas de crédito. Com a mão livre cutucou o papagaio com força e ordenou: — Você aí, feche a matraca!

Mesmo com as drogas ilegais em festa em seu organismo, fazendo com que ele olhasse para cima e exibisse só a parte branca dos olhos, o palerma deve ter percebido o tom de comando na voz de Eve, pois substituiu os guinchos por lamúrias.

— Use isto e pegue uma Pepsi para mim.

— Claro, tenente.

Como o guarda nem piscou ao receber a ordem inusitada, Eve percebeu que sua guerra contra as máquinas já era conhecida em toda a polícia.

— O que foi que ele fez? — quis saber, acenando com a cabeça para o papagaio choraminguento.

— Empurrou uma mulher do alto de dois lances de escada. Ela nem quicou.

— Escorregou. Ela escorregou! Eu nem estava lá e mal a conhecia. Esses tiras me derrubaram e arrastaram pela rua. Vou processar!

— Há três testemunhas oculares — explicou o guarda, num tom seco, entregando a lata de refrigerante a Eve. — Ele tentou fugir da cena do crime e se estabacou durante a corrida.

— Quem pegou o caso?

— Carmichael é o investigador primário.

Satisfeita ao ouvir isso, Eve fez que sim com a cabeça.

— Obrigada.

A gritaria voltou quando ela se afastou para pegar a passarela até o consultório de Mira.

O setor onde ficava a sala de Mira era mais civilizado que o dela. Era pouco provável dar de cara com um doidão algemado sendo arrastado pelo corredor. Ali havia quietude, cores suaves e muitas portas fechadas.

A de Mira estava aberta e a assistente que guardava o forte parecia tranquila. Eve percebeu que não teria de dançar nenhum tango para conseguir falar com a psiquiatra.

Mira a viu chegar da mesa de trabalho.

— Eve! Pode entrar direto. Estou terminando de analisar uma papelada.

— Obrigada pelo seu tempo, doutora.

— Hoje meu dia está mais calmo.

Como sempre, Mira estava perfeitamente produzida sem aparentar muito esforço. Resolvera deixar o cabelo preto crescer um pouco e ele agora descia em ondas suaves até um pouco abaixo da nuca. Vestia um conjunto de três peças na mesma cor, um tom forte de ameixa; também usava correntes finas de prata cintilante e pequenas argolas nas orelhas para quebrar a seriedade.

Sorriu com espontaneidade. Tinha um rosto lindo e olhos azuis claros que, conforme Eve sabia, conseguiam ver todos os segredos que o cérebro da pessoa à sua frente poderia tentar esconder.

— A senhora teve chance de dar uma lida nos relatórios?

— Li, sim. Sente-se. É uma pena ver tanta juventude e otimismo com o futuro decepados de forma abrupta. — Recostou-se na cadeira. — As vidas deles estavam apenas começando.

— E agora tudo acabou — disse Eve, sem expressão. — Por quê?

— O motivo raramente é claro. Quanto ao perfil — explicou a médica, de forma direta e profissional —, eu concordo, como você deve imaginar, com as suas conclusões e as do legista; vocês estão atrás da mesma pessoa para os dois crimes. Muito provavelmente um homem entre trinta e cinco e sessenta e cinco anos. Não é impulsivo e não queria emoções fortes. Não estuprou nenhuma das vítimas porque isso não fazia parte da questão em foco. E também, muito provavelmente, ele não associa sexo com poder e controle. Pode ser que esteja num relacionamento sexual em que costume ser subserviente.

— Estupro leva tempo — acrescentou Eve. — Ele tinha um cronograma a cumprir e havia outras prioridades.

— Concordo. Mas estupro ou a ameaça de ataque sexual são normalmente usados em caso de assassinatos com torturas, bem como mutilação. Não houve ataque sexual nem mutilação, nem vandalismo explícito. Ele foi preparado e com um propósito. Cumpriu a missão usando força bruta, tortura física e, muito provavelmente, emocional.

Mira espalhou as fotos das cenas dos crimes sobre a mesa.

— Amarrar as vítimas serviu para colocá-las sob seu controle e as manteve indefesas. Remover a fita adesiva das bocas de ambos mostra que ele queria ou precisava olhar para os rostos deles e ver suas expressões por completo enquanto os estrangulava.

— Tem orgulho do seu trabalho.

— Sim. Uma missão cumprida e a obtenção de poder e controle. Como foi capaz de sobrepujar um homem como Byson, muito musculoso e jovem, provavelmente também está em excelentes condições físicas. Utilizar as armas que encontrou nas cenas dos crimes, tanto o cordão do robe quanto a corda, mostra presença de espírito e pensamento claro. A falta de DNA na primeira cena indica que ele tomou precauções. A presença de DNA na segunda cena mostra que ele perdeu o controle da situação por um momento e se deixou levar pela raiva.

— Por ter sido golpeado.

— Exato — disse Mira, com a sombra de um sorriso. — Byson o feriu e ele reagiu à dor de forma inadequada. O alvo principal era Copperfield, mas até agora eu não lhe disse nada que você não saiba.

— Não, mas solidifica minhas ideias.

— Foi um ato radical cometido sem desespero. Ele certamente temia as vítimas ou o que elas poderiam fazer, mas não vejo indicação de pânico nos corpos nem nas cenas. Ele estava no controle por completo e ilustrou esse controle para as vítimas e para si mesmo através dos estrangulamentos face a face.

— Quero ver você morrer lentamente.

— Sim. Embora ele possa e quase certamente tenha vivenciado algum tipo de empolgação com isso, permaneceu controlado o bastante para seguir com rapidez até o segundo alvo e terminar o serviço.

— Mas não é um profissional. A bagunça foi grande demais para isso.

— Concordo. Mas seu foco foi muito preciso e sua preparação foi bem planejada.

— Uma boa dose de autopreservação pode fazer isso.

— Pode, sim. Seguindo essa linha de raciocínio, talvez estivesse protegendo a si mesmo, os próprios interesses ou os de alguém ligado a ele. Foi muito cuidadoso.

— Mas desconhecia detalhes sobre medicina-legal e não fazia ideia de que seríamos capazes de conseguir seu DNA a partir dos arranhões nos nós dos dedos de Byson.

— Talvez desconhecesse, mas eu o julgo com bom nível educacional; é organizado e minucioso. Ficaria muito surpresa se descobrirmos que ele não destruiu ou jogou fora tudo que pegou nas cenas dos crimes ou utilizou para entrar nos apartamentos. Suponho que se você entrevistá-lo durante o curso da investigação ele se mostrará cooperativo. Se conhecia as vítimas, vai participar dos funerais com muita simulação de dor e luto pela perda. A essa altura já analisou todos os ângulos.

— E pensou nos álibis para o horário em questão.

— Eu ficarei surpresa se ele não tiver se cercado de cuidados em todas as situações. Alguns criminosos costumam deliberadamente, nessas circunstâncias, evitar de preparar um álibi só para acrescentar mais emoção e empolgação durante a investigação. É uma espécie de jogo. Não creio que esse seja o caso, aqui. Ele lá analisou todos os ângulos antecipadamente.

Eve concordou com a cabeça.

— Muito bem. Obrigada, doutora.

— Estou com grandes expectativas para amanhã — disse Mira, quando Eve se levantou.

— Como assim? Ah... — lembrou Eve. — Pois é.

Dando uma risada, Mira girou a cadeira.

— Nunca vi um evento em sua casa que não fosse espetacular. Mavis deve estar empolgadíssima.

— Acho que sim. Quer saber a verdade? Estou tentando evitá-la. Tivemos de participar daquela aula de treinamento para o parto, lembra? Aquilo foi um pesadelo indescritível. Tenho medo de que ela me alugue e faça perguntas sobre o que aprendemos, como se fosse um teste, só para saber se eu realmente estava prestando atenção.

— E estava?

— Não dava para virar o rosto e foi como assistir a um filme de terror. Bizarro! — murmurou para si mesma, e teve de se segurar para não estremecer. — Amanhã vou ficar cercada de mulheres com um bebê na barriga. E se uma delas resolver parir ali?

— É pouco provável, mas, se isso acontecer, você terá duas médicas bem à mão. Estarei lá e Louise também.

— Certo. — A lembrança disso deixou Eve aliviada. — Eu me esqueci. Que bom, essa é uma preocupação a menos. Talvez seja melhor a senhora ficar lá em casa até todas as grávidas irem embora. Só por garantia.

— Mais de onze anos trabalhando na polícia e você nunca precisou ajudar uma mulher a ter o seu bebê?

— Isso mesmo, e pretendo manter esse recorde intacto.

O primeiro pensamento de Eve quando ela entrou no escritório de Sasha Zinka foi que ele rivalizava com o de Roarke em termos de espaço, sofisticação e bom gosto. As linhas retas em cores claras com surpreendentes pontos de cor berrante contra fundos em tons pastéis tornavam o ambiente feminino sem ser enfeitado demais.

Achou a mesma coisa da própria Sasha.

Uma mulher que parecia pelo menos dez anos mais nova do que a idade registrada em seus arquivos. Seu cabelo cor de mel estava preso no alto, atrás da cabeça, e fazia sobressair o rosto em formato de coração dominado por olhos azuis claros. Usava um terninho em vermelho-ferrugem tão discreto e sutil quanto as joias que completavam seu visual.

Atravessou o espesso carpete prateado com um balançar suave dos quadris, apesar dos saltos altíssimos, e estendeu a mão.

— Tenente Dallas. Creio que nos conhecemos de passagem em alguma apresentação de gala ocorrida na última primavera.

— Sim, eu me lembro.

— É uma forma terrível de nos reencontrarmos. Você é a detetive Peabody, certo? Conversamos pelo *tele-link*.

Peabody aceitou a mão estendida em sua direção.

— Obrigada por nos receber.

— Por favor, sentem-se. Digam-me o que posso fazer pelas senhoras. Fui informada de que a senhora também queria ver a Lola, tenente. Ela está a caminho. Desejam tomar alguma coisa enquanto esperamos por ela?

Nascimento Mortal

— Não, obrigada, estamos bem. — Eve se sentou numa poltrona de couro âmbar tão macia que ficou surpresa por sua bunda não afundar por completo, como se o assento estivesse derretendo. — A senhora conhecia Natalie Copperfield?

— Um pouco. Ouvia muito falar dela, profissionalmente. — Ela se sentou também. — É terrível o que aconteceu a ela e ao seu jovem noivo. Só não entendi onde é que Lola e eu entramos nessa história.

— A senhora declarou que jantou com o sr. Randall Sloan, em companhia da sra. Warfield, na noite dos assassinatos.

— Exato. Basicamente um jantar de negócios, mas Lola e eu apreciamos muito a companhia de Ran. Estivemos fora até depois de duas da manhã, conforme já contei à detetive quando ela entrou em contato comigo. Vocês não estão alimentando a suspeita de que Ran tenha...

Ela parou de falar quando a porta se abriu. Lola Warfield entrou quase correndo, muito vermelha e parecendo afobada, com os cachos pretos em desalinho e voando. Seus olhos, quase da mesma cor que o couro da poltrona onde Eve se sentava, pareciam cheios de sorridentes desculpas.

— Desculpem, peço mil perdões. Acabei presa. Dallas, certo? Fiquei com o coração nas mãos de tanta empolgação quando tirei seu marido maravilhoso para dançar no evento do Marquis, na última primavera. Se ele pertencesse a mim, eu iria atacar com um taco de beisebol qualquer mulher que olhasse para ele com interesse, mesmo que ela jogasse no outro time.

— Se isso acontecesse, a cidade ficaria lotada de corpos pelo chão.

— Sim, isso seria um problemão. Desculpe — abriu um sorriso luminoso ao olhar para Peabody —, eu não me lembro do seu nome.

— Detetive Peabody.

— Muito prazer em conhecê-la. Bem, não exatamente um prazer, considerando as circunstâncias. É tudo horroroso, mas também um pouco excitante.

— Lola não consegue desgrudar os olhos do noticiário quando aparecem relatos de crimes — explicou Sasha.

— E agora estamos bem no meio de um caso desses. Ou nas imediações, pelo menos. Nossa, estou dizendo coisas tenebrosas. Encontrei Natalie algumas vezes. Ela me parecia uma pessoa muito doce.

Enquanto falava, foi até um bar comprido no fundo da sala e pegou uma garrafa de água no frigobar.

— Alguém está servido?

— Não, obrigada. — Eve esperou alguns segundos até Lola voltar e se aboletar sobre o braço da poltrona de Sasha. — Quando o jantar de negócios com Randall Sloan foi marcado?

— Humm... — Lola olhou para Sasha, um pouco abaixo dela. — Uns dois dias antes, não foi? Geralmente nos encontramos com Ran a cada três meses.

— Isso mesmo — confirmou Sasha. — Fomos obrigadas a adiar um encontro marcado anteriormente porque estivemos fora do país por alguns dias logo depois do *réveillon*.

— Quem marcou o jantar?

— Humm... — Lola franziu as sobrancelhas. — Acho que foi Ran. Geralmente é ele que nos procura e marca um jantar ou uma noitada.

— Durante as conversas pessoais ou de negócios com o sr. Sloan, nessa noite, ele mencionou alguma dificuldade com Natalie Copperfield ou Bick Byson?

— Não. — Sasha assumiu a conversa. — Os nomes deles não surgiram em nenhum momento da noite. Trabalhamos diretamente com Ran. Mas chegamos a nos encontrar com ela e com o noivo, conforme eu já disse. Na casa de Jacob Sloan. Natalie era muito amiga do neto dele.

— A srta. Copperfield cuida das finanças da sua irmã.

— Isso mesmo. Quando Anna e suas amigas abriram um negócio, eu recomendei a firma e conversei pessoalmente com Ran sobre quem ele achou que seria mais recomendado para elas. Ele indicou Natalie. Ela e Anna se deram bem logo de cara quando Natalie pegou um avião e foi conhecê-la. Pelo menos foi o que me contaram.

— Sua irmã estava satisfeita com o trabalho da srta. Copperfield, então.

— Nunca ouvi queixas. E teria ouvido, com certeza.

— Disso não há dúvida — confirmou Lola. — Anna não sofre em silêncio. Considera suspeito alguém dentro da firma, tenente? Eu imaginei que tivesse sido um crime pessoal e passional. Como um amante ciumento e desprezado, ou algo assim.

— Estamos analisando todas as possibilidades — garantiu Eve, e se levantou. — Se vocês se lembrarem de algo ou tiverem alguma ideia nova, podem entrar em contato comigo na Central.

— Só isso? — Os lábios de Lola formaram um biquinho de desapontamento. — Tinha a esperança de sermos severamente interrogadas.

— Talvez da próxima vez. Obrigada pelo seu tempo — acrescentou Eve.

Esperou até estarem fora do prédio, voltando para a viatura, antes de perguntar a Peabody.

— Suas impressões?

— As duas são francas e diretas, confiantes e calmas. Foi rotina esse jantar com Sloan, e elas não me pareceram pessoas que cobririam um empregado, mesmo eles sendo amigos. Existe a ligação da irmã de Zinka com a primeira vítima, mas meu instinto não consegue ver qualquer uma delas, ou ambas, cometendo um duplo homicídio ou atacando as vítimas pessoalmente só para manter a irmã fora de alguma encrenca. Além do mais são podres de ricas. Se o motivo é dinheiro, não precisariam de esquemas escusos para conseguir mais grana.

— Não se trata de precisar, é uma questão de ganância e poder — corrigiu Eve. — Mas eu também não captei nenhuma vibração desse tipo nelas. Se foi a conta da irmã que levantou a bandeira vermelha para Copperfield ou alguma delas sabia disso, foram muito frias. O que temos sobre o paradeiro de Anna Kerlinko na noite dos crimes?

Peabody pegou a agenda eletrônica ao entrar no carro.

— Considerando a diferença de fuso horário, ela tomava café da manhã com seu atual amante quando Copperfield foi assassinada e já estava em seu escritório às nove pelo fuso horário dela. Tenho testemunhas. Não poderia ter vindo até aqui, matado os dois e voado de volta para Londres.

— Então vamos em frente.

Usando a geografia da cidade e a encaixando em sua lista de verificações, Eve seguiu por mais seis quarteirões para leste a fim de visitar a filial nova-iorquina da firma de advocacia que representava a Fundação Bullock. Sua conta fora designada para Copperfield havia poucas semanas, refletiu Eve, e ainda compartilhavam outra ligação com Byson, que representava a sobrinha de um dos sócios.

A firma tinha seus escritórios em um elegante prédio antigo revestido de tijolinhos. A recepção parecia tão silenciosa quanto uma igreja e era controlada por uma mulher que se sentava reta, iluminada pela luz de um vitral colorido que dava para a rua.

Era bonita e marcante, com cabelo ruivo forte que fazia uma curva longa nas pontas. Eve exibiu o distintivo e obteve várias piscadas de surpresa, em resposta

— Não compreendo.

— Distintivo — apontou Eve, mostrando-se prestativa. — Tiras. Agora, ligue para o seu chefe e avise que precisamos conversar com ele.

— Céus! Isto é, sinto muito, mas o sr. Cavendish está numa reunião. Ficarei feliz em verificar a agenda dele com sua assistente para marcar outra hora.

— Não, não, não, você entendeu errado. Deixe que eu repita: distintivo... Tiras. — Eve olhou em torno e viu os ângulos retos de uma escada com degraus de madeira polida. — A sala dele é por ali?

— Oh, mas, mas, mas...

Eve deixou para trás a ruiva gaga e foi com Peabody em direção à escada.

O segundo andar fez Eve mudar de opinião. Em vez de igreja aquilo lembrava um museu. Os tapetes eram antigos, muito gastos e caríssimos. Os lambris eram numerosos, provavelmente em madeira nobre. Pinturas de paisagens rurais enfeitavam as paredes.

Uma porta à esquerda se abriu. A mulher que apareceu era mais velha que a jovem da recepção e muito mais elegante.

Usava o cabelo negro preso num coque simples que lhe favorecia o rosto anguloso e marcante. O terninho risca de giz parecia sóbrio, mas fora cortado de forma a valorizar o corpo curvilíneo.

— Creio que a senhora já foi informada de que o sr. Cavendish está numa reunião e se encontra indisponível neste momento. O que posso fazer para lhe ser útil?

— Pode tirá-lo da reunião e cuidar para que ele esteja disponível para me atender — rebateu Eve. — Isso seria muito útil. — Eve sentiu uma curiosa coceira na espinha ao receber um olhar abrasador da assistente. — Você tem um nome, irmãzinha?

— Sou a sra. Ellyn Bruberry, secretária administrativa do sr. Cavendish. Também sou sua assistente jurídica.

— Que bom! Precisamos conversar com o sr. Cavendish sobre uma possível ligação dele com uma investigação nossa.

— O sr. Cavendish, conforme a senhora já ouviu duas vezes, está indisponível. Como deve saber, ele não tem nenhuma obrigação de falar com a polícia sem aviso prévio.

— Agora você me pegou — disse Eve, alegremente. — Tudo bem. Ficaremos felizes em trazer para o sr. Cavendish, você e todos os funcionários desse escritório uma notificação judicial onde estará especificada a sua obrigação de vir até a Central de Polícia para interrogatórios formais, os quais, sendo você uma assistente jurídica, deve saber que poderão durar algumas horas ou se estenderem até, digamos, o próximo Natal. Que pena!... Poderíamos conversar com ele agora mesmo, no conforto do seu escritório e provavelmente deixar você em paz em menos de vinte minutos.

Eve fez uma pausa e completou:

— Escolha o que vai ser.

A mulher sugou o ar pelas narinas com tanta fúria que Eve chegou a ouvir um silvo.

— A senhora tem de me informar o tema dessa conversa.

— Não, na verdade não tenho. Você pode perguntar ao seu chefe se ele prefere falar comigo agora ou ir à Central daqui a algumas horas e passar uma bela parcela do seu dia sendo formalmente interrogado. Ou também pode tomar você mesma essa decisão no lugar dele. Depende de você.

— Mas lembre-se... — Peabody deu um tapinha no relógio. — O tempo urge!

— Esperem aqui.

Eve esperou até Bruberry sair da sala clicando o piso com seus saltos altos.

— "O tempo *urge*"?

— Senti vontade de usar essa expressão. Ela ficou meio puta, não foi? E sabe o porquê de estarmos aqui.

Nascimento Mortal 195

— Ah, sim, ela sabe. Interessante. — Com vagar, Eve virou-se e analisou uma das paisagens rurais. — Como é que pode? As pessoas moram e trabalham em ambientes urbanos, mas colocam quadros de áreas rurais nas paredes. Não conseguem decidir onde gostariam de estar?

— Muita gente acha paisagens rurais relaxantes.

— Pode ser, mas só até começar a matutar sobre as coisas estranhas que podem estar escondidas atrás das árvores ou deslizando pela grama.

Peabody se remexeu, meio desconfortável.

— Algumas pessoas as imaginam alegres em vez de estranhas, como filhotes de cervo. Pensam em coisas saltando e brincando na grama em vez de deslizando, como lindos coelhinhos.

— Algumas pessoas são tolas. Vamos nos distrair um pouco, Peabody, e fazer uma pesquisa com o nome de Bruberry. E outra com Cavendish.

— Poderiam ser cervos e coelhos — murmurou Peabody, mas pegou o tablet para fazer as pesquisas.

Momentos depois, Bruberry saiu de outra porta. Suas costas estavam retas, duras e empinadas; seu tom de voz era frio e distante.

— O sr. Cavendish vai vê-las agora. Por dez minutos.

Capítulo Dez

Da igreja para o museu, pensou Eve, para então passar pela porta e entrar no clube masculino.

Walter Cavendish trabalhava num gabinete com sofás e poltronas de braços largos estofadas em couro da cor de vinho do porto, entre móveis de madeira escura e pesada. Os tapetes eram espessos, com ar de orientais e pareciam ser verdadeiros, em tons fortes e padrões elaborados. Líquidos cor de âmbar se exibiam dentro de decantadores em cristal grosso que poderiam muito bem servir como eficazes armas de crime.

Um centro de comunicação e dados preto estava um pouco além, em meio a acessórios de couro e latão que haviam sido instalados sobre a antiga mesa onde Cavendish se sentava, parecendo próspero, bem vestido e, na percepção de Eve, nervoso.

Tinha cinquenta e poucos anos, com muitos cabelos grisalhos que as pessoas cruéis denominavam "fios de prata" nos homens e "pelos de rato" nas mulheres. Seu rosto era vermelho e seus olhos azuis claros passaram direto pelo rosto de Eve, observaram algo atrás dela e, por fim, pousaram no seu ombro. Seu terno era marrom simples com listras finas douradas, certamente para transmitir que ele apreciava vivacidade.

Ele se levantou da cadeira, e suas feições não muito bonitas assumiram uma expressão solene.

— Gostaria de ver sua identificação — pediu, de um jeito que, para Eve, parecia carregar nos tons redondos e exagerados de um ator shakespeariano de segunda.

Ela e Peabody exibiram os distintivos.

— Sou a tenente Dallas — informou Eve. — Esta é a detetive Peabody. Parece que interrompemos sua reunião. Curiosamente, não vimos ninguém sair daqui.

Ele pareceu momentaneamente confuso, e seus olhos nervosos se lançaram sobre Bruberry no instante em que ela explicou:

— Era uma conferência via *tele-link*.

— Sim, uma conferência virtual. Com Londres.

— Que conveniente, então. — Eve manteve os olhos fixos em Cavendish, de um jeito que lhe dizia que ela sabia que ele já estava mentindo. — Já que o senhor conseguiu alguns minutos agora, temos várias perguntas relacionadas com uma investigação.

— Foi o que me disseram. — Apontou para as cadeiras e fez menção de se sentar. Como ele não lhe estendeu a mão, Eve esticou a dela de propósito. Queria sentir sua reação.

Ele hesitou e Eve reparou que seu olhar voou para a assistente mais uma vez antes de tomar a mão dela com a dele.

Um aperto de mão mole e meio úmido.

— Qual a natureza da sua investigação?

— Homicídio. Natalie Copperfield e Bick Byson. São nomes familiares para o senhor?

— Não.

— O senhor não assiste aos noticiários, pelo que vejo. Nem lê os jornais. — Olhou de relance para o telão emoldurado em madeira escura que dominava a sala. — Essas pessoas foram assassinadas três noites atrás em suas residências. Ambos eram funcionários de uma firma de contabilidade: Sloan, Myers & Kraus. O mais engraçado é que Natalie Copperfield cuidava das contas da matriz da sua empresa. Mesmo assim esse nome não lhe diz nada, certo?

— Não guardo os nomes de todas as pessoas sobre as quais leio ou ouço falar. Sou um homem muito ocupado. Quanto à firma de contabilidade é Ellyn, minha assistente, que cuida dessa área.

— Sim, soube do que houve com a srta. Copperfield — declarou Bruberry. — Mas o que a morte dela tem a ver com esta empresa?

— No momento sou eu que faço as perguntas — disse Eve, com frieza. — Onde o senhor estava três noites atrás entre três e quatro da manhã, sr. Cavendish?

— Em casa, na cama. Com minha esposa.

Eve ergueu as sobrancelhas.

— O senhor não consegue se lembrar dos nomes de duas pessoas que estão em todos os noticiários, mas sabe, sem um segundo de hesitação e sem precisar consultar a agenda, onde estava três noites atrás?

— Em casa — repetiu ele. — Na cama.

— Teve algum contato alguma vez com a srta. Copperfield ou o sr. Byson?

— Nunca.

— Isso é esquisito. Você não acha estranho, detetive, que o sr. Cavendish não tenha nenhum contato com a pessoa que cuida da contabilidade de sua empresa?

— Devo confessar que acho, tenente. Eu, pelo menos, conheço até o primeiro nome do sujeito que faz os pagamentos lá na Central.

Nascimento Mortal

— Pode ser que, em algum momento, eu tenha me encontrado com...

— Era eu quem conversava regularmente com a srta. Copperfield — interrompeu Bruberry. — Quando necessário. Assuntos desse tipo são função basicamente da nossa matriz em Londres.

— E o que a firma de vocês faz aqui, então? — quis saber Eve, olhando diretamente para Cavendish.

— Eu represento os interesses de nossa empresa em Nova York.

— Isso significa...?

— Exatamente o que descrevi.

— Ah, tudo ficou claro, então. E o senhor também representa os interesses legais de Lordes C. McDermott, que era cliente de Bick Byson.

— A sra. McDermott tem laços de parentesco comigo e, naturalmente, é representada pela nossa firma. Quanto ao gerente financeiro dela, eu não saberia dizer.

— Sério? Puxa... A mim, parece que uma das mãos não sabe o que a outra faz por aqui. E, mais um puxa... Acho que eu não mencionei que Byson era gerente financeiro da sra. McDermott, só que ela era cliente dele.

Cavendish ajeitou o nó da gravata. Um ato que entregou seu nervosismo, pensou Eve.

— Eu simplesmente supus isso.

— Já que estamos no assunto, onde a senhora estava na noite dos assassinatos, sra. Bruberry?

— Em casa. Fui para a cama antes da meia-noite.

— Sozinha?

— Moro sozinha, sim. Agora eu sinto muito, mas esse é todo o tempo que o sr. Cavendish tem para gastar com as senhoras.

Eve se levantou contra a vontade.

— Obrigada pela sua cooperação. — Ah... — completou. — Sua firma também representa a... — pegou a agenda eletrônica, como se quisesse confirmar o nome. — Fundação Bullock.

Percebeu um leve tremor no rosto do executivo. O endurecer do maxilar, um piscar de olhos rápido e mais uma alisada no nó da gravata.

— Isso mesmo.

— A sra. Madeline Bullock e o sr. Winfield Chase estiveram recentemente na cidade. Suponho que o senhor se encontrou com eles enquanto estavam aqui.

— Eu...

— A sra. Bullock e o sr. Chase tiveram um almoço de negócios aqui mesmo, com o sr. Cavendish. Foi na segunda-feira à tarde. Meio-dia e meia — completou Bruberry.

— O senhor fez a reunião enquanto almoçava com eles aqui? Em sua sala?

— Exatamente — respondeu Bruberry depressa, antes de Cavendish ter chance de responder. — A senhora quer que eu procure nas minhas anotações o que eles comeram?

— Por enquanto não, mas eu aviso se precisar. Isso foi ótimo. Obrigado pelo tempo de vocês. — Eve se virou para ir embora, mas hesitou ao chegar à porta. — Sabe de uma coisa? É estranho que o senhor esteja tão ocupado representando os interesses de sua firma em Nova York e não faça reuniões regulares com a contadora que cuida das finanças da empresa.

— Eu as acompanho até a porta — ofereceu Bruberry, quando Cavendish se manteve calado.

— Não precisa, nós sabemos o caminho.

— Alguém aqui anda escondendo um segredo — disse Peabody quando elas se viram de volta na calçada.

— Pode apostar que sim. Aquele cara tinha culpa e medo estampados no rosto como um cartaz. Pode ser que descubramos que ele anda chifrando a esposa ou usa calcinhas femininas de renda.

— Ou as duas coisas, caso esteja traindo a mulher com a assistente. Ela, definitivamente, é o macho alfa da dupla.

— Bem observado. Foi burrice mentir sobre não conhecer Copperfield, mas ele fez exatamente isso.

— Ele me pareceu pomposo demais, sabe como é? — continuou Peabody, e Eve ergueu uma sobrancelha. — Sou muito importante para conhecer subalternos. Além do mais, isso serviu para distanciá-lo do calor.

— Esse calor de que você fala são os assassinatos, certo? — Eve se posicionou atrás do volante e bateu com os dedos na borda. — Eles não estavam preparados. Nunca imaginaram que a polícia apareceria para questioná-los e reagiram por instinto: negaram tudo. Vamos ver se achamos Lordes McDermott para ver se conseguimos outro ângulo sobre a história.

Peabody pegou o tablet para pesquisar o endereço.

— Ela mora em um apartamento na Riverside Drive.

— Sabe o número do *tele-link*?

— Está bem aqui.

— Tente ligar para lá, antes. Vamos nos certificar de que ela está em casa ou aonde pode ter ido, caso tenha saído.

Lordes McDermott estava não apenas em casa, como pareceu não ver problema algum em ter seu dia interrompido pela polícia.

Elas foram levadas até a sala por uma criada uniformizada, passando por um átrio de dois andares muito largo que dava numa sala de estar decorada em estilo marcantemente contemporâneo, com cores vibrantes, metais dourados e vidros cintilantes.

Lordes parecia confortável em sua casa. Usava um preto básico bem nova-iorquino, botas suaves e joias de ouro simples. Seu cabelo era curto, com franjas espetadas que ficavam pouco acima dos olhos cor de safira.

Na comprida mesa de centro em vidro havia um bule fino branco, três canecas grandes também brancas e uma bandeja triangular carregada de donuts.

— Não me digam que tiras, café e donuts são um clichê.

— Se há clichês, é porque existem motivos. Sou a tenente Dallas. Esta é a detetive Peabody.

— Sentem-se, por favor. Vocês devem estar aqui por causa de Bick e sua Natalie. Estou passando mal por causa do que aconteceu. Ele era um homem adorável.

— Quando foi a última vez que você o viu?

— Dia quinze de dezembro.

— Boa memória — comentou Eve.

— Na verdade, não. Fui pesquisar a data quando soube do que aconteceu. Tivemos um encontro de confraternização na empresa antes dos feriados de fim de ano. Foi bem aqui nesta sala. Ele era um rapaz muito simpático.

— A senhora conhecia a srta. Copperfield?

— Encontrei-a algumas vezes. Bick a trouxe para alguns jantares de negócios, a pedido meu. Gosto de saber com quem as pessoas que cuidam de meus negócios estão envolvidas. Gostava muito dela também. Ambos tinham uma aura brilhante quando estavam juntos, um ar de expectativa. Como vocês gostam do café?

— Puro, obrigada.

— Para mim, com um pouco de creme e açúcar — atalhou Peabody.

— Vocês estão conversando com todos os clientes de Bick? — quis saber Lordes. Serviu o café, e a aliança de ouro em sua mão

Nascimento Mortal

esquerda cintilou. — Fiquei surpresa quando vocês entraram em contato comigo.

— Estamos falando com muitas pessoas. Acabamos de voltar de uma conversa com Walter Cavendish. Ele é um parente seu, não é?

— Primo em segundo grau. — Ela torceu o nariz, por um instante quase imperceptível. Mais uma bandeira, pensou Eve. Lordes não gostava muito de Walter.

— Meu primo direto e pai de Walter é um dos sócios da firma. Trabalha em Londres. Acho que isso me torna prima em segundo grau do filho — explicou Lordes, franzindo o cenho com ar pensativo. — Enfim, é uma dessas coisas da vida. Por favor, sirvam-se dos donuts. Eu vou comer alguns. — Para provar o que dizia, escolheu uma rosquinha recheada com frutas cristalizadas.

— Foi a ligação com o seu tio que a levou até a firma de contabilidade e depois a Bick?

— Hummm... — Lordes confirmou com a cabeça, pois estava de boca cheia. — Minha nossa, esses donuts são obscenos de tão gostosos. Sim, eles cuidam dos meus assuntos financeiros há muitos anos. Depois que o idiota do meu marido morreu eu herdei uma nova fortuna. Nem mexi no dinheiro, deixei-o inativo por algum tempo lá mesmo, depositado num banco europeu. Quando voltei a morar nos Estados Unidos, pedi indicação de um gerente financeiro jovem e competente. Foi como eu cheguei a Bick.

— Como o seu marido morreu? Espero que não se incomode por eu tocar no assunto — disse Peabody, tentando ser delicada apesar da boca cheia de creme.

— Brincando com o aviãozinho que construiu. Ele gostava muito de voar. O aparelho caiu e pegou fogo. Eu adorava aquele idiotinha. Quase morri de dor, quando o perdi. Mesmo já tendo se passado cinco anos da morte dele, completados na última primavera, continuo revoltada com ele.

— A senhora poderia nos dizer onde estava três noites atrás, entre meia-noite e quatro da manhã?

— Nossa, isso soa sinistro... Imaginei que fosse assim. Fui verificar isso também, depois que vocês entraram em contato para avisar que viriam aqui. Tivemos um pequeno jantar íntimo, eu e algumas amigas. Estou em um novo relacionamento, mas isso é muito trabalhoso, ainda mais por eu não estar muito interessada. Elas saíram por volta de meia-noite e eu fui para a cama. Antes de dormir assisti alguma coisa no telão. Acho que peguei no sono no meio de um filme antigo.

— Considerando as ligações entre todos — continuou Eve —, a senhora alguma vez esteve em reuniões ou teve chance de se encontrar socialmente com a srta. Copperfield, o sr. Byson e o seu primo... Isto é, primo em segundo grau?

— Walter? — Lordes soltou uma sonora gargalhada. — Não, de maneira nenhuma. Tento não manter contato social com Walter em nenhum nível. Ele é um grandessíssimo idiota.

— Vocês não se dão bem?

— Consigo me dar bem com qualquer pessoa, mas, no caso de alguns nomes, essa interação fica melhor quando o contato é limitado.

— Mas ele não representa seus interesses legais aqui em Nova York?

— Na verdade, não. Meu primo de Londres gerencia isso e Walter cuida apenas da burocracia. Para ser franca ele não é muito brilhante. Segue protocolos, preenche formulários e tem bom aspecto quando está de smoking. Qualquer coisa mais complexa passa pelo escritório de Londres, até onde eu sei.

Ela virou a cabeça meio de lado e completou:

— Vocês não estão achando que Walter tem algo a ver com os assassinatos, estão? Eu o conheço desde criança e lhes garanto: ele é pouco inteligente para ter cometido esses crimes e não teria peito para ir tão longe.

E ve se acomodava atrás do volante quando seu *tele-link* tocou.

— Dallas falando!

— Tenente... — O tom de quem morde a língua para falar, típico de Summerset, combinava com ele. — A senhora se esqueceu de avisar que estava aguardando uma entrega.

— Provavelmente também me esqueci de avisar que você fica mais feio a cada dia que passa, mas é que ando muito ocupada.

— A cadeira de balanço eletrônica adquirida num estabelecimento chamado Cegonha Branca foi entregue com sucesso. O que eu devo fazer com a cadeira?

Eve esperou dez segundos.

— Puxa, você deve estar muito distraído para deixar a bola quicando desse jeito. Vou evitar a resposta óbvia. Coloque a peça na sala de visitas do segundo andar, onde a festa vai acontecer.

— Muito bem. No futuro eu gostaria que a senhora me informasse de toda e qualquer entrega.

— No futuro eu gostaria que você usasse um capuz na cara sempre que aparecer na tela do meu *tele-link*.

Ela desligou, satisfeita.

— Vocês dois são divertidos — comentou Peabody. — Depois do turno eu vou passar em casa para reunir todas as peças de decoração; depois sigo direto para a sua casa. Mal posso esperar para ver a cadeira de balanço e prepará-la direitinho para amanhã.

— Viva!

— Você sabe que ela vai amar tudo isso.

— Sim, eu sei.

— Vai se sentir a Deusa da Fertilidade ou algo assim. Um momento marcante na vida dela.

— A Rainha Mavis. — Alegre com a imagem, Eve passou por um sinal amarelo. — Ela devia usar uma... — balançou os dedos ao lado da cabeça.

— Uma coroa! Claro!

— Não, uma coroa não, é grande e formal demais. O outro lance. Como é o nome?... Tiara.

— Perfeito! Puxa, isso é *mag*. Viu só? — Ela cutucou o braço de Eve. — Você consegue fazer isso.

— É... Parece que já estou fazendo.

E ve levou tudo com ela para a Central — as declarações, as impressões, as observações instintivas. Ao chegar à sua sala ela as alinhou lado a lado, escreveu os relatórios e refletiu sobre cada novo dado conseguido. No quadro, começou a acrescentar palavras-chave ao lado de fotos, nomes e reposicionou as flechas.

— Você precisa de um quadro maior — avisou Roarke ao entrar com o casacão pendurado no braço.

— Todo mundo me diz isso.

— E Deus sabe o quanto precisa de uma sala maior também.

— Esta funciona bem para mim. O que trouxe você aqui?

— Estou em busca de uma carona para casa. Vim resolver um pequeno caso no andar de cima — completou, e ela simplesmente franziu o cenho ao ouvir isso. Quando os vincos em sua testa se aprofundaram, ele chegou mais perto, passou um dos dedos na covinha do queixo dela e explicou: — Está tudo resolvido, com todos satisfeitos na medida do possível.

— Isso é lamentável.

— A vida muitas vezes é assim. Imagino que tudo faça mais sentido para você. — Jogou o casacão nas costas da cadeira de trabalho de Eve e passeou diante do quadro. — Ah, agora eu percebi.

Nascimento Mortal

Ligações dentro de ligações. Mesmo num mundo tão grande sempre existem padrões minúsculos, interessantes e interligados, não acha?

— O que Whitney disse?

— Oficialmente ou extraoficialmente? — Ele continuou analisando o quadro.

— O posicionamento oficial eu já ouvi.

— Vamos ao extraoficial, então. Ele me disse que tudo não passa de uma imensa baboseira. Fora suas palavras exatas. — Ele olhou para Eve, que balançou a cabeça. — Vejo que isso é o bastante. Você não precisa que ele fique na sua frente, olhos nos olhos, e diga que confia em você e respeita o seu trabalho. Nem que peça desculpas em nível pessoal.

— Não.

Ele voltou e fechou a porta.

— Pode ser uma baboseira, mas é o tipo da coisa que mantém você nesta sala do tamanho de um armário para vassouras, em vez de ganhar a patente de capitão.

— Eu quero ficar nesta sala. Não devemos turvar as águas trazendo esse tipo de merda à tona. Faço exatamente o que quero fazer e sou boa no que faço.

— Não me diga que você não quer ser promovida a capitão, Eve.

— Pensei que quisesse. — Passou uma das mãos pelo cabelo enquanto colocava em ação suas engrenagens mentais. — Não recusaria a promoção se eles me indicassem, desde que fosse nos meus termos. Acho que você tem um pouco da velha obsessão irlandesa com sina, destino e coisas sobrenaturais.

— Mas foi você que exorcizou um fantasma recentemente* — disse ele, sorrindo de leve.

---

* Ver *Recordação Mortal.* (N.T.)

— Eu encerrei um caso — corrigiu ela. — O que eu quero dizer é que, às vezes, as coisas são exatamente como eram para ser. Eu devia estar aqui nesta sala, realizando esse trabalho. Acredito nisso.

— Tudo bem. — A sala era tão pequena que ele só precisou esticar os braços para tocá-la e passar as mãos para cima e para baixo ao longo do seu corpo. — Devo acrescentar que o seu comandante me pediu para reafirmar a você que ele confia plenamente na sua capacidade de encerrar o caso num prazo satisfatório.

— Então tá...

— Devo procurar transporte por minha conta ou você já vai para casa?

— Estou saindo. Posso continuar a trabalhar de casa. Espere só dez minutos. Mais uma coisa... — disse ela, quando ele abriu a porta. — Eu quero... Você poderia me levar para jantar?

— Acho que poderia, sim. — Ele sorriu.

— Mas teremos de fazer uma parada antes em outro lugar. Preciso de uma tiara.

— Para combinar com o seu cetro?

— Não é para mim. Eu, hein!... Mavis. É para o lance de amanhã. É um dos temas da festa ou algo parecido. Cetro é aquele troço que... — Ela fechou o punho e bombeou o ar para cima e para baixo com a mão, o que fez com que Roarke erguesse as sobrancelhas e sorrisse abertamente. — Puxa, sua mente parece um esgoto. — Mas ela riu, baixou os braços e os deixou colados no corpo. — Quero saber se é aquela vara que parece um cajado pequeno.

— Acredito que sim. — Ele tornou a rir.

— Precisamos encontrar um desses também. Você poderia procurar para mim uma loja de fantasias ou algo desse tipo que fique no caminho do restaurante.

Nascimento Mortal

Para Roarke foi espantosamente fácil achar uma tiara de bijuteria e um cetro de plástico, especialmente quando sua companheira de compras era uma mulher que costumava agarrar a primeira coisa que se parecia com o que procurava e saía da loja o mais rápido possível.

Como conhecia muito bem a sua mulher, escolheu comida italiana como resposta para a refeição que ela pedira; entraram numa pequena *trattoria* lotada onde a atmosfera era simples e a comida estupenda. Reparou que Eve quase mergulhou de cabeça no espaguete com almôndegas sem fazer nenhuma menção ao caso, mas comentou apenas:

— Você não almoçou.

Ela enrolou a massa no garfo e assentiu:

— Provavelmente não, mas comi um donut. Acho que esqueci de informar a você que Peabody e McNab vão acampar na nossa casa hoje à noite.

— Informar a mim?

— E a Summerset. Ele ficou puto porque me esqueci de avisar que ia chegar uma encomenda hoje. Mas é isso... Peabody quer ajudar na decoração do chá de bebê, coisa que eu não entendo. Já tem a festa, presentes, comida, de que mais ela precisa?

— Suponho que vamos descobrir. Mas isso vai ser cômodo, porque eu posso pegar McNab e arrastá-lo comigo para algum evento masculino.

— Arrastar? Sair de casa? — O ar de pânico colocou cor no rosto de Eve. — Você não vai ficar para enfrentar o lance?

Ele mordeu um pedaço do *manicotti*.

— Não existe nada que você possa fazer ou dizer... Nada que possa me oferecer, incluindo depravados favores sexuais que consigam me convencer a ficar a menos de cem metros desse chá de bebê.

— Bosta! — Ela enrolou um punhado de espaguete no garfo, espetou uma almôndega e apelou: — Nem mesmo se eu acrescentar calda de chocolate ao favor sexual?

— Nem mesmo assim.

— Poderíamos usar *chantilly*. E coreografia.

— Excelente suborno, pode crer, especialmente em se tratando de uma mulher desesperada. Mas não, obrigado. Já fiz planos para escapar com Leonardo. Basta acrescentar McNab ao nosso grupinho feliz.

— Mas... E se algo der errado? — Agarrou o braço dele com força. — E se o responsável pelo bufê pirar na batatinha por causa de algo que elas vão aprontar? E se alguma das grávidas se perder para sempre dentro daquela casa?

Ele simplesmente pegou o cálice de vinho com a mão livre e permaneceu calado.

— Tudo bem, tudo bem! — Ela girou os olhos para cima. — Consigo lidar com isso. Mas é sacanagem, se você quer saber. É muita sacanagem você sair com alguém para tomar chope enquanto eu estou presa na Central de Bebês. Só porque você tem um pênis!

— Pensaremos em você com muito carinho durante o chope, eu e meu pênis.

Ela comeu mais duas garfadas e então abriu um sorriso lento.

— Você não vai escapar de estar na sala de parto junto comigo, quando ela empurrar o embrulho para fora.

— Cale a boca, Eve.

— Seu pênis não vai salvar você nessa hora, meu chapa.

Roarke pegou um *grissini*, partiu-o ao meio e ofereceu a Eve.

— Vocês vão preparar os jogos femininos amanhã? Haverá prêmios?

Ela franziu o cenho diante do golpe certeiro e cedeu:

— Tudo bem, não falo mais nisso. Quero conversar é sobre assassinatos.

— Por favor.

Eve o colocou a par dos mais recentes desdobramentos do caso enquanto tomavam um *cappuccino* depois do jantar.

— Você acha que Cavendish e a assistente dele têm algo a esconder?

— Recebi vibrações de todos os lados. Tem algo errado ali e a assistente é quem manda no pedaço.

— Não o conheço, embora já tenha me encontrado com várias personagens do elenco de hoje.

— Já pesquisei o básico a respeito dele. Quarenta e seis anos. Recebeu um fundo fiduciário da família rica quando nasceu. Gosta de *squash*... O jogo, não o suco. Dois casamentos, largou a primeira mulher oito anos atrás. Tem uma filha de doze anos. A mãe ficou com a custódia da menina e se mudou para Paris. Ele se casou com a mulher número dois assim que o divórcio foi assinado. Ela tem vinte e nove anos, é ex-modelo. Meu palpite é que ele trocou a primeira esposa por um troféu novo e mais bonito, mas se diverte com a assistente.

Estreitou os olhos enquanto provava um café espumoso e completou:

— Ela usa roupas de couro, botas com salto agulha e o obriga a latir quando eles transam.

— Sério? — Divertido, Roarke se recostou na cadeira. — E como você descobriu isso?

— Dos dois é ela que veste as calças. Ele só assina papéis, participa de eventos, vai a reuniões e faz o que ela manda.

— E alguém o mandou matar Copperfield e Byson?

— Talvez. Isso não seria oportuno? — Eve franziu o cenho ao analisar a ideia. — Mas estou tendendo para outra direção. O assassino é muito equilibrado e confiante. Cavendish ficou suando só de conversar comigo. Mas ele sabe de algumas coisas, e uma delas é quem cometeu o crime.

— Então você vai fazê-lo suar mais um pouco.

— Sim, posso fazer isso. Vou falar com ele de novo e cutucá-lo um pouco mais. Mas não tenho material suficiente para acusá-lo de nada ou obrigá-lo a entregar alguém. Preciso de mais indícios. Alguma ligação direta. Preciso de mais elementos porque aposto que ele estava exatamente onde disse estar na noite dos assassinatos. Em casa, na cama, com as cobertas sobre a cabeça porque sabia o que estava acontecendo naquele momento.

— Se a filial de Nova York do escritório de advocacia dele teve parte na ação, canalizando dinheiro ilícito ou lavando dinheiro eu vou descobrir — garantiu Roarke.

E descobriria mesmo, pensou Eve, não só porque era muito bom no que fazia, mas porque seu orgulho estava em jogo dessa vez.

— Conto com isso — disse ela. — Talvez fosse hora de entrarmos em campo para analisar esses dados.

Ela sabia que Peabody e McNab já estavam em sua casa porque dava para ouvir música e vozes vindas do espaço que ela designara para a festa. Fez uma linha reta e seguiu direto para seu escritório. Se isso a transformava em covarde, assumiria isso.

Atualizou os dados do quadro e se sentou para dar uma olhada mais detalhada em Ellyn Bruberry.

Quarenta anos, refletiu, enquanto os dados rolavam no telão da sala. Não se casara nem tivera filhos. Seu endereço oficial, no West Side, certamente lhe oferecia uma bela vista do Central Park e era caríssimo. Nada mau para uma assistente num escritório de advocacia.

Nascimento Mortal

Nascera nos Estados Unidos, mas se mudara de Pittsburgh para Londres quando tinha vinte e poucos anos. Foi trabalhar direto na Stuben, Robbins e Cavendish. Mull entrou para a firma mais tarde, como secretário para assuntos jurídicos. Voltara para os EUA e fora morar em Nova York para trabalhar na filial de lá seis anos atrás, já como assistente de Walter Cavendish.

Depois do segundo casamento dele, reparou Eve.

Não tinha ficha criminal.

Eve analisou mais a fundo as finanças dela. Um salário polpudo, decidiu, mas não era ilegal pagar bem aos funcionários. As maiores entradas de dinheiro coincidiam com a época do abono de Natal, o aniversário de Bruberry e os aniversários de sua entrada na firma. Todas poderiam ser facilmente explicadas: provavelmente eram bônus.

Mas não era interessante que suas finanças pessoais fossem administradas por Sloan, Myers & Kraus?

Só que ela não era cliente de Byson. Eve confirmou isso na lista dele. Fez uma anotação mental para pesquisar quem na firma lidava com as finanças de Ellyn Bruberry.

Ligações diretas, pensou mais uma vez. Qual seria a ligação mais óbvia entre Copperfield/Byson e Cavendish/Bruberry?

A firma, novamente, mas se ela se afastasse disso haveria a Fundação Bullock, cliente tanto do escritório de advocacia quanto da firma de contabilidade. E Cavendish ficou todo atrapalhado quando Eve perguntou se ele tinha estado com as representantes da fundação durante sua visita a Nova York.

Foi o sócio mais novo, Robert Kraus, que ficara incumbido de receber e entreter Madeline Bullock e Wingfield Chase durante essa visita, e também servira de álibi para ambos.

— Oi, Dallas.

Eve grunhiu e ordenou que os dados de Kraus aparecessem na tela.

— Não é possível que você ainda esteja trabalhando! Saia dessa! — Peabody estava atrás da mesa com as mãos nos quadris. — Você precisa dar uma olhada na decoração que estamos preparando. Preciso de sua autorização para algumas coisas.

— Você está apenas fazendo o que é necessário. Está tudo ótimo.

— Dallas, já passa das dez!

— Puxa, mamãe, já passou da hora de eu ir para a cama? Vou ficar de castigo?

— Viu só, você está de mau humor — disse Peabody, apontando um dedo acusador. — Faça uma pausa e venha dar uma olhada. É para Mavis.

— Tudo bem, tudo bem, meu santo Cristo! — Se ela iria ser arrastada para analisar decoração de festa, não iria sozinha. Marchou até a sala de Roarke e anunciou: — Vamos olhar como vão os preparativos e ver o que mais precisa ser feito.

— Divirtam-se.

— Ná-ná-não, espertinho. Você vai junto.

— Não quero. — Mas cometeu o erro de erguer o rosto e viu em Eve o mesmo brilho assassino que reparara no olhar de Peabody. — Tudo bem, então. Mas, quando esse caso finalmente for resolvido, você e eu vamos tirar aqueles dias de folga que vivemos adiando e daremos saltos mortais completamente pelados numa praia deserta.

— Combinado, garotão.

Capítulo Onze

Não foram números que apareceram dançando em seus sonhos dessa vez, e sim arco-íris e estranhos bebês alados. Quando os bebês voadores começaram a esvoaçar em torno dela como vespas e formar nuvens, Eve fez força para escapar do sonho.

Sentou-se na cama como se tivesse sido impulsionada por molas e exclamou:

— Não!

— Pesadelo? — Roarke se levantou do sofá onde se instalara, na saleta de estar.

— Bebês alados. Bebês alados diabólicos com asas diabólicas.

Ele foi até a plataforma onde a cama ficava e se sentou na sua beirada.

— Querida Eve, precisamos de férias.

— Havia balões — disse ela, com ar sombrio. — As asas os cortavam como se fossem lâminas, eles estouravam e mais bebês alados saíam lá de dentro, voando.

Ele deslizou um dedo pela coxa dela.

— Talvez você devesse fazer um esforço para sonhar com outra coisa, digamos, ahn... sexo.

— Mas alguém fez sexo para criar os bebês alados do mal, certo? — De forma inesperada ela esticou a mão e agarrou com força a manga da suéter dele. Seus olhos irradiavam desespero. — Não me deixe sozinha com todas essas mulheres hoje.

— Desculpe. Eu insisto em cumprir a cláusula do pênis. Isso parece vagamente obsceno dito assim, em voz alta, mas pretendo usá-la mesmo assim. Sem negociações.

— Seu canalha! — reagiu ela, mas disse isso mais com inveja do que raiva, largando-o e se jogando novamente na cama.

— Calma, calma — Ele deu um tapinha distraído nela.

— Talvez neve. Pode ser que caia uma nevasca terrível e as pessoas não consigam chegar aqui por causa da mãe de todas as nevascas, que vai deixar Nova York de joelhos.

— A previsão da meteorologia é que teremos máxima de cinco abaixo de zero e céu azul.

— Ouvi isso. Ouvi muito bem! — Erguendo-se novamente, levantou um dedo para ele. — Não as palavras, mas o tom que você usou. Você acha que isso é engraçado.

— Acho, não... Tenho certeza! Sei que você vai acabar se divertindo muito. Em primeiro lugar porque Mavis vai estar felicíssima. Em segundo lugar porque você vai passar algumas horas não profissionais com várias mulheres das quais você gosta.

— Mas Roarke... Vai haver jogos e brincadeiras!

— Você não participará de nenhum.

— Não? Como assim? — Seus olhos de tira ficaram duros e sem expressão.

Ele não tinha culpa se achava tudo divertido. Eve conseguia parecer em pânico e desconfiada ao mesmo tempo.

— Você é a anfitriã — explicou ele. — Seria errado participar das brincadeiras e ganhar algum prêmio.

Nascimento Mortal

— É sério isso?

— Se não é, deveria ser, e você deve insistir nessa postura.

— Sim, é exatamente o que vou fazer. — Ela se animou na mesma hora. — Obrigada.

Eve se agitou ainda mais com uma boa sessão de malhação, algumas braçadas na piscina e uma ducha quase pelando. Depois, entrou de forma quase sorrateira no seu escritório para rodar alguns programas de probabilidades com diferentes cenários.

— Você está trabalhando novamente!

Eve pulou de susto e sentiu uma pontada de culpa.

— Quem é você, agora? — reagiu, olhando para Peabody. — Patrulha do trabalho?

— Você não precisa de um tira para vigiá-la, e sim de uma guardiã. Dallas, o pessoal do bufê vai chegar a qualquer momento!

— Tá legal, tudo bem, que ótimo. Alguém pode me chamar quando eles chegarem. — Acenou com a mão, dispensando Peabody. — Estou só conferindo alguns detalhes ligados a eventos insignificantes como um duplo homicídio.

Acabou desligando o sistema quando Peabody não saiu dali e a fitou com um olhar penetrante enquanto batia o pé.

— Você não é a patrulha do trabalho — reagiu Eve, com acidez. — É a Gestapo da festa.

— Mavis acabou de ligar. Não tentou falar com você pelo seu *tele-link* porque sabia que você estava muito ocupada com os preparativos da festa. Ela está vindo um pouco mais cedo porque não aguenta mais a ansiedade.

— Ok, tá legal! Já desliguei o computador, não desliguei? Estou saindo do escritório. Veja só, já estou saindo para o corredor e fechando a porta.

Peabody apenas sorriu. Culpa era o melhor recurso, conforme sabia muito bem. Aprendera isso quando ainda estava no colo de sua mãe.

J. D. ROBB

• • •

A primeira surpresa de Eve foi que a responsável pelo bufê não esperava que ela fizesse nada. Na verdade, pediu para que Eve e as convidadas não atrapalhassem. Sua segunda surpresa foi que Summerset já havia abandonado a casa e só voltaria no dia seguinte.

— Você não vai encontrar ninguém com cromossomos Y nesta casa — confirmou Roarke. — Com exceção do gato.

Ele estava no salão do segundo andar. Era maior que a sala de visitas do primeiro andar que eles usavam com mais frequência. No salão da festa havia lareiras duplas revestidas de malaquita. Sofás, poltronas e uma abundância de almofadões tinham sido dispostos de modo a formar áreas para conversas. Uma mesa comprida coberta por tecidos multicoloridos e velas fora instalada junto da parede do fundo. Acima dela havia tubos de luz que formavam arco-íris, balões em tons de rosa e azul e, ao lado, uma espécie de baldaquino artístico enfeitado com folhas de parreira que fluíam de um círculo cintilante e formavam uma cobertura sobre o espaço que Peabody designara como local dos presentes.

Minirrosas, pequenas flores de íris, ramalhetes de "mosquitinho", entre outras florzinhas que Eve já esquecera os nomes transbordavam de pequenas cestas de prata com a forma de berços.

As mesas do bufê, também nas cores do arco-íris, já estavam preparadas. A responsável pelo bufê tinha enfeitado cada uma delas com porcelanas finas que seguiam o esquema de cores; havia pequeninas velas espalhadas, mais flores minúsculas e a escultura em gelo de uma cegonha carregando uma trouxinha no bico.

Eve imaginou que a decoração iria parecer tola. Em vez disso, porém, estava charmosa.

As duas lareiras estavam acesas com fogo baixo. No centro do salão a imensa cadeira de balanço estava coberta com tecidos multicoloridos e enfeitada com flores.

Nascimento Mortal

— Acho que ficou muito bom.

— Tudo suave e de bom gosto. — Roarke a tomou pela mão.

— Muito feminino também. Meus parabéns.

— Não preparei nada disso.

— Não é verdade. Você se esquivou da tarefa em todas as chances que teve, mas escolheu os organizadores e fez isso muito bem. — Trouxe a mão de Eve para junto dos lábios, inclinou-se e a beijou com ternura.

— Opa, desculpem! — Peabody parou na porta e sorriu de orelha a orelha. — Não queria interromper, caso a cegonha e todos esses berços estejam colocando ideias na cabeça de vocês.

— Não me obrigue a machucar você — avisou Eve.

— Mavis chegou. Achei que você gostaria de trazê-la até aqui.

— Por quê? A gravidez afetou a visão dela?

— Não, só que... ah, deixa pra lá — disse Peabody, com uma risada. — Pode entrar, Mavis!

Ela carregava dez quilos extras na barriga, mas ainda conseguia saltitar. Foi exatamente o que fez, quase quicando ao entrar na sala com suas botas cor-de-rosa com amortecimento a ar que lhe cobriam as pernas até os joelhos. Sua saia azul e branca tinha pontas soltas que pareciam flutuar como pétalas por baixo da imensa bola de basquete em que se transformara sua barriga. As mangas da blusa eram em padrões geométricos coloridos que acabavam em pontas sobre as costas das mãos.

Seu cabelo — louro claro naquele dia — estava preso atrás da cabeça; dele descia um rabo de cavalo comprido e torcido que saltitava tanto quanto ela.

Ela parou assim que cruzou o portal, tapou a boca com as duas mãos e caiu num choro convulsivo.

— Ai, merda, merda! — foi tudo que Eve conseguiu dizer.

— Não, não, não. — Ainda soluçando no instante em que Leonardo entrou correndo atrás para acudi-la, Mavis balançou as máos para cima e para baixo, aflita e explicou: — É que estou tão grávida que me tornei refém dos hormônios. Ficou tão lindo! Oh, vejam só!...Tudo cheio de arco-íris e flores. É tudo tão mag. Ficou mais que demais, Dallas!

Ela soluçou muitas outras vezes enquanto atravessava o salão e acabou se atirando nos braços de Eve. A barriga protuberante chegou antes.

— Então tá legal, que bom. Fiquei feliz por você ter gostado.

— Gostado? Eu *adorei*. Amei *de paixão*. Peabody! — Mavis balançou uma das máos no ar e puxou Peabody para junto delas, num abraço triplo. — Obrigada a vocês por tudo, obrigada de verdade!

— Talvez seja melhor você se sentar.

— Não, estou bem em pé. Minha torneira de lágrimas abre sozinha o tempo todo não é, docinho de coco? — perguntou a Leonardo?

— Comemos minicenouras ontem à noite. — Entregou alguns lenços de papel a Mavis. — Ela as chamou de "cenouras-bebê" e chorou por dez minutos.

Obviamente a lembrança disso fez Mavis rir. Ela exibiu um sorriso largo e se virou para apertar o marido gigantesco.

— Não sei como você me aguenta. Eram três da manhã e eu acordei morrendo de fome, Dallas. Parecia que eu tinha estado presa num celeiro sem comer fazia uns oito dias. Meu ursinho de pelúcia se levantou e me preparou ovos mexidos. Oh, olhem lá, vejam aquilo! — Deu mais alguns pulinhos ao avistar a cadeira coberta. — É uma espécie de trono, certo? Eu vou ter de sentar ali?

— Sim, aquele é o seu lugar de honra — assentiu Eve.

— Posso lhe oferecer minha mão, Majestade? — pediu Roarke, com humildade.

— Puxa, isso é TMQD. "Totalmente mais que demais" — explicou. — Agora, você vai escapar daqui e passar o dia fora com meu docinho, não é?

— O mais depressa possível — confirmou Roarke, ajudando-a a se sentar na cadeira.

— Muito bem. Eu lhes darei minha autorização para a ausência, então.

— Entregue as coisas para ela — sussurrou Peabody.

— Pode ser que ela comece a chorar de novo.

— Tenho coisas para ganhar? Mas já? — Como estava sentada, o máximo que Mavis conseguiu fazer foi empinar o corpo duas vezes. — O que é? Onde está? Puxa vida, adoro ganhar coisas.

Preocupada com o desfecho, Eve foi até um armário ali perto e pegou o cetro e a tiara.

— Oh, céus! Que coisa maravilhosa!

Aliviada porque dessa vez os olhos de Mavis brilharam de alegria e não de choro, Eve passou a tiara para Leonardo.

— Você provavelmente sabe como prender isso melhor do que eu.

— Pode me coroar, meu bolinho recheado — disse-lhe Mavis.

— E que os jogos comecem!

Em menos de uma hora o salão estava tão cheio de estrogênio que Eve pensou que talvez conseguisse recolher o hormônio no ar para engarrafá-lo e vendê-lo no mercado negro. As mulheres mordiscavam tudo, provavam as bebidas, faziam "ohs" e "ahs" para as barrigas protuberantes umas das outras e matraqueavam sobre os assuntos que Eve sabia que eram os temas principais das conversas quando um bando de mulheres se juntava.

Cabelo. *Esse penteado ficou de arrasar em você, e que cor mais mag! Onde você fez?*

Roupas. *Que sapatos fabulosos! São confortáveis?*
Homens. *Ele simplesmente nunca escuta o que eu preciso dizer.*

É claro que, devido à natureza do evento, elas também falaram de bebês, bebês e mais bebês. O fato novo que Eve descobriu foi que as mulheres que já tinham tido filhos também se sentiam compelidas a compartilhar suas experiências de parto com aquelas que estavam prestes a se entregar às agruras de dar à luz.

Fiquei dezesseis horas em trabalho de parto; duas horas e meia desse período foram gastas só fazendo força para empurrar. Mas valeu a pena!

A cabecinha de Titania apareceu assim que minha bolsa d'água estourou! Se eu tivesse levado mais de dez minutos para chegar à maternidade, ela teria nascido dentro do táxi!

Tive de fazer cesárea. Wiley não teve jeito de se posicionar direito na saída.

Elas também tinham um monte de avisos para dar.

Você precisa comprar a Sinfonia de Magdelina para a Chegada da Vida. Eu estaria perdida sem ouvir essa obra maravilhosa. Ela é muito fortalecedora e nos passa sensação de poder.

Partos dentro d'água são os melhores que existem. Tive meus dois filhos numa banheira especial para nascimentos. É uma experiência religiosa!

Tome todos os analgésicos que lhe derem!

Esse, Eve pensou, tinha sido o conselho mais sensato do dia.

Com um *frosty bellini* na mão, coberto de gelo raspado, surgiu Nadine Furst, a famosa repórter do Canal 75 que teria, em breve, o seu primeiro programa sobre crimes na TV.

— Você sabe organizar excelentes festas, Dallas. Não me lembro de ter visto Mavis tão feliz em toda a minha vida. Ela está radiante, ao pé da letra.

— Espere alguns instantes. Você vai vê-la cair no choro a qualquer momento.

— São os hormônios — explicou Nadine, dando de ombros. Seu cabelo louro raiado com luzes quase brancas estava esticado agora, e grudado no rosto anguloso. — Eu queria falar com você.

— Já sei: seu cabelo está o máximo, seus sapatos são fantásticos e o cara com quem você está trepando no momento é lindo e inteligente. Isso cobre todos os assuntos?

— Não, mas você acertou nas três afirmações. Ainda estamos tentando achar o formato e o tom mais adequados ao meu programa. Os produtores e eu achamos que a cerejinha do bolo seria gravarmos um segmento com você, que seria apresentado uma vez por mês. Uma hora intensa a cada quatro semanas cujo foco seja não apenas o caso que você estiver investigando no momento, mas também sirva como resumo dos desafios que enfrentou ao longo do mês.

Nadine ergueu o cálice numa espécie de brinde antes de prová-lo e completou:

— Isso dará impulso ao programa, servirá como porta para um belo trabalho de Relações Públicas e também será uma boa oportunidade de expor de forma positiva a maravilhosa atuação do Departamento de Polícia de Nova York.

— Um segmento mensal? Deixe-me pensar no assunto por um minuto... Não!

Nadine provou o drinque e ergueu uma sobrancelha.

— Que foi exatamente a resposta que disse à minha equipe que receberia. Portanto, eu trouxe uma alternativa que acho que servirá a nós duas: uma matéria mensal sobre a Divisão de Homicídios. Alguém do seu departamento poderá aparecer no programa a cada quatro semanas. Tudo que você precisa fazer é indicar um detetive e me informar as linhas gerais do caso para que eu possa preparar a matéria. Isso vai construir uma imagem positiva da corporação, Dallas, além de lhe fornecer feições humanas diante do grande público.

— Pode ser. — A verdade é que era muito importante haver uma troca positiva entre a polícia e os meios de comunicação. O lado bom é que Eve sabia que podia confiar em Nadine para fornecer ao público uma visão equilibrada das coisas. — Mas algo desse tipo terá de ser autorizado pelos meus superiores.

— Tudo bem, mas você será a primeira entrevistada. — Deu um tapinha no ombro de Eve. — O caso em que você está trabalhando agora, por exemplo, seria um excelente pontapé inicial. Dois amantes jovens, atraentes e aparentemente comuns foram amarrados, torturados e mortos. Como vão as investigações?

— É disso que eu gosto em você, Nadine. Você sabe como conversar abobrinhas em uma festa.

— Qual é? Você prefere falar sobre nascimento de bebês e a importância de alimentá-los com leite materno?

— Não, é preferível ser espetada no olho por um prego em brasa. A investigação está rolando... Você sabe alguma informação interessante sobre Walter Cavendish? É um advogado rico.

— Não, mas posso mexer alguns pauzinhos para descobrir.

— E quanto à Fundação Bullock?

— Ela é imensa! Faz doações de muita grana, financia programas importantes e oferece subsídios. A matriz fica em Londres, mas a fundação tem alcance global e muitos interesses fora do planeta. No momento é administrada pela viúva Bullock, segunda esposa do milionário que adora estar sob os refletores e também pelo filho, que raramente aparece em público sem a mãe do lado. O que a respeitada e generosa Fundação Bullock tem a ver com dois contadores assassinados?

— Essa é a questão.

Ao ver Peabody se aproximando, Eve percebeu que seria arrastada mais uma vez para a Babylândia e pegou um *bellini* para si mesma.

— Precisamos dar início às brincadeiras. — Peabody tinha um brilho nos olhos que podia ter sido provocado pelos *bellinis* ou pela overdose de estrogênio.

— Vá em frente — autorizou Eve.

— Nada disso! Você é que tem de dar a largada. Se eu fizer isso, não poderei participar e quero entrar na brincadeira.

— Não olhe para mim — avisou Nadine, quando Eve se virou para ela.

— Ah, que inferno. Tudo bem, excelente. Já estou indo!

Ela planejara muitas operações policiais e tinha liderado várias equipes de detetives e tiras. Certamente conseguiria lidar com cem mulheres que disputariam uma gincana idiota.

Eram todas loucas, conforme Eve descobriu depois de quinze minutos. O salão estava lotado de mulheres psicóticas de carteirinha. Elas gritavam, choravam e riam como internas de um sanatório para doentes mentais durante a corrida para vencer cada uma das provas.

Eve achou que teria de acabar subjugando na marra uma morena histérica com uma barriga tão grande que só podia ser de trigêmeos.

— Ladra de berços! — gritava a morena ensandecida.

— Certo, muito bem, você venceu. Agora se acalme e sossegue o facho! — explodiu Eve, apertando os olhos com os dedos para em seguida respirar fundo e rezar baixinho, tentando aturar mais duas rodadas sem parecer uma idiota desorientada.

Pelo menos ela conseguiu um refresco quando a vitoriosa insistiu em ser içada do chão e foi caminhando como uma pata bêbada para inspecionar os prêmios e escolher sua pilhagem.

— Dallas? — Do seu trono, Mavis estendeu o braço em busca da mão de Eve.

— Você precisa de alguma coisa? Está bem?

— Sim, estou mais que ótima. É que Tandy não está aqui. Não sei o que pode ter acontecido. Tentei ligar para a casa dela e para o seu *tele-link* pessoal, mas ninguém atendeu. Pode ser que tenha entrado em trabalho de parto, mas eu tentei a maternidade e ela não deu entrada.

— Pode ser que tenha se esquecido da festa.

— Isso não é possível. Na última vez em que nos falamos ela estava ansiosa e disse que mal podia esperar. Estou meio preocupada.

— Não fique assim. — Uma Mavis preocupada poderia se transformar numa Mavis debulhada em lágrimas em questão de segundos. — Escute, ela está com mais de oito meses, não está? Pode ser que tenha ficado cansada demais ou algo do tipo. Desligou os *tele-links* e foi tirar um cochilo. Tente ligar de novo mais tarde.

— É, pode ser. Você tem razão, ela deve estar bem, só precisava repousar um pouco. Estou com pena de ela estar perdendo tudo isto. É a festa mais ultra em que eu já estive! Tudo está mais que demais, e Tandy estava louca para vir.

Quando os olhos de Mavis se encheram d'água, Eve se agachou ao seu lado.

— Ei, não fique preocupada nem chateada. Podemos... ahn... Guardar um pedaço de bolo para ela. E um dos prêmios também.

— Seria ótimo. Nunca vou esquecer este dia, Dallas, mesmo que eu viva um zilhão de anos.

— Relaxe e curta bem a festa. Tenho de anunciar a próxima brincadeira.

Lidar com mulheres enlouquecidas em disputas diversas era bem menos assustador do que uma Mavis absurdamente grávida em estado de completo descontrole emocional.

Eve conseguiu escapar ilesa das brincadeiras. Quando Peabody se apresentou voluntariamente para organizar a distribuição dos presentes para a homenageada, em meio à multidão enlouquecida, a festa passou para a etapa seguinte da programação.

Na esperança de se distanciar o máximo que conseguisse dos guinchos e exclamações do tipo "ah, que lindo" que explodiam a cada vez que Mavis rasgava um papel de presente, Eve se largou numa poltrona do outro lado do salão. Momentos depois, Mira se uniu a ela.

— Que bela celebração!

— Como é que elas conseguem permanecer tão ligadas o tempo todo? — perguntou Eve, expressando em voz alta o seu espanto. — Houve um momento em que eu achei que precisaria vestir o meu equipamento para enfrentar tumultos de rua.

— Bebês, especialmente quando são tão desejados, trazem alegrias sem paralelo. E nós, mulheres, não importa se tenhamos planejado ou não tê-los, sabemos que somos as únicas capazes de trazê-los a este mundo. Temos o poder. — Deu tapinhas na mão de Eve e elogiou: — Você fez uma coisa muito bonita por sua amiga.

— Eu não tinha certeza se conseguiria levar esse projeto até o fim. E teria sido quase impossível fazer isso sem Peabody estalando o chicote a cada vez que eu tentava escapar. Mas valeu a pena.

— Tanto quanto dezesseis horas de trabalho de parto?

— Minha nossa, por que aquilo? Qual o motivo de essas mulheres se empolgarem tanto a ponto de contar esses detalhes? Que coisa arrepiante!

— É o poder e o amor. E cada experiência é única, não importam os milênios ao longo dos quais a humanidade vem procriando.

É um evento íntimo e impressionante que une todas as mulheres. Um dia, quando você estiver pronta, entenderá tudo.

— Ver tudo isso e mais as aulas sobre parto que fui obrigada a assistir serviram para uma coisa: empurrar uma ideia que no momento não passava de um conceito distante para o fim da minha lista de prioridades na vida.

— Vai acontecer quando você estiver pronta — repetiu Mira. — Gosto muito de observar as mulheres; seus diferentes tamanhos, formas e cores. A dinâmica que se forma entre elas. Veja Louise e Nadine sentadas ali adiante com as cabeças próximas uma da outra. E Trina, amiga de Mavis, aconchegada entre aquelas duas mulheres. Provavelmente está lhes dando conselhos sobre como cuidar da pele e do cabelo durante a gravidez. E Peabody, levando os presentes até Mavis com a eficiência de sempre, tão feliz por estar se sentindo útil. E Mavis em seu trono, uma ideia muito charmosa, por sinal. Ela parece saudável e energizada. E aqui estamos nós duas, Eve. As observadoras.

— Muito disso tudo, para mim, é como analisar o comportamento de alienígenas. Não que isso não tenha um componente de entretenimento — admitiu Eve. — Veja aquela loura ali, de vestido vermelho. Seus pés a estão matando. Só que as pessoas elogiaram os sapatos que está calçando e ela garantiu que eram muito confortáveis. Agora está num beco sem saída e precisa aguentá-los. Tem aquela outra morena baixinha, de saia verde, está vendo ali? Ela fica circulando a mesa de comida o tempo todo. Pega uma fatia ridiculamente fina de bolo a cada visita. Já foi lá mais de dez vezes, mas ainda não conseguiu pegar um pedaço grande. Fica se enganando, dizendo a si mesma que fatias finas não contam.

Quando Mira riu, Eve relaxou, pois se viu num jogo que curtia muito mais.

— E Trina? — continuou. — Antes de qualquer coisa, devo agradecer a Deus por ela estar tão atarefada que não teve tempo de vir pegar no meu pé por causa do cabelo. Está arrebanhando clientes; não vale a pena desperdiçar uma chance dessas. Só que, ao mesmo tempo em que faz isso, nunca fica a mais de três passos de Mavis. Está cuidando dela. Já lhe levou um *fizzy* e um pedaço de bolo. E acompanhou Mavis em cada uma de suas inúmeras viagens ao banheiro para fazer xixi.

— Ela me contou que saiu um produto novo que, segundo as palavras dela, "dá um fim definitivo ao ressecamento de pele no inverno". Até me deu uma amostra. Olhe, Mavis vai abrir o presente de Peabody. Estou louca para ver o que é.

— Ela está nervosa. Estou falando de Peabody — acrescentou Eve. — Está em pé ali do lado, suando frio e morrendo de medo de Mavis não gostar tanto quanto ela imagina. Dar presentes é uma tortura.

Mas quando Mavis abriu a tampa da caixa exibiu um ar de assombro e felicidade, que foi seguido por uma exclamação de embevecimento coletivo de todas as mulheres próximas o bastante para ver o conteúdo.

— Oh, Peabody!

A alegria incontida e quase reverente na voz de Mavis fez Eve perceber que sua parceira acertara na mosca ao dar aquele presente.

Mavis tirou da caixa, delicadamente, as botinhas e o gorro feitos numa infinidade de tons pastéis. De repente, todas as mulheres do recinto ficaram com ar meloso. Quando Mavis ergueu o cobertor, houve mais exclamações e dedos estendidos para tocar e acariciar a peça.

— É lindo! — comentou Mira. — Maravilhoso! Ela acaba de dar a Mavis um conjunto que merece virar relíquia de família.

Obviamente empolgada e emocionada, Mavis conseguiu se erguer do "trono" para agarrar a amiga num abraço apertado.

Vermelha de vergonha e rindo abertamente, Peabody aceitou as felicitações de todas.

— Ahn... Já que você se levantou — disse Peabody. — Falta um último presente, escolhido pela sua anfitriã. Dallas?

— Nossa, essa é minha deixa para entrar em cena. — Eve colocou o drinque de lado e atravessou o salão. Como Peabody já tinha enchido o ouvido dela para explicar como a coisa deveria ser feita, Eve pegou as pontas dos panos que cobriam o "trono" e Peabody puxou pelo outro lado.

Quando a coberta foi erguida da cadeira, Mavis espalmou as duas mãos sobre o coração com força.

— Puta merda! Puta merda! É exatamente a que eu queria. Oh, oh, vejam só essas cores! E eu estava sentada nela esse tempo todo. Dallas!

Foi a vez de Eve receber um abraço apertado.

— Esse é o máximo dos máximos em matéria de poltronas reclináveis. O ultra absoluto! Você não precisava me dar um presente, a festa já seria suficiente.

— Agora que você me avisa? — Foi a resposta certa para fazer Mavis rir em vez de chorar. — Vamos lá, ligue esse troço para a gente ver se funciona.

Q uando o dia foi acabando, a multidão começou a diminuir sem sinal de catástrofes, nenhum parto de emergência aconteceu e rostos felizes eram a nota dominante para onde quer que se olhasse, Eve percebeu que tinha acertado em cheio.

Planejou se largar numa banheira de água pelando com um duplo *bellini* na mão até ficar em estado comatoso.

— Os rapazes estão voltando — anunciou Peabody — e vão carregar suas coisas, Mavis. Leonardo, McNab e eu vamos levar tudo para o apartamento de vocês.

— Vou dar aquela mãozinha para vocês — ofereceu-se Trina. A consultora de beleza tinha arrumado o cabelo num padrão complicado de tranças e cachos num tom magenta muito berrante. Virou-se para Eve e avisou: — Você está precisando de um bom tratamento de beleza.

— Não comece! Hoje estou a fim só de álcool e açúcar.

— Você fez bonito hoje, vou lhe dar um refresco. Sente-se um pouco, Mavis, para tirar o peso das pernas.

— Estou energizada demais. Mal posso esperar pela reação de Leonardo ao ver tudo isso. Foi realmente a festa das festas, Dallas, mas agora eu preciso lhe pedir mais uma coisinha.

— Esquecemos alguma coisa? — Eve olhou em volta. — Não pode haver algum item para bebês em toda Manhattan que tenha ficado de fora.

— Nada disso, é Tandy. Ela continua sem atender às minhas ligações e eu já estou até a imaginando no apartamento, sozinha, em pleno trabalho de parto. Quero dar uma passadinha lá. Você poderia ir comigo? Por favor!

— Você teve um dia muito puxado — lembrou Trina. — Devia ir para casa e descansar o máximo que puder.

— Não posso fazer isso, pelo menos até me certificar de que ela está bem. Tandy não tem ninguém enquanto eu tenho tantas mordomias e vantagens...

Pressentindo uma nova crise, Eve se apressou em responder:

— Claro, eu vou com você numa boa. Passamos por lá e depois eu lhe dou uma carona até sua casa.

Isso significava um grande atraso até o momento em que Eve iria se largar em estado comatoso, mas a livraria de carregar o monte de presentes para fora de casa. Por outro lado, ela seria a única responsável por uma mulher grávida, cansada, agitada demais e emocionalmente descontrolada.

— Nada de ter o bebê enquanto estivermos só nós duas, Mavis — avisou Eve, enquanto ajudava sua amiga a entrar na viatura.

— Estou numa boa, não se preocupe. Só um pouco cansada. Talvez esteja sendo neurótica com relação a Tandy, mas não consigo evitar. Ela foi minha colega de gestação durante muitos meses e conversamos há dois dias. Ela me disse que estava louca para sábado chegar bem depressa e contou que iria estrear uma roupa nova no chá de bebê. Jamais esqueceria a data, Dallas.

— Tudo bem, vamos ver como ela está. Caso não esteja em casa podemos perguntar aos vizinhos. Se tiver entrado no modo "expulsão de bebê", algum deles saberá informar.

— Sim, pois é. Pode ser que ela tenha ido para uma maternidade diferente por algum motivo. As parteiras que nos acompanham trabalham em mais de um lugar. Provavelmente foi isso que aconteceu. Puxa, é capaz de ela já ter tido o bebê! Ou ele pode estar nascendo nesse exato momento. — Mavis começou a esfregar a própria barriga. — Eu posso ser a seguinte.

— Mas não hoje, combinado? — Eve olhou meio de lado para Mavis. — Hoje não, nem pensar!

— Tudo bem, nem pensar! Preciso de algum tempo para curtir meus presentes, guardar as roupinhas todas e tornar o ambiente perfeito para quando Roofus ou Apricot chegar.

— Roofus? Apricot?

— Estou experimentando vários nomes para avaliar o som.

Eve olhou fixamente para a amiga.

— Quer um conselho? Continue experimentando.

Capítulo Doze

uando chegou à porta do apartamento de Tandy, levada por Eve, Mavis começou a trocar o peso do corpo de um pé para o outro.

— Preciso fazer xixi novamente. Minha bexiga está do tamanho de um grão-de-bico e parece que vai estourar com qualquer gotinha de urina.

— Puxa, pense em alguma outra coisa — reclamou Eve. — Pare de pular feito um canguru. Não ajuda em nada e você ainda vai desalojar alguma coisa que não devia.

— Ela não está atendendo e eu preciso fazer xixi urgentemente. É sério!

Mudando de tática, Eve se virou e bateu na porta do apartamento que ficava em frente ao de Tandy. Momentos depois, a porta se abriu alguns centímetros, presa pela correntinha, e uma mulher observou pela fresta com um olhar desconfiado.

— Que foi?

— Olá, sra. Pason! Lembra-se de mim? Sou Mavis, amiga de Tandy.

— Ah, claro. — Os olhos da vizinha se mostraram um pouco mais calorosos. — Vocês estão à procura de Tandy?

— Isso mesmo. Ela perdeu meu chá de bebê e não respondeu às minhas ligações para o *tele-link*. Então eu fiquei... Puxa, sra. Pason, estou louca de vontade de fazer xixi.

— Claro que sim. Entre e use o meu banheiro. — Tirou a correntinha da porta. — Não conheço você — disse ela, apontando o dedo para Eve.

— Esta é minha amiga Dallas. Ela me preparou o mais maravilhástico chá de bebê hoje. Volto num instantinho!

A sra. Pason cruzou os braços quando Mavis entrou correndo.

— Eu não permito que estranhos entrem na minha casa.

— Não a culpo. Posso esperar aqui no corredor.

— Tudo bem, pelo menos dessa vez, já que você é amiga dela. Tandy e Mavis são boas meninas.

— Você viu Tandy nos últimos dias?

— Faz dois dias, eu acho. Saímos para o trabalho na mesma hora.

— E isso aconteceu quando?

— Quarta... talvez quinta-feira. — A sra. Pason encolheu o ombro. — Todas as manhãs são iguais. Mantenho meu nariz longe da vida das pessoas e espero que elas façam o mesmo.

— Boa política.

— Puxa, obrigadíssima, sra. Pason. — Mavis sorriu abertamente quando voltou. — A senhora salvou minha vida. Será que não viu Tandy hoje, por acaso?

— Não, eu a vi faz dois dias, mais ou menos, conforme acabei de contar a esta sua amiga.

— Dois dias? — Mavis esticou a mão e agarrou o braço de Eve com força. — Dallas!

— Fique calma. Alguém apareceu para visitá-la desde que a senhora a viu pela última vez? — Eve quis saber.

— Não reparei. Costumo...

— Dallas, precisamos entrar lá. Temos de entrar no apartamento de Tandy. Você poderia usar sua chave mestra.

— Chave mestra? Que chave mestra? — quis saber a sra. Pason. — Vocês não podem sair por aí invadindo as casas das pessoas.

— Eu posso, sim — disse Eve, exibindo o distintivo.

— Você é da polícia? Ora, mas por que não disse logo? Vocês acham que aconteceu algo de ruim com aquela jovem tão simpática?

— Não — respondeu Eve, depressa. — Mas como ela não atende os *tele-links* nem a porta e você não se lembra de tê-la visto hoje, talvez seja melhor verificar o apartamento dela. Acho melhor Mavis ficar aqui.

— Vou entrar com você. — Mavis agarrou o braço de Eve. — Quero entrar também, só para ter certeza de que ela está bem.

— Tudo bem, tudo bem. — Se Tandy reclamasse por ter a casa invadida sem um mandado nem uma situação de emergência, era melhor ter Mavis por perto para ajudar.

Eve bateu mais uma vez na porta e pegou a chave mestra.

— Tandy, se você estiver em casa, sou Dallas e vim com Mavis. Vamos entrar. — Ela destrancou a porta e a abriu devagar.

A sala de estar era do mesmo tamanho da sala do apartamento no outro lado do corredor, ou seja, claustrofóbica. Tandy tentara enfeitá-la com cores suaves e uma cortina franzida na única janela. A cortina estava aberta para que duas plantas colocadas em vasos brancos pudessem aproveitar a fraca luz do inverno.

Na mesa que ficava diante de um sofá pequeno havia uma caixa embrulhada em papel branco com vacas roxas que pareciam dançar. A caixa estava fechada e um imenso laço roxo enfeitava o presente.

— Veja só, aquele é o meu presente! — apontou Mavis. — Eu comentei com Tandy o quanto esse papel era lindo quando estivemos na loja de bebês, algumas semanas atrás. Tandy! Tandy! Você está bem?

O lugar estava vazio — Eve percebeu isso logo de cara e deixou que Mavis entrasse.

Não havia sinais de luta, refletiu, enquanto analisava todo o apartamento. Nem indícios de saída apressada. O lugar estava limpo, organizado e com tudo no lugar.

— Vou conferir o quarto principal, que ela também vai usar como quarto para o bebê. — Mavis foi direto para a porta, mas Eve passou na sua frente e entrou antes.

A cama estava feita com capricho e ao lado havia um berço branco já preparado com lençóis azuis. Um pequeno carneiro de pelúcia fora colocado ali, olhando para o berço. Para Eve aquilo pareceu meio deslocado e muito assustador.

Por que será que as pessoas colocavam animais de fazenda para enfeitar as camas das crianças?

— Tandy não está aqui — sentenciou Mavis. — E essa é a mala que ela vai levar para o hospital. — Apontou para uma maleta em pé ao lado da porta.

Sem dizer nada, Eve foi até o banheiro. Havia uma toalha branca pendurada na barra da cortina do boxe. Quase dura de tão seca.

Do mesmo modo que a sala, o quarto estava limpo e arrumado de forma impecável. Só o essencial seria a expressão exata para descrever o ambiente, pensou Eve. Com exceção das coisas do bebê, Tandy não parecia uma mulher de guardar muitas tralhas.

Tinha apenas o básico e coordenava as peças de um jeito agradável, sem os excessos que a maioria das pessoas — e quase todas as mulheres, na opinião de Eve — mantinha à sua volta.

Voltou ao quarto onde Mavis ainda estava em pé, abraçando os cotovelos.

— Dallas, eu acho que...

— Não ache nada por enquanto. Não há nenhum indício de problemas por aqui, veja isso como um bom sinal. — Foi até o closet de Tandy e verificou suas roupas. Só o essencial ali também. Roupas básicas em tecidos de qualidade e cores simpáticas; quase todas eram peças para mulheres em avançado estado de gestação. Nenhum casaco nem agasalho — e também não havia casaco algum pendurado no cabideiro cromado ao lado da porta de entrada.

Uma bolsa marrom fora guardada no closet, mas estava vazia. Eve se lembrou de que Tandy tinha levado uma bolsa imensa e preta na noite em que tinham se conhecido.

— Não há sinal da sua bolsa, nem do casaco. Está com toda pinta de que ela saiu de casa e ainda não voltou.

— Mas então por que não responde às ligações para o *tele-link*? E por que não apareceu no chá de bebê?

— Certo, boas perguntas. Ainda não acabamos.

O fato é que um friozinho percorreu a espinha de Eve. Algo ali estava muito errado, mas não adiantava nada deixar Mavis ainda mais agitada.

Eve voltou à sala de estar, onde a linda caixa de presente fora colocada sobre a mesinha. Foi até a janela, junto das plantas com folhas muito verdes. Quando experimentou a terra com a mão, viu que ela estava igualzinha à toalha pendurada no banheiro: quase ressecada.

Virou-se na direção da cozinha, uma caixa menor embutida na parede da sala, que já era minúscula. Os balcões estavam limpos e sem tralhas. Numa pequena tigela estavam três maçãs e também havia uma tigela menor, uma caneca, um copo pequeno e uma colher deixada para secar ao lado da pia.

Também havia pratos de sobremesa, concluiu Eve. Caixa de cereais, conferiu, olhando os armários, suco, chá de ervas e um substituto de café descafeinado.

Eve viu também dois frascos com pílulas.

— São suplementos para o bebê. Vitaminas.

— Muito bem. Encontrei pratos e talheres para quatro pessoas. Ela recebe amigos?

— Acho que não. Eu e Leonardo estivemos aqui uma vez e nós a recebemos em casa duas vezes. Não está envolvida com ninguém. Tipo um namorado, por exemplo. Seu foco é unicamente o bebê.

Mavis se virou e reparou para onde Eve olhava, na direção da parede.

— Ah, esse é o calendário dela. Não é lindo esse bebê vestido de tulipa?

Eve achava que vestir um ser humano de flor, mesmo um recém-nascido, era uma ideia completamente idiota, mas Mavis continuou a falar.

— Há um bebê diferente para cada mês do ano e... Ei, ela não marcou um X nos últimos dois dias.

Eve já havia reparado. Todos os dias do mês estavam marcados com um X, mas só até quinta-feira. Os dedos de Mavis se enterraram com mais força no braço de Eve e estavam trêmulos.

— Ela marcou cada dia que falta para o Dia B. Dia do Bebê. Viu só? Olhe ali: trinta e um de janeiro. Ela desenhou um coração em torno desse dia e riscou todos os outros, numa contagem regressiva. Mas o dia de ontem não está marcado.

Cheios de medo, os olhos de Mavis se fixaram nos de Eve.

— Nem o sábado. Mas ela desenhou pequenas xícaras de chá perto da data de hoje e escreveu meu nome... Chá de bebê de Mavis. Oh! — Ela pressionou a lateral da barriga com uma das mãos.

— Não invente moda! Você não vai entrar nessa agora. Respire fundo ou algo assim.

Nascimento Mortal

— Tudo bem, é só o bebê chutando. Mas acho que meus joelhos estão fracos. E estou meio enjoada.

Movimentando-se tão depressa quanto conseguiu, Eve enlaçou Mavis com um dos braços, levou-a até a sala de estar e a colocou sentada numa poltrona.

— Sente-se, feche os olhos e respire fundo. Normalmente eu iria sugerir que você colocasse a cabeça entre os joelhos, mas acho que isso seria fisicamente impossível no momento.

Isso fez Mavis dar uma leve risada ao obedecer Eve e respirar fundo.

— Estou numa boa, sério mesmo. Só apavorada e preocupada. Algo aconteceu a Tandy, Dallas. Você tem de encontrá-la.

— É o que vou fazer. Ela escreveu "Max às oito" no quadro da sexta-feira. Quem é Max?

— Não sei. Ela não está saindo com ninguém. Teria me contado se estivesse namorando.

— Escute. — Eve se agachou diante da poltrona. — Em primeiro lugar eu vou verificar nos prontos-socorros e maternidades. Também vou pegar o nome da chefe dela na loja para lhe dar uma ligada e ver se Tandy apareceu para trabalhar na quinta-feira.

— Seria ótimo. Pode ser que ela tenha entrado em trabalho de parto, talvez tenha sido levada para a maternidade mais próxima. Quem sabe?

— Claro. Às vezes a solução mais simples é a verdadeira.

— Mas, se isso aconteceu na quinta-feira, por que eu não soube de nada? Meu Deus!... E se ela perdeu o bebê? — Mavis esticou os braços e apertou as mãos de Eve com dedos que pareciam tornos.

— Quem sabe ela sofreu algum acidente e...

— Pode ser que esteja passando por um daqueles partos de dezesseis horas, arrasada demais para falar com você ou com alguém. Acalme-se, Mavis.

— Você vai achá-la.

— Sim, vou fazer algumas ligações e, se isso não esclarecer nada, vou entrar em contato com a Unidade de Pessoas Desaparecidas, só por precaução.

— Não. Não, você tem de encontrá-la. — Mavis apertou a mão dela com mais força. Não pode entregar o caso dela para outra pessoa. Se for você a tira que vai procurar por ela, sei que a encontrará. Sei que vai!

— Mavis, sou da Divisão de Homicídios, estou atolada até o pescoço num caso de duplo assassinato. A Unidade de Pessoas Desaparecidas está mais preparada para lidar com esse tipo de coisa. Vou dar início ao trabalho de pesquisa on-line e provavelmente vamos encontrá-la mais depressa, numa boa. Caso eu não consiga descobrir o paradeiro dela até amanhã...

— Por favor! — Lágrimas surgiram nos olhos de Mavis e pareceram dançar. O fato de elas não terem transbordado nem se transformado num ataque de choro foi ainda mais comovente.

— Preciso que você faça isso, Dallas. Não conheço ninguém na Unidade de Pessoas Desaparecidas, conheço você! Sei que você vai encontrar Tandy. Ela não tem ninguém que possa tomar conta dela, mas com você ela ficará bem.

— Mavis...

— Estou apavorada com esse sumiço dela. — Apertou as mãos unidas sobre a barriga. — E com o bebê. Se eu souber que é você que está procurando por eles, não ficarei tão apavorada.

— Tudo bem, então. Vou providenciar isso. Mas agora você tem de ir para casa descansar.

— Mas eu quero ajudar a...

— O trato é esse, Mavis. Se não for assim, nada feito! Eu a procuro, mas você vai para casa. Vou entrar em contato com Leonardo e pedir que ele venha buscar você aqui.

— Mas você me avisa assim que souber de alguma coisa?

— No mesmo instante.

Nascimento Mortal

Não apenas Leonardo apareceu, mas também Roarke, Peabody e McNab.

— Acabamos de guardar todos os presentes — avisou Peabody.

— Nenhum sinal de Tandy?

— Ainda não. Vão na frente com eles para dar uma ajuda a Leonardo. Vou conversar com algumas pessoas.

— Dallas vai encontrar Tandy — garantiu Mavis.

— Claro que vai. — A voz de Leonardo era calma e confiante quando ele abraçou Mavis e a aninhou junto de seu peito, mas seus olhos estavam cheios de preocupação quando fitaram os de Eve. — Vou levá-la para casa, bonequinha, você teve um longo dia.

— Dallas? — McNab ergueu a mão. — Que tal se eu for com eles para dar uma ajuda a Leonardo? Posso ligar quando chegar lá e voltar caso você precise de mais gente aqui.

— É uma boa. — Desde que eles levassem Mavis para casa e a obrigassem a se deitar. O tom rosado em seu rosto havia se transformado numa palidez tensa.

— Encontre Tandy, por favor.

— Claro — prometeu Eve. — Não se preocupe.

— Vai ficar tudo bem agora. — Mavis foi até onde Eve estava, envolveu-a com os braços e suspirou. — Agora tudo vai acabar numa boa, já que você vai cuidar do caso.

— Você está muito cansada, meu docinho de coco — disse Leonardo, levando-a para fora do apartamento. — Vamos deixar Dallas trabalhar. Você e sua barrigona precisam de um belo cochilo.

No instante em que a porta se fechou depois da saída deles, Eve passou as mãos pelo cabelo e desabafou:

— Merda!

— Quer que eu comece a interrogar os vizinhos ou prefere que eu verifique o *tele-link*? — perguntou Peabody.

— Pegue o *tele-link*, obrigada. Ligue para todos os prontos-socorros e maternidades. Ligue para a chefe dela, descubra o que houve na quinta-feira e se ela passou por alguma mudança de rotina.

— Você acha que algo errado aconteceu com ela — declarou Roarke.

— Sim, acho. Talvez o estado de nervos de Mavis tenha me contagiado, mas o fato é que há algo de errado aqui. Veja este lugar — continuou ela, abrindo os braços — Tudo limpo e arrumado, nem um fio de cabelo fora do lugar.

— Parece um ninho — concordou Peabody. — Ela estava tornando o ambiente bom para a chegada do bebê.

— Pode ser, sei lá. Ela é muito organizada, eu diria que é uma característica. — Eve lhes contou sobre o calendário. — Através dele, dos indícios das toalhas e a terra das plantas completamente secas, acho que ela não voltou mais para casa desde que saiu para o trabalho na quinta-feira de manhã.

Respirou fundo.

— Não manjo muito dessas coisas, mas, se ela teve o bebê de forma inesperada, por que não entrou em contato com alguém, Mavis ou sua chefe, nem lhes pediu para vir pegar a mala já preparada para o hospital?

— Pode ter saído algo errado com o bebê.

Eve assentiu com a cabeça para Peabody.

— Sim, vamos descobrir isso.

— O que posso fazer para ajudar? — quis saber Roarke, e Eve soprou o ar com força.

— Bem, já que estamos atropelando todos os direitos civis de Tandy ao invadir sua casa, você pode aproveitar para dar uma olhada nas gravações dos *tele-links* dela e nos dados do computador. Veja se descobre alguma coisa estranha.

— Quer que eu entre em contato com a Unidade de Pessoas Desaparecidas?

— Ainda não. Antes eu preciso arrumar um jeito de convencê-los a me deixar investigar o desaparecimento, caso não a encontremos nas próximas horas. Se isso acontecer, Mavis vai ficar desarvorada mais uma vez.

Eve começou então pela sra. Pason do outro lado do corredor. A maioria dos inquilinos conhecia Tandy pelo nome, o que foi uma surpresa. O resto já a tinha visto no elevador. Mas nenhum deles se lembrava de tê-la encontrado nos últimos dois dias.

Eve estava no primeiro andar se preparando para bater na última porta quando apareceu atrás dela uma mulher trazendo um menino pela mão. A criança estava tão encapotada com roupas de frio que só seus olhos imensos estavam de fora.

— Você procura alguém? — Quando falou, a mulher tomou a frente da criança, protegendo-a atrás de si.

— Procuro, sim. Você mora aqui?

— Sim, essa é a porta do meu apartamento. O que você quer?

Eve exibiu o distintivo, e a mulher uniu as sobrancelhas numa expressão de estranheza.

— Escute, se meu ex-marido está em apuros novamente, eu não tenho nada a ver com isso. Não o vejo faz mais de um ano e é assim que eu quero que as coisas continuem.

— Trata-se de Tandy Willowby, do apartamento 4-B.

— Olhe, se Tandy fez alguma coisa errada a ponto de atrair a polícia, vou levantar voo no primeiro porco com asas que passar por aqui.

— Qual foi a última vez em que você a viu?

— Escute, sem querer ofender, mas sempre achei os tiras um pé no saco. Se você veio perturbar Tandy por algum motivo, não vai conseguir nada de mim.

— Não pretendo incomodar ninguém, apenas encontrá-la. Ninguém a viu nos últimos dois dias. Sou amiga de uma companheira dela.

— Quem é essa tal amiga?

— Mavis Freestone.

— Você é amiga de Mavis? — Os olhos dela se estreitaram.

— Isso mesmo. Hoje foi o chá de bebê de Mavis. Tandy não apareceu, Mavis ficou preocupada, passamos aqui para procurá-la e ela não está em casa. Parece que está fora desde quinta-feira. Você a viu ontem ou hoje?

— Puxa, que barra! Entre. Eu e Max estamos suando dentro desses casacos pesados.

— Max? — Eve olhou para os olhinhos emoldurados por um capuz vermelho acolchoado.

— Sim, Max é meu filho, a única coisa boa que ficou do meu ex. Vamos, entrar, amigão — disse ela ao menino. — Sou Zeela — acrescentou, olhando para Eve. — Zeela Patrone.

— Dallas. Tenente Dallas.

Zeela destrancou a porta e deixou o menino entrar na frente. Depois o segurou pelo casaco, agachou-se e sorriu para ele.

— Você está aí, Maximum Force? Olhe para mim. Ah, aí está meu super-herói!

Ele riu enquanto ela lhe despia o casaco, desenroscava o cachecol e lhe tirava as luvas. Por baixo de tudo aquilo o menino robusto vestia um macacão e uma camisa xadrez em vermelho-vivo.

— Vá brincar no seu quarto por alguns minutos, combinado?

— Posso tomar suco?

— Assim que eu acabar aqui.

Ele puxou a mãe pela mão e lhe sussurrou algo no ouvido dela.

— Acho que não, bonitão. Vá brincar com seus caminhõezinhos. Faça uma corrida com eles enquanto mamãe acaba de conversar com essa moça simpática. Bom garoto!

Nascimento Mortal

Quando ele se afastou caminhando de forma ainda insegura, Zeela se levantou e sorriu.

— Esse menino é um verdadeiro milagre. Não herdou um único gene ruim do seu pai, até onde eu observei. É doce, divertido e inteligente. Alguém lá em cima resolveu me dar um refresco na vida. Ele me perguntou se a moça alta poderia ficar aqui para fazermos uma festa do chá.

— Obrigada, mas eu não vou poder. E em relação a Tandy Willowby?

— Ah, claro. Não, eu não a vi. Aconteceu uma coisa estranha. Tínhamos combinado de ela descer até aqui ontem à noite, sexta-feira, para tomar conta de Max. — Com ar distraído, Zeela passou os dedos pelo cabelo achatado por efeito do gorro. — Resolvi me dar um presente e assistir a um vídeo com um carinha gente fina que vivo encontrando da *delicatéssen* ali adiante, nesse mesmo quarteirão. Deixei de sair com homens desde que Max nasceu, esse seria meu primeiro "voo solo". Tandy combinou de descer para tomar conta de Max.

— Mas não apareceu.

— Pois é. Liguei lá para cima e cheguei a subir. Ninguém respondeu. Devo confessar que fiquei uma arara. — Enquanto falava, foi pendurando os casacos em ganchos ao lado da porta de entrada. — Achei que Tandy tinha se esquecido do combinado ou talvez estivesse cansada demais. Max ficou desapontado porque gosta muito dela. Ambos estávamos loucos para que sexta à noite chegasse logo e ela nos deixou na mão. Decidi ficar revoltada. Agora me pergunto se deveria ter ficado preocupada.

— Você a conhece muito bem?

— Passamos a ser amigas nos últimos meses. Já passei pelo mesmo que ela... tive um filho por conta própria. A senhora já verificou com a parteira? Ela pode ter entrado em trabalho de parto, faltava pouco tempo.

— Minha parceira está no apartamento de Tandy investigando isso. Ela lhe contou alguma coisa sobre o pai do bebê?

— Pouca coisa. Só que ele tinha ficado na Inglaterra depois de sair de cena. Sem rancores, me parece. Pensei que eles tivessem se separado de comum acordo.

— Alguma vez ela mencionou o nome dele?

— Acho que não. Pelo menos não que me lembre. Basicamente me contou que o controle de natalidade falhou e ela engravidou. Isso acontece. Tandy não estava em busca de uma família permanente por enquanto, achou que ainda não estava pronta para encarar a rotina. Percebeu que tinha entrado nessa depois de engravidar, mas decidiu vir para Nova York e começar uma vida nova, do zero, num novo cenário. Isso é tudo o que eu sei.

— E quanto a outros amigos ou homens com os quais pudesse estar se encontrando?

— Ela é uma pessoa simpática e sociável. Mavis aparecia de vez em quando. Já conheci uma das colegas com quem ela trabalha e às vezes ela sai com a sra. Pason, sua vizinha de frente. Vão juntas para o trabalho quase todo dia. Quanto a homens, ela não estava nessa. Pelo menos não agora.

— Você teve a impressão, em algum momento, de que ela estava preocupada com alguma coisa ou com alguém?

— Não, muito pelo contrário. Estava animada, empolgadíssima, pronta para ser mãe. Agora fiquei preocupada. Nova York devora as pessoas. Não me agrada pensar que esta cidade possa ter arrancado um pedaço de Tandy.

— Nada — relatou Peabody quando Eve voltou ao apartamento de Tandy. — Sei que sua parteira é a mesma de Mavis e liguei para ela. Randa Tillas. Ela me garantiu que não viu mais Tandy nem falou com ela desde a última consulta, segunda-feira. Ela estava ótima, tudo dentro do esperado. Contatei a chefe dela no trabalho. Tandy tirou a sexta-feira de folga, mas avisou que iria trabalhar neste domingo, amanhã, de meio-dia às seis. Eles iam diminuir sua carga horária.

— Ela apareceu para trabalhar na quinta-feira?

— Sim, na hora de sempre. Fez as oito horas de costume, foi um dia cheio. Entrou às nove e saiu às seis. Teve três intervalos para descanso ao longo do dia e mais uma hora de almoço, mordomia para grávidas. Passou todas as folgas de quinta-feira na sala do fundos com os pés para cima. Não saiu da loja o dia todo, até seis da tarde, e ninguém ligou para ela pelo *tele-link* da loja. Não sei se recebeu alguma ligação em seu *tele-link* pessoal.

— Como ela costuma ir e voltar do trabalho?

— Sua chefe disse que ela pega o ônibus. Anotei a linha e a rota. O motorista da empresa que trabalhou na quinta-feira está de folga hoje. Podemos contatá-lo em casa ou conversar com ele amanhã, mas já soube que ele está em casa.

— Então vamos falar com ele agora.

— Entrei em contato com os centros de saúde e as maternidades que ficam próximas ao local de trabalho e à residência dela. Ninguém com o nome de Tandy deu entrada.

Eve esfregou os olhos.

— Muito bem, vamos então estender a área de pesquisas. E vamos investigar se algum paramédico atendeu a uma mulher grávida que combina com a descrição dela.

Olhou para trás quando Roarke saiu do quarto.

— Conferi os *tele-links* e o computador dela — informou ele. — Nenhuma ligação para fora desde quarta-feira à noite, quando ela conversou com Zeela Patrone, que mora neste prédio.

— Sim, já peguei o depoimento dela. Tandy combinou de tomar conta do filho de Zeela na sexta à noite, mas não apareceu nem ligou para cancelar o compromisso. Ela recebeu alguma ligação?

— Nada na quinta-feira. Sexta à noite tem uma ligação do filho da vizinha, por volta de sete da noite, obviamente incentivado pela mãe. "Você vai descer para brincar comigo?" ou algo nessa linha. Outra ligação pouco depois das oito, feita pela mãe levemente irritada, perguntando onde Tandy estava e se ela se esquecera do combinado. Também encontrei ligações de Mavis, feitas de nossa casa. Mais nada.

— E o computador?

— Nada que pareça útil. Ela navega em sites sobre bebês, gravidez e cuidados com crianças. Troca e-mails com Mavis. Tem os endereços eletrônicos de Mavis guardados e também os da parteira, da vizinha de baixo, do seu trabalho e de algumas colegas. Pessoas em pequeno número, mas preciosas, pelo que percebi — acrescentou. — Mais nada, Eve.

— Nada que indique que ela tenha fugido de alguém — completou Eve. — Se tivesse sofrido algum acidente, eles teriam entrado em contato com os médicos dela. Uma mulher tão organizada certamente teria essas informações na bolsa, listadas na agenda eletrônica ou no *tele-link* portátil. Por que alguém iria sequestrar uma mulher em estado tão avançado de gravidez?

— Pelo bebê — respondeu Peabody.

— Sim, pelo bebê. — Um pensamento sombrio e cruel, decidiu Eve. Mas havia coisas ainda mais sombrias e cruéis. — Ou porque existem doentes mentais por aí que estupram e/ou matam mulheres grávidas. Vamos dar uma olhada no CPIAC, o Centro de Pesquisa Internacional de Atividades Criminais, para ver se há registro de crimes desse tipo. Quero uma varredura completa sobre o passado de Tandy. Quando as coisas parecem calmas, normais e arrumadas em demasia, é sinal de que existe algo obscuro por trás.

— Mavis sabe quem é o pai do bebê? — quis saber Roarke.

— Não. Mas vamos descobrir.

— Vou entrar em contato com McNab e pedir para ele nos encontrar na Central.

— Não. Antes disso eu preciso resolver algumas coisas com a Unidade de Pessoas Desaparecidas. Estamos pisando em ovos, aqui.

Parou de falar e alinhou algumas ideias.

— Vá para casa e faça a busca por crimes desse tipo. Se Mavis estiver acordada, passe lá e pergunte se ela sabe alguma coisa sobre o que Tandy fazia na Inglaterra, o que ela contou sobre o pai do bebê, a família dela, esse tipo de coisa. Vamos pesquisar o passado de Tandy, mas pode ser que Mavis saiba mais do que imagina. Mantenha-a calma, você é boa nisso. Diga-lhe que estou resolvendo algumas coisas com as pessoas certas.

— Podemos ajudar Leonardo a guardar e instalar alguns dos presentes do bebê. Isso vai ajudar a distraí-los.

— Se você diz, eu acredito. Roarke, você vem comigo?

— Sempre, querida.

Quando eles entraram na viatura, Roarke se virou para Eve.

— Você acha que ela foi sequestrada, certo?

Eve pensou na loura linda e alegre, e se lembrou de quando ela comentou que estava louca para ir ao chá de bebê de Mavis.

— Não vejo motivo para ela ter fugido. Não há provas de sequestro ou armação, mas, sim, é o que parece.

— Se você der a Mavis algum tempo para se acalmar, acho que ela vai aceitar que o caso seja entregue ao setor de pessoas desaparecidas e você vai escapar do rolo.

— Você não a ouviu, nem viu como estava. — Resignada com a situação, Eve balançou a cabeça. — Além de tudo isso, que já não é pouco, eu prometi a ela que pegaria o caso. Basta convencer a Unidade de Pessoas Desaparecidas para deixar tudo comigo e depois convencer Whitney de que eu posso assumir o caso sem atrapalhar a investigação já em curso.

Ele passou a mão no cabelo dela.

— É melhor convencer você mesma, antes.

Ela sorriu de leve.

— Estou trabalhando nisso.

Capítulo Treze

Ao chegar à Central, Eve se separou de Roarke. Pediu para que ele fosse diretamente para a Divisão de Homicídios e esperasse por ela em sua sala. Foi na mesma hora para a Unidade de Pessoas Desaparecidas.

— Talvez eu precise oferecer um incentivo a alguém para conseguir o caso — avisou a Roarke.

Ele virou a cabeça meio de lado, e seus lábios lindos se curvaram num sorriso fácil.

— Um suborno.

— Suborno é uma palavra forte demais. Tá legal, talvez eu precise fazer isso. Esportes ou bebida, provavelmente. Esses são sempre os focos de interesse, mas prometo não exagerar.

— Subornar tiras para eles não fazerem seu trabalho é uma tradição antiga.

— Ei, que papo é esse?

— Faça o que precisar fazer, tenente. — Ele riu. — Estarei em sua sala.

Eve não sabia quem estava de folga ou de plantão no fim de semana, mas torceu para que fosse alguém com quem ela tivesse relações boas e cordiais.

Se não acontecesse isso, teria de começar do zero com a pessoa que estivesse no comando. Se a negociação emperrasse e um incentivo não resolvesse a parada, ela teria de ir direto a Whitney, mas tal opção era algo que preferia evitar.

Viu que estava com sorte quando avistou a tenente Jaye Smith pegando o que lhe pareceu uma barra de cereais na máquina automática do corredor.

— Olá, Smith.

— Oi, Dallas. Você também pegou o turno de sábado à noite?

— Não exatamente. — Eve balançou algumas fichas de crédito no bolso. — Você poderia pegar uma lata de Pepsi para mim, por favor?

— Claro, mas vai ser por minha conta.

— Obrigada.

— Gostei do casacão. Couro é fantástico, não?

— Acho que sim. Obrigada — repetiu Eve quando a tenente Smith lhe entregou a lata. — Você tem um minutinho para mim?

— Claro. No salão de descanso ou na minha sala?

— Prefiro a sua sala.

— Negócios, então. — Assentindo com a cabeça, Smith seguiu na frente.

A tenente tinha quase cinquenta anos de idade, lembrou Eve, e estava na polícia fazia mais de um quarto de século. Casada, tinha um filho, talvez dois. Não muito alta, talvez um metro e sessenta, mas estava em forma e era musculosa. Seu cabelo tinha muitos tons de louro e ela o usava num corte reto com pontas irregulares que iam até um pouco abaixo do seu maxilar.

Usava a arma num coldre de quadril coberto por uma camiseta azul marinho.

Eve sabia que a tenente Smith era uma tira muito séria e desistiu da ideia de lhe acenar com entradas para eventos esportivos ou bebidas. Com Smith era melhor ser direta, franca e descrever a questão logo de cara.

A sala da tenente Smith era maior que a de Eve — a maioria das salas da Central eram assim; havia duas cadeiras para visitantes razoavelmente confortáveis e uma mesa em aço escovado que parecia nova.

Sobre ela estavam o sistema padrão de comunicação e dados, pilhas de arquivos e uma foto emoldurada de dois adolescentes — um de cada sexo — que Eve imaginou que fossem seus filhos.

No AutoChef da sala, Smith serviu para si mesma uma caneca de chá tão forte que parecia café e apontou para uma cadeira. Em vez de se colocar atrás da mesa, Smith se sentou na outra cadeira e se virou para Eve.

— Então, qual é o caso. Algum conhecido seu sumiu?

— Sim, alguém parece ter desaparecido e preciso que você me faça um favorzão.

— Se quiser que eu coloque a ficha de uma pessoa desaparecida no alto da pilha, dá para fazer isso numa boa. — Erguendo-se, ela abriu uma das gavetas do armário para pegar um gravador e um caderninho, mas Eve balançou a cabeça para os lados.

— Não é exatamente isso. Vou lhe explicar a situação.

Eve contou tudo com detalhes e observou o rosto de Smith, que ouvia com atenção.

— Você está pensando em sequestro, e realmente é possível. Só que, no caso de uma mulher grávida, estrangeira, sem parceiro nem família em nosso país... É um prato grande com várias porções de emoções conflitantes. Ela pode ter entrado em crise e voltado para casa.

— Pode, sim. O problema é que ninguém que a conhece imagina que ela tenha feito isso.

— Mas você não a conhece — ressaltou Smith. — Pelo menos, não em profundidade.

— Não, mas a encontrei pessoalmente duas vezes e deu para ter uma boa percepção. Não imagino que tenha fugido, nem que tenha tirado alguns dias para descansar sem contar a ninguém. Ainda por cima perdendo um evento ao qual estava louca para ir e deixando tudo para trás.

— Você disse que verificou os *tele-links*. Nenhuma ligação dela ou para ela indicam algum plano de viagem. — Smith apertou os lábios, pensativa. — Temos um compromisso que ela não honrou, uma festa à qual não apareceu, mesmo com um presente pronto e já embrulhado. Muito bem, parece que você tem um caso da minha área.

— A linha de tempo e as circunstâncias apontam para algo que aconteceu depois que ela saiu do trabalho e antes de ter chegado em casa.

— Concordo com sua avaliação. — Recostando-se na cadeira, Smith provou o chá escuro e forte. — E você não quer que eu abra uma ficha nem que investigue o caso?

— Sabe essa amiga de quem eu lhe falei, a outra grávida? Ela está aflita com essa história e... — Eve soltou o ar pela boca com força. — Tudo bem, confesso: ela me colocou numa situação delicada com relação a isso. Vim lhe pedir para que você me deixe investigar o caso. — Não pretendo chutá-la para escanteio — continuou Eve quando Smith olhou por sobre a borda da caneca com o cenho franzido. — Aliás, agradeceria muito qualquer ajuda ou dica que você possa me dar, mas Mavis está com um daqueles pratos cheios de emoções conflitantes e espera que eu assuma as buscas pela amiga.

Nascimento Mortal

— Ela conhece você, mas não me conhece, nem alguém desta unidade.

— Resumo perfeito, isso mesmo. Mavis e eu somos amigas há muito tempo. Não a quero mais aflita e perturbada com isso do que já está.

— De quanto tempo ela está?

— Mavis, na gravidez? — Eve puxou as pontas dos cabelos. — Em contagem regressiva. Ainda faltam duas semanas, no máximo. Prometi a ela que cuidaria disso pessoalmente e vim lhe pedir que você me deixe cumprir essa promessa.

— Por acaso sua amiga é a Mavis Freestone, sensação do cenário musical atual?

— Essa mesma.

— Tenho uma filha de dezoito anos que é louca por ela.

Eve sentiu a tensão nos ombros diminuir.

— Talvez ela goste de ganhar passes livres para passear pelos bastidores na próxima vez que Mavis se apresentar aqui na cidade. Ou em qualquer outro lugar, se você não se importar de deixá-la ser levada até o local do show num jatinho particular.

— Puxa, isso me transformaria na heroína dela pelo resto da vida, mas me parece um pouco com suborno — disse, rindo.

Eve riu também.

— Um suborno excelente, por sinal. Eu tinha pensado em bebidas ou entradas para algum grande jogo, caso precisasse. Obrigada, Smith, mas muito mesmo.

— Eu também tenho amigas e não gosto de decepcioná-las. Vou só lhe dizer do que preciso, Dallas: você vai me enviar uma cópia de cada relatório, cada declaração que conseguir ou anotação que fizer. Vou abrir uma pasta de acompanhamento aqui, e caso em algum momento eu sentir necessidade de entrar em cena, indicar alguém para ajudar você ou assumir o caso, não quero ouvir reclamações.

— Não reclamo, e fico lhe devendo essa.

— Encontre a desaparecida e o bebê, e nós ficaremos quites uma com a outra. — Smith pegou um cartão. — Não tenho nenhum caso semelhante a esse no momento, mas vou procurar para ver se já aconteceu algo assim aqui na cidade.

— Obrigada de verdade. Por tudo.

— A pessoa desaparecida é o fator mais importante, não quem está à frente do caso. Os números dos meus *tele-links* de casa e o pessoal estão nas costas deste cartão. Pode me ligar a qualquer hora do dia ou da noite.

Eve pegou o cartão e ofereceu a mão.

De volta à sua sala, encontrou Roarke em sua mesa, trabalhando no computador. Ele ergueu a cabeça para vê-la e ergueu as sobrancelhas, numa pergunta muda.

— Está tudo resolvido. Tive sorte — anunciou ela.

— Ótimo, então. Já comecei a levantar informações sobre o passado de Tandy. Quer trabalhar nisso daqui ou de casa?

— Nem aqui nem lá, por enquanto. No momento precisamos conversar com um sujeito que dirige um ônibus.

Braunstein era o sobrenome do motorista do ônibus. Tinha mais de noventa quilos de gordura compacta e vestia uma camiseta larga dos New York Giants. Tinha cinquenta e dois anos, era casado e passava os sábados à noite assistindo aos jogos da pós-temporada no telão da sala em companhia do cunhado e do filho, enquanto a esposa, a irmã e a sobrinha assistiam a filmes só para garotas — nas suas palavras — no cinema local.

Sua irritação por ser interrompido pela polícia foi óbvia, mas só até Eve mencionar o nome de Tandy.

— Ponte de Londres? É assim que a chamo, de tão enorme que ela está. É claro que eu a conheço, volta para casa comigo quase todas as noites. Traz sempre o cartão pré-pago na mão, coisa que muita gente não faz. Tem um sorriso lindo. Senta no banco que fica atrás de mim. Quando alguém se senta no seu lugar, eu o faço levantar para ela se sentar ali. Aviso que é por causa do seu estado e tudo o mais. No Natal ela me trouxe uma bela lata de biscoitos caseiros preparados por ela mesma. Está em alguma enrascada?

— Ainda não sabemos ao certo. Ela voltou com você para casa na quinta-feira à noite?

— Quinta-feira... — Ele coçou o queixo, que precisava ser barbeado urgentemente. — Não. Engraçado a senhora mencionar isso, tenente, porque eu me lembro de ela dizer "Nos veremos amanhã, sr. B" quando saltou na quarta-feira. Ela sempre me chama de "sr. B". Carregava uma caixa grande embrulhada num papel engraçado e enfeitada com um laço gigante.

Ele olhou para trás quando seus dois companheiros explodiram de raiva e reclamaram do jogo. "Bola fora é a mãe, seus ladrões", um deles berrou.

— Malditos juízes — murmurou Braunstein. — Desculpe o palavreado deles. Como eu dizia, perguntei a ela sobre o presente quando ela entrou no ônibus. Ela me disse que iria participar de um chá de bebê no fim de semana. O que houve? Essa menina está ferida ou algo assim? Eu lhe disse que ela devia entrar logo de licença-maternidade, já que o parto estava tão perto. Eles estão bem, ela e o bebê?

— Espero que sim. No ônibus alguma vez você notou alguém prestando muita atenção a ela? Talvez se aproximando demais ou a encarando longamente? Algo desse tipo?

— Não, e eu teria reparado. — Coçou a barriga imensa. — Costumo tomar conta dela durante a viagem, entende o que quero dizer? Há muitos passageiros regulares e alguns puxam assunto com ela do jeito que as pessoas fazem quando veem uma mulher com barrigão. "Como você está passando?" ou então "É para quando?", "Já escolheu o nome?", esse tipo de papo. Mas nunca vi alguém que a importunasse. Eu não permitiria.

— E aquelas pessoas que costumavam saltar no mesmo ponto que ela?

— Sim, há alguns passageiros regulares e outros. Mas nunca percebi algo incomum ou estranho. Alguém feriu essa menina? Por favor, me conte, porque eu me sinto uma espécie de tio honorário. Ela foi ferida?

— Não sei. Ninguém a viu desde quinta-feira por volta de seis da tarde, até onde eu investiguei.

— Puxa, por Deus. — Mas Braunstein desta vez não esboçou reação aos gritos e xingamentos que vinham da sala de estar. — Meu Jesus, isso não está certo.

As pessoas gostam dela — comentou Eve, enquanto dirigia. — Do mesmo modo que gostavam de Copperfield e Byson.

— Coisas más acontecem com pessoas que são queridas — assinalou Roarke.

— Sim, eu sei, e como! Vou passar na loja onde ela trabalhava e caminhar dali até o ponto de ônibus apenas para sentir o local.

Do lado de fora da Cegonha Branca, Eve observou o tráfego que seguia com rapidez pela Avenida Madison. Era mais tarde do que no dia em que Tandy saíra do trabalho e também era sábado, em vez de um dia de semana. Mas a noite caíra por volta de seis horas e, pelo que Eve lembrava, o dia estava nublado e sombrio.

A iluminação pública já estava acesa, refletiu, e os faróis dos carros cortavam o ar úmido.

— Muito frio — disse, para si mesma. — Pessoas encapotadas como agora. Andando depressa, certamente a maioria delas caminhando realmente rápido, loucas para voltar para casa ou chegar aonde estavam indo. Jantar antecipado, um drinque depois do expediente, tarefas a cumprir a caminho de casa. Ela saiu e teve de andar até a Quinta Avenida para pegar o ônibus. Desceu dois quarteirões e teve de andar mais um até o ponto.

Eve começou a caminhar com Roarke logo atrás.

— Ela seguiu os sinais de trânsito. A partir do momento em que chegou na calçada, pode ter ido até o segundo quarteirão para descer depois. Ou então atravessou até a rua de baixo e caminhou os dois quarteirões por lá. Vamos andando.

— Não temos como saber qual dos dois caminhos ela pegou.

— Não. — Como pegou o primeiro sinal aberto, Eve atravessou a rua. — O local menos provável para ela ter sido pega, se é que isso aconteceu, é a esquina. Muita gente, todos juntos. Deve ter sido abordada por trás.

Ela demonstrou o que dizia quando estavam no meio do quarteirão; atrasou-se alguns segundos, depois acelerou o passo e colocou um dos braços em torno da cintura de Roarke.

— Usou uma arma? — especulou ele. — Se não usou, ela deve ter reagido, gritado ou lutado. Mesmo a pessoa mais cansada do mundo iria parar ao ver uma mulher em gravidez avançada em apuros.

— Uma arma — concordou Eve. — Mas pode ser alguém que ela conhecia. Oi, Tandy! — Eve ajeitou o braço e enlaçou Roarke com mais força. — Como vai você? Nossa, que barrigão, que tal uma carona até em casa? Meu carro está bem ali.

— É possível. — Roarke se virou para oeste ao lado de Eve, a caminho da Quinta Avenida. — Quem ela poderia conhecer?

— Clientes, vizinhos, alguém das aulas de auxílio para o parto. Ou alguém da Inglaterra. O pai do bebê... A pessoa deve ter usado força ou foi alguém que lhe era familiar. Talvez as duas opções. A coisa deve ter acontecido de forma rápida e silenciosa, porque qualquer pessoa iria reparar numa grávida lutando contra alguém. Vamos exibir a foto dela na vizinhança para ver se alguém se lembra.

Quando chegaram à Quinta Avenida, Eve tomou a direção norte para fazer a rota alternativa.

— É provável que ele a tenha pego na rua lateral — disse Eve —, onde há menos tráfego que nas avenidas. Tinha de ter um veículo para isso ou então... — Olhou para cima, analisando os apartamentos que davam para a rua — ...um lugar aqui perto. Nesse caso foi preciso levá-la para dentro do prédio sem ninguém reparar. Não gosto dessa possibilidade, mas é plausível.

— Por que acha que ela deixaria de resistir depois de chegar ao veículo?

— Força? Ela pode ter sido sedada ou teve medo. Talvez haja mais de um raptor. Se foi alguém conhecido, ela pode ter ficado feliz por encontrar essa pessoa e, diante da possibilidade de caminhar menos, aceitou a carona.

Eve olhou a região quando atravessou a rua e voltou na direção da Madison Avenue. A maioria das pessoas se move depressa, quase todas com as cabeças ou os olhos para baixo. Cuidando das suas vidas, fechados em suas conchas.

— Alguém disposto a correr riscos pode ter se movido com rapidez e de forma silenciosa. Dá para pegar uma mulher na calçada numa boa, isso acontece. Foi numa das ruas laterais — repetiu. — Isso faz mais sentido, mas não dava para ele ter certeza sobre qual dessas ruas ela iria usar. Certamente ele não estacionaria o carro na rua, supondo que estivesse de carro. Pelo menos se estivesse sozinho. E tivesse conseguido vaga. Um estacionamento perto do trabalho dela seria a melhor ideia.

— É o mais lógico — concordou Roarke, e pegou o tablet. Digitou alguma coisa e confirmou com a cabeça. — Existe um estacionamento na Rua 58 entre a Madison e a Quinta.

— Muito conveniente, certo? Seria preciso levá-la apenas duas quadras para o sul. Vamos dar uma olhada lá.

Eve quis caminhar até o local, mais uma vez pegando a rota mais lógica. Era um estacionamento automatizado, sem atendente humano ou androide. Num sábado à noite como aquele, estava lotado.

Havia uma câmera de segurança, mas, mesmo que estivesse funcionando, Eve sabia que o disco seria apagado a cada vinte e quatro horas. Anotou o número indicado para contato.

— Pode ser que tenhamos sorte com os discos de segurança — disse a Roarke. — De qualquer modo eles devem manter registros dos pagamentos feitos. Vamos precisar das placas de todos os veículos que saíram deste local entre as dezoito e as dezenove horas de quinta-feira.

Enfiou as mãos nos bolsos.

— Mas ele também poderia ter um cúmplice dando voltas no quarteirão; se foi assim, nós estamos ferrados.

Eles também podem ter pago em dinheiro, pensou Roarke. Ou usado um carro roubado. Sabia que Eve também estaria analisando essas possibilidades e não se deu ao trabalho de comentá-las.

— Se ela foi pega do jeito que você descreve, foi tudo planejado e cronometrado. Acha que ela pode ter caído numa emboscada?

— Eu diria que a probabilidade de ela ter sido pega por escolha aleatória é baixíssima, mas pesquisarei. Alguém conhecia a rotina dela, sua programação diária, os caminhos que percorria. Alguém estava interessado especificamente nela ou no bebê que carregava.

— Essa teoria leva ao pai, certo?

— É o primeiro da minha lista. Falta apenas identificá-lo.

— Eu bem que gostaria de pensar que o fato de ser o pai indica que é menos provável que ele quisesse machucar a ex-mulher ou o filho, mas isso provavelmente não é verdade. — Roarke pensou na própria mãe e no que ela sofrera nas mãos do pai, mas tentou afastar isso da cabeça.* — Já vi muito do que acontece com mulheres nessas circunstâncias no abrigo Duchas.

— O principal causador de morte por violência em mulheres grávidas é o próprio pai.

— Isso é uma coisa triste. — Ele olhou para o outro lado da rua, para as pessoas que corriam no frio, soltando fumaça ao expirar. Por um instante reviu os becos de Dublin e a figura volumosa de Patrick Roarke. — Um fato terrivelmente lamentável sobre a condição humana.

Como sabia para onde os pensamentos dele tinham ido, Eve segurou sua mão.

— Se ele a raptou, nós vamos encontrá-lo. E ela também.

— Mas tem de ser antes de ele matá-la ou matar os dois. — Ele olhou para ela, e Eve viu o passado assombrar seus olhos. — Isso é o mais importante, não é?

— Sim, é o mais importante. — Eve balançou a cabeça enquanto eles continuavam a caminhar. — Ela contou a alguém quem ele era. Talvez não depois de vir para Nova York, mas quando estava na Inglaterra. Alguém sabe quem é ele.

— Pode ser que ela tenha vindo para Nova York para fugir dele.

— Sim, estou apontando para essa hipótese. Vamos para casa tentar acertar esse alvo.

— Tandy Willowby, vinte e oito anos.
Eve se sentou à sua mesa de trabalho em casa, lendo os dados que Roarke levantara.

---

* Ver *Retrato Mortal*. (N.T.)

Nascimento Mortal

— Nasceu em Londres, filha de Annalee e Nigel Willowby. Filha única. A mãe faleceu em 2044, quando Tandy tinha doze anos. O pai tornou a se casar em 2049 com Candide Marrow, uma divorciada que trouxe uma filha do primeiro casamento, Briar Rose, nascida em 2035.

Eve continuou a descer a lista de informações.

— Nigel Willowby morreu em 2051. Que falta de sorte! Mas isso a deixou com uma madrasta e uma irmã de criação ainda vivas e bem de saúde. Computador, trazer informações sobre Candide Marrow, Candide Willowby e Briar Rose Marrow, de Londres. Usar as datas de nascimento e os números de identificação do arquivo que já está rodando.

Processando...

— Eve, se você pretende entrar em contato com eles agora, devo lembrar que já passa de uma da manhã na Inglaterra.

Ela fez uma careta e olhou para o relógio de pulso.

— Que saco! Tudo bem, eu converso com elas de manhã.

O computador informou que Candide morava agora em Sussex, mas Briar Rose continuara morando em Londres.

— Muito bem, vamos voltar a Tandy. Veja só... Ela trabalhou durante mais de seis anos numa butique de roupas em Londres, na Carnaby Street. Era gerente. Manteve o mesmo apartamento em Londres durante...

— Na Inglaterra eles chamam de "flat" — interrompeu Roarke.

— Mas *flat* significa achatado. Como é que uma pessoa pode morar num lugar achatado e..? Ah!... — Coçou a nuca quando entendeu. — Tudo bem eles chamarem apartamento de *flat*, o que não faz nenhum sentido para mim, mas vamos em frente. Continuou morando lá e manteve o mesmo emprego durante mais de seis anos. Estava adaptada ao lugar, criou raízes e estava habituada. Precisamos conversar com a dona da loja.

Recostou-se na cadeira e olhou para o teto.

— Se tivesse um namorado, aposto que ficaria com ele por um bom tempo, pois não é o tipo de mulher que pula de galho em galho. De repente, resolve se mudar, não só de cidade, nem foi morar em outro lugar da Europa... Afastou-se milhares de quilômetros de tudo que a cercava. Abriu mão da cidade onde morou a vida toda e desistiu do seu emprego seguro. Isso parece ter sido resolvido num impulso, não é do feitio de Tandy. É uma mudança muito grande, um passo que ela deve ter refletido muito antes de dar, uma atitude que deve ter tido motivos fortes para tomar.

— O bebê.

— Sim, acho que tudo aponta para isso. Ela resolveu colocar um oceano de distância entre alguém ou algo e o seu filho. E foi uma razão muito forte, senão ela estaria nesse momento em Londres, preparando o ninho para o nascimento do bebê.

— Era uma pessoa de hábitos rígidos — completou Roarke. — Como era o caso das suas duas outras vítimas.

— Vamos torcer para que Tandy tenha se dado melhor do que eles. Vou montar um quadro para ela e preparar uma linha de tempo.

— Certo. Quanto a mim, a não ser que exista algo específico que eu possa adiantar aqui, você poderia me mandar algumas daquelas contas sem identificação do caso Copperfield/Byson. Vou começar a investigar os números.

A verdade é que Roarke queria escapar, pelo menos por algum tempo, da imagem de uma mulher completamente vulnerável e à mercê de alguém que queria o mal dela. Alguém, refletiu, que ela poderia ter amado um dia.

Eve parou na mesma hora e se virou para ele e comentou algo inusitado.

— Se eu fosse você, teria mandado Whitney chupar um prego.

— O quê? — Ele retornou do passado e voltou ao momento presente. — Ah, bem, considerando as opções, eu preferia ter outra pessoa chupando outra coisa.

— Encontre-me algo útil e pode ser que você tenha seus anseios atendidos.

— Oba, isso é um incentivo e tanto!

Ela se virou da tela e olhou fixamente para ele.

— Você está numa boa com tudo isso? O problema de Tandy?

Era tolice, admitiu para si mesmo, achar que ela não iria reparar ou desconfiar do quanto aquilo o afetava. Tolice ainda maior seria tentar esconder isso dela ou de si mesmo.

— Não estou numa boa não, pelo menos não de todo. Isso repercute muito fundo em mim. Não sei determinar se o que sinto é raiva ou pesar. Provavelmente as duas coisas.

— Roarke, ainda não sabemos se Tandy está no mesmo tipo de situação em que sua mãe esteve.

— Mas também não temos certeza de que não está. — Com ar distraído, pegou a estátua da deusa que Eve mantinha sobre sua mesa de trabalho. Um símbolo do feminino. — Ele esperou até que eu nascesse para só então matar minha mãe. Mas ela estava tentando me proteger e fazer o que era melhor para mim. Como eu imagino que Tandy esteja fazendo, onde quer que esteja agora.

Tornou a pousar a estátua sobre a mesa e completou:

— Só quero afastar minha mente disso por algum tempo.

Era tão difícil ele se machucar por alguma coisa, pensou Eve. Tão difícil ele se permitir isso, corrigiu para si mesma.

— Posso levar este caso de volta para a Central e trabalhar nele apenas a partir de lá.

— Não. — Ele foi até onde ela estava e lhe pegou o rosto entre as mãos. — Isso não vai funcionar direito para mim, nem para você. O que aconteceu no passado foi o que construiu o que somos, de uma forma ou de outra, e não pode nos impedir de fazer o que nós fazemos. Senão os fantasmas do passado terão vencido, certo?

— Eles jamais poderão vencer. — Ela colocou as mãos sobre as dele. — Podem só esculhambar com nossa cabeça.

— Isso eles fazem. — Ele se inclinou e pressionou os lábios sobre o alto da cabeça dela. — Não se preocupe comigo, vou mergulhar nos números por algum tempo. Isso sempre me ajuda a limpar a cabeça.

— Só Deus sabe como! Vou preparar café. Você quer mais alguma coisa?

— Se você conseguir um pouco de bolo para acompanhar, seria ótimo. Eu acabei ficando de fora dessa parte da festa.

— Bolo? Festa? — A mente de Eve pareceu girar. — Ah, sim, Mavis! Acho que sobrou algum bolo, sim. Apesar de algumas daquelas mulheres atacarem como aves de rapina qualquer coisa que tivesse uma cobertura doce. Pode ser que o Sombra Negra tenha guardado algum resto de bolo no AutoChef da cozinha. Até que eu curtiria um pedaço, também.

Imaginando que açúcar e cafeína ajudariam seu sangue a circular com mais velocidade, Eve cortou uma fatia generosa e trouxe café bem forte para acompanhar. Roarke ficaria bem, disse a si mesma, porque não se permitiria ficar de outra forma. Mesmo assim ela permaneceria em estado de alerta, atenta ao pulso do caso, e se não gostasse do ritmo da pulsação iria transferir a investigação de Tandy para fora daquela casa.

Por questão de conveniência, prendeu o quadro de Tandy junto do que já havia montado sobre o outro caso. Ao lado da superfície branca lisa começou a construir uma linha de tempo, à mão.

Nascimento Mortal

Fez uma lista de nomes. As pessoas com quem já conversara deixou de um lado, e as que pretendia contatar na manhã seguinte do outro. Por fim, prendeu a foto da carteira de identidade de Tandy.

O primeiro passo era entrar em contato com o administrador do estacionamento. Como já esperava, foi transferida para outros ramais por meio de uma infinidade de escolhas numéricas; escolheu falar diretamente com um operador antes que a ladainha repetitiva a colocasse em coma.

— Serviço de mensagens! — a voz era nasal como a de um trombone e densa como o sotaque do Queens.

— Aqui fala a tenente Dallas, do Departamento de Polícia de Nova York — começou Eve, informando o número de seu distintivo. — Preciso de informações sobre o Park and Go da Rua 58.

— Para informações, por favor entre em contato com o nosso SAC, o Serviço de Atendimento ao Cliente, entre oito da manhã e ...

— Preciso dessa informação agora, e não estou a fim de ficar de papo com um atendente enrolador desse SAC.

— Puxa, caramba, escute aqui, dona... Prestamos serviço de mensagens para mais de vinte empresas só em Manhattan. Não tenho como dar informações sobre um estacionamento.

— Nesse caso, me transfira para o dono do estabelecimento.

— Eu não posso incomodar o cliente a essa hora da noite com...

— Então é melhor você me informar seu nome e sua localização. Vou mandar dois guardas aí para pegá-lo. Quando chegar à Central de Polícia, você terá a chance de me dizer pessoalmente que não pode incomodar o cliente.

— Puxa, caraca. Espere um minutinho, sim?

Eve ficou ali esperando, assistindo a clipes com musiquinhas mais melosas do que o glacê do bolo, o que incomodou os seus tímpanos.

Durante os dez minutos que durou a tortura musical, entremeada por boletins gravados reforçando o quando o contato dela era importante para a empresa, Eve colocou para rodar no sistema uma série de programas de probabilidades.

No momento em que um humano competente de verdade voltou a atendê-la, ela já estava na segunda caneca de café e estudava os resultados.

— Tenente, não é? — O homem que apareceu na tela parecia preparado e atendeu de forma profissional.

— Isso mesmo. E você se chama...?

— Matt Goodwin. A senhora quer informações sobre a Park and Go da Rua 58, certo?

— Isso mesmo. Você é o dono do lugar?

— Não, mas represento a corporação a quem o local pertence. Em que posso ajudá-la?

— Estou investigando um possível crime no qual esse estabelecimento pode estar envolvido. Preciso das imagens dos discos de segurança e também dos registros de entrada e saída de veículos da última quinta-feira entre dezoito e dezenove horas.

— Que crime foi esse?

— Um caso de pessoa desaparecida. Preciso dos discos e dos registros o mais depressa possível.

— Acredito que as imagens dos discos sejam apagadas a cada vinte e quatro horas, tenente. Quanto aos registros, suponho que a senhora tenha um mandado para obtê-los, certo?

— Não tenho, mas posso providenciá-lo.

— Muito bem, então. Quando a senhora conseguir o mandado, eu...

— Quando eu lhe mostrar o mandado, vou cuidar para que ele também inclua pedidos dos registros da semana toda e também uma batida no local e nas instalações da corporação que é dona do negócio em busca de padrões e práticas legais e comerciais.

Nascimento Mortal

Também vou ter de intimar o senhor e o seu cliente para interrogatório na Central de Polícia. A opção mais rápida será você me conseguir os registros para essa única hora de um único dia.

— Obviamente o meu cliente está disposto a cooperar com as autoridades.

— Bom para o seu cliente.

— Preciso entrar em contato com ele e, com sua permissão, vou providenciar para que os registros especificados sejam copiados e enviados para a senhora.

— Faça isso, então. Entre em contato comigo para informar como os registros serão enviados. Preciso disso antes das nove da manhã.

— Tenente, amanhã é domingo.

— Sim, ouvi dizer. Nove da manhã ou se prepare para receber aquele mandado.

Ela desligou e voltou a analisar as probabilidades. Mesmo com os dados esparsos que lhe foram fornecidos, o programa afirmava que a probabilidade de Tandy Willowby ser um alvo específico girava em torno de noventa e cinco por cento.

Tandy não tinha ficha criminal em nenhum dos lados do Atlântico, nem ligações com elementos do mundo do crime. Acumulara um pé-de-meia pequeno, mas bem-administrado, que estava em harmonia com os rendimentos de alguém que vivia daquele salário desde que começara a trabalhar. Seus pais estavam mortos e, pelos dados básicos que Eve conseguiu acessar sem mandado, sua madrasta e sua irmã de criação não eram ricas. Tinham salários de classe média.

Não havia depósitos suspeitos, nem retiradas vultosas nas contas de Tandy que pudessem indicar chantagem de algum tipo.

Tudo indicava, pelo menos na superfície, que a única coisa de valor que Tandy possuía era o que carregava no ventre.

Trabalhando por instinto, Eve ligou para a dona da Cegonha Branca.

— Tenente Dallas? A senhora encontrou Tandy?

— Não.

— Eu simplesmente não compreendo isso. — Liane Brosh era uma mulher de sessenta anos com aparência jovial, mas seu rosto estava tomado de preocupação. — Ela deve ter tirado um fim de semana para descansar. Quem sabe uma visita curta a um spa para se energizar e revigorar um pouco antes da chegada do bebê.

— Ela comentou sobre algum plano desse tipo?

— Não, na verdade. Eu é que sugeri isso várias vezes, mas ela me dizia que já estava energizada até demais. — Liane sorriu de leve. — Organizamos um pequeno chá de bebê para ela na loja e eu lhe dei um vale-presente para passar um dia inteiro num spa aqui de Nova York. Ela me disse que iria guardar o presente para usar depois que o bebê nascesse, mas tenho certeza de que está bem. Talvez tenha apenas resolvido passar o fim de semana fora da cidade.

— Isso lhe parece algo que ela faria?

— Não, o pior é que não parece. — Liane suspirou. — Não combina nem um pouco com ela. Estou muito preocupada.

— Pode me dizer se alguém apareceu na loja para vê-la, especificamente, ou falar com ela?

— Tandy costumava atender a várias mães grávidas e a seus maridos. Nossa equipe é treinada e está disponível para sugerir compras pessoais ou ajudar com registros, decorações temáticas e enxovais completos.

— O que me diz de alguém que ela pudesse ter atendido ou possa ter frequentado sua loja e cujas expectativas não foram atingidas? Alguém que sofreu um aborto espontâneo, por exemplo?

— Isso acontece. Não consigo me lembrar de alguma cliente que se enquadre nessa situação, mas posso verificar nos registros e perguntar às outras meninas.

Nascimento Mortal 271

— Eu agradeceria muito. Alguma vez Tandy mencionou o pai do bebê que esperava?

— Falava dele de modo genérico e sempre de forma vaga. Nada específico, e como eu percebia que ela não gostava de conversar sobre o assunto eu não pressionava.

— Se você se lembrar de alguma coisa nova, mesmo que não pareça importante, quero que entre em contato comigo. Vinte e quatro horas por dia, de domingo a domingo.

— Combinado. Amamos Tandy. Qualquer uma de nós fará qualquer coisa para ajudar.

Eve teve outro momento de intuição e ligou para a parteira.

— Aqui fala Randa.

— Randa Tillas? Aqui é a tenente Dallas.

— E quanto a Tandy?

— Nada, até agora.

— Puxa, que droga! — Randa era uma negra marcante com um leve sotaque das ilhas do Caribe. Seus olhos castanhos muito expressivos se encheram de preocupação. — Entrei em contato com todas as pessoas do seu grupo de treinamento para o parto, para o caso de ela estar passando uns dias com alguma delas. Só que ninguém sabe dela desde quarta-feira.

— Alguma participante desse grupo enfrentou uma gravidez problemática?

— Temos um caso de hipertensão e outro que exigiu repouso na cama, mas nada de importante ou extremo.

— Quem sabe uma das treinadoras teve problemas para conceber ou levar a gravidez até o fim?

— Não tenho o histórico médico das pessoas que participam do treinamento, mas esse tipo de problema geralmente é revelado durante as aulas. Normalmente eu desencorajaria qualquer pessoa com problemas terríveis desse tipo a trabalhar com treinamento préparto. Certamente não seria bom para ela nem para a gestante.

— Alguma vez Tandy conversou com você sobre o pai do bebê?

— Sim, algumas vezes. É importante que eu saiba o máximo que a mãe esteja disposta a me contar sem sentir desconfortos, especialmente no caso de mães solteiras. Pior ainda no caso de Tandy, que não tinha nem mesmo apoio familiar.

— Pode me dizer o que ela contou sobre ele?

— Estou ultrapassando alguns limites aqui, mas fiquei tão preocupada com o sumiço dela que estou disposta a fazer isso. O pai do bebê foi um homem que ela namorou durante mais ou menos um ano, em Londres. Acho que ela estava muito apaixonada por ele. A gravidez não foi planejada e não era algo que o pai queria ou buscava, mas ela descobriu que queria o bebê, rompeu o relacionamento e se mudou para os Estados Unidos.

— Uma atitude muito radical.

— Também acho, mas ela me disse que queria recomeçar a vida do zero e isso me pareceu razoável. Mostrava-se muito determinada a ter esse bebê sozinha e criá-lo sem ajuda de ninguém, mas não me parecia guardar nenhum tipo de rancor do pai. Não me deu muitos detalhes sobre ele, mas uma ou duas vezes deixou escapar o nome dele sem querer. Aaron.

— Isso já ajuda. Obrigada. Qualquer coisa, entre em contato comigo.

— Vou repassar tudo que eu tenho na ficha dela e perguntar aos outros membros da equipe se Tandy deixou escapar algo que possa ser importante. Todas nós queremos que ela e o bebê estejam logo de volta, em segurança e com saúde.

Capítulo Quatorze

Eve analisou todos os dados sobre crimes semelhantes que Peabody repassou para o seu computador. O Centro de Pesquisa Internacional de Atividades Criminais também lhe trouxe alguns casos do tipo. Raptos. Raptos com assassinatos, estupros, estupros com assassinatos. Também havia sequestros do tipo em que o bebê nascia, era raptado em seguida e a mãe deixada para trás.

Viva ou morta.

Na maioria dos raptos a mulher já conhecia o criminoso ou tivera contato prévio com ele.

Eve separou os casos em diversas pastas: raptor conhecido e desconhecido, conflito de família, casos em que o raptor era doente mental e os crimes cometidos unicamente por lucro.

Colocou os estupros em um arquivo separado.

Depois, passou a analisá-los geograficamente.

Havia casos em Nova York com elementos similares; os que envolviam membros da família da vítima foram separados dos outros. Ela também deixou de lado os casos em que o criminoso estava cumprindo pena e marcou esses para verificar outros membros de sua família; pretendia cruzar seus nomes com os de quem pudesse ter contato com Tandy.

Marcou os casos da Unidade de Pessoas Desaparecidas onde o investigador tinha descoberto que a mulher fora para um abrigo a fim de escapar de um relacionamento abusivo ou simplesmente desaparecera. E outros em que nem a mãe nem o filho tinham sido encontrados.

Como Tandy viera de Londres, Eve passou a analisar os casos de lá. Havia muitos do mesmo tipo, mas nenhum parecia ter ligação com o dela.

Em seguida, resolveu ampliar a busca para todo o continente europeu.

O mais interessante era um caso ainda em aberto que acontecera em Roma. Uma mulher saiu do consultório médico depois do seu exame obstétrico na trigésima sexta semana e sumiu no ar. Exatamente como Tandy, ela se mudara de cidade logo no início da gravidez; viera de Florença três meses antes de desaparecer. Solteira e sem família na região, era saudável e morava sozinha. Diferentemente de Tandy, solicitara auxílio maternidade e o recebia. Tinha parado de trabalhar a partir do segundo trimestre.

Era uma artista iniciante que trabalhava em um mural com temática de fadas nas paredes de um dos quartos de seu apartamento que escolhera para ser o cômodo do bebê.

Será que na Itália eles também chamavam os apartamentos de flat?, perguntou Eve a si mesma.

Sophia Belego continuava sumida fazia mais de dois anos. Desaparecera sem deixar rastros.

Depois de anotar o nome do investigador do caso, Eve calculou a diferença de fuso horário. A Itália era mais um daqueles lugares distantes para onde ela não poderia ligar àquela hora.

— Tenente?

— Ahn? Que foi?

— Já passa de duas da manhã pelo horário de Nova York.

— Que horas são em Londres?

— Muito cedo ainda. — Roarke colocou as mãos nos ombros da esposa e apertou os nódulos duros que pareceram ter fixado residência na musculatura daquele lugar. — Está na hora de nós dois recarregarmos as energias.

— Eu ainda estou com carga elevada.

— Pois ficará ainda melhor depois de algumas horas de sono.

— Estou analisando alguns dados que Peabody levantou no Centro de Pesquisa Internacional de Atividades Criminais.

— E você poderá ir mais além na investigação esta noite?

Não muito, avaliou Eve. Um pouco além, talvez.

— Ainda não fiz todas as anotações. Preciso redigir o relatório e enviar cópias para a Unidade de Pessoas Desaparecidas.

— Isso pode esperar até amanhã de manhã.

— Se ela foi raptada, isso aconteceu há mais de cinquenta horas. Preciso dos malditos dados do estacionamento. Não creio que vá consegui-los até amanhã, mas... — tentou argumentar, mas ele se limitou a olhar para ela. — Tudo bem, vou descansar por algumas horas.

Como ela estava com os olhos vidrados, ele a acompanhou até o elevador.

— Você conseguiu alguma coisa para mim? — perguntou a Roarke.

— Nada concreto. Vou levar mais tempo, já que não posso usar nomes. Se tivesse acesso a eles, eu poderia fazer escavações mais adequadas. — Nesse caso, pensou, faria bom uso do seu equipamento sem registro e escaparia do olho onividente do CompuGuard, caso resolvesse ir mais fundo do que era tecnicamente permitido. — Deixei alguns programas rodando. Vamos ver o que eles nos trazem amanhã.

— Também tenho de fazer algumas pesquisas mais aprofundadas. — Ela afastou o cérebro cansado do possível caso de rapto e voltou a pensar nos assassinatos. — De Cavendish para Bullock, dele para Robert Kraus e depois para Jacob Sloan... Talvez três gerações dos Sloan... e dali para as vítimas. Tem alguma coisa nesse meio. Acho que, se eu apertasse Cavendish um pouco mais, ele abriria o bico.

Enquanto sua mente passava de uma investigação para a outra, ela se despiu.

— Por que uma firma tão... como se diz, mesmo?... Pretensiosa coloca um sujeito como Cavendish para chefiar sua filial de Nova York? Só pode ser nepotismo, porque ele não é nem de perto tão esperto quanto deveria ser. Bruberry, sua assistente, essa é esperta, mas não tem o sangue da família. Será que ele mantém apenas o nome no timbre da empresa e quem comanda tudo por trás das cortinas é ela? Pelo menos isso é o que me parece.

Eve se deitou na cama.

— Copperfield disse que recebeu uma oferta de suborno. Se eu puder estabelecer que existiu algum contato entre ela e o escritório de Cavendish mais ou menos na época do assassinato, poderei explorar esse ângulo. Ou então...

— Você tomou café demais. — Ele a puxou para junto de si. — Desligue essa cabeça energizada e vá dormir.

Mas como é que ela conseguiria se desligar assim, sem mais nem menos? É claro que ele estava certo, como geralmente acontecia. Ela colocara café demais dentro do organismo. Seu cérebro dava cambalhotas e saltos mortais, indo de Cavendish para Byson, seguindo para Tandy e voltando para o início novamente.

— Talvez eu tenha de ir a Londres — murmurou. — Ei! Não seria muito oportuno se eu realmente precisasse sair do país em busca de um gênio do crime justamente às vésperas de Mavis entrar em trabalho de parto?

Nascimento Mortal

— *Eu* uma ova! Mude a frase para *nós* ou vou acabar ferindo você.

— Sei! Você só diz isso da boca pra fora.

Já que seu cérebro estava ligado e o corpo insistia em permanecer alerta, Eve viu nisso uma boa oportunidade para aproveitar o momento.

Dedilhou um caminho suave ao longo da espinha de Roarke e depois desceu lentamente enquanto colocava a cabeça no ângulo certo para encontrar os lábios dele no escuro.

— Você está tentando tirar vantagem do meu estado semientorpecido? — perguntou ele.

— Acertou em cheio.

— Só para saber. — Os lábios dele abriram um sorriso largo ao esmagar os dela. — Vá em frente, então. Não tenho forças para impedi-la.

— Acho que você vai ter de ficar deitado aí quietinho e aguentar tudo o que acontecer. — Mordiscou-lhe o maxilar e passou a língua ao longo do seu pescoço. — Pode gritar pedindo ajuda, se quiser.

— Meu orgulho me impede de fazer isso.

Rindo, ela deslizou a mão mais para baixo e encontrou seu pênis duro como uma pedra.

— Sim, vejo que você está cheio de orgulho.

O sabor dele era uma delícia, quente e doce como fruta madura. Quando o corpo de Eve se colou ao de Roarke e suas peles nuas se esfregaram, ela sentiu o coração dele bater com mais força. Ela se mexeu um pouco e se esticou sobre ele para poder pressionar os lábios no ponto exato em que seu coração batia por causa dela.

Aquilo era mais que desejo, pensou, de forma indolente. Ali havia conhecimento, conforto e uma espécie de comunhão. *Pode me procurar que eu estarei a postos.* Essa era a resposta simples que eles sempre conseguiam encontrar um no outro, não importavam as sombras que pairassem sobre eles. Ao longo do passado e através do presente, eles sempre conseguiam encontrar a resposta certa um no outro.

Ela sentiu as mãos dele em sua pele naquele momento, esfregando-a como se a acalmasse ou excitasse, e conseguindo as duas coisas. Por mais um momento continuou onde estava, com os olhos fechados, absorvendo o prazer puro e simples de conhecer o local ao qual pertencia. Então, no escuro completo e numa quietude de almas ela se colocou por cima dele até seus lábios se unirem.

Em meio ao movimento e ao calor, ele se deixou levar por ambos, exatamente como ela, e aproveitou a corrente rápida de sensações mornas. Ao formas dela, os aromas e sons eram muito familiares e absolutamente atraentes. Ela, como nenhuma outra mulher conseguia fazer, tocava cada recanto obscuro do coração dele. Era a sua mulher de corpo longo, esguio e sinuoso, de espírito corajoso e mente questionadora. Sua alegria e sua salvação.

Ali tudo era claro, fácil e descomplicado; apenas os dois numa dança em que ambos conduziam e ambos eram levados.

E a necessidade de tê-la consigo pareceu cantar através dele como uma melodia predileta.

Ela se ajeitou sobre ele, sentando-se com uma perna para cada lado, e entrelaçaram as mãos quanto ele tomou o seu seio com a boca. Deixando a cabeça tombar para trás enquanto se deixava submergir na emoção seguinte, ela esvaziou a mente de tudo, com exceção do que ambos proporcionavam um ao outro.

E o tomou por inteiro dentro dela, muito lentamente.

Ele estremeceu por ela, entoou murmúrios e, por fim, preencheu-a por completo com sêmen. O corpo dela seguia a cabeça e se lançou para trás, formando uma curva branca sutil em meio à penumbra. Depois, lançou-se para a frente mais uma vez, como se o cavalgasse, deixando ambos sem fôlego na escuridão.

Nascimento Mortal

Eles se abraçaram com força, deixando-se escorregar para o lado de forma lânguida a partir do pico de prazer, a perna dela ainda dobrada com intimidade sobre o quadril dele. Em seguida, ela pousou a testa suavemente contra o maxilar dele e esperou até que sua sanidade retornasse.

— Isso é melhor que bolo — foi o que ela disse, e o fez rir.

— E como é!... E olha que o bolo estava delicioso.

— Hummm... Que horas são?

— Ahn... Já passa um pouco das três.

— Então já está bom — declarou ela, fazendo cálculos mentalmente. Ergueu um pouco a cabeça e pressionou com firmeza os lábios dele, mais uma vez contra os dela. Depois rolou de lado e se sentou na cama.

— O que pretende fazer, tenente?

— Acordar algumas pessoas lá na Europa. Acender as luzes a cinco por cento! — ordenou. — Antes vou tomar uma chuveirada rápida — anunciou, quando as luzes cintilaram de forma tímida —, para tirar o resto das teias de aranha do cérebro.

Ele cruzou as mãos atrás da cabeça.

— Quer dizer que servi apenas para você passar o tempo até achar uma hora razoável para acordar uma pobre alma num domingo de manhã?

— Isso mesmo.

— Estou me sentido muito usado. Obrigado

— De nada. — Ela sentiu a cabeça mais alerta agora e o fôlego redobrado. — Pretendo dar partida na abertura de novas frentes e depois vou me desligar por algumas horas.

— Ah, mas pode ter certeza de que vai! — Ele se sentou. — Só mais um pouco, ouviu?

— Você não precisa levantar.

— Não foi essa música que você cantou alguns minutos atrás.

— Ao vê-la sorrir, foi até onde ela estava e lhe deu um tapa forte na bunda. — Vamos tomar essa chuveirada juntos e talvez nós dois consigamos voltar para dormir um pouco antes de amanhecer.

Eve tentou ligar para Candide Marrow em primeiro lugar, mas foi atendida pela caixa postal. Deixou mensagem e foi para a segunda da lista: a meia-irmã.

Uma voz rouca e abafada atendeu com forte sotaque britânico.

— Cai fora!

— É Briar Rose Marrow?

— Você sabe que porra de horas são?

— Aí ou onde eu estou? Aqui fala a tenente Dallas, que trabalha no Departamento de Segurança da Polícia de Nova York. Você é Briar Rose Marrow?

O monte coberto sobre a cama tinha uma massa de cabelos pretos raiados de louro e murmurou:

— Que porra isso interessa a você?

Eve entendeu que provavelmente também teria essa reação se fosse acordada nas mesmas circunstâncias, deu um desconto, manteve a paciência e repetiu:

— Você se chama Briar Rose Marrow e tem uma meia-irmã que se chama Tandy Willowby?

— E daí se eu tiver?

— Qual foi a última vez em que falou com sua meia-irmã, sra. Marrow?

— Caramba, sei lá. — O amontoado sobre a cama se moveu, puxou a massa de cabelos da frente da testa e revelou um rosto pálido e sonolento; havia marcas de maquiagem preta e lábios cheios onde a tintura labial tinha espalhado e se dissolvido em manchas carmim que iam até as bochechas. — Como é que eu

Nascimento Mortal

poderia saber uma porra dessas às oito da matina de uma porra de um domingo? Quem diabos você é, mesmo?

— Tenente Dallas. Estou ligando de Nova York.

— Uma tira? O que a polícia quer com Tandy? Está ligando de Nova York? Puxa, ainda não tomei a primeira dose da porra do café. — Briar Rose esfregou o rosto com a mão; depois espalhou a mesma mão sobre a barriga, por cima do lençol e pareceu falar sozinha. — Que foda! Quantos orgasmos será que foram ontem à noite, mesmo?

— Creio que isso é um assunto pessoal seu, minha senhora.

A mulher emitiu uma risada meio presa.

— Infelizmente estou me referindo aos drinques que ingeri. Por que você resolveu me acordar num domingo de manhã para falar de Tandy?

— A senhora sabe que ela se mudou para Nova York há vários meses, não sabe?

— Nova York? Caraaalho! Tá falando sério? Tandy Santinha na porra de uma cidade como Nova York?

— Percebo que a senhora não tem estado com ela ultimamente, certo?

— Não a vejo desde... — Ela coçou o cabelo e rastejou pela cama até a mesinha de cabeceira entulhada de tralhas, onde pegou o que pareceu um cigarro. — Estou tentando me lembrar. Junho, talvez? Por quê? Vai me dizer que ela fez alguma coisa ilegal? Não a nossa garotinha.

— Ela desapareceu.

— Desapareceu com o quê? — Ela teve dificuldades com o isqueiro e o sacudiu com força antes de acendê-lo. — Desapareceu? Como assim, desapareceu?

— Não foi vista desde quinta-feira.

— Ora, talvez tenha resolvido pinguçar.

— E isso seria...?

— Você não sabe? Entornar todas, encher a caveira, beber até cair. Se bem que isso não faz muito o gênero de Tandy.

— Duvido muito que tenha procedido assim, considerando sua condição.

— Condição de quê?

— Você sabia que Tandy está grávida? Vai dar à luz daqui a poucos dias.

— O quê? Qual é, que porra de papo é esse? Ela emprenhou? Tandy? Ah, você deve estar de sacanagem comigo! — Mas o sono pareceu se esvair do seu rosto. — Espere um minutinho só... — Ela rolou para fora da cama. Para alívio de Eve, pelo menos vestia calcinha e sutiã. Agarrou a primeira roupa que encontrou, uma camiseta vermelha larga que estava por cima de uma pilha de roupas e a enfiou por sobre a cabeça. — Você está me dizendo que Tandy está prenha e ninguém sabe onde se enfiou?

— É exatamente o que estou lhe dizendo. Você disse que não fala com ela desde junho. Isso é comum, vocês ficarem sem se falar por tanto tempo?

Briar Rose voltou e se sentou na beira da cama. Dessa vez conseguiu acender o cigarro.

— Escute só... Fomos irmãs por empréstimo durante menos de dois anos, na verdade. O pai dela era viúvo e se casou com a megera da minha mãe quando eu tinha quatorze anos. Era um cara legal, muito certinho. Até que se enfiou num belo engavetamento de carros na estrada M4 e bateu as botas.

Parou de falar por um momento e exalou uma nuvem de fumaça com força.

— Tandy estava terminando a universidade nessa época, mas já tinha um emprego em Londres. Minha mãe me arrastou para morar com ela em Sussex, é mole? Tandy tentou manter algum tipo de contato conosco, mas a megera da minha mãe não estava interessada nisso. Voltei a morar em Londres na primeira oportunidade que tive, mas andava numa fase porra-louca, sabe qual é? Meu maior interesse era cair de boca em bebidas e trepadas. Não curti muito aquele lance de irmã mais velha, ainda mais uma que era um verdadeiro rodízio de água, enquanto eu estava num rodízio de picas, punheteiros e babacas em geral, fodendo todo mundo e a mim mesma. Eu via Tandy muito raramente, só quando ela me colocava contra a parede.

Deu uma tragada profunda no cigarro e continuou:

— Mesmo nas fases em que eu conseguia um emprego regular e sossegava o facho não tínhamos muita coisa em comum. Eu a vi na última primavera, eu acho. Ela me ligou dizendo que precisava muito falar comigo.

— E vocês conversaram?

— Não. Na verdade, o papo não rolou. Percebi que ela estava encucada com alguma coisa. Imaginei que tivesse ficado noiva ou, quem sabe, conseguido uma promoção. De novo! Eu tinha entrado numa furada porque o cara com quem saía era um mané que me deu um chute na bunda e me trocou por uma Miss Silicone. Foda-se ele! Chamei a vadia para um café, avisei que o caminho estava livre para ela e caí fora. Foi uma merda!

Era um desafio, mas Eve tentava decifrar as gírias e expressões britânicas, pelo menos para entender o básico.

— Não teve mais contato com Tandy, então?

— Ora, eu estava me sentindo uma verdadeira bunda caída, entende? Duas semanas mais tarde eu tentei consertar as coisas e fui ao flat da irmãzinha, mas ela se mudara dali. Tudo que me disseram foi que ela tinha caído fora para ir morar em Paris, eu acho. Fiquei puta por ela não ter me contado para onde ia, mas não havia porra nenhuma que eu pudesse fazer a respeito, certo? Ela vai ter um bebê?

— Isso mesmo. Você conhece Aaron?

— Eu o encontrei algumas vezes. Eles estavam sempre juntos, num chamego só. Ele está em Nova York com ela?

— Não que eu saiba. Você sabe o nome completo de Aaron, tem um contato dele ou endereço?

— Aaron Applebee. Mora em Chelsea, eu acho. Ele escreve para o jornal *The Times*. Você está me dizendo que aquele safado emprenhou Tandy e depois deu um chute na bunda dela?

— Preciso conversar com ele antes de afirmar isso. Ela estava saindo com mais alguém na época?

— Tandy? Não, ela não era disso. Com ela era um namorado de cada vez, e eles estavam juntos fazia muitos meses. Canalha! Pode ser que ela tenha voltado a Londres para enfrentá-lo. Vou ligar para algumas pessoas e descobrir se foi isso. Uma garota quer estar em casa quando está prestes a ser mãe, certo?

— Muito obrigada pelas informações. Caso se lembre de mais alguma coisa ou descubra o paradeiro dela, entre em contato comigo.

Eve fez uma pesquisa básica sobre Aaron Applebee. Conseguiu seu nome completo e endereço.

Quando ligou para seu *tele-link*, foi recebida pela caixa postal. Resolveu fazer uma pesquisa mais detalhada. O computador recitou:

Aaron Applebee. Data de nascimento: 5 de junho de 2030 em Devonshire, Inglaterra.

O sistema apresentou os nomes dos seus pais e de uma série de meios-irmãos e meias-irmãs dos dois lados da família. Trabalhava como redator do *Times* de Londres, exatamente como Briar Rose informara. Estava nesse emprego havia oito anos. Não havia registro de casamento, nem ficha criminal. Apenas alguns registros de violações de tráfego. Morava no mesmo endereço em Chelsea há cinco anos.

Sua foto da identidade mostrava um louro atraente com maxilar grande. Tinham um metro e setenta e oito de altura e pesava setenta e três quilos.

À primeira vista parecia um homem comum com medidas comuns. Um sujeito sem nada de muito marcante.

— Quero falar com você, Aaron.

Eve tentou novamente o *tele-link* da casa dele, mas caiu na caixa postal e ela desligou. Depois de verificar o nome do investigador do crime semelhante em Roma, lançou-se no labirinto dos tiras italianos até achar um tira da unidade que procurava que não só sabia falar inglês muito bem, mas também concordou em entrar em contato com o inspetor Triveti e pedir que ele retornasse a ligação para Eve.

Ela atualizou as anotações e se levantou para pregar a foto de Aaron Applebee no quadro. Quando se virou para ir à cozinha adjunta, Roarke saiu da sala dele, que ficava ao lado.

— Mais café, nem pensar! — afirmou ele, categórico.

— Só mais uma xícara. Estou esperando uma ligação de Roma.

— Então peça um cappuccino descafeinado. Aproveite e peça dois.

Eve quase fez beicinho.

— Mas o descafeinado não dá aquele golpe de energia.

— O tamanho das suas olheiras mostra que seu organismo já recebeu golpes suficientes por hoje. O que aconteceu em Roma? Quem vai ligar?

— Um crime semelhante e um tira que eu espero que fale inglês. — Como Roarke a acompanhou até a cozinha, ela não teve chance de pegar café normal escondido. — Conversei com a meia-irmã de Tandy, filha da madrasta dela.

Ela relatou os pontos principais da conversa que teve enquanto o AutoChef preparava dois cafés espumantes.

— Você é bom em gírias britânicas? — perguntou a Roarke.

— Tenho fluência razoável.

— Eu poderia ter usado você como intérprete. O que significa "rodízio de água"?

— Uma pessoa tediosa, basicamente.

— Então eu cheguei perto. Ela sabia o sobrenome de Aaron: Applebee. Trabalha para o *Times* e mora em Chelsea. Os pais dele se casaram e moraram com várias pessoas muitas vezes ao longo da vida, mas não estão mais juntos. Ele tem um monte de meios-irmãos e irmãos de consideração das diversas uniões dos pais.

— Isso possivelmente faria um homem descartar a ideia de se casar e formar família.

— Sim, é possível. Ele é repórter, e profissionais desse tipo têm muitas fontes. Se quisesse encontrar Tandy, parece que ele conseguiria e faria isso com facilidade. Talvez tenha decidido que queria o filho e estão nesse momento trocando beijinhos e chamegos. Ou talvez tenha descoberto que ela resolveu ter o filho mesmo sem ele querer e veio para Nova York puto dentro das calças. E também pode estar em casa, dormindo numa boa num sábado à noite, sem atender o *tele-link*.

— Pode ser também que ela simplesmente tenha caído fora. Já fez isso uma vez, quando saiu de Londres.

— Pois é, pode ser. — A probabilidade que o sistema lhe deu de isso ter acontecido era de cinquenta por cento, apenas. — Só que quando ela saiu de Londres arrumou as malas e organizou tudo. Avisou ao senhorio e ao patrão que iria sair da cidade. Já sabemos que ela não fez nada disso aqui. Não engulo essa. Ela não trabalhou normalmente o dia todo, saiu da loja e então, enquanto caminhava entre a Madison e a Quinta Avenida, resolveu continuar indo em frente até desaparecer no ar.

— Não. — Roarke colocou uma das mãos no ombro de Eve e o massageou. — Ela não fez isso.

— E quanto a você? — Ela lutou para suprimir um bocejo. — Chegou a alguma conclusão com os números?

— Descobri alguns dados interessantes. Vou analisá-los por outro ângulo antes de montar uma teoria para você.

— Combinado, então. Escute, por que você não dá a noite por encerrada e vai para a cama? Vou só esperar pela resposta do italiano e depois caio no berço logo em seguida.

— Nem pensar. Se eu deixar você por conta própria, vou acabar voltando daqui a algumas horas e encontrando você de cara na mesa, roncando loucamente.

— Eu não ronco.

— Ronca sim, a ponto de acordar os mortos.

— Não ronco não! — *Será que ela roncava?*

Ele apenas sorriu e foi analisar o lado do quadro onde estavam os dados de Tandy Willowby.

— Você recolheu muitas informações num curto espaço de tempo.

— Mas não encontrei nada que aponte para onde ela está e por quê. No caso italiano a grávida nunca foi encontrada, nem a criança.

— Eles não tinham você como investigadora. — Como a mãe dele também não teve, pensou Roarke. Ela não teve ninguém que a ajudasse e não havia nada que ele pudesse fazer agora para mudar isso. Virou-se para Eve e comentou: — Veja só como você está caindo pelas tabelas, atacando investigações em duas frentes ao mesmo tempo.

— Pode ser que seja muito tarde para ela — disse Eve, apontando com a cabeça para a foto de Tandy. — Forçar a barra um pouco mais é tudo que eu posso fazer.

Quando o *tele-link* tocou, Eve se virou para atender.

— Dallas falando!

— Aqui é Triveti. Estou retornando sua ligação.

Seu sotaque era pesado e exótico, seu rosto fino e bonito.

— Obrigada por me ligar de volta tão depressa, inspetor.

— É um prazer. Meu inglês é muito pequeno, *scusi.*

— Meu italiano é menor ainda. — Ela olhou para Roarke. — Tenho alguém do meu lado que poderá nos ajudar um pouco se a conversa empacar. Você investigou um caso de pessoa desaparecida há dois anos. Uma mulher grávida.

— Sim, Sophia Belego. Você está com um caso parecido?

— Tandy Willowby — disse Eve, e lhe repassou os fatos principais do caso. Roarke ajudou a explicar melhor alguns detalhes do caso em italiano quando o inspetor se mostrou um pouco confuso.

— Como sua vítima, tenente, minha Sophia não tinha família próxima e nenhum laço anterior com a cidade na qual desapareceu. Deixou sua... *momento, per favore...* sua conta bancária. Ela não usou mais a conta, nem os cartões de crédito, desde o dia do desaparecimento. Suas roupas e coisas continuam no seu apartamento. Sua vizinha conversa com ela naquela manhã, quando ela sai de casa. A declaração da vizinha diz que Sophia estava... *come si dice lieto?*

— Feliz — traduziu Roarke.

— *Si.* Ela está feliz e cheia de excitação. Vai ver seu *dottore.*

— Médico — traduziu Roarke.

— E vai fazer compras para o bebê. Viu o *dottore* e estava bem. Saudável. Ficou de astral bom e marcou outro *appuntamento.*

— Consulta.

— *Si*, consulta — repetiu Triveti —, para dali a uma semana. Ela muito grande por causa de criança, entende?

— Sim — confirmou Eve.

— Mas não comprou nada para bebê, não aqui em Roma. Estou falando com todas pessoas nesses lugares. Algumas, elas lembram de Sophia de outros dias, mas não do dia em que sumiu. Não foi vista desde que saiu do *dottore*. Não vi nada dela em transportes, nem ônibus, nem trem, nem avião. Seu passaporte não foi usado, eu o encontrei no apartamento dela. Não há mensagens nem comunicações que me levem a mais pistas.

— Nada em hospitais, maternidades ou necrotérios?

— Nada. Procurei pelo pai da criança, mas ninguém sabe quem é. Nem em Roma, nem em Florença. Apesar de nossos esforços, Sophia não foi encontrada.

Com ajuda de Roarke, Eve repassou tudo novamente com Triveti, passo a passo, e conseguiu mais alguns detalhes. Pediu uma cópia dos arquivos do inspetor italiano e concordou em lhe repassar os dela.

Depois de desligar, ficou sentada olhando para as anotações que fizera.

— Preciso colocar tudo isso num relatório.

— Durma antes.

— Prometi à tenente da Unidade de Pessoas Desaparecidas que iria repassar para ela todos os relatórios e anotações. Preciso...

— Você acha que ela está sentada ao lado do computador à espera do seu relatório às... — olhou para o relógio de pulso — quatro e quarenta e oito da madrugada "de uma porra de um domingo"?

— Não, mas...

— Não me obrigue a rebocar seu traseiro e arrastá-lo até a cama. Estou muito cansado e pode ser que eu me veja obrigado a bater com sua cabeça na parede a caminho do quarto. Detestaria estragar a pintura.

— Rá-rá! Ok, tá legal. Deixe-me só tentar ligar para Applebee mais uma vez. Escute, escute só um instante... Se ela se mandou para ir vê-lo, eu posso ir para a cama com a cabeça descansada.

— Você sabe muito bem que ela não fez isso. Mais uma ligação e ponto final!

— Você fica muito reclamão quando está cansado.

— Vou reclamar muito mais quando perceber que você trabalhou até a exaustão.

Eve tentou ligar para Aaron novamente, mas a ligação caiu na caixa postal.

— Droga!

— Cama! Dormir! Senão eu vou aproveitar que estou num momento "reclamão" para enfiar um tranquilizante pela sua goela abaixo.

— Rá! Você e que exército? — Ela se levantou e ficou tão tonta que percebeu que Roarke tinha razão. Era preciso colocar seus neurônios em repouso por algumas horas.

Duas horas, pensou ela, três, no máximo. Olhou para a foto de Tandy pregada no quadro mais uma vez quando saiu do escritório com Roarke.

— Isso é mais difícil do que investigar homicídios — declarou ela.

— Por que diz isso?

— Porque os mortos já se foram. Você precisa procurar quem tirou a vida deles, descobrir por que fizeram isso e construir um caso sólido que lhes trará justiça. Em um caso como este, quem investiga, não sabe de nada. Ela está viva, morta, ferida, caiu numa armadilha ou simplesmente encheu o saco, mandou tudo à merda e sumiu? Caso esteja viva e em apuros, você não tem como saber quanto tempo ainda lhe resta para encontrá-la. E, se isso não acontecer a tempo, ela pode acabar caindo no seu colo novamente, dessa vez como assassinada.

Nascimento Mortal

— Nós vamos encontrá-la.

Eve olhou para o relógio ao lado da mesinha de cabeceira. Tandy tinha saído de casa pela última vez fazia setenta e uma horas, refletiu.

Capítulo Quinze

Eve saiu do apagão completo do sono exausto e entrou num cenário de luz branca e cintilante. Havia bebês chorando, mulheres gritando e, embora eles parecessem pular à toda volta, ela estava sozinha dentro de uma espécie de caixa branca. Empurrava as paredes, mas elas eram fortes como aço. Tudo que ela conseguia fazer era deixar nas paredes as marcas das próprias impressões digitais ensanguentadas, as quais contrastavam com o branco.

Olhando para as mãos, viu que ambas estavam cobertas de sangue fresco.

Sangue de quem? perguntou a si mesma, já levando a mão à arma. Só que no coldre estava apenas uma faca muito ensanguentada. Ela a reconheceu — é claro que sim. Usara exatamente aquela faca para apunhalar o próprio pai repetidas vezes até a sua morte, num dia muito distante.

No caso de a arma ter servido para ele, poderia ser boa agora também.

Nascimento Mortal

Segurando-a pelo cabo como se fosse uma arma de combate, começou a caminhar ao longo da parede branca.

Será que eles paravam de chorar em algum momento?, perguntou a si mesma. Logo refletiu que não poderia culpá-los por isso. Bebês eram apertados e empurrados para fora de um lugar escuro e quentinho para serem lançados à luz fria e dura da realidade. Em meio a muita dor e sangue, refletiu. Com as mães se esgoelando o tempo todo.

Um começo muito difícil.

A parede fazia uma curva e ela seguiu em frente quando a caixa se estreitou e virou um túnel. Muito parecido com o necrotério, notou. Nascimento e morte, o princípio e o fim da jornada humana.

Quando virou na curva seguinte, viu Mavis estendida no chão, gritando:

— Ei! Ei!

Mas quando correu em direção à amiga, Mavis sorriu e acenou para ela.

— Estou bem, estou numa boa. Sinto-me maravilhasticamente bem. O pãozinho continua no forno, mas está quase saindo. É melhor você ajudar as outras.

— Que outras? Onde elas estão?

— Esse é o grande problema, certo? É preciso resolver tudo e voltar antes que meu pãozinho saia. Você se lembra de tudo que aprendeu nas aulas?

— Claro, meu conceito foi A.

— Eu sabia que poderia contar com você. O Dia B está chegando, Dallas, não se atrase. Tandy também está contando com você.

Uma cegonha branca passou voando pouco acima de ambas, com uma trouxa branca pendurada no bico. Eve baixou a cabeça e praguejou.

— Lá vem mais uma! — Mavis riu. — Talvez seja a de Tandy. É melhor você ir atrás dela. Corra, porque pode ser uma entrega com recibo!

Eve começou a correr e olhou para trás. Mavis continuava deitada, mas erguera os pés e os colocara para descansar contra a parede branca.

— Vou manter o pão no forno até você voltar.

— Isso não pode estar certo — murmurou Eve, mas saiu atrás da cegonha.

Em um cubículo embutido na parede, Natalie Copperfield estava amarrada a uma mesa. Seus olhos estavam roxos, esbugalhados, com sangue, e lágrimas não paravam de rolar. Havia uma faixa de robe azul apertada em torno de sua garganta.

— A conta não bate — disse ela, soluçando. — O resultado está errado, preciso refazer as contas. Esse é o meu trabalho. Eles me mataram por causa disso — explicou a Eve —, mas a conta tem de fechar mesmo assim.

— Você tem de me dar mais pistas do que essas — pediu Eve.

— Está tudo aqui nos números que não batem nessa conta. Você ainda não a encontrou? Não achou nada até agora?

Havia uma porta. Eve tentou abri-la e chutou com força quando ela se recusou a ceder. Lá dentro havia uma sala branca, e Tandy estava presa a uma mesa de parto como as que eram usadas nas demonstrações do curso.

Sangue manchava os lençóis, e seu rosto estava brilhante de suor. Sua barriga intumescida se movimentava em ondas de forma quase obscena.

— O bebê está chegando — exclamou ela, ofegante. — Não consigo impedi-lo de nascer!

— Onde está o médico? Onde está a parteira?

— Não consigo impedi-lo — repetiu ela. — Corra, corra.

No instante em que Eve correu na direção dela, Tandy desapareceu.

O chão se abriu sob os pés de Eve. Enquanto caía, os bebês continuavam a chorar e as mulheres a gritar.

Ela bateu com força no piso e ouviu o osso do braço estalar. O chão estava frio, frio demais, e parecia manchado por uma luz vermelha muito escura.

— Não. — Estremecendo, ela ficou de quatro, apoiada nas mãos e nos joelhos. — Não!

Ele estava deitado sobre uma poça do próprio sangue, o mesmo sangue que escorria das mãos de Eve e da lâmina da faca que ela continuava segurando.

Enquanto assistia a tudo, viu o pai virar a cabeça em sua direção, e seus olhos mortos sorriram para ela.

— Tudo volta ao princípio, garotinha.

Ela acordou com um grito abafado na garganta e se viu envolta pelos braços de Roarke.

— Foi um sonho, só isso. Está tudo certo, eu estou aqui.

— Tudo bem. — Ela inspirou o cheiro dele com força para se acalmar. Estou bem. Não foi tão ruim.

— Mas você está tremendo. — Ele ordenou que as luzes se acendessem em nível baixo; o fogo brilhou e iluminou mais o ambiente, e as chamas crepitaram com força na lareira.

— Só que foi muito esquisito. Esquisito e assustador.

— Números que dançam? — Ele manteve a voz baixa, mas a puxou para junto dele com mais força. — Bebês que voam?

— Dessa vez não. — Ela ordenou a si mesma que relaxasse e se aconchegou em Roarke. — Foi uma mistura dos dois casos — completou, depois de lhe contar partes do sonho. — E acabou em grande estilo. O canalha sempre arruma um jeito de entrar na história.

— Recoste-se, descanse um pouco mais e deixe isso para lá.

Ela se deixou ser abraçada um pouco mais e se enroscou nele. Mas sabia que não conseguiria voltar a dormir, muito menos deixar tudo para lá.

— Havia uma sensação de urgência. Eu precisava encontrar Tandy, mas, quando isso aconteceu, eu não consegui chegar até onde ela estava. Natalie Copperfield também apareceu, e eu só consegui pensar que ela merecia um pouco mais de mim. Está aprisionada ali no meio dos malditos números até eu somar tudo para fazer com que a conta feche e dê tudo certo.

— Não adianta nada eu lhe dizer que você está tentando abraçar o mundo com as pernas e resolver tudo ao mesmo tempo, certo?

— Não, não adianta. Desculpe.

— Então, deixe-me apenas lembrá-la de que você não está mais sozinha nessa sala branca, nesse túnel branco, nem naquele maldito quarto em Dallas. Agora nós estamos juntos.

Ela virou a cabeça de lado para poder ver a expressão dele e ergueu a mão para acariciar seu rosto.

— Graças a Deus.

Ele lhe beijou a testa.

— Bem, agora que você conseguiu três revigorantes horas de sono, aposto que vai voltar para o trabalho, certo?

Ela não brigou nem se recusou a tomar um café da manhã decente antes de trabalhar. Em vez disso, programou pessoalmente algumas panquecas grossas enquanto ele se vestia.

— Vejam só! Minha adorável esposa me servindo café da manhã num domingo de manhã.

— Você mereceu. — Ela lançou um olhar terrível para o gato quando ele veio chegando de mansinho, saindo do local onde dormira enrolado sob o sol que já batia no chão. — Você não mereceu nada. — Mas Galahad lhe exibiu um ar tão desolado que ela revirou os olhos para cima, voltou ao AutoChef e programou para ele um prato de alimento para gatos acompanhado de um pequeno pedaço de atum.

— Ele dobrou você — disse Roarke, logo atacando os ovos mexidos.

— Pode ser, mas pelo menos isso vai impedi-lo de implorar e chegar sorrateiro enquanto estivermos comendo. Estou raciocinando, aqui.

— Como sempre.

— O caso italiano é parecido demais com esse para o meu gosto. Se os dois tiverem ligação entre si, provavelmente Aaron Applebee vai escapar das suspeitas. Mas isso apontará para alguém que tem como alvo mulheres nessa situação.

— Grávidas, sem família, morando em cidades novas e prestes a dar à luz.

— Isso mesmo. Apesar de eu não ter encontrado outras que se enquadrem nesses padrões, quem é que me garante que elas não existem?... Mulheres cujo desaparecimento não foi denunciado? Ou outras que tenham aparecido no CPIAC exatamente nos moldes dessas duas? E, se isso se confirmar, vai nos abrir várias frentes.

Considerando o caso, ele cortou a pilha de panquecas que ela cobrira de xarope de bordo.

— É uma longa viagem de Roma para Nova York, caso você esteja pensando em alguém que persegue mulheres nessa situação e as rapta. Além do mais, Sophia Belego nunca foi encontrada, o que nos faz deduzir que o raptor descarta as vítimas.

— Ou descarta a mulher, apenas. Bebês são uma mercadoria.

— Sim. Tráfico no mercado negro, escravidão, adoções ilegais. São realmente uma mercadoria.

Ela enfiou o garfo em algumas panquecas e, embora elas já estivessem cobertas pela calda açucarada, mergulhou-as um pouco mais. Do outro lado da mesa, Roarke fez uma careta ao ver isso.

— Isso vai fazer seus dentes doerem — alertou ele.

— Como assim? Ah, isso aqui? Está ótimo. — Ela comeu tudo de uma só garfada. — Gosto da energia instantânea que o açúcar fornece. Continuando... Ele pode ser um psicopata que gosta de viajar e mudar de vítimas. Se eu pesquisar mais a fundo, pode ser que eu encontre alguma ligação estranha entre Tandy e Sophia Belego. Elas podem ser parte de um negócio. Os dois crimes tiveram de ser planejados. Mulheres arrancadas da rua sem ninguém ver. No caso de Sophia Belego, em plena luz do dia. Mas existe mais uma ligação: as duas mulheres engravidaram quando estavam na Europa.

Ele observou quase fascinado o instante em que ela passou uma fatia de bacon pela poça de xarope de bordo. Sua tira de mente afiada como aço tinha o apetite de um menino de cinco anos.

— Você acha que a raiz de tudo pode estar lá, e não aqui?

— É uma ideia. Vou deixá-la circular pela mente um pouco enquanto envio o relatório para a tenente Smith da UPD. Talvez ela tenha algo a acrescentar. Isso é mais a área dela do que a minha.

— Por favor, me avise quando vocês acabarem e eu a colocarei a par do meu pequeno projeto de pesquisa.

— Conte logo.

— Um dos arquivos parece estar no somatório geral, mas não está. Descobri isso ao descascar as contas como se fossem cebolas e compará-las umas com as outras. Descobri um desembolso e um rendimento que não batem um com o outro, além de uma despesa em separado que vem da mesma fonte de renda, mas é desviada para outra conta, uma conta não tributável e onde esse dinheiro não deveria estar. Pelo menos até onde eu descobri, mesmo com os olhos vendados.

— Essa é a sua vocação.

— Sempre foi. Encontrei repetições desse processo, com algumas variações sutis. Pode ser que alguém esteja escondendo alguma grana por fora ou tentando evitar uma mordida do fisco. E pode ser uma pequena lavagem de dinheiro.

— Muito pequena?

— Ainda não tenho certeza. Obrigado — disse ele quando ela completou sua caneca de café e depois a dela. — Foi feito de forma inteligente, mas eu ainda preciso descascar mais algumas camadas. Mas é uma quantia considerável.

— Valor estimado de...?

— Até agora, números com sete dígitos, pelo menos no período que estou analisando.

— Milhões, então?

— Tudo indica que sim. — Ele passou a mão pelo cabelo dela. — Eu diria que isso é razão suficiente para dois assassinatos.

— Um punhado de fichas de crédito jogadas na sarjeta já é razão suficiente para algumas pessoas. Mas eu entendo aonde você quer chegar: nesse tipo de empresa já é motivo suficiente. Que tal você me deixar dar uma olhada para ver se eu encaixo essa descoberta no perfil de alguns clientes?

— Por que você não espera que eu acabe o levantamento?

— Se você está trabalhando às cegas, eu também posso.

— Isso não seria mesquinhez e egoísmo de minha parte? — Ele considerou a situação por um momento. — Posso ser mesquinho, mas nesse caso eu prefiro montar a estrutura completa antes de lhe repassar tudo. Além do mais, você tem outras coisas para resolver nesse meio-tempo.

Isso era verdade, pensou ela.

— Vou convocar mais mãos, cabeças e olhos — anunciou Eve.

— Se nós trabalhamos em pleno domingo, todo mundo também trabalha?

— Ora, mas você acha que eu também seria tão mesquinha e egoísta?

Ele riu e deu palmadinhas na mão dela, dizendo:

— Viu só? Somos iguaizinhos em tudo. Se você vai chamar as tropas, tenente, posso pegar McNab para trabalhar comigo?

— Pode ficar com ele para você — disse ela e, recostando-se na cadeira, passou a mão pelo estômago. — Acho que estou um pouco enjoada.

— Não é de espantar. Você tomou quase um litro de xarope de bordo.

— Não pode ter sido tanto assim. — Mas o açúcar parecia estar se remexendo lá dentro quando ela se virou para o *tele-link*.

Havia uma mensagem do gerente da garagem na Rua 58. Os discos tinham sido apagados. Beco sem saída!

Eve mal tinha acabado de acordar os membros da sua equipe, convocando-os para trabalhar em sua casa, quando Mavis entrou em sua sala acompanhada por Leonardo.

— Eu sabia que encontraria você trabalhando! — Com olheiras profundas, Mavis apertou a mão de Leonardo. — Viu só? Eu não disse que ela já estava trabalhando? Você descobriu alguma coisa, Dallas?

— Estou conversando com algumas pessoas. Eu lhe disse que avisaria assim que algo de concreto aparecesse.

— Eu sei, mas...

— Ela mal dormiu a noite toda — disse Leonardo. — E agora de manhã não quis comer nada.

— Eu estou bem aqui! — explodiu Mavis, irritada. — Não fale de mim como se eu fosse uma idiota retardada. — Afastou-se dele e reclamou: — Não consigo pensar em mais nada. Como poderia? Eu deveria ter condições de ajudar. Deve haver alguma coisa que eu possa fazer.

— Pode ir para casa e me deixar trabalhar — sugeriu Eve.

Nascimento Mortal

— Ei, não fale comigo assim, você também! — repreendeu Mavis —, como se eu tivesse algum problema mental ou algo do tipo só porque estou grávida. Tandy é minha amiga e está em apuros. Não vou ficar sentada em casa sem fazer nada.

— Por que não se senta aqui, então? — ofereceu Roarke, e ela se virou para ele.

— Não preciso me sentar! Está vendo isso aqui? — Apontou para as botas roxas com solas de gel. — Eles se chamam pés, e eu consigo muito bem me manter em cima deles. A próxima pessoa, qualquer uma, que me aconselhar a sentar, recostar, deitar ou comer vai sair daqui sangrando!

Caiu um silêncio completo na sala, e as três pessoas em torno de Mavis a fitaram, imóveis, como se ela fosse uma mulher-bomba prestes a explodir.

— Sou forte e saudável. — Inspirou ruidosamente. — Não pretendo ficar sentada sobre minha bunda imensa de grávida enquanto Tandy continua desaparecida. Olhe só para você! — apontou o dedo para Eve. — Acha que eu consigo olhar para a sua cara sem perceber que você também não dormiu quase nada? Pensa que eu não sei que lhe pedi um favor gigantesco? Se você estivesse no meu lugar também não aceitaria ser descartada.

— Não posso estar no seu lugar porque não tenho uma bunda imensa de grávida sobre a qual possa me sentar. Sim, você me pediu um favor gigantesco, e se quiser que eu o atenda vai sentar aí, calar a boca e me deixar trabalhar, sua vaca irritante!

Alguns segundos de silêncio sepulcral caíram na sala e o rosto de Mavis ficou vermelho como um pimentão. Ela empinou o queixo e avisou:

— Olha o respeito! Trate-me de Senhora Dona Vaca Irritante, ouviu? — Ela se sentou, e a própria sala pareceu emitir um suspiro de alívio. — Desculpe, Dallas. — Mavis apertou as bases das duas mãos sobre os olhos. Desculpem. Peço múltiplas desculpas a todos vocês, mas não me façam voltar para casa, por favor. — Ela largou as mãos no colo. — Por favor, me deem alguma coisa para fazer e ajudar.

— Você pode colocar minhas anotações em ordem cronológica para eu redigir o relatório. E também pode preparar café.

— Ok, ok.

— Eu posso preparar o café — ofereceu Leonardo, olhando para Mavis. — Gostaria muito de ajudar também.

Mavis pegou a mão dele e a esfregou no próprio rosto.

— Você poderia me preparar um daqueles seus frappés especiais de café da manhã. — Quando ele se inclinou para beijá-la, Mavis tomou seu rosto largo nas mãos. — Você é a melhor coisa que aconteceu na minha vida, lamento muitíssimo.

— Muito bem, agora que todos já se beijaram e fizeram as pazes... — começou Eve.

— Eu ainda não beijei você. Nem você — acrescentou Mavis, lançando um sorriso de flerte para Roarke.

Ele respondeu dando alguns passos e roçando os lábios sobre os dela.

— Talvez agora nós possamos fazer algo de útil — encerrou Eve. — Roarke, vou mandar McNab trabalhar com você assim que ele chegar. Leonardo, prepare um café forte e bem preto. — Eve se levantou quando os homens partiram em direções opostas e girou o computador auxiliar para onde Mavis estava sentada.

— Obrigada por me chamar de vaca irritante, Dallas. Eu precisava disso.

— De nada, disponha.

— Você pode me contar o que achou de concreto?

Eve relatou tudo rapidamente enquanto preparava a tela para Mavis trabalhar.

— Puxa, você já descobriu tanta coisa! Muito disso eu não sabia. Acho que eu e Tandy sempre conversamos sobre o aqui,

Nascimento Mortal

o agora e o amanhá, Nunca conversamos sobre o passado. Você acha que... Será que ela e o pai do bebê podem estar juntos, numa boa? Quem sabe resolveram tirar alguns dias só para eles?

— Vou tentar entrar em contato com ele mais uma vez e descobriremos.

— Dallas? Não importa o que aconteça nessa história, quero que saiba o quanto eu estou grata a você, de verdade. Eu amo você.

Eve colocou a mão no ombro de Mavis por alguns segundos.

— Nada de declarações melosas quando eu estou num trabalho policial. Quero um cronograma para o relatório.

— Já vou, já vou!

Eve voltou à sua mesa para tentar se comunicar com Aaron Applebee mais uma vez. Olhando discretamente para Mavis, colocou a transmissão em modo de privacidade.

Dessa vez ele atendeu.

— Applebee falando!

— Olá. Aqui é a tenente Dallas, da polícia de Nova York. O senhor é um homem difícil de ser encontrado, sr. Applebee.

— Estive fora, num compromisso profissional em Glasgow. Acabei de chegar em casa. — Passou a mão no rosto, onde se via a sombra de uma barba castanho-claro por fazer há vários dias. — Quem a senhora disse mesmo que é?

— Sou a Tenente Eve Dallas, do Departamento de Polícia e Segurança de Nova York.

— Bom dia, tenente. Estou confuso com esse contato inesperado. Em que posso ajudá-la?

— O senhor poderia me dizer qual foi a última vez em que teve contato com Tandy Willowby?

— Tandy? — Seu rosto mudou num estalar de dedos. Eve pareceu ver em sua expressão uma centelha de esperança. —

A senhora esteve com Tandy? Ela está aí em Nova York? Nunca poderia imaginar que... Já sei, ela teve o bebê? Está tudo bem? Eles estão bem? Por Deus, eu posso pegar o primeiro ônibus espacial e estar aí daqui a poucas horas.

— Sr. Applebee, o senhor que é o pai da criança que a srta. Willowby está esperando?

— Sim, sou. Claro que sim. Esperando? A senhora disse "esperando"? — Uma nova centelha de esperança surgiu em seu rosto e sua voz estremeceu. — Quer dizer que não é tarde demais para eu ir vê-la antes do parto?

— O senhor alega que não sabia que ela estava morando em Nova York?

— Eu realmente não sabia, porque nós... É complicado. O que quer dizer com "estava morando"?

— A srta. Willowby sumiu desde quinta-feira à noite.

— Sumiu? Não entendo o que a senhora está dizendo com "sumiu". Espere, espere um minutinho!

Eve viu quando ele se mexeu para os lados, procurou um lugar para sentar e tentou se orientar.

— Como a senhora sabe que ela está desaparecida desde quinta-feira?

— Tandy Willowby saiu do trabalho às seis da tarde daquele dia e não voltou para casa. Não cumpriu os compromissos que assumira, não entrou em contato com sua parteira, sua empregadora nem seus amigos. Estou investigando o caso.

— Ela está grávida, deve estar para dar à luz a qualquer momento, pelos meus cálculos. A senhora já verificou nas maternidades da cidade? Ora, é claro que sim — completou, antes de Eve ter chance de responder. — Tudo bem, vamos manter a calma, não devemos perder a cabeça. — Apertou a nuca com força, como se tentasse manter a cabeça no lugar. — Pode ser que tenha vindo para casa. Voltou para Londres e eu não estava aqui.

— Não existe registro de que ela tenha utilizado nenhum meio de transporte em Nova York. Sr. Applebee, qual era o estado de seu relacionamento com a srta. Willowby quando ela deixou Londres?

— Tenso, talvez destruído. Uma burrice, uma estupidez sem tamanho. Fui um idiota completo diante do que aconteceu. Simplesmente entrei em pânico, ou sabe Deus o quê. Não tínhamos planejado nada. Pisei feio na bola, foi isso que eu fiz. Sugeri um aborto e ela ficou muito chateada. É claro que ficou chateada!

Apertou os dedos sobre os olhos e continuou:

— Deus, ó Deus! Que idiota eu sou! Brigamos, ela me disse que teria o bebê, o entregaria para adoção e eu não deveria mais me preocupar com o assunto. Chegou a procurar uma agência, eu acho. Ela mal falava comigo nessa época e eu me achava cheio de razão.

— Que agência?

— Não sei. Não estávamos conversando mais, só trocávamos farpas. Só que ela mudou de ideia. Pelo menos me deixou uma mensagem dizendo que tinha mudado de ideia e ia embora. Pediu demissão do emprego e devolveu o flat onde morava. Eu tinha certeza de que ela iria entrar em contato comigo novamente e voltaria para casa. Tentei encontrá-la, mas nunca me ocorreu que ela pudesse ter ido para os Estados Unidos. Não pegou nenhum voo daqui, nem de Paris. Foi para lá que uma de suas colegas me disse que ela iria por algum tempo, depois de eu implorar e me humilhar muito.

— Vamos direto ao ponto: quero saber onde o senhor estava na quinta-feira.

— Estive no meu escritório o dia todo na quinta-feira, até oito da noite. Fui para Glasgow nessa noite, direto do trabalho. Trabalho para o Times, o London Times. Vou lhe informar o nome e o número do meu editor. E também o hotel onde eu me hospedei em Glasgow para a senhora verificar. Tudo que for preciso. Também posso fazer algumas ligações daqui, entrar em contato com amigos dela, colegas, o obstetra com quem ela se consultou ao descobrir que estava grávida. Talvez um deles saiba de alguma coisa, ela deve ter entrado em contato com alguém.

— Por que não me dá essa lista de nomes e contatos?

— Sim, está bem. É melhor a senhora ligar do que o imbecil que estragou as coisas. Estou indo para Nova York. Vou chegar hoje mesmo, à tarde. Vou lhe dar o número do meu *tele-link* pessoal, caso a senhora queira falar mais alguma coisa comigo.

Quando Eve acabou de anotar todos os dados, viu uma caneca de café ao lado do cronograma que pedira, em disco e em cópia impressa.

— Podemos ligar para os lugares — ofereceu Leonardo. — Mavis e eu podemos entrar em contato com as maternidades e os hospitais mais uma vez, para o caso de Tandy ter dado entrada agora de manhã.

— Liguem para a parteira — pediu Eve. — Peça para ela fazer isso, porque as atendentes vão responder mais depressa do que a vocês. Mavis, alguma vez Tandy mencionou ter pensado em entregar o bebê para adoção?

— Mencionou, sim. — Em sua estação de trabalho, Mavis continuou sentada, imóvel, com as mãos cruzadas sobre a barriga. — Uma vez ela me disse que tinha considerado todas as opções. Chegou a procurar uma agência e deu os primeiros passos para fazer isso, mas desistiu.

Lendo a expressão de Eve, Mavis balançou a cabeça para os lados.

— Você acha que ela tornou a mudar de ideia e procurou um abrigo ou uma agência? Não fez isso, jamais faria. Estava decidida a formar uma família, Dallas.

— Mas vale a pena averiguar. Você se lembra do nome da agência?

— Pois é, acho que ela me disse o nome... — Mavis apertou os dedos contra as têmporas como se tentasse arrancar o nome da cabeça. — Puxa, eu não consigo me lembrar. Foi numa daquelas noites em que estávamos sentadas, jogando conversa fora.

— Se você se lembrar, me avise. — Eve olhou para trás ao ouvir Peabody e McNab chegando. — McNab, você vai trabalhar com Roarke na sala ao lado. Pesquisa eletrônica do caso Copperfield/Byson. Peabody! Você tem uma lista de nomes e contatos em Londres relacionados com Tandy Willowby. Trabalhe neles. Mavis, você e Leonardo podem fazer um levantamento de agências de adoção que tenham filial em Londres. Analise-as e veja se o nome de alguma delas lhe é familiar, Mavis. Peabody vai precisar usar esse computador, vocês terão de trabalhar em outra sala.

— Vamos começar agora mesmo. — Mavis se levantou com dificuldade. — Já me sinto melhor fazendo algo útil. Acho que agora vai dar tudo certo.

Peabody esperou até Leonardo e Mavis sair antes de se virar para Eve.

— E agora que você conseguiu tirá-los do caminho?

— Analise um caso que eu consegui da polícia italiana. Crime semelhante. A mulher sumiu em pleno ar quando estava com trinta e seis semanas de gravidez. Nenhum traço dela nem do bebê. O inspetor nos conseguiu alguns nomes em Florença, onde ela morava antes de se mudar para Roma e desaparecer. Faça o acompanhamento.

— Eu não falo italiano, exceto palavras relacionadas a comidas como *manicotti*, *linguini* e o ocasional *ciao*.

— Eu também não. Improvise. Tente esse ângulo e veja se alguém sabe se ela escolheu outras opções. Aborto ou adoção.

No seu canto, Eve voltou aos dados que Peabody levantara no CPIAC e investigou a fundo outros casos parecidos. Era possível, pensou, que um ou mais daqueles casos ainda em aberto fosse um sequestro malfeito que resultara em morte. Talvez um criminoso que tivesse disfarçado o erro como estupro, assassinato, roubado a criança e descartado a mãe.

Avaliou cuidadosamente os detalhes e analisou com atenção os relatórios das autópsias do período. Depois se concentrou nos dados de uma vítima de vinte e um anos de Middlesex. Seu corpo mutilado e um feto tinham sido encontrados num matagal, ponto que a polícia determinou que tinha sido o local da desova, e não do assassinato. Houve mutilação *post mortem*. Causa da morte: traumatismo craniano.

Dando seguimento à pesquisa, Eve entrou em contato com o investigador principal. Quinze minutos mais tarde ela continuava sentada ali com uma expressão de estranheza ao olhar para o quadro das mortes.

Havia diferenças sutis, refletiu. Essa vítima era casada, mas o casamento acontecera poucas semanas antes da morte. Sua família era de Middlesex e ela passara a vida toda na cidade.

Exceto por um curto período em que estivera em Londres. Tinha ido lá, segundo as pesquisas do investigador, especificamente para procurar uma agência e entregar o futuro bebê para adoção.

Ergueu a mão quando Peabody atravessou o escritório para sair.

— Vou só pegar café — avisou sua parceira.

— Vítima de vinte e um anos de idade, na Inglaterra. Ficou grávida de um namorado casual e resolveu ter o bebê. A família ficou aborrecida porque não gostava muito do rapaz. Ele já estivera em apuros algumas vezes e não tinha emprego fixo. Depois de refletir muito antes de agir, a vítima foi a Londres em busca de opções para adoção do bebê. Ficou num albergue por alguns dias, mas logo se mudou para um hotel de preço médio. Passou seis semanas em Londres antes de voltar para Middlesex. O namorado conseguiu um emprego fixo, o amor venceu e eles fizeram planos para se casar e ter o bebê.

— Mas?...

— Cerca de duas semanas antes do parto ela sumiu. Apareceu dois dias depois num bosque perto da casa que ela e o novo marido tinham alugado. Um local de desova. O assassinato aconteceu em outro lugar que não foi determinado.

— Eles investigaram o marido?

— Com uma lupa a laser. Seu álibi era forte. A causa da morte foi traumatismo craniano, muito possivelmente por queda. O corpo mostrava sinais de algemas nas mãos e nos pés, e arranhões nos braços ocorridos por volta da hora da morte também foram encontrados. O corpo foi mutilado, despedaçado e o feto removido, mas não sobreviveu.

— Que história pavorosa. — Peabody olhou para a porta, com medo de Mavis ouvir a conversa. — Mas existem diferenças básicas entre esse caso e Tandy.

— E também similaridades. Se você considerar que a pessoa que raptou essas mulheres queria os bebês e quando a vítima morreu tentou ficar com o filho. Nesse caso foi tarde demais para isso; então, ele ou ela cobriu os rastros mutilando o corpo da mãe e descartando as duas vítimas, mãe e filho.

Eve se levantou e colocou a nova foto e o nome no quadro.

— O que temos aqui? Três mulheres jovens e saudáveis. Nenhuma das três estava casada com o pai da criança no momento da concepção. Pelo menos duas delas buscaram informação sobre adoção.

— Aumente esse número para três — informou Peabody. — A prima da vítima italiana confirmou que Sophia Belego pesquisou essa possibilidade e chegou a marcar um horário com um orientador psicológico para conversar sobre essa possibilidade.

— Conseguiu o nome dele?

— Não. Mas a prima vai perguntar para ver se Belego mencionou o nome dele com alguém.

— Três em três já é um indício forte. Vamos tentar seguir essa linha. Pesquise agências que tenham filiais em Londres, Florença e/ou Roma. Peguei o nome do obstetra de Tandy em Londres. Vamos ligar para ele também. Antes disso, porém, quero saber se esse médico está ligado a alguma agência de adoção ou orientador psicológico dessa área.

Uma busca rápida revelou que o obstetra de Tandy fazia trabalho voluntário três dias por semana numa clínica feminina. A mesma clínica, Eve notou, que a mulher de Middlesex tinha usado em Londres.

Aquilo valia uma conversa, decidiu, e passou os quinze minutos seguintes tentando achar o médico.

Depois de falar com ele, colocou seu nome e o da clínica no quadro.

— Ele confirma que informou a Tandy o nome de algumas agências e serviços de orientação psicológica. Não sabe dizer se ela visitou alguma delas, pois Tandy cancelou a consulta seguinte com ele e pediu cópias dos seus exames médicos. Ele vai verificar na agenda, vai me retornar com a data em que ela ligou cancelando a consulta e vai me mandar uma lista das agências e serviços que normalmente repassa para as pacientes.

— Tudo isso aconteceu na Europa — ressaltou Peabody. — Se Tandy foi raptada, isso aconteceu aqui.

— É um mundo pequeno — lembrou Eve, e se virou quando Roarke entrou.

— Acho que você vai se interessar por algumas de nossas descobertas, tenente — disse ele, e entregou um disco para Eve.

Capítulo Dezesseis

Eve deixou o caso de Tandy de lado enquanto Roarke transferia os dados para o computador dela e os jogava no telão. Tudo aquilo lhe pareceu apenas um monte de números espalhados por muitas colunas de um jeito complicado, numa planilha eletrônica com informações detalhadas demais.

Ele, pelo visto, enxergava muito mais que isso.

— Duas contas me pareceram suspeitas — começou. — A primeira (e McNab concorda comigo) apresenta muitos buracos e algumas lacunas. Uma contadora precisa e metódica como Natalie Copperfield não deixaria essas lacunas em seus arquivos.

— Foram adulterados?

— Mais uma vez, eu e McNab achamos que sim.

— Isso mesmo — confirmou McNab. — Posso não entender dos macetes financeiros, porém sei reconhecer com facilidade quando um arquivo foi mexido. E pelo menos um pouco desses movimentos suspeitos bate com a data que você me informou, o dia em que Copperfield falou pela primeira vez com Byson sobre ter encontrado algo estranho e também o mesmo dia em que trabalhou depois do expediente. E algumas adulterações são mais antigas.

— Alguém muito cuidadoso removeu e/ou modificou os arquivos dela — continuou Roarke. — Alguém, em minha opinião, com bons conhecimentos de contabilidade.

— Alguém lá de dentro. Qual é o código do arquivo?

Quando ele lhe informou o código, Eve olhou qual era o número do arquivo correspondente.

— Ora, ora, ora... São nossos velhos amigos Stubens, Robbins, Cavendish e Mull.

— Interessante.

— Você disse que era uma firma de advocacia. — Sorrindo, McNab apontou para Roarke. — Mesmo com os olhos vendados acertou na mosca.

— Aqui são horas faturáveis. — Roarke usou uma caneta de laser para mostrar colunas de sua cópia sem nome que continuava no telão. — Comissões e porcentagens pagas a sócios. Era grande a chance de eu acertar.

— Mas temos algo suspeito aqui? — Quis saber Eve. — Práticas ilegais, fraudes financeiras ou tributárias?

Roarke balançou a cabeça para os lados.

— Temos os furos. Se eles forem preenchidos com dinheiro suspeito, isso poderá representar fraude. Mas os números batem e nada parece incomum, pelo menos na superfície.

— Mas tem — reclamou Eve. — Tem algo errado.

— Na segunda conta que eu examinei, certamente tem. — Ele trocou as imagens. O total bate até o último cent — continuou. — Essa conta passaria sem levantar suspeitas por grande parte das auditorias. Mas o que eu encontrei, e suspeito que sua vítima tenha encontrado também, são áreas de rendimentos e gastos que foram cuidadosamente manipuladas para fazer o total bater. Por si só essas contas simplesmente não batem. Existem honorários, veja só, bem aqui.

Ele usou a caneta a laser para apontar para uma seção.

— Esses honorários se repetem não em valores, mas em porcentagens precisas que correspondem a fontes de renda, e a conta simplesmente não fecha. São sempre quarenta e cinco por cento do bruto; com montantes correspondentes, essa mesma porcentagem aparece primeiro numa área de contribuições para organizações sem fins lucrativos, tornando o valor isento de impostos, o que, pela forma como os dados foram manipulados, caracteriza rendimentos isentos de taxas.

— Fraude fiscal — disse Eve.

— Certamente, mas isso é só parte da história. O rendimento em si está dividido em partes lançadas em subcontas com despesas integradas e de onde tudo é deduzido. O rendimento, menos esse valor, volta então à conta original. A quantia é desembolsada de um jeito que, considerando que estou apenas supondo, imagino que vá para alguma fundação beneficente. O cliente recebe um polpudo cancelamento de dívida desde lá de cima, conforme você vê aqui. Anualmente. Os montantes variam de ano para ano, mas a armação se mantém constante.

— Quanto eles estão lavando?

— Entre seis e oito milhões por ano ao longo do período pesquisado. Ainda estou trabalhando nisso, mas o valor pode ser maior. Existem formas mais simples de promover evasão fiscal e lavagem de dinheiro. Portanto, devo supor que esse cliente em particular tem rendimentos que não são estritamente legais. É uma operação — disse a Eve. — Uma operação gerida de forma inteligente e rendosa. Considerando os honorários e as despesas, eu diria que várias pessoas levam uma parte desse lucro.

— E Copperfield poderia ter descoberto isso?

— Poderia, se estivesse procurando. Ou se tivesse alguma dúvida e resolvesse escavar lá atrás para encontrar a resposta no período anterior a quando assumiu a conta. Quando você começa a remover as camadas uma por uma, as fraudes aparecem de forma sistemática, simplesmente porque o esquema todo é muito sistemático.

— Não entendo isso. — Eve balançou a cabeça. — Não os números, é claro, pois desses eu certamente não manjo nada. O que eu não entendo é o porquê. Se é tudo uma operação de desvios, como você diz, por que eles simplesmente não criaram um caixa dois?

— Ganância é um incentivo poderoso. Existem isenções fiscais grandes e tentadoras sob esse sistema, não apenas para os rendimentos questionáveis, mas também para todo o resto. Só que é preciso declarar os rendimentos e as despesas para poder obtê-los.

Eve compreendeu.

— Qual é o código de trabalho desse arquivo?

— 024-93.

Ela foi até sua mesa e pesquisou.

— Três Irmãs, uma rede de restaurantes. Londres, Paris, Roma, Nova York e Chicago.

— Um restaurante? — Roarke fez cara de incredulidade. — Não, isso está errado. Essa não é a contabilidade de um restaurante.

— É isso que o código indica — disse Eve, confirmando a informação.

— Pode indicar, mas esses não são os lançamentos contábeis de um restaurante.

— Roarke, estou olhando para o arquivo que Natalie Copperfield batizou de Três Irmãs... Mas nenhum dos nomes nesta conta estão listados em outro lugar, a não ser na etiqueta — reparou Eve.

— Ela trocou os arquivos.

— Etiquetas e discos também. Ora, mas por que faria isso? E com quem ela os trocou?

Eve começou a vasculhar todo o arquivo e o comparou com o que estava na tela.

— Madeline Bullock. Filha da mãe! Esses são os arquivos contábeis da fundação Bullock. Eles não eram clientes dela.

— Cavendish & etc eram — lembrou Roarke — E eles são representantes da Fundação Bullock.

— Ela acessou os arquivos da fundação — murmurou Eve —, mas deu a eles o nome de outra conta. Ninguém iria se dar ao trabalho de verificar os números de um restaurante no computador se estivesse em busca do que ela levantara sobre Kraus. Era ele que cuidava dessa conta e estava, segundo alegou, recebendo Bullock e seu filho na noite em que Copperfield e Byson foram mortos. Já que você precisa de um álibi, por que não usar para isso o cliente cujos livros contábeis estão sendo adulterados?

Ela deu a volta na mesa.

— Copperfield viu algo que não batia na contabilidade do escritório de advogados. Algo ligado à Fundação Bullock, e ambos eram clientes da sua firma. Será que ela não foi logo procurar um dos chefões com essa e mais a conta da fundação? Foi até Kraus, relatou sua preocupação e fez perguntas? Pode ser que ele a tenha desencorajado ou então disse que iria verificar tudo pessoalmente. Mas ela era curiosa e metódica. Algo não batia, ela quis consertar as coisas e deu uma olhada por si mesma. E enxergou o mesmo que você — disse, olhando para Roarke.

— E fez uma cópia de tudo — concordou ele. — Mas não estava certa se deveria voltar a Kraus, pois teria de lhe perguntar por que ele não tinha visto o mesmo que ela. Com quem ela poderia conversar a respeito?

— O noivo. Só que, já que ela procurou Kraus com perguntas, ele se tornou cuidadoso, foi investigar tudo que ela acessara e fez cópias. Foi o momento em que entrou em pânico, ameaçou-a e ofereceu suborno.

— E planejou dois assassinatos usando como álibi duas pessoas que tinham interesse pessoal na história. Duas pessoas que são a imagem de uma das mais prestigiadas e filantrópicas fundações beneficentes do mundo.

— E que agora se tornaram cúmplices de assassinato, duplamente. Acho que vou bater um papo com Bob. Peabody, venha comigo.

— Ahn... Dallas, fico sempre feliz por estar ao seu lado, mas acho que dessa vez você deveria levar seu decifrador de números. Não vou ter como acompanhar o papo.

Eve apertou os lábios e olhou para Roarke.

— Ela tem razão. Você está a fim?

— Será divertido.

— Sem falar no alívio que isso vai trazer à analfabeta matemática aqui — declarou Peabody. — McNab e eu podemos continuar trabalhando no caso Tandy Willowby enquanto vocês falam com Kraus.

— Ótimo. Cuide de Mavis. Vamos nessa — disse a Roarke.

Eles não encontraram Kraus em casa, mas sua esposa interrompeu o jogo de bridge com as amigas para avisar que ele estava jogando golfe no The Inner Circle, no Brooklyn.

Ela era uma mulher com ar descontraído, mas muito bem arrumada para o jogo de bridge, com seu casaquinho em caxemira azul-bebê.

— Trata-se do caso daquela menina doce e de seu belo noivo, não é? Foi horrível o que aconteceu. Tive uma conversa muito agradável com ela na festa de fim de ano da empresa, em dezembro.

Espero que vocês encontrem a pessoa cruel que cometeu esse crime.

— Encontraremos, senhora. Vocês estavam aqui naquela noite recebendo convidados, segundo eu soube.

— Ah, sim. Madeline e Win foram os nossos convidados. Jantamos, jogamos um pouco de cartas. E enquanto nos divertíamos...

— Vocês jogaram até tarde?

— Até pouco antes da meia-noite, pelo que me lembro. Eu estava quase dormindo em pé. Cheguei a pensar que estava com alguma virose, de tão cansada. Mas depois de uma bela noite de sono acordei ótima. Curtimos um belo brunch na manhã seguinte.

— Ele deu à mulher alguma coisa para ajudá-la a dormir mais depressa — foi a teoria de Eve enquanto eles iam de carro para o Brooklyn. — Assim, ele teve tempo suficiente para chegar até Copperfield e cuidar dela. E também pegar Byson, matá-lo e voltar para casa. Ainda dormiu um pouco e acordou bem disposto para curtir um belo brunch com a esposa.

— Mas o que fez com os computadores e os discos? — perguntou Roarke.

— Pois é, ainda tem isso. Deve ter levado tudo para casa. Provavelmente tem um escritório lá onde a esposa não entra. Ou alugou uma sala para guardá-los até poder se livrar dos equipamentos sem perigo. Só tem um furo nessa teoria.

— Qual?

— Robert Kraus nunca tirou carteira de motorista e nunca teve um carro. A pessoa que cometeu esses crimes tem transporte próprio. Ou então trabalhou com um cúmplice.

— Bullock ou Chase?

— Talvez. Provavelmente. Ou alguém da firma. Cavendish ou sua guardiã. As suspeitas se espalham, pelo que estou vendo. Uma ou mais pessoas da firma de contabilidade tinham de saber o que estava acontecendo. E uma ou mais pessoas da fundação também. Além de uma ou mais pessoas da firma de advocacia. Você disse que se tratava de uma operação. Vou seguir essa linha de raciocínio. De onde vem o dinheiro? Os fundos que estão sendo lavados, desviados ou adulterados? Qual é a fonte da grana?

— Está tudo listado como doações, fundos beneficentes, rendimentos particulares. Não tive como pesquisar mais a fundo sem nomes e dados de empresas específicas.

— E honorários, porcentagens... Provavelmente também há subornos e propinas para os contadores e advogados. Vamos ter de seguir esse dinheiro, porque ele vai dar em algum lugar.

O The Inner Circle era um campo de golfe coberto, com áreas de treinamento onde aficionados pelo esporte podiam jogar partidas curtas e aperfeiçoar suas tacadas enquanto curtiam um drinque com os amigos. Por um acréscimo na diária havia vestiários elegantes cheios de telões sintonizados em canais de esportes, empregados eficientes, equipamentos para duchas e serviços de massagistas masculinos e femininos. A área aquática incluía banheiras de hidromassagem, ofurô, piscina olímpica, sauna seca e a vapor.

Eles encontraram Kraus num grupo de quatro pessoas, junto ao nono buraco.

— Preciso de alguns minutos do seu tempo — avisou Eve.

— Agora?! — Suas sobrancelhas se uniram numa expressão de estranheza sob o boné de golfista. — No meio da minha partida de golfe com clientes?

— Vocês terão de continuar o jogo depois. Eu também posso caminhar ao seu lado, acompanhando o grupo — disse Eve, com ar condescendente —, e podemos discutir sobre as discrepâncias na conta da Fundação Bullock na frente dos seus clientes.

— Discrepâncias? Isso é ridículo! — Olhou para a mulher e os dois homens parados junto ao tee, já com a bolinha posicionada. — Um momento, tenente. — Foi com os braços abertos até onde os companheiros estavam, como se pedisse desculpas. Seu rosto exibia irritação quando voltou até onde Eve aguardava. — Agora me diga do que se trata, por favor.

— Trata-se de um motivo multimilionário para assassinato. Natalie Copperfield o procurou para falar de achados suspeitos nas contas de Stuben e companhia.

— Stuben? Não, ela não fez isso. A senhora me perguntou se ela discutiu algo desse teor, relacionado a algum cliente, e eu lhe assegurei que ela não me procurou.

— As contas suspeitas são da Fundação Bullock, um cliente seu. E também o seu álibi para a noite dos assassinatos.

Ele ficou vermelho e olhou em volta.

— A senhora não poderia falar mais baixo?

Eve simplesmente deu de ombros e enfiou os polegares nos bolsos do casaco.

— Se o senhor tiver problemas com pessoas que possam nos ouvir, podemos transferir a conversa para a Central de Polícia.

Mostrando-se muito indignado, ele fez um gesto para que eles o seguissem.

— Vamos ter essa conversa dentro do clube. — Kraus se afastou da área junto ao nono buraco e seguiu até um pátio aberto que ficava debaixo de um solário artificial. Depois de passar um cartão por uma ranhura na parede, apontou para que eles entrassem e se sentassem junto de uma mesa sob um guarda-sol. — Não sei o que vocês acham que podem ter descoberto.

Nascimento Mortal 321

— Lavagem de dinheiro através de fundos beneficentes — afirmou Roarke. — Valores são lançados como isenções de taxas e transferidos para subcontas, depois são trazidos de volta para o fundo e redistribuídos. É uma manobra inteligente que funciona para "lavar" uma quantia considerável de dinheiro todos os anos.

— A Fundação Bullock está acima de qualquer suspeita, tanto quando a nossa firma. O que o senhor está descrevendo é algo impossível.

— Natalie Copperfield teve acesso às contas da Fundação Bullock.

— Não sei do que estão falando, e obviamente os senhores não compreendem como administramos nosso negócio. Natalie não tinha acesso liberado para esses dados.

— Mas o senhor tinha. Elas são contas suas. O assassino de Natalie levou o computador da casa dela e seus discos. Também entrou na sala da vítima, na firma, e apagou muitos arquivos. Só que não conseguiu apagar todos, especialmente os que estavam registrados como clientes dela. Natalie tinha trocado o nome do arquivo suspeito. Os dados da conta Bullock continuaram lá.

— Mas... Por que ela faria uma coisa dessas?

Eve se inclinou levemente.

— Vamos pegar o senhor por lavagem de dinheiro e fraude fiscal. É melhor conversar comigo agora se quiser algum tipo de alívio nas duas acusações de homicídio em primeiro grau.

— Eu não matei ninguém. Meu Deus, a senhora é insana? — Sua mão tremeu de leve quando ele tirou o boné. — Eu nunca adulterei conta alguma. Isso é um absurdo!

— Sua esposa afirmou que vocês jogaram cartas na noite dos assassinatos até depois da meia-noite. Comentou que se sentiu extremamente cansada. Foi para a cama e isso lhe deu tempo mais que suficiente para chegar ao apartamento de Natalie Copperfield, arrombar a porta, prendê-la, torturá-la, matá-la e levar até o seu computador.

Ele não ficou só pálido, e sim cinza.

— Não!

— De lá o senhor foi até o apartamento de Bick Byson, lutou com ele, alvejou-o com uma arma de atordoar, amarrou-o e o interrogou, antes de matá-lo e levar seu computador. O senhor já se livrou do equipamento?

— Eu nunca feri nenhum ser humano em toda a minha vida. E não saí da minha casa naquela noite. Por Deus, por Deus, o que está acontecendo?

— Quer dizer que o senhor deixou o trabalho sujo para Bullock ou Chase?

— Isso é um absurdo. É claro que não!

— Vou conseguir um mandado para vasculhar todos os seus outros arquivos, sr. Kraus. O que o senhor fez com um também fez com outros.

— Pode conseguir um mandado para o que bem quiser. Não vai achar nada porque eu não fiz nada. A senhora está enganada a respeito das contas da Fundação Bullock. Natalie deve ter se equivocado, porque não pode haver nada de errado nelas. Randall...

Eve o interrompeu:

— O que Randall Sloan tem a ver com isso?

Kraus passou as mãos no rosto e chamou o mesmo garçom que dispensara antes.

— Quero um uísque puro. Duplo. Meu Deus, por Deus!

— O que Randall Sloan tem a ver com a conta Bullock?

— A conta é dele. Está oficialmente sob meu nome, mas a conta é dele.

— Por que não nos explica como é que isso funciona?

— Ele os trouxe para a empresa alguns anos atrás. Eu tinha acabado de entrar lá como sócio júnior. O pai dele não permitiu

Nascimento Mortal

que ele gerenciasse a conta. Parece que havia alguns questionamentos sobre a confiabilidade de Randall, suas habilidades e sua ética de trabalho. Ele seria mais adequado a lidar com a área de Relações Públicas. Só que ele trouxe uma conta importante, e eu era novo na firma. Ele me procurou e pediu que eu... Não foi exatamente um pedido.

Kraus pegou o copo de uísque que o garçom tinha trazido e tomou tudo num grande gole.

— Eu me senti pressionado e, para ser franco, cheguei a achar injusto ele não ter conseguido a conta. Foi por isso que concordei em manter meu nome vinculado a ela, mesmo sabendo que era ele que iria administrá-la. Eu conferia a totalização dos movimentos no final de cada trimestre, é claro. Se tivesse encontrado algum problema ou questionasse os procedimentos, teria assumido o comando. Só que o cliente estava satisfeito.

— Aposto que estava — replicou Eve.

— Ela não veio me procurar, juro para a senhora. Natalie não me falou de nenhum problema ou suspeita.

— Quem sabia que era Sloan a pessoa que cuidava dos livros da Fundação Bullock?

— Creio que ninguém soubesse, pelo menos oficialmente. Ele me disse que era só uma questão de orgulho, e eu acreditei nele. Mas Randall jamais machucaria Natalie. Ela era quase uma filha para ele. Isso tudo deve ser um terrível engano.

— Normalmente Madeline Bullock fica hospedada em sua casa quando vem a Nova York em companhia do filho?

— Não. Mas Madeline uma vez comentou com minha esposa que adorava nossa casa, achava o ambiente calmo e muito acolhedor. Uma coisa levou a outra, e eles aceitaram um convite para se hospedar conosco. Eu preciso ver esses registros. Tenho o direito de vê-los. Certamente deve estar havendo algum mal-entendido.

— Fale-me do estilo de vida de Randall Sloan.

— Por favor, não me peça para falar mal de um colega pelas costas dele. Um amigo. O filho de um sócio.

Eve não disse nada, simplesmente esperou.

Kraus bebeu o resto do seu uísque e pediu mais um.

— Ele joga. Ou pelo menos jogava. E perdia muito. Existem boatos de que algum tempo atrás, antes de eu entrar na firma, ele subtraiu algum dinheiro de um ou dois clientes e seu pai teve de reembolsá-los. Mas ele entrou num programa de recuperação de viciados em jogo e eu não soube de mais nenhum indício de algo inadequado nos últimos anos. O pai dele... Jacob é um homem severo. Para ele, integridade é um preceito básico e seu filho manchou a própria imagem. Randall nunca conseguirá se tornar sócio na firma e aceita isso. De qualquer modo, ele prefere o trabalho que faz e não gosta de administração nem de contabilidade.

— Mesmo assim pressionou o senhor a passar para ele, por baixo dos panos, uma conta importante.

— Mas foi ele que trouxe os clientes! — repetiu Kraus, e Eve simplesmente concordou.

— Isso mesmo — disse ela, por fim. — Isso não é interessante?

— Você acreditou nele — disse Roarke quando eles deixaram Kraus sentado debaixo do guarda-sol sob o sol artificial com a cabeça nas mãos.

— Acreditei. E você?

— Eu também. O sujeito de fora, o último a entrar na empresa, faz um favor ao filho do chefão. É razoável. Foi muito esperto da parte de Sloan e do pessoal da Bullock não usar uns aos outros para conseguir álibis.

— Quando existe um incauto na jogada, ele é sempre usado.

— Você dirige — disse ela, e informou a Roarke o endereço de Randall Sloan. — Vou ter de ligar para Londres mais uma vez.

Ela fez uma ligação para a casa de Madeline Bullock e quem atendeu foi um homem que lhe pareceu um clone de Summerset. Seu rosto lhe pareceu menos magro e ossudo, observou Eve, mas era igualmente austero.

— A sra. Bullock está viajando.

— Foi para onde?

— Não sei dizer.

— Se a Scotland Yard batesse na sua porta daqui a trinta minutos, você saberia dizer?

Ele fungou com desprezo e afirmou:

— Não saberia.

— Ok. Digamos que a casa pegue fogo. De que forma você encontraria a sra. Bullock para lhe dar a má notícia?

— Ligaria para seu número pessoal ou para seu *tele-link* portátil.

— E por que não me informa esses números?

— Tenente, eu não tenho obrigação alguma de fornecer informações sobre os assuntos pessoais da sra. Bullock a autoridades estrangeiras.

— Puxa, nessa você me pegou. Mas mesmo aqui nas colônias temos meios de conseguir informações. — Eve desligou. — Eles frequentam alguma escola para agir assim? — perguntou a Roarke.

— Existe alguma Universidade de Ciências dos Babacas? Será que Summerset se formou lá com distinção?

— Foi o primeiro da turma. Quer dirigir enquanto eu procuro o número de que você precisa?

— Eu conseguia me virar bem nessas tarefas chatas antes de conhecer você, sabia? — Ela deu início à busca, mas logo parou e se recostou. — Sabe de uma coisa? Tive uma ideia melhor. — Ligou para a casa de Feeney.

Ele vestia uma camisa do New York Liberties muito larga e desbotada e usava um boné do time colocado sobre uma explosão de cabelos cor de gengibre.

— Está acontecendo uma festa à fantasia na sua casa e eu nem fui convidada? — reclamou Eve.

— Vai haver um jogo. Duas da tarde.

— Você está ridículo.

Ele se encrespou todo.

— Meu neto me deu essa camisa. Você ligou para minha casa num domingo de tarde só para zoar da minha roupa?

— Preciso de um favor, rapidinho. Estou atrás do número de um *tele-link* portátil e sua localização atual.

— Jogo — repetiu ele. — Duas horas de hoje.

— Assassinato. Vinte e quatro horas por dia, sete dias por semana — rebateu Eve. — Vai ser rápido. Só preciso do número e do código de área da porcaria de país. Madeline Bullock. O número pode estar no nome dela ou no da Fundação Bullock. Provavelmente no nome dela, já que é um *tele-link* pessoal. Ela mora em Londres, oficialmente.

— Certo, certo, certo — resmungou Feeney, e desligou na cara dela.

— Fazer isso eu também sei fazer — observou Roarke.

— Você está dirigindo. — Eve ligou para Peabody e ordenou: — Dê mais uma olhada em Randall Sloan. Finanças, viagens, posses, imóveis. Ele é um jogador, pesquise tudo com isso em mente.

— Você farejou alguma coisa?

— Sim, estou correndo atrás. E Mavis?

— Capotou. Caiu no sono faz meia hora.

— Ótimo. Se eu conseguir localizar Randall Sloan, vou levá-lo para interrogatório. Pode deixar que aviso você.

— Dallas, consegui aquela lista de agências e orientadores

psicológicos com o pessoal da Inglaterra. Todos têm matriz na Europa.

Eve matutou um pouco e focou a mente em Tandy.

— Repasse a lista para os investigadores em Roma e em Middlesex. Enquanto isso, pesquise você também e confira com mais atenção todos os que tiverem filiais nos dois países. Muito cuidado com os que tiverem filiais em toda a Europa. Aproveite e envie essa lista completa para o meu computador pessoal.

— Entendido. Boa sorte.

Eve esfregou os olhos e piscou com força para mantê-los abertos.

— Por que não tira um cochilo antes de ir à casa de Sloan? — sugeriu Roarke.

Ela balançou a cabeça para os lados e lamentou não ter levado uma garrafa de café com ela.

— Não temos como saber se Tandy ainda está viva. Se for o bebê que eles querem, eles podem ter ido até ela só para tirá-lo. Ela seria uma espécie de recipiente, apenas. — Eve se virou para Roarke. — Quando ela entregar o que está dentro da sua barriga, poderá ser descartada.

— Você não pode fazer mais do que já está fazendo, Eve. — Pode ser que não, mas isso não significa que será o bastante. Se ela estiver viva, deve estar morrendo de medo não só por si mesma, mas pelo bebê. Quando uma mulher carrega esse... potencial dentro dela, acho que o foco de todos os seus pensamentos é o bebê. Ela está criando o futuro, protegendo-o e trazendo-o à realidade. Apesar de todo o desconforto, a inconveniência, a dor, o sangue e o medo, é algo vital. A saúde dessa nova vida e sua segurança são as coisas mais importantes. Vejo isso em Mavis pelo jeito dela olhar, se aguentar e acariciar a própria barriga. Não sei se tenho tudo isso dentro de mim para oferecer algum dia.

— Você só pode estar brincando. Minha querida Eve, você dá tudo isso e até mais para pessoas que nem conheceu.

— Isso é trabalho.

— Isso é você.

— Você sabe como minha cabeça fica conturbada quando se trata de crianças, pais e toda essa espécie de coisas.

Ele pegou a mão dela enquanto dirigia e a levou aos lábios.

— Sei que nós dois temos lugares escuros e estranhos aqui dentro. — Apontou para o peito. — Pode ser que precisemos de mais luz para nos indicar o caminho antes de nos sentirmos preparados para aumentar a família que já começamos a construir.

— Sei... Ótimo. Mais luz. Dou a maior força.

— Depois disso, acho que poderemos ter cinco ou seis.

— Cinco ou seis o quê? O quê?! — Por um momento, Eve achou que seu coração tinha literalmente parado de bater. O zumbido em seus ouvidos foi tão alto que ela mal ouviu a gargalhada de Roarke. — Isso não tem graça nenhuma.

— Claro que tem, especialmente para quem assistiu de fora. Foi uma pena você não poder ver a cara que fez.

— Sabe de uma coisa? Um dia, talvez ainda em nossa geração, a ciência médica vai descobrir um modo de implantar um embrião dentro do corpo de um homem e desenvolvê-lo até o nascimento. Durante vários meses esse homem vai se arrastar pela rua como se tivesse engolido um porco gigante que não consegue digerir. Aí nós vamos ver quem é engraçado.

— Uma das muitas coisas de que gosto em você é sua imaginação deliciosa, querida.

— Lembre-se disso quando eu colocar o seu nome na lista de homens à espera desse implante. Puxa, por que as pessoas não ficam em casa aos domingos? — reclamou com irritação, sem poder passar pelo tráfego pesado. — O que há de errado em ficar

Nascimento Mortal

em casa? Que tipo de transporte Bullock e o filho usaram para sair de Nova York?

— Outra coisa que eu amo em você são os muitos e variados caminhos da sua mente. Certamente usaram transporte particular, considerando o tamanho da piscina de dinheiro em que eles nadam.

— Um ônibus espacial que pertence à fundação. Vieram resolver negócios da fundação, pelo menos nas aparências. Se voltaram a viajar, provavelmente usaram a mesma aeronave.

— Onde eles estavam quando você confirmou o álibi de Kraus?

— Não sei. Foi Peabody que confirmou o paradeiro deles, mas teve de entrar em contato com a fundação e esperar retorno deles. Não era importante investigar isso naquele dia, mas eu poderei rastrear seus voos, se tiver de fazer isso. Terei de abrir caminho à força através de leis e relações internacionais. Odeio fazer as coisas desse jeito, mas já tenho pistas suficientes para convocá-los para interrogatório. Acho que o governo britânico terá muito interesse em analisar a contabilidade deles.

— Pode ser que eles sofram com esse golpe — concordou Roarke. — Mas se forem espertos, e seus representantes legais certamente serão, poderão despejar a culpa toda em Randall Sloan e na firma de contadores.

— Posso enfrentar esse rolo, já que os representantes legais deles ficarão debaixo das mesmas suspeitas. Talvez eu tenha de entregar o problema para a Polícia Global, mas só depois de conversar com Randall Sloan.

O milionário Randall Sloan morava numa casa de tijolinhos muito elegante e antiga nas imediações de Tribeca. Da calçada, Eve percebeu que o terceiro andar tinha sido convertido em um solário e era coberto por um domo de vidro azul claro.

— Ele tem uma carteira de motorista válida e guarda o carro a quatro quarteirões daqui, numa garagem — informou Eve. — Portanto, tinha os motivos e os meios.

— Oportunidade é mais complicado porque tinha um álibi. Ou você acha que os acompanhantes dele no jantar daquela noite estavam tentando acobertá-lo?

— Não me parece, mas vamos reexaminar essa possibilidade. Pode ser que ele tenha sido uma ferramenta, e ferramentas nem sempre se sujam. Mas se ele não cometeu os crimes pessoalmente sabia a respeito. — Eve subiu os três degraus que davam na porta de entrada. — O alarme está com luz verde — apontou.

Quando ergueu a mão para apertar a campainha, percebeu algo mais e ligou a filmadora.

— Tenente Eve Dallas e Roarke, consultor civil da polícia, estão na porta da casa de Randall Sloan. Ao chegarmos, encontramos o sistema de alarme desativado e a porta da frente destrancada.

Num movimento automático, sacou a arma. Só então tocou a campainha e gritou:

— Randall Sloan, aqui é a tenente Dallas, da polícia. Trouxe um consultor civil comigo. Por favor, responda.

Esperou, com os ouvidos atentos a qualquer som.

— Sr. Sloan, repito: aqui é a polícia. Sua residência está com o alarme desligado. — Como não houve resposta, aproximou-se meio de lado e empurrou a porta.

— Ninguém à vista — declarou. — Ele pode ter fugido. Preciso de um mandado.

— Mas a porta está aberta.

— Sim, eu poderia entrar e verificar tudo. Dá para argumentar que havia um motivo plausível para isso, mas sem uma autorização oficial para entrar eu me arrisco a dar aos advogados dele algo contra o que reclamar. Posso conseguir um mandado com rapidez.

Nascimento Mortal

Ela começou a fazer uma ligação quando alguém a chamou.

Virando-se, viu Jack Sloan e Rochelle DeLay vindo pela calçada em direção à casa de mãos dadas e os rostos rosados do frio.

— Olá, tenente. Somos Jake e Rochelle, a senhora se lembra de nós?

— Claro. Este é Roarke.

— Sim, eu o reconheço. — Subindo o primeiro degrau, Jake estendeu a mão para Roarke. — É um prazer conhecê-lo pessoalmente. Se algum dia precisar de um contador jovem e esforçado, estou às suas ordens.

— Vou me lembrar disso.

— Esta é Rochelle.

— Prazer em conhecer ambos — declarou Roarke.

— Vocês vieram visitar meu pai? Ele os manteve esperando aqui fora, no frio? — Jake apontou para a entrada. — A porta está aberta.

— Pois é, nós a encontramos assim — avisou Eve.

— Sério? Que estranho. — Ele tomou a frente, entrou e chamou em voz alta: — Olá, pai! O senhor tem visitas. Entrem, por favor — convidou Eve e Roarke. — Passamos aqui para levar meu pai para um encontro familiar dominical na casa de meu avô. — Jake tirou o gorro de lã e o enfiou de qualquer jeito no bolso do casaco. — Vocês não querem entrar? Ele deve estar lá em cima.

Eve tinha guardado a arma no bolso quando ouviu alguém chamar seu nome, mas manteve a mão sobre a pistola.

— Você se importa se eu subir com você?

— Bem...

— A porta estava aberta, Jake, e o alarme desligado. Mania de tira, entende?

— Claro, tudo bem. Provavelmente ele abriu o trinco para ver se já vínhamos chegando, pois estamos um pouco atrasados. Deve ter se esquecido de religar, só isso.

Mas Eve percebeu uma sombra de preocupação quando ele seguiu na direção da escada para o segundo andar.

— Pai? Olá, papai! Estou subindo e levando a polícia. — Tentou rir ao dizer isso, mas não obteve resposta, e o sorriso se desfez antes mesmo de se instalar.

Os sentidos de Eve captaram algo muito familiar.

— É melhor ficar atrás de mim — sugeriu, de forma quase casual, e passou a frente dele. — Qual é o quarto dele?

— O segundo à direita. Escute, tenente...

Eve empurrou a porta encostada com os nós dos dedos.

Randall Sloan não iria participar do brunch de domingo, pensou, ao mesmo tempo em que impedia Jake de entrar correndo no quarto.

Um lustre cromado muito elaborado pendia do teto alto. Randall Sloan estava pendurado pelo pescoço em uma corda amarrada com firmeza na haste brilhante do lustre.

Capítulo Dezessete

— Ele se foi. — Eve teve de prender os braços de Jake atrás das suas costas e empurrá-lo contra a parede. — Você não pode mais ajudá-lo.

— Porra nenhuma, porra nenhuma, aquele é meu pai. Meu pai!

— Sinto muito. — Ele era jovem, forte, estava desesperado, e Eve precisou usar de muita força para impedir que ele se desvencilhasse dela e entrasse no quarto, comprometendo a cena do crime. — Escute... Escute o que eu vou dizer, droga! Só eu posso ajudá-lo agora, mas não conseguirei fazer isso se você entrar e estragar as evidências. Preciso que você desça e fique lá embaixo.

— Não vou sair daqui. Não posso abandoná-lo. Vá para o inferno! — Jake encostou o rosto contra a parede e chorou.

— Deixe que eu cuido dele — disse Roarke, surgindo ao lado dela. — Vamos lá para baixo — afirmou, antes de Eve ter chance de perguntar por Rochelle. — Eu a convenci a ficar lá embaixo quando ouvimos os gritos. Pode deixar que eu o levo daqui.

— Preciso do meu kit de serviço.

— Sim, eu sei. Escute, Jake, você terá de deixar seu pai aos cuidados da tenente. Esse é o trabalho dela. Venha comigo. Rochelle está assustada e ficou sozinha lá embaixo. Desça para ficar com ela.

— Mas ele é meu pai. Meu pai está aqui.

— Sinto muito. Pode deixar que eu o acalmo do melhor jeito que conseguir — avisou Roarke, olhando para Eve. — Depois eu pego seu kit de serviço no carro.

— Não quero que ele entre em contato com ninguém, por enquanto.

— Deixe comigo. Vamos, Jake.

— Não entendo. Não compreendo o que aconteceu.

— Claro que não.

Quando Roarke afastou Jake dali, Eve entrou em contato com a Central, pediu uma equipe de peritos e tornou a entrar no quarto.

— A vítima está pendurada numa corda presa à luminária da suíte master — declarou para o gravador. — Identificação visual confirma que se trata de Randall Sloan. Não há sinais de luta.

Ela analisava o quarto enquanto falava.

— A cama está arrumada e não parece ter sido desfeita. As telas de privacidade estão ligadas e as cortinas abertas.

As luminárias ao lado da mesinha de cabeceira estavam acesas, ela percebeu, e um único cálice com um resto de vinho branco fora deixado sobre a mesa da direita. Apesar de Sloan estar descalço, havia chinelos que pareciam ser de couro largados no chão, sob o corpo. Ele vestia uma suéter bege e uma calça marrom. Uma cadeira estava virada no chão debaixo dele. Na parede de trás, em uma área de trabalho, um minicomputador estava ligado. Dava para ver a luzinha do sistema piscando.

Eve se lembrou da entrada da casa. Não havia nenhum sinal de arrombamento.

Nascimento Mortal

Acenou com a cabeça quando Roarke voltou com o seu kit.

— Obrigada.

— Quer que eu entre em contato com Peabody?

— Ainda não. Ela já está resolvendo um monte de coisas ao mesmo tempo. Você consegue mantê-los lá embaixo sob controle? Não quero que eles toquem em nada nem façam ligações de algum tipo.

— Tudo bem. — Olhou para Randall com olhos sombrios.

— Parece que ele entendeu que você descobriria uma pista que a levaria até ele.

— É o que parece à primeira vista, não é? — disse ela, passando o spray selante nas mãos e nos pés.

Roarke desviou o olhar, pousou-o nela e depois ergueu as sobrancelhas.

— Mas...?

— Não acho que tenha sido desse jeito. Ele sabia que o filho iria aparecer hoje. Será que era assim que queria que Jake o encontrasse? Deixou o alarme da casa desligado e a porta da frente aberta. Por que não fugiu em vez de fazer isso?

— Culpa?

— Ele já está com a barra suja há muito tempo. De uma hora para outra bateu dor na consciência?

— Fraude e assassinato estão muito longe um do outro na escala de crimes.

— Pode ser, mas ele me parece alguém que fugiria, não um suicida.

Ela entrou no quarto e se pôs a trabalhar.

Analisou o aposento antes de qualquer coisa. Elegante e estiloso, como o dono. Roupas caras, decoração sofisticada, eletrônicos de última linha. Um homem que gostava de viver com conforto, pensou. Apreciava mordomias e símbolos de status.

Erguendo o cálice, sentiu o cheiro do resto de vinho. Deixou um marcador no lugar antes de selar o conteúdo e logo em seguida o cálice.

Digitou uma tecla do computador com o dedo enluvado, e o monitor se acendeu. Surgiu um texto na tela.

Desculpem. Sinto muito, mas não posso mais viver desse jeito. Vejo os rostos deles, de Natalie e de Bick. Era só dinheiro, nada além disso, mas a coisa escapou ao meu controle. Devo ter perdido a cabeça quando contratei uma pessoa para matá-los. Perdi a cabeça e agora perdi a alma. Perdoem-me, porque eu não consigo me perdoar. Levo este ato terrível comigo para o Inferno e por toda a eternidade.

Ela se virou da tela para o corpo.

— Bem, uma coisa neste texto é a pura verdade: a coisa escapou ao controle.

Identificou o corpo pelas digitais, seguindo o procedimento padrão. Em seguida examinou as mãos do morto e as envolveu num saco plástico. Seu medidor determinou a hora exata da morte: vinte horas e quinze minutos de sexta-feira.

Entrando no banheiro da suíte, gravou a cena enquanto analisava o ambiente. Tudo limpo, notou. Alguns frascos de produtos masculinos sobre o balcão, junto de uma planta grande com folhas vistosas num vaso preto brilhante. Chuveiro separado, tubo de secar corpo, banheira de hidromassagem, tudo com revestimento em mármore. Uma toalha preta felpuda e imensa fora estendida sobre um secador de toalhas cromado.

Ela abriu o armário do banheiro e analisou os produtos.

Loções, poções — basicamente cremes antirrugas e produtos para o cabelo; pílulas anticoncepcionais masculinas, analgésicos, remédios para dormir. Na gaveta sob o balcão havia pentes, escovas de cabelo e produtos para higiene dental.

Voltou a olhar para o corpo.

— Você treinou muito para fazer esse nó, Randall? — murmurou para si mesma. — Porque ficou impecável. É preciso mão firme e muita habilidade para criar um nó de enforcamento tão perfeito.

Saiu do quarto ao ouvir a campainha e desceu para receber os peritos e lhes repassar a situação em que estavam as coisas.

Encontrou Roarke sentado com Jake e Rochelle na sala de estar. Jake estava cabisbaixo, com seus braços largados sobre os joelhos, entre as pernas. Seus olhos estavam inchados e vermelhos de chorar, tanto quanto os de Rochelle, que se mantinha em silêncio sentada ao lado dele.

— Preciso ver meu pai — disse Jack, sem erguer a cabeça. — Preciso vê-lo. E tenho de falar com meus avós.

— Vou providenciar para que tudo isso aconteça logo — garantiu Eve. Como era mais prático, ela se sentou na mesinha de centro diante dele. — Jake, quando foi a última vez que você viu ou falou com seu pai?

— Sexta-feira. Organizamos uma pequena cerimônia fúnebre na firma para Nat e Bick. As famílias deles não pretendem fazer serviços em memória deles aqui na cidade e nós decidimos fazer um. Todos os funcionários participaram.

— A que hora foi essa cerimônia?

— À tardinha, depois das quatro. Os sócios determinaram que as pessoas que desejassem poderiam ir embora para casa logo depois da homenagem. Saímos de lá juntos, meu pai e eu, por volta de cinco da tarde. Ele me convidou para passar aqui e tomar um drinque, mas eu fui para minha casa. Devia ter vindo com ele, conversado com ele.

— Ele lhe pareceu transtornado ou deprimido?

A cabeça de Jake se ergueu subitamente e seus olhos demonstraram raiva.

— Ora, mas que pergunta! Tínhamos acabado de sair de uma cerimônia fúnebre.

— Jake — murmurou Rochelle, esfregando a mão sobre a coxa dele. — Ela está tentando ajudar.

— Meu pai está morto, como ela poderá ajudar? Por que motivo se mataria? — quis saber Jake. — Por que faria uma coisa dessas? Era jovem, saudável e bem-sucedido na vida. Ele... Por Deus, ele era saudável, não era? Será que havia algo errado com ele e não sabíamos?

— Vou lhe perguntar novamente: ele parecia transtornado ou deprimido nos últimos dias?

— Não sei. Triste, talvez. Nós estávamos tristes e chocados. Ele me pareceu mais tenso na sexta-feira. Assustado. Perguntou se eu queria tomar um drinque com ele, mas foi pela força do hábito. Na verdade ele não queria se distrair, e eu também não.

— Você sabe onde ele costuma ir para jogar?

— Isso é coisa do passado. Nossa, tem muitos anos, ele não faz mais isso. Parou de vez!

— Muito bem. Ele mencionou para onde ia quando vocês se despediram na sexta-feira?

— Não. Não sei, não prestei atenção. Estava muito chateado. Ó Deus, preciso contar à minha mãe. Eles estão divorciados há muitos anos, mas ela precisa saber. E meus avós. — Pousou a cabeça nas mãos mais uma vez. — Não sei quanto mais eles terão condições de suportar.

— Você descreveria seu pai como um homem religioso?

— Papai? Não, nem um pouco. Ele diz que a pessoa precisa aproveitar tudo o que puder da vida porque quando ela acaba tudo termina de vez. — Sua voz falhou. — De vez.

— Ele costuma velejar, Jake?

— Velejar? — Sua cabeça se ergueu novamente, os olhos enevoados de pesar e confusão. — Não, ele não curte nenhuma atividade na água. Por quê?

Nascimento Mortal 339

— Só curiosidade. Ele estava vivendo um relacionamento com alguém?

— Não. Saía com mulheres, mas eram apenas aventuras.

— Costuma cuidar da casa? Prepara refeições, faz limpeza?

— Não, tem um androide para isso.

— Obrigada. Vou mandar um guarda acompanhar você e Rochelle até a casa de seus avós.

— Quero ver meu pai. Preciso vê-lo.

— Vou tomar providências para que você e sua família possam vê-lo o mais rápido possível. Mas não agora e não aqui. Vá e fique um pouco em companhia de sua família.

Depois que eles saíram, Eve começou a examinar o primeiro andar da casa.

— Ele deixou um bilhete de despedida no computador — disse ela a Roarke.

— Conveniente.

— Pois é. Na verdade, só uma porcentagem pequena de suicidas deixa bilhete. Ele confessou ter contratado alguém para matar Natalie Copperfield e Bick Byson.

— Muito conveniente, também.

— Sim, você está acompanhando meu raciocínio. — Ela passou por um estúdio com aparelhagens de vídeo e som, depois seguiu até a sala de jantar. — Os assassinatos não foram cometidos por um profissional, esse é o primeiro ponto. Tudo bem, ele pode ter contratado um incompetente. Mas para quem esse incompetente iria relatar as informações obtidas de Copperfield sob tortura?

— Alguém diretamente envolvido com o caso.

— Bingo! No bilhete, ele escreveu sobre perder a alma e ir para o inferno. Escreveu Inferno com I maiúsculo, o que mostra uma inclinação religiosa ou algum tipo de crença na existência de uma espécie de fogaréu lá embaixo, depois da morte. Além disso, o nó de enforcamento parecia ter sido feito por algum profissional da área. Ou algum escoteiro extremamente talentoso. Alguém muito calmo que trabalha com precisão.

Foi até a cozinha, abriu as portas da despensa muito bem estocada e do armário ao lado.

— Onde está o androide?

— Aqui certamente não está. Lá em cima, talvez?

— Vou verificar. Por que você não banca o detetive eletrônico e verifica o sistema de alarme, os discos de segurança e tudo o mais?

— Isso foi um homicídio, tenente?

— Está me parecendo que sim. Vamos esperar o relatório do médico legista. Mas os indícios apontam para isso. Por que a porta aberta e o alarme desligado?

— Alguém queria que o corpo fosse achado com facilidade e rapidez.

— Isso mesmo. Por que um homem que pretende tirar a própria vida convida o filho para um drinque poucas horas antes? Ele não faz isso, simples assim. Caso o faça, insiste mais. "Preciso conversar com você. Tenho de desabafar." Só que não foi o caso. O que temos aqui é um homem que gostava de se cuidar, de viver bem, usando todos os meios de que dispunha. Não mantinha relacionamentos estáveis nem exibia indícios de interesse genuíno pelos negócios da família. Tinha um pai linha-dura e um filho com carreira promissora, mas ele era a ovelha negra da família. Mesmo assim, cuidava do próprio conforto. E era viciado em jogo.

— No passado ou no presente?

— Bem, ele está mortinho da silva; então é um caso de passado, tecnicamente. Mas eu aposto que continuou com o vício, sim, até o último momento. Uma excelente forma de lavar rendimentos inexplicáveis é gastar tudo em jogo. Não vejo um homem com consciência pesada aqui. Vejo um oportunista. Um sujeito que teria fugido na mesma hora se achasse que estávamos desconfiando dele. Também vejo um homem tolo que pagou o pato no lugar de alguém.

Não havia nenhum androide na casa e, segundo seu detetive eletrônico pessoal, os arquivos do sistema de segurança da sexta-feira tinham sido apagados e substituídos por arquivos em branco.

— Vamos encontrar algum tranquilizante no organismo dele — opinou Eve. — Algo que a polícia possa considerar que ele usou para se acalmar, antes de colocar o laço em torno do pescoço. Mas poderemos encontrar também, já que estaremos procurando uma marca nele, feita com arma de atordoar.

— Por que matá-lo?

— Talvez ele tenha ficado mais ganancioso e exigido uma parcela maior do ganho. Pode ser que não tenha gostado de ver os amigos do filho sendo assassinados ou simplesmente ficou nervoso. De um jeito ou de outro, era uma ponta solta e serviu de bode expiatório. Eu aceito o bilhete, a cena que foi montada, guardo meus brinquedinhos e vou embora. Colocar a culpa nessa nova vítima também serve para sujar o nome da empresa. Mil desculpas, sinto muito, mas a Fundação Bullock vai precisar de uma nova firma que a represente; todo esse escândalo é muito mau para a imagem da empresa. Os advogados da fundação exigem seus arquivos de volta, mas não é encontrado na firma nenhum registro de fraudes ou rumores a partir daí. Todas as partes envolvidas com a Sloan, etc., até onde sabemos estão mortas.

— Tudo limpo e arrumado.

— O assassino gosta assim. Dois estrangulamentos, um enforcamento. O mesmo método básico. Levou o androide com ele para o caso de haver alguns registros nos seus circuitos sobre sua visita a esta residência. Porque já esteve aqui antes. Sabe se movimentar pela casa muito bem.

— E veio preparado — completou Roarke.

— Ah, sim. E entrou pela porta da frente. "Vamos bater um papo." "Que tal um drinque para acompanhar?" Dissolveu um tranquilizante no vinho da vítima. "Deixe-me ajudá-lo a ir para o quarto." Ao chegar lá, colocou-o no chão; usou a arma de atordoar, caso tenha sido necessário; escreveu o bilhete no computador. Para mim, isso foi um erro, pois ele entregou muito de si mesmo no texto: "perdi minha alma", "vou para o inferno". Instalou a corda, ergueu a vítima zonza ou atordoada por efeito da arma até a cadeira e a colocou em pé; deu um chute na cadeira, tirando-lhe a base de apoio, e apreciou o show. Ele certamente assistiria a tudo de perto — refletiu Eve. — Como assistiu à morte de Natalie e Bick. Observou o rosto, os olhos. Randall esperneou, chutou os chinelos, tentou agarrar a corda. Encontrei alguns vestígios de corda e fibras sob as unhas dele. A morte ainda levou algum tempo. Não é uma morte rápida, a não ser que o pescoço quebre no instante da queda. Ele sofreu, mas acho que buscou isso.

Eve franziu o cenho diante do quarto, agora vazio.

— O assassino pode ter tido transporte pessoal, mas isso não é uma certeza absoluta. Pode ter vindo de transporte público; o metrô serviria melhor para isso; levou o androide embora desativando todos os sistemas da máquina, com exceção da sua mobilidade.

— Então você vai procurar por um homem acompanhado de um androide.

— Talvez. — Ela sorriu de leve e atendeu o *tele-link* quando ele tocou. — Dallas falando...

— Estamos no intervalo do jogo e eu preciso falar rápido.

Eve fez uma cara de estranheza para Feeney.

Nascimento Mortal

— Para ser rapidinho era melhor você ter me retornado duas horas atrás.

— Pois é, mas não poderia localizar um *tele-link* que estava desativado, certo? Consegui o número. — Ele o leu para ela. — Coloquei o sistema de rastreamento para procurá-lo, mas ele ficou desligado até alguns minutos atrás, e alguém o ligou só durante quinze segundos.

— Deu para conseguir descobrir a localização?

— O melhor que eu posso lhe dar é Upper East Side.

— Nova York? Esse *tele-link* está aqui em Nova York?

— Está, onde você esperava que estivesse? Escute, Dallas, eles têm animadoras de torcida.

— Quem tem animadoras de torcida?

— Os Liberties. Estou perdendo o show do intervalo.

— Sossegue o facho, Feeney, elas têm idade para serem suas filhas. Aliás, filhas de seus filhos!

— Quando chegar o dia em que um homem não curte mais um monte de garotas seminuas dando saltos mortais e chutando o ar bem alto, isso é sinal de que ele está morto. Você conseguiu o que procurava?

— Já, já, obrigada. Mas mantenha o rastreador ligado, ouviu? Animadoras de torcida, é mole? — resmungou, quando Feeney desligou com muita pressa. — Homens têm mentes simples.

— Não são as nossas mentes que são simples — corrigiu Roarke.

Ela teve de rir e comentou:

— Nova York. Filhos da mãe. Provavelmente eles nem saíram da cidade. Upper East Side. Um hotel, talvez, ou uma residência particular. Preciso fazer uma pesquisa para descobrir se a fundação, Madeline Bullock ou o filho dela têm ou querem comprar alguma propriedade nessa área.

— Posso pesquisar isso a partir da nossa casa. É para lá que nós vamos. Você poderá preparar o relatório sobre as últimas descobertas trabalhando de lá mesmo, até com mais facilidade — garantiu ele, e a levou pelo braço antes de Eve ter chance de argumentar. — Você precisa se alimentar e eu também. Está rodando há muito tempo com o combustível na reserva, Eve, dá para ver pelos seus olhos.

— Mas ainda estou em pé e preciso me movimentar. Se tivesse corrido mais, Randall Sloan ainda estaria vivo e eu poderia estar encerrando o caso nesse momento.

Ela foi em direção à porta ao lado de Roarke, mas parou de repente.

— Espere, espere um instante! Um cara como Randall sempre guarda um dossiê como uma espécie de seguro. — Fez um círculo completo e continuou a raciocinar. — Uma casa de três andares, refletiu. Doze quartos e o solário. Há muitos lugares onde esconder um dossiê.

— Ele não era burro. Conseguiu que Kraus o mantivesse como executivo responsável pela conta enquanto ele mesmo fazia o trabalho. Se algo desse errado, a culpa recairia no colo de Kraus. Uma espécie de seguro.

— O bode expiatório também mantinha um bode expiatório pessoal.

— Pode apostar que sim. Caso Randall tivesse problemas e precisasse incitar o cliente, mantinha uma cópia dos livros contábeis em algum lugar. Mesmo que não tivesse o hábito de fazer isso antes, certamente copiou tudo quando adulterou os arquivos de Natalie Copperfield.

— Suponho que eles também tenham pensado nisso e conseguiram que ele confessasse onde as cópias estavam.

— Pode ser que sim, pode ser que não. Ele não foi torturado e a casa não foi revirada. Pode ser que eles tenham achado que já tinham todas as cópias dele. Mas suponhamos que ele fosse mais

Nascimento Mortal

esperto e mais cuidadoso. Este lugar precisa ser revistado com um pente-fino do primeiro ao último andar.

— Isso poderá levar horas — ressaltou Roarke. — Se você acha que ainda aguenta várias horas antes de apagar, está enganada. Ceda um pouco — pediu, antecipando-se à briga. — Mande Peabody e McNab virem para cá, a fim de cuidar disso. Um homem da DDE e uma detetive. Se houver alguma coisa escondida neste lugar, eles a encontrarão.

— Tudo bem, vou deixar que eles tentem.

Eve saiu da casa e lacrou a porta.

— Se você tiver razão sobre a cópia — avisou Roarke —, é possível que ele a mantenha fora daqui. Num cofre bancário, por exemplo.

— Sim, é possível, mas me parece que ele iria preferir um lugar de fácil acesso, especialmente agora. A merda bateu no ventilador e ele precisa do seu escudo. E se precisar dos arquivos depois do expediente bancário ou num domingo? Além do mais ele viajava muito — continuou Eve, entrando no carro. — Se usou um cofre, ele pode estar em qualquer lugar. Um sujeito que viaja tanto saberia para onde correr e como se movimentar com muita rapidez e pouca bagagem, caso fosse preciso.

Pensando nisso, ela caiu no sono.

Acordou quase na horizontal, ainda no banco do carona, quando Roarke parou na porta de casa. Em vez de deixá-la mais refrescada, o cochilo com a viatura em movimento a deixou grogue, desorientada e confusa na hora de apertar os botões para levantar o banco.

Foi Roarke que ajeitou tudo do seu lado, no volante.

— Você precisa de um sono bom, numa cama de verdade.

— O que eu preciso é de um bom café de verdade.

Mas teria de comer alguma coisa para acompanhar, determinou Roarke para si mesmo enquanto a acompanhava até o interior da casa.

— Carne vermelha — ordenou ele a Summerset assim que entrou. — Sirva na sala dela. Se os outros ainda não comeram, mande uma vaca inteira.

— Imediatamente. — Quando eles subiram, Summerset pegou no colo o gato que circulava por entre suas pernas. — Vamos servir também um pouco de vagem para acompanhar o bife. A tenente não vai gostar nem um pouco, mas ele a obrigará a comer do mesmo jeito, entende?

Mavis não chegou exatamente a pular quando Eve entrou no escritório, mas conseguiu se rebocar da poltrona.

— Vocês já voltaram!

— Já. Desculpe, mas as coisas se complicaram. Você precisa me dar cinco minutinhos para cuidar de outro problema que surgiu.

— Recebeu a lista? — perguntou Peabody. — Alguns dos nomes me parecem interessantes.

— Lista de quê?

— Das agências de adoção e dos orientadores psicológicos. Você me pediu para eu enviá-las para o seu tablet.

— Certo, certo. — O cérebro de Eve parecia geleia. — Ainda não tive chance de conferir. Algo inesperado aconteceu. Eu ofereço o mundo inteiro coberto de chocolate para quem me trouxer uma caneca de café.

— Vou pegar para você — ofereceu-se Leonardo, depois de colocar Mavis novamente sentada.

— Ela rouba chocolate — disse Peabody, apontando para Mavis e tentando fazê-la sorrir. — Dallas, várias das agências chamaram minha atenção. Então, eu...

— Vou dar uma olhada nisso daqui a pouco. Preciso afastar você e McNab dessa investigação e colocá-los em outra missão. Randall Sloan está morto.

— Puxa, que merda! Você teve um dia agitado, então.

— Foi um suicídio simulado, em minha opinião. Já examinei a cena, e os peritos estão trabalhando no laboratório.

Peabody abriu a boca, olhou para Mavis e, por fim, concordou.

— Tudo bem.

— Vou lhes relatar os detalhes e depois preciso que você e McNab voltem ao local do incidente.

— Mas vai relatar tudo isso enquanto estiver se alimentando — determinou Roarke.

— Assim que eu der uma olhada nessa lista — retrucou Eve.

— Isso pode esperar — Foi Leonardo quem disse isso, ao trazer uma caneca de café. — Desculpe, amorzinho — disse a Mavis —, mas ela precisa se alimentar e descansar um pouco.

— Nossa! — Eve reclamou, mas pegou a caneca com sofreguidão, como se ela contivesse a essência da vida. — Qual é o problema com os homens?

— Ele está certo. — Mavis passou as mãos pelo cabelo. — Tem toda razão. Você parece exausta e está muito abatida. Precisamos comer. Vamos todos nos sentar para comer.

Eles trouxeram uma mesa e cadeiras. Eve teve de reconhecer que o café não só ajudou a dissipar um pouco a névoa em seu cérebro, como também a proteína da carne fez seu sangue acelerar novamente.

— Essa é uma operação gigantesca — comentou McNab, quando Eve resumiu as coisas que descobrira. — Quem ou o que está financiando tudo?

— Essa é outra questão. Drogas e armas ilegais, dinheiro do crime organizado? — Eve ergueu um ombro. — Precisamos escavar fundo para descobrir. Ou a Polícia Global fará isso. Bullock, Chase ou alguém que está em sua folha de pagamento já assassinou três pessoas, até onde sabemos, para proteger essa operação.

— E continuam em Nova York! — Peabody tentou não cantarolar de felicidade quando engoliu um belo pedaço de carne.

— Qual o motivo? Puxa, depois de matar Randall Sloan, por que não colocaram o pé na estrada? A mim, parece que eles prefeririam estar bem longe quando o corpo fosse descoberto.

— Outra questão interessante. Eles ainda têm negócios aqui e se sentem seguros onde estão. Pelo ângulo de visão deles, estão descartados dessa investigação. Serviram de álibi para um homem que não está envolvido; ele, por sua vez, serviu para cobrir a retaguarda deles. Outro homem confessou os crimes e, como está morto, não pode desfazer essa confissão. Mas você tem razão, eles têm algum motivo para ainda estar aqui quando poderiam estar em qualquer outro lugar.

Eve refletiu um pouco a respeito disso enquanto mastigava e continuou:

— Eles queriam que o corpo fosse descoberto, e bem depressa. Não havia motivo para deixar o alarme desligado e a porta da frente destrancada, se não fosse por isso. Quanto mais cedo o copo fosse descoberto, mais depressa eles poderiam deixar todo esse negócio sujo para trás. Deve ser irritante — decidiu — ser tão rico e poderoso e ter figuras insignificantes roendo as fundações do seu plano. Como se fossem formigas.

— Acho que formigas não roem — disse Peabody. — Elas cavam, provavelmente.

— Dá no mesmo. Você é o que é, e eles não são nada. Tentaram subornar a contadora xereta, que era irritantemente honesta. Não dá para ver todo o seu maravilhoso estilo de vida e sua reputação colocados em risco por obra de uma analista de números. É por isso que o crime foi pessoal. Ela jogou isso na cara deles e eles retribuíram. Posso invadir sua casa, sua vaca burra. O que vai fazer a respeito? E vou feri-la porque você teve a audácia de me ameaçar e aos meus. Depois, quando eu estiver convencido de que você me contou tudo que preciso saber, vou matá-la com as minhas mãos e assistir a sua morte. Mas não sem antes lhe contar que vou fazer a mesma coisa com o seu amante. Para que ambos morram com muita dor, medo e sofrimento.

Espetou com o garfo uma batata pequena.

— Que foi? — perguntou, olhando para todos que a fitavam em silêncio em torno da mesa. — O que houve?

— Que circo dos horrores! — comentou Mavis, pegando um copo de água e tomando um grande gole. — Elevado ao quadrado!

— Opa... Desculpem.

— Como é que você sabe que o assassino pensou e sentiu essas coisas? — quis saber Leonardo, acariciando Mavis enquanto olhava espantado para Eve.

— Bem, certamente ele não estava pensando se ia chover ou não. — Estreitou os olhos e continuou: — Randall Sloan mantinha um veículo guardado na garagem. Não usou seu carro naquela noite. Tanto ele quanto seus álibis declararam que ele sempre andava de táxi. Vamos ver se existe algum registro de o carro ter entrado ou saído da sua garagem. Pode ser que o assassino tenha pegado emprestado o veículo dele para a tarefa. Se não foi esse o caso, vamos averiguar as agências de locação de automóveis e serviços de motoristas. A Fundação Bullock deve manter um veículo na cidade ou usar um serviço específico quando eles estão aqui.

Quando Peabody pegou seu tablet para pesquisar tudo, Eve balançou a cabeça.

— Não faça isso, você já tem muita coisa para resolver. Vou convocar Baxter, ele pediu para participar da equipe e pode assumir essa tarefa. — Afastou-se da mesa e se levantou. — Vou entrar em contato com ele agora e depois vou dar uma olhada nas agências que você selecionou para o caso Tandy.

Do outro lado da mesa, Mavis fechou os olhos, respirou fundo e disse:

— Obrigada. Muito obrigada, Dallas.

Eve falou com Baxter e só então pediu a Mavis que se juntasse a ela na sala de estar. Entraram e Eve fechou a porta.

— Você vai me contar que Tandy pode estar morta?

— Não, nada disso. Sente-se. — Quando Mavis fez isso, Eve se sentou diante dela e se inclinou para a frente até seus olhos ficarem no mesmo nível. — Mas devo avisar que você precisa estar preparada para essa possibilidade. Ela foi raptada por um motivo, e tudo indica que o bebê foi esse motivo.

— Então, depois que ela tiver o bebê... Puxa, ela sumiu desde quinta-feira. Pode ser que...

— Há um monte de coisas que "podem ser que..." — interrompeu Eve. — Precisamos enfrentar isso, Mavis. Escute, sei que pode parecer que eu não estou prestando muita atenção a esse caso e não estou procurando Tandy com determinação. Mas eu lhe garanto que ela está o tempo todo na minha cabeça. E Peabody fica trabalhando direto no desaparecimento dela quando eu não estou fazendo isso.

— Não parece que você não está prestando atenção — protestou Mavis, tomando as mãos de Eve. — Eu não acho nada disso. Sei que Peabody está fazendo tudo o que pode e que é muito boa. Só que... Dallas, ela não é você. Sei que é uma pressão muito forte essa que estou fazendo, mas...

— Não comece a chorar. Por favor, me dê um tempo longe dessas lágrimas.

— Estou tão apavorada por ela! Fico pensando o tempo todo: "... e se fosse eu?" E se eu estivesse trancada em algum lugar, sem poder proteger meu bebê? Sei que vou parecer a Princesa do Drama, mas eu preferia morrer a ver alguém levar meu bebê ou machucá-lo. Sei que Tandy pensa do mesmo jeito. Uma vez ela me contou que foi por causa disso que resolveu levar a gravidez em frente e ter o neném, mesmo estando sozinha. Disse que mesmo sabendo que havia pessoas boas que queriam ter bebês, mas não

Nascimento Mortal

conseguiam, e poderiam dar ao seu filho uma vida boa, aquele bebê era só dela. Além do mais, nunca poderia ter certeza absoluta de que eles o amariam tanto quanto ela.

— Como assim, pessoas boas? Alguma vez ela deu algum detalhe ou nome específico?

— Não, disse apenas que... Espere! — Fechando os olhos novamente e acariciando a barriga com a mão em grandes círculos, Mavis começou a inspirar e expirar com força.

— Ai, merda. Merda! Você vai...? — Eve se assustou.

— Não, nada disso, não se descabele! Estou só tentando manter o foco. Uma vez nós estávamos conversando, eu e Tandy, sobre criar um filho na cidade grande. Prós e contras, esse tipo de coisa. Ela me disse que torcia para estar fazendo a coisa certa ao escolher um ambiente urbano onde pudesse dar ao bebê uma vida tão confortável quanto a que ele teria num grande latifúndio. Ela falava isso, às vezes... latifúndio — confirmou Mavis, e abriu os olhos. — Você sabe o que é isso, um latifúndio?

— Ora, mas como é que eu posso saber? Sou uma nova-iorquina. Muito bem, vamos nós duas dar uma olhada com atenção na lista que Peabody preparou. Talvez você veja algum nome que reconheça.

CAPÍTULO DEZOITO

Eve colocou Mavis sentada, analisando a lista, e pediu a Leonardo, com um gesto, para ele se sentar ao lado dela.

— Será mais um par de olhos e outro cérebro para vasculhar as lembranças de Mavis. Você participou de algum dos papos que elas tinham sobre bebês?

— Claro — confirmou Leonardo. — Tandy vai ter um menino. — Colocou a mão sobre a barriga de Mavis, com carinho. — Tandy quis saber o sexo e conversamos algumas vezes sobre o bebê, sobre ela e seus planos. Eu queria ter uma noção de tudo, não só porque vou auxiliar no parto dela, mas também por estar desenhando algumas roupinhas básicas e especiais para dar de presente ao bebê.

— Ele é o mais doce ursinho de pelúcia de todo o universo, não concordam? — arrulhou Mavis.

— Pode apostar — confirmou Eve. — Observem a lista. Lembrem-se das conversas que tiveram com ela e sobre ela, juntos ou separados. Alguma dessas conversas poderá trazer fatos importantes para a lembrança de um de vocês. Volto num minuto.

Nascimento Mortal

Foi até o escritório de Roarke e o viu sentado à mesa monitorando uma pesquisa para ela. Fechou a porta.

— Algum problema? — Roarke quis saber.

— Nossa casa está cheia de gente e uma dessas pessoas pode explodir a qualquer momento como se fosse uma bomba de hormônios sobrecarregada emocionalmente. Meu marido está fazendo trabalho burocrático para mim em dois casos, e um deles começou com um gigantesco insulto pessoal contra ele mesmo. Arrastei esse querido marido para o Brooklyn em pleno domingo, joguei-o sobre outra cena de crime e depois o deixei cuidando de uma testemunha histérica. Provavelmente há mais coisas por aí, mas esses são os pontos principais.

— Apenas mais um dia no paraíso, para não dizer o contrário — brincou ele.

— Eu amo você. Só vim aqui para reafirmar isso.

A carga de prazer e amor que ele transmitiu com os olhos a atingiu em cheio.

— É bom ser lembrado disso. Você está tão cansada, Eve...!

— Você também me parece meio estafado.

— Ah, pareço? — Ele se levantou. — Talvez você precise vir aqui para me abraçar por alguns instantes. Que tal?

— Sim, talvez eu faça isso.

Ela deu a volta na mesa e ambos se abraçaram com ternura. Eve conseguia se virar sozinha, e Deus sabe o quanto ela já provara isso. Mas era um presente delicioso ter um homem onde ela podia se recostar sem que nenhum dos dois achasse que isso era sinal de fraqueza.

— Aquelas férias de inverno que estávamos planejando já foram adiadas duas vezes por minha causa — reconheceu ela.

— Humm... — Com os olhos fechados, ele se balançou um pouco para a frente e para trás com ela, curtindo o cheiro do seu cabelo e da sua pele. — Alguns problemas apareceram.

— Alguns problemas sempre vão aparecer. Assim que Mavis estourar aquela criança para fora da barriga e tivermos cumprido nossa obrigação, vamos dar o fora daqui.

— Ah, vamos?

— Eu lhe dou minha palavra. — Ela se afastou um pouco para olhá-lo de frente. — Preciso de você e também preciso de um tempo só para nós dois. Não sei por que me permiti esquecer isso. Além do mais, acho que, depois de cumprir nosso dever na casa de diversão que vai ser aquela sala de parto, vamos precisar de verdade ir para algum lugar onde possamos ficar fora do ar por alguns dias, apagados pelo efeito do álcool e do sexo.

— Você precisava falar nisso?

— Falar no quê? Sexo? — Eve riu e deu tapinhas carinhosos nas bochechas dele com as duas mãos. — Isso dá um jeito de entrar no meu cérebro como se fosse um tumor. Se eu sou obrigada a pensar no assunto o tempo todo, você também é.

— Eu sempre penso em sexo.

— Engraçadinho. — Ela pressionou os lábios nos dele no instante em que o computador avisou que a tarefa fora completada.

— Esses são meus dados? — Ela se desvencilhou dele e pegou a cópia que a impressora cuspiu.

— Pronto, acabou nosso charmoso interlúdio.

Ignorando-o, Eve leu rapidamente os nomes de várias propriedades, investimentos, endereços, fixou a atenção num deles e exibiu um sorriso largo e curvo como um sabre.

— Veja só isso... Madeline tem uma *pied-à-terre* bem aqui na East End Avenue, quase esquina com Rua 86.

— Suponho que você vai querer fazer mais uma das visitas dominicais.

— Posso me virar sozinha se você quiser ficar por aqui.

— Não, obrigado.

Nascimento Mortal

Quando eles voltaram para o escritório de Eve, Leonardo estava sentado sozinho diante do computador de apoio com as sobrancelhas juntas, analisando a tela.

— E Mavis, onde está?

— Ahn... Fazendo xixi. De novo! — Sorriu. — Acho que a bexiga dela encolheu ainda mais nos últimos dias.

— Que adorável! Avise a ela que eu saí para averiguar uma pista no caso dos homicídios, enquanto ainda está quente. Volto assim que puder. Se você der com algo que lhe pareça familiar, mesmo que seja uma possibilidade distante, marque o nome. Na volta daremos uma olhada. Se Peabody e McNab voltarem antes, repassem tudo para eles.

— Tudo bem. Dallas e Roarke, vocês permitem que nós passemos a noite aqui? Mavis vai querer voltar amanhã bem cedo e pretende se instalar na Central se você resolver trabalhar a partir de lá. Detesto ter de levá-la para cima, para baixo e depois para o centro da cidade sabendo que ela está tão esgotada.

— Vocês são sempre bem-vindos para dormir em nossa casa — garantiu Roarke. — Por que não pede a Summerset para preparar um calmante natural para ela? Ele saberá o que é mais seguro para a futura mãe e para o bebê.

— Você devia aproveitar e tomar um calmante também — sugeriu Eve. Depois, como sabia que Leonardo amava sua amiga, foi até onde ele estava e apertou seu ombro largo com força. — Diga a ela que Tandy não saiu da minha mente, e a melhor parte do meu trabalho acontece aqui dentro — apontou para a cabeça.

— Ela acredita em você. É isso que a ajuda a enfrentar tudo.

Nem um pouco de pressão, pensou Eve, cansada, quando se dirigiram para a saída.

— Você dirige — avisou a Roarke. — Vou colocar a cabeça para fazer um pouco do trabalho.

Ela recostou o banco alguns centímetros, fechou os olhos e tentou colocar Tandy em foco.

Jovem, saudável, solteira, grávida, sem ninguém da família perto dela. Tinha mudado de cidade. Por que não manteve contato com amigos ou colegas na cidade onde morava antes?

Estaria se escondendo?

De quê? De quem?

Do pai do bebê? Era possível, mas pouco provável. Não havia nenhum histórico de reclamações com as novas colegas ou amigas de gestação sobre "o canalha detestável" que a engravidara ou algo do tipo.

Eve pensou no apartamento de Tandy. Um ninho, conforme Peabody observara. Não um esconderijo. Ela talvez estivesse se escondendo, mas não de forma obsessiva. Aquilo mais parecia vontade de começar do zero num lugar novo.

As vítima dos outros crimes também tinham essa similaridade. Mudança de cidade — pelo menos inicialmente, no caso da vítima britânica. Novo emprego, nova casa, nova vida. Portanto, talvez se tratasse mais de se afastar do que se esconder.

Afastar-se do quê? De quem?

Uma mulher morta, duas desaparecidas. Eve pediria a uma médica — Louise, Mira ou talvez a parteira de Mavis para dar uma olhada no relatório da autópsia da vítima de Middlesex. Se ela estivesse ferida, morrendo ou já morta, o raptor poderia ter tentado tirar o bebê com vida.

Por Deus, aquilo era repugnante.

Não houve tentativa de esconder o corpo. O assassino o largara perto da casa da vítima. Longe do local do cativeiro, pensou Eve. Longe do local onde o assassino estava.

Mas Sophia Belego nunca aparecera, viva nem morta. Levaram o bebê? Desovaram o corpo? Era o mais lógico, refletiu. Os tiras estavam em busca de uma mulher raptada que ainda estava grávida ou com um bebê recém-nascido. Ou uma fugitiva. Ela se mudara uma vez, poderia se mudar novamente.

Não estavam procurando por um bebê lindo e saudável morando há pouco tempo com um casal simpático. No campo, talvez, bem longe do local do rapto.

Um bebê saudável... Essa era a prioridade número um. Não dava para transportar uma mulher em estado tão avançado de gravidez num ônibus espacial ou num jatinho. Mavis comentara que não tinha mais podido viajar depois de... quando tinha sido mesmo?... Depois da trigésima semana.

— Ela ainda está em Nova York — murmurou Eve. — A não ser que a tenham levado para fora da cidade. Mas não para muito longe. Não iriam querer colocá-la numa situação de estresse ainda maior que o necessário. Qualquer alteração na mãe refletiria no feto. Mas ela ainda está viva.

— Por quê? — quis saber Roarke.

— A não ser que tenha entrado em trabalho de parto por si própria, ela ainda está com o pacote completo na barriga. Não acredito que eles possam ter apressado isso, nem dado a ela alguma substância para antecipar o parto. Todas essas mulheres foram levadas nas últimas semanas de gravidez. Pode ser que isso seja coincidência, mas está me parecendo que o raptor espera até elas estarem no período final da gravidez.

Eve deixou que as ideias girassem na mente.

— Talvez o raptor ou raptora seja uma parteira ou um obstetra frustrado. Gosta de fazer o parto de bebês. Depois, a mãe precisa ser descartada de algum modo. Ela não pode ficar com o bebê. Só que alguém vai perceber se esse sujeito ou essa mulher continuar levando novos bebês para a própria casa. Ou então...

— Talvez ele continue a perdê-los por imperícia — disse Roarke, baixinho. — Perde a mãe e o bebê, porém, continua tentando.

— É, pode ser. Essa possibilidade nós não podemos mencionar para Mavis. Pode ser que seja um fanático por moral rígida. Com exceção de uma das vítimas que, segundo as informações que eu recebi, se casou com o pai do bebê.

— Mas se o fanatismo for grande, devemos lembrar que ela engravidou fora do casamento.

— Não podemos deixar isso de fora. — Eve olhou sem muito interesse para a carrocinha de lanches da esquina que preparava alguma coisa com muita fumaça. — Mas o fato de termos vítimas parecidas em três países aponta algum tipo de lucro. Um negócio. Escolher, raptar, fazer o parto, vender e destruir as provas.

— Quanta frieza!

— Sim, o mais frio dos crimes — concordou, e colocou o encosto do banco para cima quando Roarke estacionou na East End Avenue. — Mas acho que este outro crime também está lá no alto na escala de frieza.

A residência era um pequeno palácio de vidro e pedra, construído sobre as cinzas das Guerras Urbanas. Havia algumas casas daquele tipo — em tamanho e estilo — nas margens dos dois grandes rios de Nova York, sempre imponentes, caros e com vistas belíssimas para as águas. Os vidros lançavam reflexos em bronze e dourado sobre qualquer pessoa que parasse na calçada para admirá-los. Como o sol já havia se posto ao fim do longo dia, as luzes de segurança brilhavam com o mesmo tom acolhedor sobre os vidros blindados e os tijolinhos em marrom-avermelhado.

A construção parecia subir como uma torre com generosos terraços que davam para o rio e um arco alto e largo na entrada.

Depois de apertar a campainha, Eve exibiu o distintivo para a câmera do sistema de segurança. O raio vermelho do laser o escaneou antes de a porta se abrir.

Eve percebeu que a empregada muito atraente e uniformizada era uma androide antes mesmo de ela abrir a boca.

— Posso ajudá-los?

— Sou a tenente Dallas, da Polícia de Nova York e este é meu auxiliar. Precisamos falar com a sra. Bullock e/ou o sr. Chase.

— A sra. Bullock e o sr. Chase não recebem visitantes sem aviso prévio. A senhora gostaria de deixar um cartão?

— Quando eu mostro isto aqui — Eve quase esfregou o distintivo na cara da androide —, isso significa que eu não estou aqui para fazer uma visita social. Você acha que a sra. Bullock e/ou o sr. Chase preferem ir conversar comigo na Central de Polícia?

— Se a senhora esperar aqui, vou informar a sra. Bullock de sua chegada.

O saguão de entrada tinha piso feito de lajotões em dourado e prata, e formas complexas em vidro vermelho fino pareciam fazer a luz pingar do teto. Havia muitos quadros em sofisticadas molduras douradas, tudo exagerado e colorido em demasia; na opinião de Eve, não transmitiam substância nem faziam sentido.

Os bancos, mesas e poltronas do ambiente eram pretos com detalhes em vermelho forte e escuro.

Eve se afastou um pouco da porta, olhou para cima e viu um lance de escadas prateadas; em seguida se voltou para leste e viu uma sala espaçosa onde os esquemas de cores tinham sido invertidos: preto e vermelho no piso, ouro e prata na mobília.

Uma lareira acesa crepitava ao longe sobre uma base vermelha e, além da parede de vidro em tom de bronze, seguia o rio comprido e escuro.

Nada ali parecia suave, pensou Eve. Nada calmo, feminino ou reconfortante. Apenas meticuloso, num estilo de decoração severo e autoritário que lhe provocou uma leve dor de cabeça.

Ninguém ousaria colocar os pés sobre a cintilante mesa de prata, muito menos se enroscar para tirar um cochilo entre as almofadas douradas do sofá em linhas retas.

Eve ouviu o clicar de saltos altos no piso e se virou para analisar Madeline Bullock em carne e osso.

As fotos das identidades dela não lhe faziam justiça, decidiu Eve. Madeline era uma mulher com inegável presença. Alta, majestosa, bonita, com o cabelo platinado puxado para trás e enrolado suavemente na nuca, exibindo um rosto muito jovial.

Seus olhos tinham um tom glacial de azul e seus lábios eram tão vermelhos quanto a base da lareira. Vestia uma suéter e uma calça legging que combinavam com seus olhos; diamantes reluziam como gotas de gelo, pendendo das orelhas e reunidos em torno do pescoço.

— Tenente Dallas. — Ela atravessou a sala do mesmo modo que um iate bem capitaneado veleja um mar calmo: com suavidade e imponência. A mão que estendeu cintilou com muitos diamantes e rubis. Eve perguntou a si mesma se ela escolhia acessórios e joias que combinassem com o ambiente da sala.

— Conversei com sua parceira alguns dias atrás — continuou ela — sobre a tragédia terrível que se abateu sobre a Sloan, Myers & Kraus.

— Isso mesmo.

— E o senhor é Roarke. — O sorriso dela tornou-se bem mais caloroso. — É espantoso que nunca tenhamos nos conhecido, considerando as circunstâncias.

— Muito prazer, sra. Bullock.

— Por favor, vamos nos sentar. Digam-me o que posso fazer por ambos.

— Eu tive a impressão de que a senhora já tinha ido embora do país, sra. Bullock — começou Eve.

— Sim, agora fomos pegos no flagra, tenente. — Ela riu com descontração, cruzando as pernas com um som suave como seda. — Meu filho e eu decidimos ficar um pouco mais aqui na cidade, incógnitos, se entende o que quero dizer.

— Conheço a palavra — disse Eve, num tom seco, mas o sorriso de Madeline não se alterou em nada.

— Realmente dissemos a Robert... Robert Kraus... e a vários outros amigos que estávamos indo embora de Nova York. Tenho certeza de que vocês entendem que participar de tantos compromissos sociais pode ser uma atividade exaustiva. É claro que não é o caso de vocês, que são muito jovens e devem apreciar as rodadas constantes de jantares, comemorações e *fêtes*.

— Eu vivo em função das *fêtes*. Não me canso delas — afirmou Eve. Dessa vez o sorriso inabalável da dona da casa se enfraqueceu e ela quase exibiu um ar de estranheza, mas por curtos instantes.

— Vocês não poderiam simplesmente recusar os convites? Ou explicar aos amigos que a senhora e seu filho gostariam de passar mais algumas noites em Nova York em isolamento e quietude?

— Ah, tenente, muitas coisas são esperadas de pessoas em nossa posição. — Com um suspiro pesado, Madeline ergueu as mãos e logo as deixou cair sobre o colo com graça e leveza. — Devo dizer que muitas vezes essas expectativas são um fardo. Se eu aceitar um convite e recusar outros, estarei ferindo vários sentimentos. Isso foi apenas um truque para evitar tanto constrangimento e aproveitar algumas noites calmas. Adoramos a cidade de vocês. Ah, chegaram alguns drinques para nos refrescar.

A androide empurrou um carrinho com recipientes para decantação de bebidas, um bule de chá, pratos com frutas e queijos, além de pequenos cookies com cobertura açucarada.

— Posso lhes oferecer conhaque ou chá? Talvez um pouco dos dois?

Como sabia que Eve iria recusar, Roarke se antecipou, pousou a mão sobre seu joelho e o apertou de leve, dizendo:

— Um pouco de chá seria muito agradável, obrigado.

— Maravilhoso. Eu sirvo. Você está dispensada — avisou à androide, que se retirou da sala silenciosamente. — Creme, limão?

— Nenhum dos dois. E sem açúcar, por favor — pediu Roarke, tomando a iniciativa de puxar assunto. — A senhora tem uma casa impressionante e bela. Com uma vista maravilhosa.

— A vista foi a maior motivação para comprá-la. Eu conseguiria ficar sentada aqui observando o rio durante horas. Todas as nossas casas ficam perto de algum espelho d'água. Sinto-me muito atraída por água.

— A senhora tem uma casa linda — ressaltou Eve —, mas ficou hospedada na residência de Robert Kraus durante essa viagem.

— É verdade. Foi por causa da esposa dele. Vocês já a conheceram? Uma mulher adorável. Fez questão de nos hospedar, e a ideia nos pareceu divertida. Acabamos passando ótimos momentos. Adoramos jogar cartas. — Depois de entregar os chás, serviu uma xícara para si mesma. — Receio não compreender como isso seria interessante para a polícia, tenente.

— Todos os detalhes de uma investigação de assassinato me interessam.

— Isso significa que a investigação ainda está em andamento? Imaginei que tudo já tivesse sido solucionado a essa altura. Uma coisa terrível. Ambos eram tão jovens. Mas certamente a senhora não está desconfiada de Robert, certo?

— Eu estou apenas tentando captar uma imagem genérica. A senhora conhecia Randall Sloan, certo?

— Claro. Aquele homem é uma verdadeira locomotiva social. Quanta energia! O conceito de "ficar em casa" não combina em nada com seu jeito de ser.

— Eu não saberia analisar isso, mas o fato é que ele morreu em casa.

— Como assim? O que quer dizer?

— Randall Sloan foi encontrado morto no início da tarde de hoje, pendurado pelo pescoço no lustre da suíte de sua bela casa.

— Por Deus! — Madeline pressionou os seios com uma das mãos. — Meu santo Deus. Randall, morto?

— Quando foi a última vez que a senhora chegou a conversar com ele?

— Não sei dizer... Não consigo acreditar, o choque é tão grande! Eu... Por favor. — Esticou o braço e abriu uma caixa de prata. Dentro havia um painel de interfone. — Brown, por favor, peça ao sr. Chase para descer imediatamente.

Madeline se recostou e apertou as sobrancelhas com os dedos.

— Sinto muito, é um choque terrível. Eu conhecia esse homem fazia quase uma década. Éramos amigos.

— Amigos com que nível de intimidade?

As bochechas de Madeline se ruborizaram intensamente de raiva e ela deixou cair as mãos no colo.

— Entendo que a senhora tenha de questionar tudo numa situação como essa, mas considero a implicação dessa pergunta de muito mau gosto.

— Tiras têm muito mau gosto. A senhora e ele mantinham envolvimento pessoal em algum nível?

— Certamente não da forma como a senhora insinua. Gostávamos muito da companhia um do outro.

— Eu soube que ele é quem a persuadiu a levar a contabilidade dos seus negócios para a firma do pai dele.

— Sim, ele fez isso vários anos atrás. Pareceu-me que a reputação da firma, sua ética e os serviços que prestava eram plenamente satisfatórios.

— Robert Kraus foi designado como seu contador.

— Isso mesmo.

— No entanto, era Randall Sloan que mantinha sua contabilidade e cuidava dos livros contáveis de sua fundação.

— Não, a senhora está enganada. Quem fazia isso era Robert.

— Desde o primeiro dia até a sua morte, Randall Sloan supervisionou as finanças da Fundação Bullock.

— Não sei do que a senhora está falando. Oh, Deus! Win! — Olhou para o filho que chegava. — Sloan está morto.

Winfield Chase parou de caminhar de repente, no meio da sala. Muito parecido com a mãe, ele era musculoso, tinha presença marcante, o mesmo rosto forte e olhos igualmente glaciais. Apressou o passo e tomou entre as suas a mão que ela lhe estendeu.

— Randall? Como isso aconteceu? Houve algum acidente?

— O corpo dele foi encontrado hoje pendurado na ponta de uma corda, em seu quarto — informou Eve.

— Ele se enforcou? Por que faria uma coisa dessas? — quis saber Winfield.

— Eu não afirmei que ele se enforcou.

— Mas a senhora disse que... — Winfield parou de falar, mas continuou acariciando a mão da mãe. — Como a senhora contou que ele foi encontrado pendurado, eu assumi que... — Arregalou os olhos. — Está nos dizendo que ele foi assassinado?

Eve teve de apreciar o sotaque fortemente britânico com que ele pronunciou a última palavra, como se passasse a impressão de que Randall Sloan vestia um smoking impecável no instante em que sufocara até morrer.

— Eu também não disse isso. O assunto está sob investigação. E, na condição de investigadora, devo perguntar a ambos onde estiveram na última sexta-feira entre seis da tarde e meia-noite.

— Isso é um insulto! Como a senhora ousa questionar minha mãe desse modo? — Seus dedos apertaram os de Madeline, mas a mão livre dela foi se colocar sobre a coxa dele. — A senhora sabe quem ela é?

— Madeline Bullock. Antes disso seu nome era Chase, mas nasceu Madeline Catherine Forrester. — A linguagem corporal deles fez com que algo dentro de Eve se retorcesse, mas ela

Nascimento Mortal

manteve o olhar firme. — Caso você não saiba meu nome, sou a tenente Eve Dallas. Até a causa de esta morte ser determinada pelo Instituto Médico-Legal, o assunto está sendo tratado como morte suspeita sem acompanhamento nem testemunhas. Respondam à minha pergunta.

— Mamãe, vou ligar para o nosso advogado.

— Vá em frente — convidou Eve. — Vocês certamente vão precisar muito dele, caso estejam receosos de me contar onde estavam na última sexta-feira à noite.

— Acalme-se, Win. Acalme-se! Isso tudo é muito perturbador, tenente. Estivemos aqui em casa a noite toda. Win e eu fizemos alguns planos para nossa gala de primavera, um grandioso evento para arrecadar fundos que estaremos promovendo no próximo mês de abril na cidade de Madri. Jantamos por volta de oito horas, eu creio. Depois disso ouvimos um pouco de música e jogamos cartas. Creio que nos retiramos para dormir por volta de onze da noite. Não foi mais ou menos isso, Win?

Ele olhou para Eve com desprezo acompanhado de um ar condescendente e completou:

— Comemos costeletas de carneiro no jantar; a entrada foi sopa de tomate seco.

— Delicioso. Algum de vocês dois já esteve na casa de Randall Sloan?

— É claro. — Madeline continuou segurando a mão de Win com firmeza. — Ele sempre recebia amigos.

— E nesta viagem?

— Não. Conforme já lhe expliquei, dessa vez estávamos em busca de noites calmas.

— Certo. O senhor costuma dirigir carros quando está aqui na cidade, sr. Chase?

— Em Nova York? — Ele fez um olhar de leve desagrado. — Por que eu faria isso?

— Eu não saberia dizer. Bem, muito obrigada pelo tempo de vocês. — Eve se levantou. — Ah, mais uma coisa: seus registros contábeis, uma vez que foram negligenciados por Sloan, Myers & Kraus, serão enviados para as autoridades fiscais britânicas, também as dos Estados Unidos e, suponho, também para as mesmas agências dessa área em vários outros países.

— Isso é ultrajante! — Winfield quase se lançou para a frente, mas sua mãe se levantou num movimento ágil e manteve as rédeas sobre o filho.

— Qual o significado disso? — quis saber ela.

— Existem várias dúvidas com relação às declarações contábeis da fundação. Sou apenas uma tira que investiga assassinatos, não entendo nada dessas coisas. Mas tenho certeza de que as agências reguladoras encontrarão todas as respostas.

— Caso existam questionamentos relacionados às contas da fundação, elas certamente serão respondidas por Sloan, Myers & Kraus. Robert Kraus... — Madeline fez uma pausa longa e colocou a mão livre novamente sobre o seio. — Mas... a senhora afirmou que, na verdade, era Randall que cuidava da nossa contabilidade. Só isso já representa uma absurda e ultrajante quebra de confiança. Por acaso ele se apropriou indevidamente de fundos nossos? Meu bom Deus, nós confiávamos tanto nele, confiança completa!

Ela se apoiou em Chase, e o braço dele lhe envolveu os ombros.

— Ele estava nos usando? — quis saber Madeline. — Será que foi por isso que tirou a própria vida?

— Isso seria muito oportuno e perfeito, não é verdade? Obrigada pelo seu tempo.

Isso, pensou Eve, lhes daria muito em que pensar.

Sorriu de forma malévola quando entrou no carro.

— Acho que não seremos convidados para o evento de gala na primavera, em Madri — comentou Roarke.

— Isso vai me deixar arrasada. Você deu uma boa conferida neles? Não parecem saídos de um daquelas comédias de costumes britânicas que você curte, as mais antigas? Ela pensa rápido, sou obrigada a reconhecer. Nunca imaginou que fôssemos bater na sua porta, mas estava pronta para nos receber quando aparecemos. Ele, por outro lado, precisa de orientação e rédeas curtas. É muito nervosinho.

— Ele os matou.

— Pode apostar que sim. Vai querer me questionar? Ou me ameaçar, sua vaca? Sim, foi ele que matou todos os três. Depois voltou para casa e contou tudo para a mamãe. Aposto que ficaram muito putos ao perceber que três assassinatos não foram suficientes para acobertar suas fraudes contábeis.

— Vão jogar a culpa em Randall Sloan.

— Sim, tentarão fazer isso. Mas vou deixar que os Federais e a Polícia Global se preocupem com esse ângulo. Homicídio em Primeiro Grau, três acusações. Conspiração para assassinato e cumplicidade antes e depois do ato. Vai ser barba, cabelo e bigode com eles.

— Posso lhe perguntar como?

— Ele deixou traços de DNA no punho de Byson. É a ciência que vai pegá-lo. E minhas fantásticas habilidades investigativas estão reunindo material suficiente para garantir um mandado que o obrigue a fornecer uma amostra do seu DNA. Se Peabody e McNab tiverem sorte, Sloan terá algo incriminador contra eles em sua casa. Quando eu levar Win, o nervosinho, para interrogatório, vou arrancar todo o resto dele. Sem a mamãezinha para segurar sua onda ele cairá na minha rede e vai abrir o bico. Dá para notar que ele tem esse perfil.

— Eles poderiam decolar para a Inglaterra ou para qualquer lugar ainda esta noite.

— Poderiam, mas não vão. Uma fuga só serviria para aumentar as suspeitas sobre eles. Ela é muito controlada para isso. O que precisam fazer é continuar bancando os chocados e ofendidos. Seu amigo, seu grande amigo convenientemente morto, os decepcionou e abusou da confiança deles. Usou sua conceituada fundação para seu próprio ganho. Uma vergonha e um horror! Ela está trabalhando nisso nesse exato momento. Deve estar ligando para Cavendish ou para um de seus contatos na Inglaterra. Vai lhes repassar informações internas e instruí-los para que deem entrada nas injunções legais, liminares e qualquer medida jurídica que consigam tirar do chapéu.

— Preciso pegar Cavendish o mais depressa possível — continuou Eve. — Vou fazê-lo suar e entregar todo mundo em trinta minutos. Ele não tem essa força toda e vai abrir o bico rapidinho. Sabe a respeito dos assassinatos e vai entregar o ouro em troca de um acordo de delação que o mantenha fora da prisão por cumplicidade.

Roarke parou em um sinal vermelho e olhou para Eve com atenção.

— Você está ligadona, não é, tenente?

— E como! Está tudo caindo no meu colo, peça por peça. Vou solicitar um mandado de prisão para Chase e outro para Cavendish. — Pegou o *tele-link* e digitou alguns números. — Acho que vou ter os dois numa cela amanhã de manhã.

Ela interrompeu a calma noite de domingo de uma assistente de promotoria e do seu comandante. Montou uma videoconferência com os três na tela do painel do carro e ainda estava relatando o caso quando Roarke entrou pelos majestosos portões de casa.

— Preciso do mandado para obter uma amostra do DNA de Chase agora mesmo — argumentou Eve.

Nascimento Mortal

Vestida com uma roupa colada no corpo, a assistente da promotoria Cher Reo olhou para Eve com uma expressão contrariada.

— Práticas de contadores supostamente questionáveis, aparentemente supervisionadas por um homem que não era o profissional responsável por isso e que deixou um bilhete de suicídio confessando dois assassinatos antes de se enforcar?

— Os médicos legistas vão afastar a hipótese de suicídio.

— Você não pode ter certeza disso.

— Eu tenho a porra da certeza! — reclamou Eve, franzindo o cenho. — Desculpe o palavrão, comandante.

Whitney simplesmente suspirou e completou:

— Se a tenente tem a "porra" da certeza, Reo, deveríamos levar isso em frente. Se Chase estiver limpo, o pior que poderá acontecer é ele se fazer de insultado, abrir uma queixa formal na embaixada e orientar seus advogados a acabar conosco.

— Vou procurar um juiz que concorde com o senhor — cedeu Reo. — O mesmo vale para Cavendish. É uma situação instável, Dallas.

— Vou torná-la estável. Quero os dois na minha frente às oito em ponto amanhã de manhã. Obrigada, comandante. Desculpe interromper sua noite de domingo.

— E quanto a mim? — exigiu Reo.

— Você também.

— Belo trabalho. — Roarke se inclinou para beijá-la. — Eu emitiria um mandado para você agora mesmo.

— Aposto que sim. Eles vão invocar o direito de permanecer calados, mas isso não irá ajudá-los. Vou agarrar os dois pela gola, Roarke. Por Natalie, por Bick e por aquele babaca do Randall Sloan. Quando eu tiver acabado, os Federais e a Polícia Global vão reunir todas as peças e somar a elas fraude fiscal, lavagem de dinheiro e mais um monte de coisas que queiram jogar nas costas deles.

Ele a enlaçou pela cintura enquanto subiam os degraus que iam dar na porta da frente.

— Eu realmente precisei muito da sua assistência nesse caso, garotão.

— Agora precisa me pagar.

A risada dela se transformou numa careta de nojo ao entrar no saguão e dar de cara com Summerset.

— Você nunca consegue ir para outro lugar onde eu não esteja?

Ele a ignorou e se dirigiu a Roarke.

— O calmante ajudou Mavis e ela está dormindo. Coloquei-a junto com Leonardo no quarto de hóspedes azul do terceiro andar. Ali é mais calmo e ela precisa repousar. — Nesse momento, olhou fixamente para Eve. — Ela enfrentou muita agitação e nervosismo no dia de hoje.

— Foi mesmo, pode jogar a culpa em mim.

— A pessoa que raptou Tandy Willowby é que deve ser responsabilizada por isso — disse Roarke. — Todos nós queremos que Mavis tenha todo o repouso, descanso e cuidados de que necessite.

— É claro. — Summerset pigarreou. — Estou preocupado. — Olhou para Eve novamente com o que pareceu um ar de desculpas em seus olhos escuros. Estou preocupado.

Se era possível um cabo de vassoura com pernas ter afeto por alguém, Eve sabia que Summerset gostava de Mavis.

— Não posso mantê-la dormindo a não ser que a amarre na cama. Tudo que posso fazer é encontrar Tandy Willowby.

— Tenente — chamou Summerset quando Eve começou a subir a escada. — Posso lhe preparar um estimulador energético que não contenha elementos químicos, já que a senhora não os aprecia.

— Você, me preparar um estimulante e eu consumi-lo de livre e espontânea vontade? — Ela deu uma risada de deboche. — Estou com cara de quem perdeu o juízo?

Continuou a subir a escada, olhou para Roarke e avisou:

— Não vou tomar nenhuma poção de bruxo que ele preparar, pode esquecer.

— Eu não disse nada.

— Mas pensou! Vou tomar café e procurar Peabody. Se Mavis realmente já apagou, eu posso ir até a casa de Sloan e liberar Peabody e McNab, mas ainda preciso atualizar Baxter. Ele vai querer assistir aos interrogatórios amanhã.

— Por Cristo, Eve, você precisa dormir um pouco.

— Pensei que você não estivesse dizendo nada.

— Porra, maldito inferno do cacete... — reagiu Roarke.

Foi o mais longe que conseguiu ir antes de o *tele-link* tocar.

— É melhor segurar as exclamações irlandesas — aconselhou Eve. — Dallas falando!

— Veja só isso! — cantarolou Peabody, e virou a câmera do *tele-link* para Eve poder ver a porta aberta de um cofre.

— Porra ao quadrado! — comemorou Eve.

— Foi o segundo que nós encontramos. Estávamos quase desistindo, mas meu detetive eletrônico pessoal é teimoso. — Peabody, com ar de muito cansada, fez barulhos molhados de beijos lançados no ar.

— Pare com essa nojeira!

— Ora, Dallas, ele merece. O primeiro cofre estava na biblioteca. Frente falsa, mas nada que um ladrão comum com QI maior que 17 não teria conseguido descobrir e abrir. Estava vazio. Ficamos muito tristes ao perceber que a pessoa que matou Sloan tinha chegado antes.

— Foi exatamente isso que ele achou. Pensou que tinha recolhido todas as provas que Sloan escondera.

— Mas McNab me disse "Corta essa, She-Body. Você mesma disse que a vítima era muito esperta. Por que não teria outro esconderijo ainda mais protegido? Se não for aqui, pode ser em qualquer lugar, mas já que estamos aqui vamos continuar vasculhando e procurando até conseguirmos..."

— Você está falando enrolado e rápido demais.

— Desculpe. Meu cérebro foi dormir faz mais ou menos uma hora e o resto do meu corpo ainda não se tocou. Mas vamos em frente... Achamos esse segundo cofre na cozinha. Estava embutido na parede da despensa. Onde, devo acrescentar, a vítima tinha produtos de excelente qualidade. Mas não comemos nada, ouviu? Foi duro e doloroso, mas resistimos bravamente. Nesse simpático cofrinho, que meu garanhão escocês conseguiu abrir em menos de trinta e cinco minutos, encontramos dinheiro vivo. Duzentos e cinquenta mil dólares, algumas joias e... uma pilha de discos! Estão todos etiquetados, Dallas, esse pote de ouro está cheio de registros da Fundação Bullock.

— O veio principal. Ensaque tudo, copie os dados e traga tudo para cá.

Eve se virou para Roarke com um sorriso de orelha a orelha e completou:

— Pegamos os canalhas. — O sorriso se desfez quando ela viu o copo alto com um líquido verde-escuro que ele lhe oferecia. — Onde foi que você conseguiu esse troço?

— Com as fadas.

— Não quero suco de fadas. — Ela manteve o pé firme e ergueu os punhos num pose de boxeadora — Se você tentar me enfiar isso pela garganta, vai sair daqui sangrando.

— Meu Deus, estou aterrorizado! Acabo de ser ameaçado de agressão por uma mulher que mal consegue se manter em pé.

Nascimento Mortal

— Metade para mim e metade para você — propôs, conciliador, quando ela grunhiu e rangeu os dentes.

— Droga! — Ela não poderia dar-lhe um soco depois de ele ter sido razoável. — Você primeiro.

Com os olhos fixos nos dela, ele pegou o copo e bebeu metade do líquido. Virou a cabeça de lado, como se avaliasse a bebida e entregou o copo.

— Nojento, não é? — quis saber ela.

— Sem dúvida — concordou Roarke. — Sua vez.

Eve fez uma careta horrorosa da qual um menino de doze anos iria se orgulhar, na opinião de Roarke. Mesmo assim pegou o copo e tomou o resto da bebida de uma vez só.

— Pronto. Ficou feliz agora?

— Vou ficar mais feliz quando estivermos dançando nus debaixo de um escaldante sol tropical, mas por enquanto isso serve.

— Então tá... — Ela esfregou os olhos que ardiam. — Vamos começar a amarrar todas as pontas.

CAPÍTULO DEZENOVE

Quando Eve entrou em contato com Baxter, ele já estava quase nos portões de sua casa.

— Achei que esse era um bom momento para vir lhe repassar o que consegui e você me atualizar sobre o caso. Em pessoa. Estou levando Trueheart comigo. Deve haver alguma coisa em que o garoto possa ajudar.

Sempre havia algo, pensou Eve, e começou a reunir suas anotações. Trueheart poderia assumir o trabalho burocrático e redigir seu relatório. Apesar dos vários meses em que já trabalhava com Baxter, Trueheart ainda era um novato tão verde quanto os campos de grama no mês de maio, embora ainda se mostrasse entusiasmado como um cãozinho com o trabalho. Certamente não reclamaria de fazer trabalho monótono.

— Mais tiras? — disse Roarke. — Precisamos de mais café.

— Dançar pelados e sol tropical num futuro próximo.

— Será que não conseguiríamos tirar quinze minutos no salão holográfico para treinar esse momento? — perguntou ele, colocando a caneca de café junto do cotovelo dela.

— Temos treinado em todas as oportunidades que aparecem há quase dois anos. Acho que estamos prontos para passar ao nível profissional. De onde vem o dinheiro que eles lavam?

— Pensei que você fosse deixar essa preocupação para os Federais e a Polícia Global.

— E vou, mas isso me incomoda. — Ela se levantou, foi até o quadro e analisou as fotos de Madeline Bullock e Winfield Chase. Em sua mente, reviu a forma como eles se colocaram juntos, lado a lado, e a forma como se tocaram. — Não são apenas mãe e filho.

Como Roarke ficou calado, ela se virou para olhá-lo de frente, assentiu com a cabeça e completou:

— Você também reparou nisso.

— Acho que nós estamos mais ligados nesse tipo de energia do que a maioria das pessoas. Eu percebi a... Intimidade que existe entre eles, digamos assim.

— Intimidade. Essa palavra é limpa demais para o meu gosto, mas "incesto" não melhora muito as coisas. Só que isso não explica a base do que acontece. Ela manda em tudo e no filho também.

— Dizer isso fez com que algo se retorcesse dentro de sua barriga.

— Ela é a aranha que deveria tecer uma teia para protegê-lo dos males do mundo. Em vez disso, porém, ela o usa e o deforma... E isso não tem nada a ver comigo.

Roarke atravessou o escritório, foi até onde Eve estava, colocou as mãos sobre os ombros dela e lhe beijou o cabelo.

— Como é possível impedir que isso ecoe dentro de você, do mesmo modo que o que acontece com Tandy repercute dentro de mim?

Eve estendeu o braço e cobriu a mão dele com a sua.

— Foi ele que cometeu os assassinatos. Dá para ver essa violência dentro dele, por baixo do verniz exterior. Mas foi ela que apertou os botões. Mas talvez eu esteja enxergando coisas demais nisso.

— Se você está vendo demais, eu também estou.

— Muito bem. Ela inspirou com força e baixou a mão. — Se estivermos certos, pode crer que isso é algo que usarei quando conseguir levá-los para interrogatório. Mas por enquanto... Qual é a fonte do dinheiro? Drogas ilegais, armas? A coisa não encaixa. Dinheiro do crime organizado? Não sei. Eles não me parecem mafiosos. Mas existem mil outras maneiras — refletiu. — Há muito jeitos de desviar dinheiro dos livros contábeis, mas me parece... Eu sinto — corrigiu ela —, que seria algo ligado às atividades pessoais deles. Uma coisa que curtem. Ou em que acreditam. São babacas autoindulgentes.

— Descrição perfeita!

— Você me entendeu bem — concordou Eve. — São afetados, bancam os virtuosos e "se acham". Não consigo vê-los ligados ao crime organizado porque ela gosta de comandar o show sozinha. Eu gostaria de conversar tudo isso com Mira e pedir que ela me montasse um perfil.

— A mim, parece que você mesma já montou um belo perfil.

— Ela usa diamantes dentro de casa. Ele apareceu de terno na sala num domingo à noite. Os dois mantêm a pose mesmo quando não há ninguém em volta para ver. Foi essa imagem que criaram e nutrem, mesmo quando estão transando no escuro. O sexo é mais uma camada dessa intimidade e reforça o fato de eles estarem acima dos outros mortais. Você sabe quem ela é? Pode ser que trabalhem com contrabando, tipo de contravenção que tem um certo lustro de classe e romance.

— Ora, obrigado, querida.

Eve revirou os olhos de impaciência. Sempre podia contar com Roarke para lembrar a ela, em todas as oportunidades, que foi assim que ele conseguira uma boa parte da sua fortuna ainda na juventude.

— Joalheria, arte, vinhos finos e coisas desse tipo. Uma ideia bem plausível — concordou Eve. — Talvez um pouco de chantagem sutil.

— Os discos que Peabody e McNab estão trazendo deverão esclarecer muita coisa ou pelo menos parte dela.

— Sim. Provavelmente está tudo codificado. Que saco! Muitas das casas e outras propriedades que eles têm estão no nome da fundação. — Irrequieta, andou de um lado para outro diante do quadro. — Mas esse é só um dos jeitos de escapar do labirinto de impostos. Suspeito que muitas daquelas joias, das obras de arte e dos itens caríssimos foram comprados com dinheiro vivo

Apontou com o polegar os dados que estavam no telão.

— Olhe só para ele... Quase cinquenta anos, nunca se casou nem viveu com nenhuma mulher, continua morando com a mamãe. Trabalha para a mamãe. Viaja com a mamãe. Acho que nem procuram mais esconder o que rola entre os dois. Ele não perguntou "Você sabem quem nós somos" e sim "quem ela é". Ela detém o poder. Ela tem o controle de tudo.

Eve deixou esse raciocínio de lado quando ouviu passos com um ritmo marcado, típico de tiras se aproximando de sua sala.

Era sempre uma surpresa ver Trueheart sem farda, vestindo roupas comuns. Eles entraram parecendo, para Eve, uma daquelas duplas inseparáveis de seriados de TV: o veterano astuto e o aprendiz jovem e atraente.

— Café! — exclamou Baxter assim que entrou, como se estivesse entoando um mantra. — Pegue um para mim, garoto. Olá, Dallas. Olá, Roarke.

— Quais são as novidades sobre o carro? — quis saber Eve, sem rodeios.

— Eles apagam as gravações a cada vinte e quatro horas. A noite em questão já era... E não há registros das entradas e saídas.

— Você não me trouxe nadica de nada?

— Acha que eu apareceria aqui de mãos abanando? — Pegou o café que Trueheart lhe entregou, sentou-se e esticou as pernas. — Estacionamento privativo com tarifas mensais mais altas que o valor do meu aluguel e o do garoto aqui, somados. São necessários cartão magnético e senha para entrar. O lugar tem poucas vagas e vou te contar uma coisa: só tem carrão! O veículo da vítima é um robusto off-road com quatro lugares. Todo equipado!

— Que descoberta fascinante, Baxter!

— Vou chegar lá. Fomos olhar o carro e tivemos de chamar o gerente, mas ele não soube nos informar nada. Eis que, enquanto estávamos lá, entrou um sujeito dirigindo um Sunstorm clássico modelo Triple X, com carga a jato e com seis propulsores. Preto e brilhante como a boca do inferno, equipado com teto em vidro espelhado. Você conhece o modelo? — perguntou a Roarke. — Foi lançado em 2035.

— Conheço, claro. Excelente máquina.

— Quase chorei de emoção quando ele entrou no estacionamento.

— Estou suave, vaselinado — concordou Trueheart, e enrubesceu um pouco quando Eve se virou para ele.

— Pelo visto vocês se divertiram muito com os brinquedos, mas quero informações relevantes.

— Durante a conversa o dono do Sunstorm, um tal de Derrick Newman, declarou que nunca tinha visto Sloan pessoalmente, mas admira muito o carro dele e anda pensando em comprar um desse modelo para enfrentar neve e terrenos difíceis.

— Talvez ele consiga um bom negócio, agora que o dono do carro morreu.

— Apesar de nunca ter se encontrado com Sloan — repetiu Baxter —, ele reparou que o off-road sempre ficava estacionado de costas. Estava parado desse jeito uma semana atrás, na quarta-feira às sete da noite quando Newman pegou seu carro e levou a namorada ao Oyster Bay para o jantar de ensaio do casamento do irmão dele, que aconteceu no sábado. Voltou com o carro pouco depois das três da manhã na madrugada de quinta-feira porque a namorada não dormiu com ele. Foi nesse momento que reparou, com curiosidade, que o off-road estava estacionado de frente.

— Isso pode não significar nada — comentou Eve, apertando os lábios.

— Talvez. Quando Newman mencionou o jeito habitual de Sloan estacionar o carro, o gerente concordou. Sloan aluga essa vaga há três anos e nunca estacionou de frente. Até a noite de quarta para quinta na semana passada.

— Exijo esse carro sob custódia imediatamente! Quero que os peritos o examinem molécula por molécula.

— Imaginei que você iria querer isso. Já providenciei tudo, e o laboratório está a caminho.

— Bom trabalho.

— Parece que adiantei alguma coisa, afinal — disse Baxter, encolhendo os ombros. — Tenho conversado com Palma todos os dias. Ela quer ir até o apartamento da irmã para pegar as coisas dela assim que a cena do crime for liberada.

— Vamos examinar isso. — Eve o colocou a par dos fatos mais recentes e acenou com a cabeça para Peabody e McNab, que apareceram enquanto ela contava as novidades.

— Tudo ensacado, etiquetado, registrado e entregue. — Peabody deu um bocejo imenso depois de ela e McNab colocarem todos os sacos plásticos com evidências sobre a mesa de Eve. — O cheirinho de dinheiro é uma delícia. Especialmente quando é muito, como está nesses pacotes.

— Alguém aí pegue um café para ela — ordenou Eve.

— Beba isso antes — sugeriu Roarke, entregando a Peabody mais um copo de estimulador energético que acabara de servir.

— Tem cara de gosma verde! — reclamou Peabody, fazendo caretas e bicos.

— Acabei de prepará-lo especialmente para você.

— Awwnnn — derreteu-se Peabody. Com os olhos brilhando, tomou tudo de uma vez só. — Tem gosto de gosma verde.

— Sim, eu sei. Você também, Ian.

— Estimulador energético? Gosto disso! — Bebeu tudo sem reclamar enquanto Trueheart servia mais café para todos

— Agora, já que todos se refrescaram... — Eve tirou o lacre dos sacos plásticos com as iniciais de Peabody que continham os discos da Fundação Bullock. — Vamos começar com os registros do ano passado e investigar de lá para cá.

Enfiou o primeiro disco no computador e ordenou:

— Exibir dados na tela um!

Nada codificado, reparou. Sentiu vontade de fazer uma dancinha da vitória, mas não tinha energia para tanto.

— Roarke, traduza para nós.

— São lançamentos mensais — verificou ele. — Eu diria que se trata das cópias pessoais de Randall Sloan. Tudo me parece muito claro e detalhado aqui, ao contrário dos arquivos registrados na firma. Dá para ver seus honorários mensais. — Roarke pegou um cursor a laser e o apontou para o telão. — Também vemos as comissões de Madeline Bullock e de Winfield Chase. E as deduções das tarifas legais de Cavendish em Nova York. A firma de Londres leva uma parte mensal como comissão de corretagem e horas extras.

— O que significa isso em nossa língua?

— Comparando com a forma pela qual as contas foram apresentadas oficialmente, a canalização de fundos e o volume de negócios estão documentados de forma mais clara aqui. Tudo muito ilegal, extremamente ilegal, diga-se de passagem. Os fiscais de sonegação de impostos vão babar em cima disso por vários anos.

— Estou em busca de um rendimento regular, aqui — disse Eve, rolando a tela. — Depositado basicamente por pessoas físicas e honorários feitos a outras pessoas físicas e algumas instituições. Hospitais, médicos... comida, alojamento, transporte. Samuel e Reece Russo receberam um quarto de milhão de dólares.

— Isso foi uma parcela — explicou Roarke. — Uma de quatro.

— Um milhão para Sam e Reece e a mesma quantia para Maryanna Clover. Mais do mesmo padrão. Temos aqui quatro... não, cinco parcelas depositadas por pessoas físicas só no último trimestre do ano passado. O que eles estavam pagando?

— As despesas vinculadas a esse valor entregam o ouro. — Roarke ordenou que os valores aparecessem na tela. — O casal Russo depositou parcelas de dez mil euros para Sybil Hopson, e dois mil euros mensalmente para Letitia Brownburn, médica, que recebeu um polpudo pagamento em outubro do ano passado. Outro valor aparece com doação para a Sunday's Child. Os honorários montam a... doze mil só para essa transação e pagos pela fundação.

— Isso significa que para cada milhão de dólares que eles lançam como rendimentos não tributáveis gastam menos de cem mil. Ótimo retorno — decidiu Eve. — O que é Sunday's Child?

— Uma agência de relocação de crianças — afirmou Peabody, ainda muito sonolenta —, com sede em Londres.

— O quê?! — Eve girou o corpo na direção dela.

— Há? Como assim o quê? — Peabody forçou o corpo a se erguer um pouco da postura largada com a qual se jogara na poltrona e piscou depressa. — Desculpem, devo ter cochilado.

— Sunday's Child.

— Oh, voltamos para o caso do rapto. É uma das agências da lista. Sede em Londres e filiais em Florença, Roma, Oxford, Milão e Berlim. Entre outros lugares. Desculpem, não sei de cabeça, preciso rever minhas anotações.

— Essa agência está na lista do arquivo de Tandy e aparece como a maior beneficiária da Fundação Bullock. — Eve olhou para Baxter. — Acreditar em coincidências é uma tolice, certo?

— Sábias palavras. Por Cristo, Dallas, será que você encontrou uma conexão?

— Trueheart, pesquise Letitia Brownburn, médica em Londres. Quero saber se ela tem algum tipo de ligação com a Sunday's Child. Roarke, preciso que você pesquise detalhadamente esses arquivos, o mais depressa que puder, para ver se existe algum padrão e se aparecem outras agências e maternidades.

A movimentação foi frenética. Como todas as máquinas dos dois escritórios estavam sendo usadas ao mesmo tempo, Eve pegou seu tablet.

— Informar dados sobre Samuel Russo e Reece Russo — começou, e leu os números de identificação que Sloan tinha listado no arquivo.

Processando... Samuel Russo, nascido em 5 de agosto de 2018. Casado com Reece Russo, nome de solteira Bickle, nascida em 10 de maio de 2050. Residência em Londres, Inglaterra. Também têm casas na Sardenha, Itália; em Genebra, na Suíça, e em Nevis, no Caribe. Têm um filho nascido em 15 de setembro de 2059, obtido por adoção particular.

— Isso é o bastante, pausar a busca. Pesquise dados de Sybil Hopson — ordenou Eve, e leu o número da identidade que pegou no arquivo.

Nascimento Mortal   383

Processando... Sybyl Hopson, nascida em 3 de março de 2040. Pais...

— Pular dados secundários. Informar local de residência e nomes dos filhos.

Mora na Universidade de Oxford. É estudante. Não tem filhos. Registro de uma única gravidez que foi levada a termo e resultou numa criança viva, sexo masculino, nascido em 15 de setembro de 2059 e colocado para adoção por iniciativa pessoal da mãe.

— Especificar o nome da agência usada tanto para Russo quanto para Hopson.

Processando... Sunday's Child, de Londres.

— Isso não é ilegal, Dallas — informou Baxter, parado ao lado dela. — Não conheço os detalhes e peculiaridades das leis de adoção particular ou transferência de direitos na Europa, mas eles podem escorregar por essa fresta.

— Os pagamentos são altos demais — discordou Eve. — Essa garota vendeu o próprio filho e vender seres humanos é ilegal no mundo todo.

— Você pode considerar o dinheiro pago a mais como incentivos educacionais, reembolso de despesas. Eles podem enfrentar algumas merdas pelo caminho, mas provavelmente vão conseguir escapar ilesos.

— Pode ser. Só que eles esconderam a grana e adulteraram a contabilidade de modo a se manterem dentro do limite aceitável, mas deixaram o grosso dos rendimentos sem declarar. Se isso é o que parece, eles estão, essencialmente, gerenciando uma operação de venda de bebês por um belo e grosso lucro. Essa atividade não vai ficar nem um pouco bonita na sua imagem para os meios de comunicação quando isso tudo vier a público. E ainda temos o pior: eles mataram três pessoas para manter isso oculto.

— Então... foi esse esquema que a irmã de Palma descobriu — murmurou Baxter.

— Duvido que ela soubesse de toda a extensão da ponta que descobriu, mas escavou um pouco mais em volta e conseguiu uma pista sólida. Baxter, existem outras mulheres desaparecidas como Tandy e pelo menos uma delas foi assassinada junto com o feto. Tudo circula e volta ao mesmo ponto. — Apontou com a cabeça para o telão. — Vai dar tudo ali.

— Raptar mulheres no meio da rua? Roubar seus filhos?

— Algo desse tipo. Caso essas mulheres tenham entrado em contato com a Sunday's Child e até mesmo dado início aos procedimentos com valores recolhidos pela fundação.

Eram mais que peças soltas, agora. O quadro estava cheio e completo diante de Eve.

— Depois disso, digamos que as mulheres tenham mudado de ideia e caído fora. Elas se mudam de cidade e talvez se sintam ameaçadas, receosas da pressão que vão sofrer ou até de serem processadas por quebra contratual ou algo assim. E são raptadas antes do fim da gestação. Existe um motivo para isso.

— Encurtar o tempo de espera para o produto final — disse Baxter, com uma expressão séria.

— Quando o produto é entregue, a mulher não é mais necessária e é descartada. Isso mantém as despesas num nível mais baixo. Trabalhe com Roarke e me encontre alguém que tenha entregado os honorários a eles, mas cujas despesas não acompanhem o resto do pacote.

— Entendido.

— Trueheart!

— Tenente, Letitia Brownburn faz parte da diretoria da Sunday's Child e é obstetra da agência.

Nascimento Mortal

— Peabody, existe alguma filial dessa agência em Nova York?

— Não, só na Europa.

— Há outra agência então, uma que ainda vai aparecer nos arquivos. Eles não a levaram de volta para a Inglaterra, ainda mais estando tão perto do parto. Querem ter certeza de que o produto está a salvo e é viável. Talvez New Jersey, Connecticut. Talvez...

Praguejando alto, ela deu um pulo e pegou o *tele-link* da mesa. A mansão imensa com janelas fechadas. Você pode ver o que está por fora, mas não o que está por dentro, pensou, enquanto teclava freneticamente o número de Cher Reo.

Incógnitos uma ova!

— Cacete, Dallas, quantas vezes você precisa arruinar meu programa só esta noite? — reclamou Reo, ajeitando o cabelo louro em desalinho. — Estou quase me dando bem!

— Pois vai se dar ainda melhor. Preciso de um mandado.

— Eu já lhe consegui as porras dos mandados. Se quer saber, tive de rebolar muito para arrancá-los do juiz.

— Preciso de um mandado de apreensão e busca para a mansão dos Bullock na East End Avenue. Um mandado que englobe todo o conteúdo da casa.

— Ah, só isso? — O sotaque sulista um pouco arrastado de Reo parecia doce como mel.

— Tenho motivos para acreditar que eles estão mantendo uma mulher lá dentro contra a sua vontade, em sistema de cárcere privado. Uma mulher que está nos últimos estágios de gravidez. Uma vítima cuja vida não valerá nada se ela der à luz antes de eu conseguir chegar onde ela está. Caso não esteja no local, preciso vasculhar todos os cômodos em busca de indicações sobre o seu paradeiro.

— Dallas, eles são raptores ou assassinos, afinal de contas?

— Uma coisa leva à outra. Reo, a mulher está desaparecida desde quinta-feira. Pode já ser tarde demais. Não me faça perder mais tempo.

— Preciso de algo mais forte do que "tenho motivos para acreditar", Dallas. Tive de apresentar um belo número de sapateado para conseguir um mandado para a coleta forçada de DNA. Se insistir por um segundo mandado em um assunto tão diferente, os advogados do outro time vão começar a reclamar de assédio jurídico.

— Não tenho tempo para... — Eve se obrigou a parar de falar e respirou fundo. — Vou colocar Peabody na linha e ela vai cantar a música toda para você. Tenho de montar uma operação policial, Reo. Com mandado ou sem ele, vou entrar lá daqui a menos de uma hora.

Espetando a tela do *tele-link* com o dedo, Eve foi correndo para a sala de Roarke.

— Já consegui montar seu padrão, tenente — avisou Roarke. — Um máximo de dez crianças por ano oferecidas para adoção, no momento do nascimento, por um belo valor, com um mínimo de quatro a cada ano. Ao longo dos últimos oito anos, sessenta e cinco operações de adoção que geraram um lucro de sessenta e cinco milhões de euros.

— Vou conseguir um mandado para a casa no East End. Acho que eles podem estar mantendo Tandy lá, em cárcere privado. Baxter!

— Também levo jeito para isso, não são só os detetives eletrônicos famosos — disse ele, sem desgrudar os olhos do telão. — Descobri seis casos desses sessenta e cinco onde as despesas foram muito mais baixas do que as outras. Em um desses casos o valor pago como entrada foi até mesmo reembolsado.

— Jones, Emily, Middlesex e/ou Londres, Inglaterra.

— Esse é o nome listado para o primeiro e único pagamento feito para uma pessoa em particular, além dos médicos e da taxa de reembolso. Quer saber, Dallas? Tandy está nessa lista. — McNab olhou para ela. — Foi feito um pagamento para Tandy no final de maio, e aqui está registrada a sua devolução integral no início de junho.

— Mudou de ideia e devolveu a grana para eles. Só que isso não funcionou. Vamos invadir a casa!

No escritório mesmo ela começou a planejar a ação a partir da planta da residência, conforme a conhecia.

— É mais provável que a vítima esteja cativa no segundo ou no terceiro andar. O terceiro ganha meu voto. Pode ter sido algemada e está sendo vigiada, provavelmente por câmeras. Há pelo menos dois suspeitos e um empregado androide nas dependências da casa. Considerando a situação, devemos assumir que também existe um médico no local, humano ou androide. Os dois suspeitos devem ser considerados violentos.

Olhou para Roarke e perguntou:

— Você consegue desativar o sistema de segurança deles remotamente?

— Consigo, sim.

— Quando o alarme desarmar, precisamos entrar depressa. A prioridade é localizar e garantir a segurança da vítima. Peabody, você e Trueheart vão cuidar disso. McNab, preciso que você e Roarke desativem todos os equipamentos eletrônicos da casa, inclusive os androides. Baxter, isso deixa os suspeitos para nós dois, você e eu. Se resistirem, deverão ser contidos.

— Por todo e qualquer meio?

— Quero que possam falar. Caminhar é opcional. A comunicação entre os membros da equipe deverão ser feitas pelo Canal A. Quero que me informem o evento no instante em que a vítima for localizada e também suas condições. É por aqui que vamos atuar.

Ela se virou para o telão na parede onde havia desenhado a estrutura da mansão do East End.

Depois de terminar foi até o quarto, prendeu o coldre e a pistola, verificou a carga da arma principal e as algemas. Depois, como sentia os olhos ardendo e arranhando, foi até a pia do banheiro e jogou água gelada neles.

Sugando a respiração com força, enfiou o resto do rosto debaixo da água da pia larga.

Ergueu o rosto ofegante, em busca de ar, e seus olhos se encontraram com os de Roarke pelo espelho.

— Não venha me dizer que eu estou caindo pelas tabelas.

— Não preciso declarar o óbvio, mas tenho de reconhecer que isso não pode esperar até você estar mais descansada.

— Você também não me parece nada bem. — Ainda com o rosto pingando, virou-se e tocou a bochecha dele. — Está muito pálido. Isso quase nunca acontece com você.

— Os últimos dois dias serviram para eu me lembrar que nem pelo dobro do que eu já tenho eu aceitaria trabalhar como tira.

— Não é pelo dinheiro, é pela aventura. — Quando ele riu, ela pegou uma toalha e a esfregou no rosto ainda molhado. — Estou me lembrando daquele sonho que eu tive, em que esses dois casos estavam embaralhados como se fossem um só. E eram mesmo, filhos da mãe! Se eu tivesse percebido isso antes...

— Como poderia?

— Não sei, mas, se isso tivesse acontecido, Tandy estaria em casa, quentinha em sua cama numa hora dessas, enquanto Bullock, Chase e o resto do bando já estariam atrás das grades. — Largou a toalha de lado. — Por Deus, Roarke, minha nossa, quando eu me lembro do jeito que entrei naquela mansão agora à noite e fiquei cara a cara com eles. Coloquei muita pressão! Se eles entraram em pânico por causa disso ou aceleraram o processo... Ela estava lá! Droga, Tandy estava lá, eu sei que estava. Enquanto isso, nós estávamos sentadinhos na sala, e aquela vaca nos servia chá.

— Mas continuaríamos no escuro se você não seguisse seu instinto nem mandasse Peabody e McNab de volta à casa de Sloan para procurar registros. Ninguém encontrou as outras vítimas, Eve. Ninguém chegou nem perto de encontrá-las. Lembre-se disso.

— Vou me lembrar, mas só quando e se encontrarmos Tandy e ela ainda estiver respirando. — Conferiu que horas eram. — Não vou esperar nem mais um minuto pelo mandado de busca. Vamos nos organizar para arrombar aquela porta.

Em algum momento da última hora tinha começado a nevar. Flocos grossos, pesados e úmidos. A equipe de Eve e os profissionais de eletrônica que Roarke e McNab escolheram para a operação já estavam todos a postos dentro de um dos imensos veículos off-road que Roarke tinha.

Enquanto seguiam a caminho do local, Eve reviu mentalmente o interior da mansão Bullock. Saguão amplo, escada à esquerda da entrada, sala de estar à direita. Portas de vidro na parede oeste que dava para o terraço. Aquela era uma possível rota de fuga.

Mas eles não tentariam fugir, ela não acreditava nisso. Eram muito seguros e impregnados com a própria autoimportância para fugir.

Chase só receberia a ordem de fornecer material para pesquisa de DNA na manhã seguinte. Eve apostava que ele e sua mamãe estavam, naquele exato momento, dormindo o sono dos que não têm consciência. Mas iam ser acordados de forma abrupta e desagradável.

Roarke parou a van a meio quarteirão da casa, do outro lado da rua.

— Vamos abrir nossos brinquedos novos, Ian.

— Pode deixar que eu abro — disse McNab.

Ele se sentou de pernas cruzadas no banco e se pôs a trabalhar num teclado pequeno.

— Uau, isso é supermag! Já programei as coordenadas. Estou pronto para ligar tudo quando você mandar.

— Baxter, por que não troca de lugar comigo? — propôs Roarke, indo para o banco de trás. Mesmo assim, deixou que McNab manejasse os controles. — Vá em frente.

— Sensores de calor e infravermelhos acionados. Imagem na tela. Puxa, esse bichinho é rápido! Muito bem, estou captando imagens de calor de dois corpos no segundo andar. Estão na horizontal. Dormindo como dois anjos. Mesmo quarto, mesma cama. Pensei que nós estivéssemos procurando por uma mãe e seu filho adulto.

— E estamos — confirmou Eve, e algo se retorceu em sua barriga.

— Ah, é? Que coisa doentia. Calor de dois corpos — repetiu ele. — Segundo andar, ala leste, segundo quarto.

— Apenas duas pessoas? — quis saber Eve, e McNab lhe lançou um olhar de desculpas.

— É só o que estou captando, tenente. O sistema está mostrando o calor dos corpos, os batimentos do coração, massas e densidades corpóreas, peso e altura de cada um. Esse equipamento é o máximo, ele também informa quantos androides existem na casa. São três no primeiro andar e um no terceiro. Só que não vejo nenhum sinal de um terceiro ser humano. E nenhuma das imagens na tela mostra alguém com um bebê a bordo.

— Ian — murmurou Roarke —, dê uma olhada com mais atenção aqui neste ponto. — Roarke bateu de leve com a ponta do dedo numa área do terceiro andar.

— Um espaço sem registro onde não deveria haver. Será que é um quarto "frio"? Nossa, eu devo estar dormindo. É um lugar preparado com escudo contra sensores.

— Você consegue derrubar os escudos? — quis saber Eve.

— Isso vai levar alguns minutos — avisou Roarke.

— Não vou esperar. Vamos entrar e... — Parou de falar para atender ao toque do *tele-link*. — Olá, Reo, diga-me que você conseguiu tudo.

— Tive de vender o que sobrou da minha alma, e o encontro quente que eu tinha marcado esfriou de vez. É melhor você trazer bons resultados, Dallas. Estou enviando os mandados.

— Bom trabalho, Reo.

— Não me diga! Caso você encontre a mulher desaparecida, me avise na mesma hora. Pode ser?

— Prometido. Você me faz mais um favor?

— Você está abusando!

— Entre em contato com a tenente Jaye Smirth, da Unidade de Pessoas Desaparecidas. Coloque-a a par de tudo que está rolando. Eu não queria avisá-la antes de conseguir o mandado.

— Ah, claro, ficarei feliz em bancar a androide de recados para você. Caso se lembre de mais alguma tarefa enquanto eu estiver...

Eve desligou na cara dela.

— Vamos entrar!

— Ainda não estou pronto — avisou Roarke.

— Então deixe isso de lado — disse-lhe Eve. — Peabody, Trueheart, vocês entram atrás de mim e de Baxter, vão direto para o terceiro andar e invadam o quarto lacrado. Roarke e McNab: vocês vasculham o primeiro andar e depois sobem. Agora, desliguem o alarme — ordenou.

Eve notou a expressão de irritação no rosto de Roarke por não ter encerrado a tarefa anterior, mas ele pegou um misturador de sinais pequeno e elegante, saltou do carro e saiu caminhando pela calçada.

Eve não sabia ao certo se ele fez isso porque precisava estar perto do alvo ou porque não queria que um monte de tiras acompanhasse o seu método de desativar um sistema de segurança de alto nível em menos de trinta e cinco segundos.

— O sistema secundário ainda está ativado. — A voz dele era calma e jovial quando ela se juntou a ele.

— Preciso ultrapassar o alarme automático, se você quiser que os moradores não sejam informados da nossa chegada.

— Quero pegá-los desprevenidos. Quanto tempo você ainda tem?

— Mais doze segundos.

Eve observou a contagem regressiva no painel do misturador, enquanto outros números passavam como um borrão na pequena tela ao lado. De repente eles pararam e o aparelho apitou. O contador marcava três segundos para chegar ao zero.

— O sistema secundário foi desativado. Aqui vamos nós.

Eve fez sinal para os outros e correu com cuidado pela calçada calma e coberta de neve.

— Ligar filmadora — murmurou, e assentiu com a cabeça para Roarke.

Os gravadores também tinham sido ligados, mas ela virou o corpo meio de lado para manter as mãos de Roarke longe do alcance de visão dos outros quando ele se agachou para trabalhar na fechadura da porta.

Quando o trabalho terminou, ela fez sinais com a mão para lembrar à equipe que direção cada unidade deveria tomar. Para Baxter ela disse:

— Eu entro por baixo.

— Fique à vontade.

Ele entrou com ela, armas em punho. Atrás deles, Roarke e McNab correram para a direita.

— Aqui é a polícia! — gritou Eve quando subiu a escada com Peabody e Trueheart logo atrás. — Temos um mandado judicial para entrar nessa casa, vasculhar tudo e apreender todo e qualquer item citado na autorização oficial. Vão, vão — ordenou a Peabody, e seguiu com Baxter até o segundo andar.

Ouviu o ruído de algo se quebrando no andar de baixo, mas não se deteve.

Chase saiu como uma bala do quarto à esquerda, amarrando às pressas o cinto de um roupão xadrez.

— Qual o significado dessa invasão? Isso é ultrajante!

Eve ergueu o mandado e afirmou:

— Estamos nos Estados Unidos e adoramos ultrajes. Vocês irão cooperar conosco conforme os termos deste mandado ou serão algemados e removidos deste local. Estou torcendo para que não cooperem.

— Vou ligar para o nosso advogado imediatamente. — O robe de Madeline era vermelho-vivo, e seu cabelo platinado estava solto. Sem a maquiagem cuidadosamente aplicada, Eve calculou que ela aparentava cinco anos mais, no mínimo. Estava em pé junto ao portal e seu corpo vibrava de raiva ao lado do filho.

Seu amante.

— Advogado? Fique à vontade. O detetive Baxter ficará feliz em acompanhá-la.

— O detetive Baxter pode ir para o inferno e você também. Esta é minha casa. Este é meu quarto! — Apontou para trás de forma dramática. — Ninguém entra aqui sem convite.

— Olhe o convite aqui! — reagiu Eve, balançando o mandado no ar. Colocou a mão atrás do cinto e sacudiu o par de algemas. — Quer um conjunto novo de braceletes?

A fúria explodiu no rosto dela, e suas bochechas ficaram rubras.

— Win, não diga nada e não faça nada — avisou ao filho. — Vou tirar seu emprego antes desta noite acabar, tenente, e também terei sua pele! — As pontas do robe rodaram no ar quando ela girou o corpo e tornou a entrar no quarto.

— Nossa, que estilosa! — elogiou Eve, com naturalidade. — Você sempre faz o que ela manda, Win? É um bom menino e obedece à mamãe mesmo quando está fodendo com ela?

— Como ousa dizer isso, sua puta de mente imunda?

— Dou às coisas os nomes que elas têm. Foi sua mãe que mandou você torturar Natalie Copperfield antes de matá-la ou isso foi ideia sua?

— Não tenho nada a declarar.

— Ah, sei. Sua mãe mandou você ficar caladinho. Tudo bem. Quando acabarmos de vasculhar a casa, nós teremos tudo do que precisamos. Sei que Tandy está no terceiro andar. Temos dois tiras lá nesse exato momento, libertando-a do seu quarto frio.

Eve percebeu nos olhos dele o que ia acontecer em seguida. Foi por isso que, quando ele pegou a arma de atordoar oculta no bolso do robe, ela já estava pronta. Chutou a arma com força, desarmando-o; ao mesmo tempo girou o corpo e se abaixou de forma ágil quando ele a atacou, fazendo com que o punho fechado que ele lançou contra ela mal lhe encostasse no ombro. O cotovelo que usou para lhe golpear o plexo solar o fez se dobrar para a frente, mas ele usou a posição para se lançar contra ela como um touro. A adrenalina lhe bombeou o sangue quando ela bateu com as costas na parede e as mãos dele se fecharam em torno de sua garganta. Mas, quando o joelho dela subiu com força total e o atingiu entre as pernas, o ar pareceu ser sugado dele, que desinflou como um balão.

— Por não cooperar comigo você me fez ganhar a noite. Agora, Winfield Chase, você está preso por atacar uma policial em serviço. — Jogou o corpo sobre o dele, girou-o de cara para o chão, puxou seus braços para trás e fechou as algemas com um estalo. — E pode acreditar em mim: isso é só o começo.

Ergueu a cabeça a tempo de ver Madeline sair do quarto correndo com os dedos das mãos abertos em garra e uma expressão assassina no rosto. No instante em que Eve se levantou para armar a defesa, Baxter pulou do portal e derrubou Madeline de forma espetacular com uma voadora.

— Desculpe, Dallas, ela escapou do quarto.

— Tudo bem. — Ela encolheu os ombros e viu Roarke e McNab, que chegavam pela escada.

— O primeiro andar está seguro, tenente — avisou McNab. Três androides desativados: um de serviços domésticos e dois de segurança.

— Esses dois também estão desativados — informou Eve. — McNab, ajude a levá-los lá para baixo. Roarke e eu vamos subir.

Capítulo Vinte

No terceiro andar, um androide vestindo uma roupa de laboratório verde-claro estava esparramado no chão junto de uma cadeira derrubada.

— Tivemos de nocauteá-lo. — Peabody enfiou a chave mestra na ranhura da fechadura de uma porta tão bem disfarçada que mal podia ser percebida na superfície de uma parede.

Trueheart estava agachado diante de um pequeno computador.

— O androide deve ter desativado esta máquina quando nos ouviu entrar na casa. — Trueheart balançou a cabeça para os lados. — Não estou conseguindo reativá-la.

— Vou dar uma olhada na fechadura. — Roarke pegou algumas ferramentas no bolso do casaco.

— Parece um androide médico — avaliou Eve, dando um chute de leve no robô. — Vejo equipamentos portáteis para auxiliar parto, um monitor fetal... — Ergueu o queixo e apontou para um carrinho ao lado. — Berço eletrônico aquecido, toalhas, balança e assim por diante. Conheço tudo isso das aulas de auxílio a parturientes. Ela está aí dentro.

— Deve estar sendo monitorada por câmeras — opinou Peabody. — O androide ficava sentado aqui fora monitorando tudo. E quanto aos suspeitos?

— Foram derrubados. McNab e Baxter ficaram com eles lá embaixo. Peça reforços, Peabody. Quero os suspeitos levados daqui. Chame uma ambulância e coloque uma equipe de obstetrícia em alerta. Roarke?

— Estou quase abrindo. Fecho complicadinho, este aqui.

— Peabody, envie cópia do mandado contra Cavendish para dois policiais armados. Quero que ele seja levado para a Central agora mesmo. Entre em contato com Reo e com a tenente Smith e lhes relate toda a situação. Quero que cumpram o mandado de prisão contra Bruberry também. Vamos montar uma bela festa na Central.

— Oba, vou levar chapeuzinhos e línguas de sogra.

— Estou quase lá— murmurou Roarke. — Ah, sua safada, filha da mãe, agora eu te peguei!

Um ponto verde brilhante se acendeu na parede e fez surgir uma linha prateada

— Pode ser que haja outro guarda aí dentro — avisou Eve. — Portanto...

— Você entra por baixo — terminou Roarke.

Assentindo com a cabeça, ela abriu a porta só com um empurrão.

— Ligar luzes! — ordenou, e varreu o aposento de um lado para outro com a arma e com os olhos. — Tandy Willowby, é a polícia. Aqui é Dallas.

Música clássica suave enchia o ambiente, e o ar estava tomado por um leve perfume floral. As paredes exibiam um caloroso tom de amarelo e havia pinturas de campinas verdejantes e mares azuis calmos. Em torno, poltronas confortáveis e mesas com quinas protegidas completavam o ambiente. A neve caía placidamente do lado de fora das janelas com painel de privacidade acionado e em tudo havia uma sensação de conforto e paz.

Sobre a cama, Tandy estava deitada, muito pálida e com olhos fundos, agarrando com força algo branco e pontudo.

— Dallas? — Sua voz estava fraca e seu corpo começou a tremer. — Dallas, eles vão tirar meu bebê de mim. Vão levá-lo. Eu não posso sair daqui.

— Está tudo bem agora. Você está segura. Vamos levá-la embora deste lugar.

— Eles me trancaram aqui dentro. Não vou poder ficar com meu bebê. Não tenho esse direito.

— Isso é conversa fiada. Peabody!

— Você não precisa mais se preocupar com eles, Tandy. Venha conosco. — Peabody se moveu lentamente em direção à cama. — Por que você não me dá isso, agora? Vamos pegar um casaco para protegê-la. Vamos levá-la para um hospital.

— Não, não, não! — com os olhos arregalados, Tandy recuou sobre a cama. — Nada de hospital. Eles vão levar meu bebê.

— Não vão, não. — Eve guardou a arma no coldre, seguiu com determinação até a cama e estendeu a mão. — Porque eu não vou deixá-los fazer isso.

Tandy largou o artefato de plástico pontudo que segurava e então simplesmente entrou em colapso, abraçando Eve.

— Por favor, por favor, tire-nos daqui.

— Vista isso — Roarke tirou o casaco. — Está frio lá fora. Coloque os braços nas mangas. Isso... boa menina.

— Fiquem comigo. — Com as lágrimas escorrendo sem parar, Tandy agarrou a mão de Eve. — Por favor, fiquem comigo. Não deixem que eles levem meu bebê. Quem é ele? Quem é ele? — Ela se apertou com mais força contra Eve quando avistou Trueheart.

— Um dos homens da minha equipe. É um dos heróis do dia. Trueheart, desça e ajude Baxter e McNab. Quero que aquelas pessoas sejam levadas daqui.

— Sim, senhora.

— Você está bem para caminhar, Tandy?

— Quero sair daqui logo. Conseguirei andar se for para sair daqui. O bebê está bem, anda chutando muito nas últimas horas, mas eu não quero ir para o hospital, por favor. Não quero ficar sozinha porque eles podem voltar. Eles podem...

— Você gostaria de ver Mavis, não é? — Roarke manteve a voz suave e gentil enquanto a ajudava a sair da cama. — Ela está em nossa casa, muito preocupada com você. Que tal irmos ver Mavis agora mesmo?

Roarke fitou Eve longamente enquanto ajudava Tandy a sair do quarto.

— Ela ainda está em estado de choque, de certo modo — comentou Peabody. — Basicamente é só medo. Como você quer lidar com a situação, Dallas? Posso ir com ela para sua casa enquanto você leva os suspeitos para a Central.

Ah, como ela gostaria que fosse assim tão fácil, pensou Eve. O problema é que ela não poderia simplesmente largar duas mulheres grávidas em cima de Roarke.

— Não, eu vou com Tandy, Peabody. Quero pegar uma declaração completa assim que ela estiver instalada com conforto. Certifique-se de que os suspeitos serão fichados e passarão a noite atrás das grades. Terão de esperar até amanhã de manhã para preparar e efetuar o interrogatório. Vamos ver se eles gostam de ficar trancados numa cela. Depois vá para casa e durma um pouco.

— Estou louca por esse momento. Olhe só para este quarto. Aqui há todos os confortos. Canalhas!

• • •

Eve convocou os peritos. Deixou Baxter, Trueheart e McNab com a tarefa de trabalhar com os técnicos e analisar o quarto onde Tandy fora aprisionada para depois vasculhar toda a casa. Detestava abandonar a cena do crime e deixar o trabalho para os outros, mas se resignou e entrou no banco de trás do carro. Tinha uma vítima que precisava de cuidados.

— Eu estava tão apavorada. — Enroscada no casacão de Roarke e protegida por um cobertor, Tandy se acomodou no banco da frente do carro. — Acho que eles iam me matar. Iam ficar com meu bebê e depois me matar. Eles me largaram lá. Ele aparecia uma vez por dia, todos os dias. Olhava para mim como se eu já estivesse morta. Eu não podia fazer nada.

— Onde conseguiu o estilete? — perguntou Eve.

— Onde consegui o quê?

— Aquela espécie de canivete de plástico que estava segurando.

— Ah. Eles me levavam comida. Uma androide fazia isso. Era preciso manter o bebê saudável, era o que ela dizia. Uma coisa tenebrosa a cara dela, sempre alegre e sorridente, até mesmo quando me algemava para fazer os exames. Eu escondi algumas colheres de plástico que vinham com as refeições. Esse era o único talher que eles me deixavam usar: colheres de plástico. Quando desligavam as luzes à noite, eu serrava as colheres uma contra a outra debaixo das cobertas. Levava o que me pareciam horas para fazer isso. Pretendia ferir um deles, de algum jeito.

— Uma pena você não ter tido a chance de fazer isso. Quer me contar o que aconteceu ou prefere deixar essa conversa para mais tarde?

— Tudo aconteceu na quinta-feira. Saí do trabalho e fui caminhando até o ponto de ônibus. Foi então que eu a vi... seu nome é Madeline Bullock...vindo em minha direção. Fiquei morrendo de vergonha. Antes, quando eu ainda morava em Londres, descobri que estava grávida e achei que as coisas pareciam que não iam dar certo. Fui procurar uma agência especializada. Tinha resolvido doar o bebê para adoção. Na ocasião, isso me pareceu a melhor coisa a fazer. Eu estava...

— Sabemos de tudo isso. Eles mantêm uma operação clandestina encoberta pelas atividades da fundação. Vendem bebês.

— Oh, Deus, por Deus. Como eu sou idiota!

— Nada disso — acudiu Roarke. — Você confiou neles.

— Sim, confiei mesmo. Havia orientadores psicológicos muito bons e compreensivos. A sra. Bullock veio conversar pessoalmente comigo, e ele também. O filho dela. Eles me disseram que eu seria a responsável por uma verdadeira dádiva para um casal merecedor disso e também para o meu bebê. Assinei um contrato e eles me deram algum dinheiro. Para enfrentar as despesas, me disseram. Alimentação apropriada, roupas. Tive de concordar em me consultar com o pessoal médico da fundação e usar as suas instalações, mas era tudo da mais alta qualidade. Teria de receber cuidados e monitoramentos constantes, acompanhamento psicológico, e a fundação me ajudaria com a moradia e com minha educação posterior. Depois do parto eu poderia voltar a estudar e teria orientação na carreira que escolhesse. Pacote completo.

— Uma tentação muito doce.

— Sim, muito doce. Mas eu mudei de ideia. — Ela envolveu a barriga com as mãos e se deixou afundar um pouco mais no banco. — Eu sempre quis formar uma família, ser mãe, e agora negava isso a mim mesma. Sou muito inteligente, forte e saudável. Não sou mais criança. Conseguiria dar uma boa vida para o bebê. Devolvi o dinheiro. Praticamente ainda não gastara nada dele, e completei o que faltava com minhas economias.

Enxugou algumas lágrimas do rosto e continuou.

— Eles foram muito rudes comigo quando eu quis desistir. Disseram que eu tinha assinado um contrato e seria legalmente obrigada a cumpri-lo. Ameaçaram me levar aos tribunais, garantiram que a lei iria me forçar a cumprir todas as minhas obrigações jurídicas. Que tipo de mãe eu me tornaria, então? Uma mentirosa e trapaceira? Foi horrível. Deixei todo o dinheiro com eles, mas fiquei muito abalada, questionando a mim mesma. Será que eles tinham razão? Eu seria uma mãe terrível? Os tribunais realmente levariam meu bebê embora? Como é que eu poderia provar que tinha devolvido o dinheiro para eles? Burra, muito burra!

— Foi por isso que você veio para Nova York? — insinuou Eve.

— Pensei comigo mesma que não iria aceitar aquilo. Não podia me arriscar. Eu... Quase fui procurar o pai do bebê umas dez vezes, mas tinha feito a minha escolha e resolvi que iria levá-la até o fim. Fiz as malas, larguei o emprego e vendi muitas das minhas coisas. Tinha uma amiga que ia passar o fim de semana em Paris e peguei uma carona com ela. Cheguei a mentir, dizendo que iria procurar emprego na França. Não sei exatamente por que fiz isso, mas receava que eles fossem mandar a polícia atrás de mim ou algo desse tipo.

Deixando a cabeça tombar para trás, Tandy fechou os olhos enquanto fazia círculos suaves com as mãos sobre a barriga.

— Eu estava muito zangada com tudo e com todos. Peguei um ônibus de Paris para Veneza e um ônibus espacial de lá para Nova York. No início eu me sentia tão solitária que quase voltei. Mas logo eu consegui um emprego e foi fantástico. Fui procurar uma assistente de obstetrícia, conheci Mavis e tudo pareceu entrar nos eixos. Sentia saudades do... Sentia saudades das pessoas que deixei para trás, mas precisava pensar no meu bebê.

— Então você saiu do trabalho na quinta-feira.

— Tinha a sexta de folga, e o chá de bebê de Mavis era no sábado. Eu estava me sentindo superbem com relação a tudo. Foi então que ela apareceu, absolutamente surpresa por me ver, muito simpática, perguntando como eu estava. Contei que sentia vergonha pela forma como tinha fugido deles, mas ela abanou a mão no ar, como se já tivesse esquecido o assunto. Disse que estava de carro e me levaria para casa. Quando uma limusine lindíssima parou junto do meio-fio como num passe de mágica, eu entrei no carro.

Então ele estava dando voltas por ali, percebeu Eve. Não tinha estacionado o carro, e por isso não havia registro.

— Ela se sentou no banco de trás comigo enquanto o motorista dirigia. Depois me ofereceu uma garrafa de água e conversamos um pouco a respeito de Londres. De repente eu comecei a me sentir estranha, não me lembro muito bem. Até que acordei naquele quarto.

— Você escapou de lá — disse Eve quando Tandy recomeçou a tremer. — Você está longe de lá e eles estão atrás das grades.

— Eu saí. Sim, eu saí e estamos salvos. Eles dois estavam sempre lá — continuou ela, com a voz mais firme. — E aquela androide horrível sempre sentada ali, olhando para mim quando eu acordava. Eles me contaram como as coisas iriam acontecer. Avisaram que o bebê não era meu, pois eu tinha assinado o contrato de doação. Eu não passava de um veículo para o nascimento dele.

Ela se mexeu no banco, virou-se para trás e fitou Eve.

— Eles diziam isso para mim com a maior calma do mundo, mesmo quando eu gritava, tentava me libertar e a androide me obrigava a deitar de novo. Eles disseram que eu seria bem tratada, teria uma alimentação adequada, repouso, estímulos, e eles esperavam que eu desse à luz um bebê saudável daqui a uma semana.

"Eu disse que eles eram loucos e não poderiam me obrigar a dar meu bebê. Foi quando ele disse... o filho... que eles eram ricos, tinham muito poder e importância. Eu não passava de um útero fértil. Deixavam aquela música calma tocando noite e dia. Era bom para o bebê. Tudo no quarto estava aparafusado no chão, eu nem conseguia jogar nada longe. Bati contra as janelas, mas ninguém podia ver. Gritei muito até ficar rouca, mas ninguém me ouviu. Que dia é hoje?"

— Madrugada de segunda-feira — disse-lhe Eve.

— Ainda é segunda? — espantou-se Tandy, e deixou a cabeça repousar no banco mais uma vez. — Para mim, parece que se passaram vários dias. Muitos dias mais. Você salvou meu bebê. E me salvou. Mesmo que eu viva mais duzentos anos, nunca me esquecerei disso.

As luzes da casa estavam acesas, cintilando contra as janelas e enchendo de luz o jardim em frente coberto por um manto de neve branco como vison. Os galhos das árvores estavam pesados de tanta neve, que continuava a cair na noite quase silenciosa.

— Oh, essa casa parece um palácio! — A voz de Tandy falhou.

— Um palácio de inverno. Eu me sinto uma princesa que foi resgatada. Vocês dois são meus cavaleiros de armadura brilhante — enxugou novas lágrimas que voltavam a escorrer pelo rosto.

Quando eles pararam diante da mansão, a porta da frente se escancarou e Mavis, parecendo miúda num dos robes de Eve, tentou sair. Summerset e Leonardo correram atrás dela.

— Mavis, você prometeu que esperaria lá dentro — disse Summerset, pegando-a pelo braço.

— Eu sei, desculpe, mas não posso. Tandy! — Abriu a porta ainda mais. — Tandy! Você está bem? E o bebê?

— Eles nos salvaram.

Como se fosse combinado, pensou Eve, as duas mulheres caíram no choro no mesmo instante e se lançaram uma nos braços da outra.

— Vamos para dentro, fora desse frio, amorzinho. — Leonardo envolveu as duas mulheres com seus braços imensos — Venha também, Tandy.

Nascimento Mortal

— Leve-as direto para o quarto que eu preparei — ordenou Summerset. — Estarei lá em poucos minutos.

Enquanto caminhavam em direção à casa, protegidas por Leonardo, Mavis virou a cabeça e olhou para Eve.

— Eu sabia que você iria encontrá-la. Sabia que conseguiria!

— Elas são todas suas — disse Eve, apontando as mulheres para Summerset. — Tenho muito trabalho pela frente.

— Tenente.

— Que foi? — Eve se virou e olhou para ele com cara feia.

— Muito bom trabalho.

— Ahn... Obrigada. — Ele ergueu as sobrancelhas para Roarke quando entraram na casa. — Preciso falar com Peabody para ver se os prisioneiros estão bem-trancados, depois conferir com Baxter os dados sobre a mansão e aparar as arestas com Reo e Smith.

— Sim, é claro. Mas só depois de dormir um pouco.

— Há muitas pontas soltas.

— Elas podem ser amarradas mais tarde. A força extra que você conseguiu com a bebida energética e sua própria adrenalina já estão acabando, tenente Você está mais pálida do que a lua e começando a falar enrolado

— Café

— Nem pensar!

Ele devia ter razão, porque quando ela conseguiu focar o ambiente em torno viu que já estava no quarto e mal se mantinha em pé.

— Uma hora na horizontal, apenas — disse ela, desafivelando o coldre.

— Quatro horas. Isso vai lhe proporcionar condições de se recuperar um pouco antes de se reabastecer de manhã, ir para a Central e arrasar os suspeitos.

— Não vou só arrasá-los. — Ela se sentou para descalçar as botas. — Vou fritá-los com batatas. Você vai me carregar para a cama?

— Você ainda está vestida.

— Tudo bem. Posso dormir de roupa. — Sorriu com ar sonolento e abriu os braços para ele.

Ele a pegou no colo, cambaleou um pouco enquanto caminhava em direção à cama até que os dois caíram sobre o edredom.

— Isso é o melhor que eu consigo no momento.

— Está ótimo. — Ela se enroscou, ele a envolveu nos braços e ambos caíram em sono profundo no mesmo instante.

Roarke tinha razão quanto às quatro horas de sono e o reforço de uma boa refeição, decidiu Eve. Ela teria um longo dia pela frente e precisava recarregar as baterias para isso.

Como era de esperar, Bullock e o resto dos suspeitos tinham convocado um exército de advogados. Eve os deixou esperando sozinhos, bufando de raiva, enquanto ela e sua equipe faziam um relatório completo para Whitney e Reo.

— Os federais e a Polícia Global vão querer assumir a parte da fraude fiscal, a operação de venda de bebês e tudo o mais em que a fundação colocou as garras — avisou Reo.

— Podem levar tudo o que quiserem.

— Vai ser um dia e tanto. A firma de advocacia de Londres também vai ficar na berlinda. Você está no meio de um incidente internacional, Dallas.

— Tenho três cadáveres que são meus. Quanto ao rapto e ao cárcere privado imposto a Tandy Willowby, divido a resolução do caso com a tenente Smith, da Unidade de Pessoas Desaparecidas.

— Como está Willowby? — quis saber Reo.

— Bem, segundo eu soube agora de manhã. Ainda estava dormindo quando eu saí de casa. — Ela se virou para Whitney. — Quero começar com Cavendish, senhor. Ele é o elo mais fraco.

— Você é quem manda.

Reo se ergueu da cadeira e avisou:

— Eles já estão condenados pelo rapto e todas as provas ficarão à disposição da Polícia Global. Quanto aos três homicídios, vai ser mais difícil amarrar tudo.

— Deixe comigo.

Reo assentiu com a cabeça.

— Você se importa se eu assistir?

Cavendish estava na Sala de Interrogatório, muito pálido, suando em profusão e ladeado por dois advogados sérios vestindo ternos caros. O que estava à direita se levantou na mesma hora.

— Meu cliente foi detido durante a noite inteira sem motivo e ficou à sua espera por quase uma hora. Pretendemos abrir uma queixa formal; quando essa charada ridícula terminar, vamos exigir uma investigação interna sobre a senhora.

— Charada? — Eve olhou para Peabody.

— É como naquele jogo de mímica em que você não pode falar e tem de usar só as mãos e a linguagem corporal para transmitir para as outras pessoas uma palavra, expressão ou nome de filme.

— Sério? Isso é ótimo, porque, embora o sr. Cavendish tenha o direito de se fazer acompanhar por advogados e possa falar com eles, eu não sou obrigada a isso. Ligar gravador! Aqui é a tenente Eve Dallas, acompanhada pela detetive Delia Peabody dando início ao interrogatório formal de Walter Cavendish, na presença de seus dois advogados. Vou ler as acusações.

Depois de fazer isso ela se sentou e esticou as pernas.

— O senhor acaba de ouvir a declaração de seus direitos e deveres legais, sr. Cavendish...

— Meu cliente é um cidadão do Reino Unido.

— Deus salve o Rei! O senhor compreende os direitos e deveres que foram anunciados?

— Compreendo. Não tenho nada a declarar.

— Ok, pode deixar que eu declaro tudo. Vamos começar pela acusação de cumplicidade de assassinato. Foram três homicídios. Isso já é o bastante para três sentenças de prisão perpétua nos Estados Unidos da América, nosso bom e velho país. É claro que os britânicos talvez queiram ficar com o senhor, e poderemos concordar em deportá-lo sob a custódia deles, o que vai me deixar muito triste. Mesmo assim, eles o deixarão apodrecer na cadeia pelo resto da sua vida. A parte boa é que isso vai nos poupar muito dinheiro dos contribuintes.

— A senhora não tem nada que ligue meu cliente a qualquer assassinato ou crime.

— Tenho o bastante para não apenas ligar você — disse Eve, falando diretamente com Cavendish —, mas também para prender sua cabeça entre as pernas e lançá-lo ao mar por sobre a amurada do navio. Randall Sloan mantinha registros pessoais secretos, Cavendish. Chase não conseguiu encontrá-los. *Eu* consegui. E seu nome aparece neles.

Ela sorriu ao ver as gotas de suor que se formaram sobre o lábio superior do acusado. Sim, ele era o elo mais fraco.

— Você estava ciente das práticas efetivadas na Fundação Bullock, que incluíam a venda de bebês recém-nascidos e muitas fraudes tributárias para aumentar o lucro da operação. Também estava ciente de que Winfield Chase planejava assassinar Natalie Copperfield e Bick Byson, que tinham descoberto uma parte dessas práticas nefastas. Você sabia o que ele ia fazer com eles.

Eve jogou duas fotos dos crimes sobre a mesa.

— Meu cliente não tem conhecimento de nenhuma circunstância envolvendo tais crimes.

— Pode ser que você esteja no fundo dessa cadeia alimentar, Walt, mas é claro que sabia! Bullock e Chase foram ao seu escritório para discutir isso em particular, certo? Almoçaram tranquilamente enquanto decidiam como ele iria matar duas pessoas.

— Isso é um absurdo! — Um dos advogados se levantou. — A senhora não tem nada além de especulação. Sem base nenhuma, ainda por cima. Este interrogatório...

— Tenho mais, Walter. Sua namorada está na sala ao lado.

Eve sorriu quando os olhos dele voaram para a porta.

— Sim, isso mesmo, e eu aposto que ela vai deixar essa bomba explodir no seu colo. Apenas trabalhava para você, fazia tudo o que lhe era ordenado, não sabia de nada. Ela pode usar esse subterfúgio porque quem vai afundar não é ela. Pessoas com o seu perfil sempre afundam, estou vendo a palavra "otário" tatuada na sua testa. Como eu não gosto dela resolvi conversar com você antes. Vim lhe oferecer o acordo que vou propor a ela se você não me deixar feliz.

— Nada de acordos! — explodiu um dos advogados.

— Aposto que você trabalha para Stuben, Robbins, Cavendish e Mull. — Eve se dirigiu ao advogado pela primeira vez. — Eles também estão atolados na merda até o pescoço. Existe também um monte de advogados espertos por lá, não é verdade, Walter? Advogados espertos que representam Bullock e Chase. Suponho que já escolheram você para bode expiatório. Eles mandaram você aqui para Nova York, Walter, jogaram um monte de trabalho nas suas costas e nunca demonstraram respeito de verdade. Agora que a coisa esquentou, quem você acha que vai queimar?

— Eu estava em casa com minha esposa quando todas essas mortes aconteceram. — Cavendish ajeitou a gravata com desconforto. — Não tenho nada a ver com isso.

— Sugiro não mentir para mim. É melhor não me deixar puta porque sou a única aqui que se importa com o seu futuro. Chase matou Randall Sloan, armou uma cilada para ele e o eliminou. Fico me perguntando o que faria com você. Talvez seja uma boa ideia colocar vocês dois na mesma cela só para descobrir.

— Ameaças não serão toleradas — avisou um dos advogados.

— Não foi uma ameaça, só uma especulação. Vou explicar como as coisas aconteceram e como tudo foi documentado nos registros secretos de Randall Sloan. Natalie Copperfield deu de cara com algo que não lhe caiu bem e, como era uma boa menina, foi procurar Randall Sloan em busca de conselhos. Ela o conhecia bem, era pai do seu amigo, filho do dono da firma, Natalie confiava nele. Talvez Sloan tenha até tentado apagar o incêndio, mas Copperfield fazia as perguntas erradas. Ele entrou em contato com Bullock, que foi procurar você. Foi aí que você entrou no rolo. Ela mandou seu filho acabar com a jovem quando a oferta de suborno não funcionou. Você sabia o que eles tinham feito, e isso o torna um cúmplice.

— Mais especulações — disse o advogado. — A senhora não tem nada de concreto contra o meu cliente, nem contra a sra. Bullock e seu filho.

— Em quem você acredita, Walter? No advogado com terno de grife que trabalha para a Stuben ou na tira que está com você preso pelos colhões? Tudo acabou e você sabe muito bem disso. Sua vida, sua carreira, o escritório espetacular, todas as despesas pagas. Mas você pode escolher como vai passar o que lhe resta de vida. Três condenações por cumplicidade em assassinatos ou, caso resolva cooperar, só três acusações por tentativa de obstrução da justiça. Cumprirá um tempinho de cadeia, mas logo estará em regime aberto. Vai passar o resto da vida em liberdade, e não preso. É pegar ou largar e eu lhe dou trinta segundos para decidir

Eve se inclinou sobre a mesa até que não lhe restou nenhuma opção a não ser olhar para ela.

— Você sabe que sua secretária vai aceitar essa oferta quando eu a oferecer na sala ao lado. Vai jogar você aos lobos sem pensar duas vezes. Tique-taque, Walter. Vinte segundos e o tempo está passando...

Nascimento Mortal

— Quero isso tudo por escrito.

— Cavendish... — alertou o advogado.

— Cale a boca! — berrou ele, virando-se para o lado. — Não é sua vida que está em jogo, certo? Não vou levar a culpa por nada disso. Quero a oferta por escrito — repetiu. — Depois disso eu lhe conto tudo que sei.

— Esse foi fácil — comentou Peabody depois que elas saíram da sala.

— Pois é, não deu nem para eu esquentar os motores. — Eve fez um alongamento e atirou os ombros para trás. — Canalha sem fibra! Vai passar uns bons dez anos no xadrez por obstrução da justiça.

— Sem falar nas fraudes fiscais. Você não mencionou isso para ele na oferta.

— Opa, me esqueci desse detalhe! — Eve riu abertamente. — Bem, não é minha função oferecer acordos em questões de fraude fiscal ou crimes internacionais. Puxa, acho que ele vai pegar muito mais de dez anos, afinal de contas.

— Quem vai ser agora?

— Vamos pegar Bruberry. Ela vai ficar muito triste e infeliz quando souber que seu chefe a entregou.

— Você acha que ela vai abrir o bico?

— Em duas horas, no máximo.

— Vamos apostar?

— Eve considerou a oferta e aceitou.

— Cinquenta paus.

— Combinado — disse Peabody.

Uma hora e cinquenta e três minutos depois, Peabody saiu da sala de interrogatório.

— Estou dividida — declarou. — Perdi cinquenta dólares, mas foi bom demais vê-la despencar. Ela não rachou. A melhor descrição é "explodiu".

— E sabia mais detalhes que o chefe sobre os locais onde os segredos estão trancados. — Eve esfregou as mãos. — Vamos dobrar a aposta para o papo com Chase?

— Pensei que fôssemos interrogar Bullock antes.

— Não, vou guardá-la para a sobremesa.

— Estou fora da aposta — decidiu Peabody. — Você está atingindo seu ponto de bala.

Ao se virar, viu Baxter vindo pelo corredor.

— Peguei um relatório dos técnicos e quis vir entregá-lo pessoalmente — anunciou ele, colocando um disco e uma pasta na mão de Eve. — É a perícia feita no carro de Sloan. Eles acharam um fio de cabelo no encosto de cabeça do banco do motorista. É de Chase. E aqui está um relatório da DDE — acrescentou, entregando outra pasta a Eve. — McNab, meu mais novo amigo do peito, descobriu ligações dele para uma dra. Letitia Brownburn, de Londres. As autoridades de lá já a detiveram e conseguiram um mandado para fechar a Sunday's Child até serem feitas investigações sobre as suas práticas. Também apareceram ligações para o escritório de Cavendish, de Madeline para Bruberry e de Madeline para o escritório de Londres, onde ela conversou muito com Stuben. Eles falaram em código sobre uma "entrega" iminente.

— Cavendish e Bruberry soltaram a voz mais que cantora de ópera — contou Eve. — Vamos interrogar Chase agora.

— Vou ficar na sala de observação com Reo.

— Baxter, por que não acompanha Dallas nesse round e eu observo? — ofereceu Peabody, olhando para Eve. — Tudo bem para você?

— Ótimo.

— Eu agradeço — disse Baxter. — Como você quer que seja a ação?

Nascimento Mortal

— Dura e implacável. Nada de acordos, sem tira bom e tira mau. Ele tem raivinha latente. Vamos deixá-lo puto.

— Gosto do seu estilo.

Eles entraram juntos. Eve jogou os arquivos com estardalhaço sobre a mesa onde Chase estava em companhia de três advogados.

— Ligar gravador. — Ela leu os dados. — Tem um advogado a mais aqui na sala. — Ergueu a mão antes de algum deles ter chance de falar. — Qualquer advogado presente além dos dois tradicionais depende da minha aprovação. Um de vocês tem de cair fora.

— Já que o sr. Chase é um cidadão britânico e as acusações contra ele são muito sérias, exigimos a presença de um profissional da área de criminalística internacional, normas fiscais e legislação estrangeira.

— Não dou a mínima para essa "exigência". Um de vocês terá de sair. Agora mesmo, senão darei esse interrogatório por encerrado e seu cliente voltará para a cela até que haja apenas dois representantes na sala.

— Esperávamos um pouco mais de cortesia de sua parte.

— Pois não vão tê-la. Vamos, detetive! — Ela se virou para ir embora.

— Eu sei lidar com a área criminal e internacional. — A única mulher, uma morena com cerca de cinquenta anos, falou de forma direta e clara, sem sotaque distinguível. — É interesse do nosso cliente ter esse equívoco esclarecido o mais depressa possível.

Um dos homens se levantou e caminhou com passos duros para fora da sala.

— Sr. Chase, o senhor já foi informado sobre seus deveres e obrigações, certo?

Como ele permaneceu em silêncio completo, a mulher tornou a se manifestar.

— O sr. Chase confirma a leitura de seus direitos.

— Preciso ouvir isso da boca do acusado e gravar tudo, senão o interrogatório será encerrado.

— Sim, eu ouvi meus direitos! — exclamou Chase, com raiva. — Mas fui agredido. Pretendo entrar com uma ação contra a brutalidade policial com que fui tratado.

— O senhor me parece ótimo. Deseja solicitar um exame físico feito por um médico para documentar algum ferimento que possa ter sofrido durante a prisão?

— Você me agrediu.

— Desculpe por discordar, mas a sua agressão contra mim foi filmada. Agora vamos tentar mais uma vez: o senhor compreendeu seus direitos e obrigações, sr. Chase? Só ele deve responder — repetiu Eve. — Com o gravador ligado.

— Eu compreendo meus direitos e deveres aqui na sua cidade tão pouco civilizada.

— Ótimo. Nesta cidade pouco civilizada mandamos pessoas para trás das grades em regime de prisão perpétua por vários tipos de crime. Agora vamos ver... Por qual deles devemos começar?

— Tenente. — A morena pegou uma folha de papel na pasta. — Se for possível, gostaríamos de esclarecer logo a questão de Tandy Willowby, que estava residindo temporariamente na casa da sra. Bullock e do sr. Chase, aqui em Nova York.

— Residindo? É essa a palavra que os britânicos usam quando uma mulher é trancada num quarto e mantida lá contra a sua vontade? — Eve balançou a cabeça e olhou para Baxter. — Eles ainda dizem que falamos o mesmo idioma!

— Não me pareceu que ela estivesse "residindo" lá — atalhou Baxter. — Aposto que você gosta de mulheres amarradas e indefesas, Chase. Grávidas também, para não poderem revidar. Você é uma porra de um pervertido!

— Estamos anotando todas as obscenidades que estão sendo ditas aqui — avisou a morena, com muito recato.

— Punheteiro também — completou Eve. — Aposto que você obervava Tandy por aquela câmera de segurança enquanto "descabelava o palhaço", como vocês dizem na Inglaterra.

— Sua vaca nojenta!

— Sr. Chase — a morena colocou a mão no ombro dele. — Tenente, por favor. Acho que poderíamos esclarecer esse ponto com rapidez para depois irmos em frente. Tenho uma declaração que a sra. Bullock ditou para o seu advogado, corroborada e assinada pelo sr. Chase. Gostaria que isso fosse citado oficialmente aqui.

— Fique à vontade.

— Na última quinta-feira, pouco depois das seis da tarde, a sra. Bullock notou que a sra. Willowby vinha caminhando pela Madison Avenue, onde a sra. Bullock fazia compras. Em maio do ano passado a sra. Willowby tinha solicitado ajuda da Fundação Bullock, em Londres, para colocar seu futuro bebê na lista de adoção. Entretanto, a sra. Willowby deixou de comparecer às consultas seguintes com o orientador psicológico, com o obstetra e a agência de localização de pais adotivos. Aliviada por encontrá-la bem e com saúde, a sra. Bullock se dirigiu a ela. Nesse momento a sra. Willowby se mostrou muito atormentada e implorou à sra. Bullock por ajuda. Muito preocupada, a sra. Bullock ajudou a sra. Willowby a entrar em seu carro com a intenção de lhe dar uma carona para casa. Mas a sra. Willowby se tornou ainda mais histérica, a ponto de ameaçar o suicídio. Disse que estava quase dando à luz e percebera recentemente, segundo declarou, que não teria condições de criar a criança, pois não tinha recursos financeiros nem emocionais para isso. Movida por pura preocupação e motivada pela necessidade de ajudá-la, a sra. Bullock levou a futura mamãe para sua residência, com o total consentimento da gestante. Alojou a sra. Willowby lá, conseguiu-lhe acompanhamento médico e começou a fazer contatos e arranjos para aconselhamento psicológico e procedimentos de adoção, caso a sra. Willowby se mantivesse no mesmo estado de desespero.

— Pode parar a história aqui — interrompeu Eve — porque não trouxemos pás, e esse é o maior carregamento de merda e mentiras que eu já vi ser despejado nesta sala. Nós temos a sua cabeça pelo sequestro de Tandy, Chase. Temos não só a declaração dela, mas também o testemunho de cinco tiras e um civil, todos dispostos a confirmar em tribunal que ela foi mantida presa dentro de um quarto contra a sua vontade.

— O estado de desespero da sra. Willowby... — tentou mais uma vez a advogada, mas Eve se levantou da cadeira de forma abrupta e colocou o rosto a centímetros do dela.

— Fico me perguntando qual seria o seu estado se você estivesse presa numa sala, sendo examinada por um médico androide sem sua autorização. Pode enfiar no rabo a declaração e o resto dessa merda de conversa fiada. Enfie tudo, irmãzinha, porque quando Stuben & Cia. caírem em desgraça é muito provável que você seja pendurado bem alto com a bunda ao vento.

— Se este interrogatório não puder ser conduzido com o mínimo de decoro, eu...

— Fodam-se o decoro e você junto, doutora advogada! Se não gosta das palavras que eu uso, a porta é bem ali. — Eve se virou para Chase. — A Divisão de Detecção Eletrônica está, neste exato momento, analisando os bancos de memória do androide médico. Não preciso perder meu tempo cuidando disso porque você está fodido, Win, você e sua mamãezinha querida. Aliás, falando nisso... Por acaso já contou aos seus advogados que você estava dormindo com sua mãezinha quando invadimos sua casa, Win?

— Cale a boca!

Nascimento Mortal

— Tenente, por favor! — A advogada morena ergueu a mão, mas Eve percebeu o ar de choque em seu rosto. — Tentar macular a reputação da sra. Bullock e do sr. Chase é inaceitável.

— Inaceitável é uma coisa chamada incesto, mesmo num país pouco civilizado como os Estados Unidos. Você vai pegar vinte e cinco anos de prisão perpétua pelo rapto e pelo cárcere privado de Tandy Willowby. E se descobrirmos que você a estuprou enquanto ela estava amarrada...

— Nunca toquei naquela puta imunda!

— Oh, não? — Eve folheou as páginas do arquivo em busca de algo. — Ah, certo, certo, me desculpe, você não faz esse jogo porque só quer saber da mamãe.

— Pode ser que ele goste... de... como é que os ingleses chamam...? Garotinhos — sugeriu Baxter. — Isso mesmo. Aposto que esse aqui quando não está comendo a mamãe é daqueles que gostam de enrabar garotinhos.

— Vocês me revoltam — reagiu Chase. — Vamos enterrar ambos e suas carreiras antes de tudo isso acabar.

— Não, acho que ele não gosta de sair com garotinhos — refletiu Eve. — Mamãe não iria gostar nem um pouco disso. Também não estuprou Tandy. Certo, Win? Não consegue ficar de pau duro com mais ninguém a não ser com ela, não é verdade?

Ao ouvir essas palavras, Chase empurrou a cadeira para trás e voou na direção de Eve. Foram necessários o advogado, a advogada e Baxter para segurá-lo.

— Tenente, isso é simplesmente inaceitável — esbravejou a advogada. — Não vou admitir que meu cliente seja tratado desse jeito.

— Faça uma queixa. — Eve se levantou da cadeira, deu a volta na mesa e parou atrás do ombro de Chase. Ele respirava com dificuldade e dava para sentir o calor e a raiva se irradiando dele em ondas. — Você também não estuprou Natalie. Era outra puta imunda, certo? Não era como a sua mãe, que é uma pessoa importante, compreende você e suas necessidades. Você e sua mãe têm tantos segredos! Não era isso que ela dizia quando tocava em você nos tempos de menino? Um segredo para ficar só entre vocês dois. Enquanto você for um bom menino e fizer tudo que mamãe mandar, as coisas vão ficar bem.

— Mas então aquela piranha da Natalie Copperfield começou a xeretar em coisas que não lhe diziam respeito — continuou Eve — e ia tentar derrubar vocês dois. Teve a audácia de questionar os negócios que vocês armavam. Foi sua mãe que mandou você matá-la, Win? Acho que foi. Se você não fizer o que mamãe mandar, não tem mais sacanagem com ela. Foi ela que deu a ideia de você usar o carro de Randall Sloan? Encontramos amostras de cabelo seu no carro dele.

— Meu cliente e o sr. Randall Sloan se conheciam. O sr. Chase pode ter recebido uma carona no carro dele, em algum momento.

— Ele dirigiu o carro — corrigiu-a Eve. — O cabelo estava no encosto de cabeça do banco do motorista. Seu cabelo, Win. Seu DNA, o mesmo que encontramos nas juntas ensanguentadas dos dedos de Bick Byson. Ele conseguiu lhe dar umas belas porradas antes de você usar a arma de atordoar nele, não foi? Seu covarde! Não sabe lutar como um homem porque não é um homem. É apenas um menino que dorme com a mamãe. Apesar disso, foi fácil espancar uma mulher com metade do seu tamanho e amarrá-la. Você quebrou os dedos dela, arrebentou-lhe o rosto e queimou sua pele. Adorou fazer isso, do mesmo modo que curtiu observar seus olhos esbugalhados quando a estrangulou. Aposto que isso é a única coisa que o deixa excitado quando você não está com a mamãe.

— Este interrogatório está encerrado! — determinou a morena.

— Eu adoraria ver os seus olhos esbugalhados — disse Chase, baixinho.

— Vai deixar que essa garota advogada diga o que você deve fazer? Igualzinha à mamãe? Faça isso, Win, faça aquilo. Isso, bom cãozinho!

— Ninguém me manda fazer nada. Cale a boca! — berrou ele para a advogada. — Sua burra, imbecil! Já estou de saco cheio. Chega de ser interrogado por essa... pessoa e de ser acalmado por você. Fiz apenas o que precisava ser feito. Foi Randall Sloan que contratou um capanga para matar aquelas pessoas. Confessou tudo antes de se enforcar.

— Como é que você sabe? Estava lá nessa hora?

— Foi você que contou.

— Nada disso. Eu contei que encontramos Randall Sloan pendurado na ponta de uma corda. Ele não se matou. Foi você que o assassinou e criou um cenário para parecer suicídio. Porque é um covardão fraco. E também matou Sophia Belego em Roma e Emily Jones em Middlesex, na Inglaterra. Mulheres grávidas devem ser uma ofensa para os seus olhos.

— Porque ele não consegue se excitar a não ser com a mamãezinha querida — explicou Baxter.

— Isso não tem nada a ver com sexo! Elas assinaram um contrato! — Ele bateu com o punho na mesa. — Assinaram um documento legal e nós já tínhamos empenhado nossa palavra com pais cuidadosamente escolhidos. Elas não tinham o direito de fazer isso!

— Sei... Carregar um feto na barriga por todo lado durante nove meses não dá a nenhuma mulher direitos sobre ele, certo? Você raptou Sophia Belego, não foi? Pegou a criança e se livrou da mulher que serviu de incubadora. Com Emily Jones a coisa não correu tão bem e você perdeu o produto que ia vender. Houve quantas mais, Chase?

— Nós fornecemos um serviço! — berrou ele, mais alto que as vozes de alerta de seus advogados. — Usamos nosso tempo, nossa especialização, nosso nome e ajudamos mulheres com problemas que nos procuram espontaneamente para se livrar de suas fraquezas; oferecemos uma dádiva para casais que merecem.

— Por um valor bonito e muito elevado.

— As mães recebem pagamento, não recebem? Têm chance de melhorar a própria vida enquanto a criança é criada de forma adequada. Como ousa me questionar?

Ele literalmente empurrou o advogado à sua esquerda e deu uma bofetada violenta na morena à direita.

— Não preciso justificar meus atos! — Ergueu-se com raiva.

A morena limpou o lábio que sangrava e tentou se levantar também, dizendo:

— Este interrogatório está...

— Cale a boca! Já não mandei fechar a porra dessa matraca?

— Natalie Copperfield — disse Eve, impassível. — Bick Byson, Randall Sloan.

— Todos se intrometendo de forma sorrateira, enfiando o nariz no nosso trabalho. Tudo culpa de Sloan, lambança completa dele. Um preguiçoso, incompetente!

— Foi por isso que você teve de matá-los. Todos eles. Era uma questão de orgulho — continuou Eve, com muita calma. — De negócios.

— A Fundação Bullock precisava ser protegida. Ela é muito maior do que todas essas pessoas patéticas. Minha mãe é o coração da fundação e a levou muito mais além de onde estava. Tudo não passou de uma tremenda chantagem contra nós por parte de todos eles. O que eu fiz foi em legítima defesa para proteger uma importante instituição beneficente.

Com um lenço protegendo o lábio que continuava a sangrar, a advogada morena ergueu a mão e avisou:

— Precisamos nos consultar com o nosso cliente.

— Você está despedida. — Chase, com os dentes à mostra, lançou o braço em arco com tanta violência que os advogados tropeçaram ao tentar recuar. — Por acaso acham que eu preciso de vocês? Seus idiotas. Não passam de parasitas dos dramas alheios! Saiam daqui! Já estou de saco cheio dos dois. Sumam da minha vista!

— Sr. Chase...

— Chega! Posso e vou falar por mim mesmo — disse, e os advogados saíram rapidamente da sala.

Agora, pensou Eve, a coisa vai funcionar melhor. Manteve o rosto sem expressão e a voz firme e calma.

— Sr. Chase, apenas para registro, o senhor dispensou a orientação dos seus representantes?

— Eu respondo por mim mesmo. Torceu os lábios de ódio ao olhar para Eve.

— Está mesmo abrindo mão de aconselhamento jurídico neste momento?

— Quantas vezes vai ser preciso eu repetir isso, sua palerma ignorante?

— Uma vez já basta. Que fique registrado oficialmente que o sr. Chase acaba de dispensar seus representantes e concordou em continuar o interrogatório sem os benefícios do aconselhamento legal.

Eve parou de falar e fez uma expressão de respeito e preocupação.

— Chantagem, foi o que o senhor disse? Isso coloca uma luz diferente sobre o caso. Por que não nos relatou isso quando começamos? O senhor foi informado por Randall Sloan de que Natalie Copperfield andava fazendo muitas perguntas, certo? — começou Eve.

E ele contou a história com todos os detalhes importantes sem se esquecer de nenhum.

Capítulo Vinte e Um

Peabody já estava com uma lata de Pepsi na mão quando Eve saiu da sala.

— Você geralmente gosta de cafeína gelada quando sai de um interrogatório pesado. — Entregou outra lata para Baxter. — Quanto a você, eu não tinha certeza.

— Pego qualquer coisa que apareça na minha frente.

— Já ouvi várias mulheres falando isso de você — comentou Eve antes de tomar o primeiro gole da Pepsi.

Pela primeira vez em várias horas, Baxter soltou uma bela gargalhada.

— Obrigado por me deixar derrubar aquele escroto com você, Dallas. Vou ligar para Palma e contar que o pegamos de jeito.

— Dallas, Jacob Sloan apareceu enquanto você estava no interrogatório. Foi levado para a sala de espera.

— Obrigada, vou conversar com ele. Pode mandar vir Madeline Bullock.

— Tem certeza de que não quer fazer uma pausa antes de interrogá-la? Você está nessa batida há quase seis horas seguidas — disse Peabody.

Nascimento Mortal

— Preciso pegar as pontas e amarrar tudo para fazer um relatório completo. — Massageou a nuca com força. — Só depois vou para casa, e você vai também.

— Oba! Vou mandar buscá-la, então.

Eve levou sua bebida para a sala de espera, passou as mãos pelo rosto e foi se sentar à mesa, na cadeira em frente a Jacob Sloan.

Ele parecia mais velho, mais frágil e exausto.

— Sr. Sloan, o senhor deveria ir para casa e ficar com a sua família.

— Winfield Chase matou meu filho? Tenho fontes — explicou ele ao ver que Eve ergueu as sobrancelhas. — Sei que foi preso e a mãe dele também. Não consigo enxergar Madeline fazendo mais do que mexer os pauzinhos por trás de tudo. Então eu lhe pergunto novamente: Winfield Chase matou meu filho, tenente?

— Sim. Acabou de confessar. Preparou a cena do crime para parecer suicídio e implicar seu filho nos assassinatos de Natalie Copperfield e de Bick Byson, que ele também já confessou ter matado.

Quando ele apertou os lábios com força e concordou com a cabeça, Eve se levantou. Quebrou o boicote às máquinas de vendas automáticas e programou uma garrafa de água. Voltou a se sentar, recostou-se na cadeira e colocou a garrafa diante dele.

— Obrigado. — Suas mãos estremeceram de leve quando ele pegou a garrafa e bebeu. — Meu filho sempre foi um desapontamento para mim, de muitas formas. Era egoísta, preguiçoso, atirou pela janela a juventude, o casamento e a própria reputação por causa do seu vício em jogo. Mesmo assim era meu filho.

— Meus profundos pêsames.

Ele bebeu um pouco mais, lentamente, e então expirou com força.

— Natalie e Bick eram brilhantes, muito corretos. Suas vidas juntos estavam apenas começando. Vou lamentar isso... — Mais uma vez ele pressionou os lábios juntos. — Suas famílias já foram avisadas?

— Isso está sendo feito neste momento.

— Então vou esperar até amanhã antes de entrar em contato com eles. Por que Chase os matou? A senhora pode me contar?

— O que posso lhe assegurar é que Natalie estava fazendo o seu trabalho e descobriu algo muito errado que tentou consertar, pois queria fazer a coisa certa.

— Meu filho. Ele não estava fazendo seu trabalho. — Balançou a cabeça quando Eve se manteve calada. — Isso vai ser muito duro de enfrentar para meu neto e minha esposa.

— O senhor devia ir ficar com eles, sr. Sloan.

— Sim, eu deveria estar com eles. — Ele se levantou. — Qualquer coisa que a senhora precisar de mim, da minha família ou da minha firma para termos certeza de que Winfield Chase vai passar cada segundo do que lhe resta de vida na prisão, basta pedir. — Estendeu a mão. — Obrigado, tenente.

Eve ficou sentada durante mais alguns instantes depois que ele se foi, terminando de beber. Depois, se dirigiu até o toalete e jogou água fria no rosto.

E saiu para enfrentar Madeline Bullock cara a cara.

Sua fama de má já havia se espalhado. Foi o que Eve imaginou ao ver apenas dois advogados acompanhando a suspeita.

— Ligar gravador — disse Eve, e deu início à rotina. — Seu filho confessou a culpa em cinco acusações de assassinato. — Observou os olhos de Madeline. — Vejo que a senhora já foi informada disso. Ele também relatou com detalhes o seu envolvimento em cada um desses assassinatos e no rapto de Tandy Willowby.

— A sra. Bullock está preparada para dar uma declaração — avisou um dos advogados.

— Não vai ditar para alguém um monte de merdas e mentiras dessa vez, Madeline? Muito bem, vamos ouvir.

— Não espero que a senhora compreenda o meu terror, meu pesar e minha culpa. — Madeline apertou contra os lábios contritos, cuidadosamente, um lencinho com rendas nas bordas. — Meu filho... Como não poderia me culpar por ele? Aquele menino saiu de mim. Só que algo externo o deformou por dentro. Tanta violência, tanto ódio! Eu vivi com medo dele durante tempo demais.

— Por favor! Você não tem medo de nada, a não ser de perder o domínio sobre a fundação, perder seu dinheiro, seu prestígio e a operação execrável que vem dirigindo desde que seu marido morreu.

— A senhora não conseguiria entender. Ele me forçou a... Deus, isso é algo que não dá para descrever.

— Fazer sexo com ele? Viu só? Dá para descrever, sim. E isso é mais conversa mole. Você vem abusando sexualmente do seu filho durante quase toda a vida dele.

— Que coisa horrível de se dizer. — Madeline pareceu se abalar e por um momento enterrou o rosto no lencinho. — Win é doente e não havia nada que eu pudesse fazer para...

— Ele saiu de você — disse Eve, repetindo as palavras dela e sentindo a raiva aumentar ao se enxergar sem saída dentro de um quarto frio em companhia do homem de quem tinha vindo e que a tinha estuprado repetidas vezes. — Você o explorou e abusou dele. Você o transformou exatamente no que ele é.

— A senhora não pode imaginar os horrores pelos quais eu passei.

— Não venha me falar sobre presenciar horrores. Tenho declarações do seu filho, de Walter Cavendish, de Ellyn Bruberry. Todos eles deram o seu nome como a pessoa que estava no controle, aquela que tomava todas as decisões e dava as ordens. Você acha que só porque não sujava as mãos diretamente com os assassinatos vai escapar numa boa de responder por eles?

— Eu fazia tudo que Win me mandava fazer. Ele teria me matado se eu o desobedecesse.

Madeline lançou os braços sobre a mesa e segurou as mãos de Eve com força. A tenente permitiu, mas sentiu como se sua pele tivesse ficado manchada. Você é boa, pensou. É uma excelente atriz, Madeline.

— Faço um apelo para a senhora, tenente, de mulher para mulher. Imploro para que vocês, da polícia, me protejam. Existe um monstro dentro do meu filho. Estou morrendo de medo

— A sra. Bullock tem sido uma prisioneira virtual da doença do próprio filho — começou um dos advogados. — Uma vítima de abusos físicos e emocionais. Ele a usou para...

— Ele usou você? — Eve interrompeu o advogado e libertou as mãos enquanto olhava para o rosto da mulher e via o do seu pai. — Isso é tudo mentira da grossa, Madeline. Ninguém usa você. E eu não consigo imaginar nada mais fraco, mais patético e digno de pena do que uma mãe que tenta incriminar o filho para salvar o próprio traseiro. Você está acabada, sabia? Não tem escapatória!

Quero ver você suar frio, pensou Eve. Quero ver você tremer, sofrer e choramingar.

— Temos todas as gravações da memória do androide médico, Madeline. Você aparece em todas elas. As autoridades britânicas prenderam a sua doutora Brownburn, que já confessou tudo e também declarou que recebia as ordens diretamente de você. Ninguém vai acreditar nessa farsa ridícula de mãezinha frágil e assustada. Você é a pessoa que detinha todo o poder. É como uma porra de uma aranha que tece sua teia... Uma sanguessuga, e dá para ver isso tudo na sua cara.

Nascimento Mortal

— Não tenho mais nada para conversar com essa pessoa — disse Madeline, com rispidez. — Quero falar com o consulado britânico. Vou conversar também com o presidente dos Estados Unidos, que é um amigo pessoal, e com o primeiro-ministro do Reino Unido.

— Pode chamar o rei da Inglaterra também, para mim está ótimo — disse Eve, inclinando-se mais na direção dela. — Eles vão fugir de você tão depressa que acabarão embolados na saída. E espere só até a Polícia Global começar a conversar com as mulheres cujos bebês você comprou e com as pessoas que os compraram de você. Temos a lista completa, Madeline. Os nomes, os endereços; a mídia internacional vai dançar um tango com essas informações quando a merda bater no ventilador.

— É isso que a senhora busca, não é? — Madeline sugou o ar pelas narinas com força. — Atenção dos meios de comunicação. Só que o meu nome e a reputação da Fundação Bullock vão aguentar qualquer coisa que você invente a meu respeito. A senhora vai ser esmagada.

— Você acha? — Eve encarou Madeline longamente e sorriu. Manteve o sorriso até notar o primeiro sinal de medo na oponente. — Eles vão crucificar você, e as multidões vão aplaudir. E, quando eu acabar com você, aqui nos Estados Unidos, ainda terá de responder às autoridades italianas por Sophia Belego. Chase nos contou onde poderemos encontrar os restos mortais dela. Ele estava em sua companhia, em Roma, quando Sophia desapareceu. Vocês têm uma casa lá e a polícia vai encontrar provas de que ela também foi mantida em cativeiro lá contra a vontade.

— Meu filho é mentalmente prejudicado. Precisa de ajuda profissional.

— Se ele é doente mental, foi você que o fez ficar assim, distorcendo sua visão de sexo, das mulheres e dele mesmo só para você curtir suas sacanagens.

— Tenente! — O advogado se manifestou, mas Madeline simplesmente encarou Eve com olhos gélidos. — A sra. Bullock já declarou que o sr. Chase é que foi o agressor dela.

— A sra. Bullock é mentirosa, pervertida e covarde. Você não deveria discutir planos para assassinatos e raptos na frente dos empregados, Madeline, mesmo androides. Aliás, especialmente androides, já que eles gravam tudo que veem e ouvem.

Eve abriu um arquivo e informou:

— Temos um registro de voz que bate direitinho com o seu, gravado quando você mandou Will matar Natalie Copperfield.

— Isso é impossível. Estávamos sozinhos quando...

— Quando você deu essas ordens para ele? — completou Eve, pois Madeline se impediu de terminar a frase. — Sabe qual é o problema? Gente como você ignora os criados que estão por perto. Provavelmente você realmente achou que estavam sozinhos. — Eve fechou o arquivo e continuou: — Temos os registros de Randall Sloan. Seu filhinho fez uma bagunça na casa, mas não encontrou o segundo cofre. Tenho um monte de declarações que confirmam tudo, além do testemunho pessoal de Tandy Willowby. Temos transmissões de *tele-link* que vocês não tiveram tempo de apagar antes da prisão, e isso vai colocar mais peso sobre a montanha de provas. Desista, Madeline. Pelo menos o seu filho teve orgulho suficiente para assumir o que ele considerava seu trabalho. Aliás, um trabalho ordenado por você.

— Não tenho mais nada a declarar.

— Ótimo. — Eve se levantou. — Prendi você por conspiração para cometer assassinato; são várias acusações. Isso vai lhe garantir uma cela numa penitenciária fora do planeta, cumprindo muitas sentenças de prisão perpétua. Isso antes da Polícia Federal, da Polícia Global, dos britânicos e dos italianos entrarem em cena.

Por quanto tempo você acha que ela vai conseguir manter esse visual sofisticado e classudo numa cela fora do planeta, Peabody?

— Seis meses, no máximo.

— Concordo. Você não vai conseguir fiança e seus advogados vão lhe informar a mesma coisa, por mais que você tente se fazer de doce para o juiz. Seu risco de fuga é elevadíssimo. Você ainda vai conseguir mais um ou dois dias aqui nas Tumbas, que é como chamamos o Complexo Penitenciário de Manhattan, mas quando eu sair desta sala não haverá mais nenhuma chance de acordo para redução de pena.

Eve seguiu na direção da porta.

— Tenente! — Foi um dos advogados que a chamou e se inclinou para murmurar algo no ouvido de Madeline.

— Eu certamente não pretendo considerar essa hipótese — disse a presa, lançando a cabeça para trás. — É um blefe. A polícia não tem nem metade das provas que afirma ter. Ela está blefando!

Eve sorriu ao abrir a porta e se dignou a olhar para trás uma última vez.

— Não, não estou blefando.

— Você não queria que ela tentasse um acordo — disse Peabody, quando elas saíram pelo corredor.

— Acertou. Não queria mesmo. Ela é pior que o filho em todos os sentidos. Ela o criou, o corrompeu e o usou. É muito pior, e quero imaginá-la morando durante os próximos cinquenta anos numa caixa de concreto. Vá para casa, Peabody. Você se saiu muito bem.

— Só vou quando você for.

Eve suspirou.

— Então, vamos redigir esse relatório de uma vez e dar o fora daqui.

• • •

ve voltou para casa cedo, às seis da tarde, mas teve de reconhecer que foi uma dificuldade conseguir se arrastar até lá. Queria curtir um banho quente demorado e tomar uma garrafa inteira de vinho, seguindo-se a isso uma sessão de sexo preguiçoso com seu marido, antes de dormir como uma pedra durante dez horas seguidas.

Queria tirar da cabeça a imagem de Madeline Bullock acariciando o corpo do próprio filho.

Ao ouvir música vindo da sala de estar e perceber distintamente a voz de Mavis flutuar alegremente, Eve notou que teria de adiar um pouco mais os planos de banho, sexo e sono.

Mavis estava sentada numa poltrona confortável com os pés sobre uma imensa almofada enquanto Summerset lhe entregava uma xícara de chá. Isso explicava sua falta de oportunidade para assombrar o saguão quando Eve chegara. Leonardo se sentava sorrindo docemente ao lado dela enquanto Roarke tomava vinho com calma infinita e uma expressão de indulgência nos olhos.

— Eu me sinto tão paparicada! Não que você não tome conta de mim devidamente, lábios de mel — apressou-se a dizer a Leonardo. — Mas é que hoje foi como um dia de férias, ou algo assim. Summerset, você devia ir morar conosco.

— Podem levá-lo, ele é todo de vocês — disse Eve, entrando na sala.

— Dallas! Dallas!

— Não se levante dessa poltrona! — Eve ergueu a mão espalmada. — Vai levar muito tempo para você conseguir sair daí, e de qualquer modo eu quero me sentar. — Foi o que fez, no braço da poltrona de Roarke, para poder roubar alguns goles do seu vinho.

— Tandy está descansando. Ela ficou andando de um lado para o outro o dia todo, mas Summerset disse que ela está indo muito bem. — Mavis lançou na direção dele um olhar de adoração. — Ele nos tratou como se fôssemos duas princesas grávidas.

— Vocês duas tiveram dias de muita provação. Experimente um desses canapés — ofereceu ele, estendendo a bandeja. — São os seus favoritos.

— Não estou com muita fome, mas vou aceitar um... talvez dois. Vamos levar Tandy para o nosso apartamento, assim que ela acordar, para deixar vocês em paz. Ela ainda não está pronta para ir até a casa dela sozinha. Felizmente essa situação não vai durar muito tempo.

— Como assim? — Foi tudo que Eve conseguiu dizer, pois sua mente já estava flutuando para longe dali.

— Aaron ligou para Tandy um monte de vezes hoje. É o namorado dela, lembra? Ele é um doce, está humilhado e se sente um verme. Conversaram muito. Ela chorou várias vezes, mas também riu. Ele queria... na verdade implorou para vir vê-la hoje cedo, mas ela ainda não estava pronta para o reencontro. Mesmo assim o convidou para passar lá em nossa casa hoje à noite. Ele a pediu em casamento.

— Que bom!

— Tandy ainda não disse que sim, mas garanto que vai aceitar. Ela me confessou que isso é o que sempre quis, e que tudo que aconteceu talvez tenha servido para eles poderem se tornar uma família mais forte. Eu sabia que você iria encontrá-la, Dallas.

— Sim, você já me disse.

— Não me canso de repetir. Nem dá para descrever o quanto significa para mim tudo o que você fez. Você e Roarke e Peabody, McNab, Baxter, aquele gatinho do Trueheart. Tomara que essas pessoas horrorosas passem a vida dentro de uma cela, sentadas no próprio cocô até seus corpos apodrecerem e seus rostos despencarem.

— Minha ursinha... — murmurou Leonardo. Mavis apertou os olhos e fez uma careta.

— Eu sei. Devo evitar as energias negativas e absorver só as positivas. — Ela se remexeu dolorosamente na poltrona. — Só que não consigo evitar. Tandy me contou tudo que aconteceu em detalhes.

— Os vilões estão encarcerados. Todos confessaram, com exceção de Madeline Bullock. Mas eu também não forcei muito a barra para que ela confessasse. Não era preciso, e eu queria vê-la se contorcendo e esperneando.

— Uma abelhinha ocupada — descreveu Roarke.

— E nós vamos cair fora da colmeia de vocês. — Mavis se remexeu novamente e exibiu uma nova careta.

— Mavis? — Leonardo pulou da poltrona e se lançou na direção dela.

— Estou sentada meio torta, só isso. Está cada vez mais difícil arrumar uma posição confortável nos últimos tempos. Faltam só dez dias. Por favor, me ajude a sair daqui, baby, para eu me livrar dessas câimbras.

Quando Leonardo conseguiu rebocá-la da poltrona e colocá-la em pé, Tandy entrou na sala caminhando lentamente.

— Sinto muito a demora. Oh, olá, Dallas, Roarke! Gostaria de agradecer a vocês por tudo e há muita coisa que eu quero dizer... Só que receio que minha bolsa tenha estourado.

— Sério? — Mavis deu um grito de alegria e Eve empalideceu — Ah, meu Deus, Tandy. — Ela correu o mais depressa que pôde para colocar as mãos da amiga entre as dela. — Vamos ter um bebê ainda hoje! Você quer que nós liguemos para Aaron, não quer?

— Sim, quero. — A dor no rosto de Tandy virou um sorriso ensolarado. — Quero de verdade.

Nascimento Mortal

— Não se preocupe com nadica de nada. Leonardo vai passar no seu apartamento para pegar as malas e eu acompanho você até a maternidade. Nós duas vamos... Oh... Uh-oh.

Mavis pressionou a lateral da barriga com a mão, arqueou as costas de leve e soprou o ar com força.

— Uau. Puxa.... Ops. Acho que estou entrando em trabalho de parto.

Eve apertou os olhos com os dedos enquanto Leonardo andou a esmo pela sala, desorientado como um touro bêbado.

— Isso é perfeito! — exclamou Eve.

— As duas ao mesmo tempo? — Roarke apertou a mão de Eve e se levantou da poltrona, puxando-a com ele. — Nesse instante? As duas?

— Sim, não podia ser mais perfeito! — lamentou Eve.

Puxa, ela não tinha acabado de chefiar uma operação policial que tinha levado à prisão dois criminosos internacionais? E durante a qual tinha, pessoalmente, chutado o saco do assassino?

Ela não tinha conseguido enfrentar um velho demônio pessoal cara a cara ao se sentar na sala de interrogatório com Bullock e ver nela o rosto do próprio pai?

Ela conseguiria lidar com essa nova situação. Por favor, senhor.

O problema é que havia duas mulheres em trabalho de parto na sua sala de visitas gritando histericamente uma com a outra e falando tão depressa que as palavras se misturavam num borrão indistinto. Perto delas havia um futuro pai que parecia prestes a desmaiar a qualquer momento. Sem falar no seu marido, geralmente tão cabeça fria e que a tinha lançado — literalmente — naquele redemoinho de insanidade.

Quando se virou com os olhos arregalados para Roarke por sobre o ombro, ele simplesmente apontou para ela e entornou o resto do vinho de uma vez só.

— Muito bem, podem parar. Parem! Eis o que vamos fazer...

Os gritos e tagarelices pararam na mesma hora, como se ela tivesse cortado o papo com uma arma a laser. Todos os olhos se voltaram para ela. Percebendo que sua primeira ideia clara era chamar Summerset aos berros para acudir, Eve mordeu os lábios com força, tentando escapar da sua própria histeria, que aumentava.

— Muito bem. Todo mundo vai entrar numa daquelas caminhonetes 4 x 4 de Roarke e vamos para a maternidade.

— Mas eu preciso da minha mala! — Tandy massageou a barriga e soltou o ar em sopros curtos. — Preciso dela. É lá que está a minha música e meu foco de concentração para...

— O meu também, o meu também. — Mavis apertou a base das costas com a mão. — Se não estivermos com nossas malas...

— Vou dizer como vamos organizar tudo a partir de agora. Vou pedir a Peabody e a McNab para irem aos apartamentos de vocês duas pegar as malas de ambas. Nós já estamos de saída. Agora!

— Caras damas, vocês vão precisar de seus casacos. — Roarke chegou ao lado de Eve e colocou a mão sobre seu ombro para acalmá-la, mas logo a tirou. — Desculpe, acho que a apertei demais — disse ele. — Ah, Summerset, justamente a pessoa mais necessária. Precisamos de um veículo grande imediatamente.

— Você entrou em trabalho de parto, Tandy? — perguntou o mordomo.

— Minha bolsa arrebentou e Mavis está com contrações.

— Isso é maravilhoso! — exclamou ele com uma calma que fez Eve sentir vontade, mais que nunca, de socá-lo com força.

Nascimento Mortal

— Vocês terão seus bebês ao mesmo tempo! Mavis, qual é o espaço entre uma contração e outra, em minutos?

— Eu me esqueci de marcar. — O pânico em estado bruto surgiu nas palavras balbuciadas por Leonardo. — Eu me esqueci de marcar.

— Está tudo bem. Você começou a ter as contrações agora? — perguntou Summerset, olhando para Mavis.

— Acho que essas dores estão vindo e indo há umas duas horas. Talvez três.

— Umas duas horas? — Eve sentiu o mesmo tremor de pânico nas palavras que lhe saíram da boca. — Por Deus, Mavis!

— Está tudo em perfeita ordem. — Summerset lançou um olhar de reprovação para Eve. — Tandy, quando ocorreu sua última contração?

— Humm... Mais ou menos agora. — Ela inspirou bem devagar.

— Eu preciso cronometrar! — Leonardo lançou os braços compridos para o alto. — Preciso cronometrar.

— Não. — Eve apontou o dedo para Leonardo e sentenciou: — Nós precisamos sair.

— Alguém já entrou em contato com a parteira? — quis saber Summerset.

— Merda. — Eve puxou os cabelos com força. — Você liga para ela — ordenou ao mordomo. Avise-a que estamos a caminho levando duas parturientes. Depois ligue para Peabody, peça a ela e a McNab para pegarem as malas e sacolas das mães e dos bebês nos apartamentos de Mavis e de Tandy. Pelo que eu entendi, se não estivermos com elas, seremos todos amaldiçoados. Também quero que você entre em contato com Aaron Applebee.

— Ah, sim, por favor — sorriu Tandy.

— Diga-lhe para onde estamos indo e por quê.

— Certamente. Agora, senhoras, sentem-se.

— Sentar? Nada de sentar — reclamou Eve. — Estamos de saída.

— Essas coisas levam tempo. Vocês podem se instalar confortavelmente enquanto pegamos os casacos e providenciamos o veículo apropriado e devidamente aquecido para recebê-las. Tandy, você não gostaria de conversar pessoalmente com Aaron?

— Sim, obrigado por lembrar, eu gostaria muito.

Summerset pegou um *tele-link* portátil no bolso e o entregou a ela.

— Vou ligar para a parteira e voltarei em seguida com os seus casacos.

Apesar dos seus inúmeros defeitos, Summerset era eficiente, Eve teve de admitir isso para si mesma. Menos de quinze minutos depois eles estavam passando pelos portões da mansão. Todos eles, inclusive Summerset, por forte insistência de Mavis e de Tandy.

O papo era constante dentro do carro. Todos conversavam sobre dilatação, contrações, pontos focais, amamentação no peito. Eve se lembrou com nostalgia da última vez em que tinha andado num carro grande como aquele em companhia de tiras, a caminho de uma operação policial. O assunto reinante, nesse dia, era a possibilidade de alguém morrer ou sofrer ferimentos graves.

Tinha sido muito menos estressante.

Duas vezes durante a corrida Leonardo teve de colocar a cabeça entre os joelhos para não desmaiar. Eve não podia culpá-lo por isso.

— Vou deixar todo mundo na entrada e vou estacionar o carro. — Roarke olhou para Eve meio de lado. — Não se preocupe que eu não vou continuar dirigindo até chegar ao México. Entro logo em seguida. Você tem minha palavra.

Nascimento Mortal

— Lembre-se apenas de que se você não fizer isso vou caçá-lo, arrancar seus membros um por um e usá-los para alimentar cães feios e ferozes.

— Não vou me esquecer.

Eles foram recebidos por duas enfermeiras alegres com olhos muito brilhantes, mas o alívio que Eve sentiu ao passar para elas aquele fardo teve curta duração.

— A senhora terá de nos acompanhar.

— Acompanhar vocês? — Eve olhou para Mavis com olhos arregalados. — Mas Leonardo...

— Ele tem de preencher os papéis da internação. — Mavis agarrou a mão de Eve e a apertou. — Você precisa vir. Uh-oh...

Reconhecendo os sinais dessa vez, Eve olhou para Summerset e afirmou:

— Ela está tendo outra contração.

— Sim, é desse jeito que funciona. Entre com ela. Vou buscar Leonardo e Roarke.

Não parecia justo nem correto ela ter de passar por isso sozinha. Mas a mão de Mavis estava colada na dela e as enfermeiras levavam as duas pacientes lá para dentro.

— Você não vai colocar nada para fora antes de o resto da equipe estar reunida, certo?

— Acho que não.

— Temos bastante tempo. — A enfermeira que levava Mavis pela mão sorriu para Eve. — Meu nome é Dolly e vou cuidar muito bem de você, Mavis. Randa vai chegar logo.

— E meu nome é Opal — apresentou-se a outra enfermeira. — Vamos acomodar vocês duas em seus quartos e ver até que ponto progrediram. Não vi suas malas.

— Alguém já foi buscá-las. — Tandy encontrou a mão livre de Eve e a agarrou com força. — Não estávamos em casa quando as contrações começaram. Meu namorado, isto é, noivo, ahn... o pai do bebê também já está vindo.

— Vamos avisar para que ele seja imediatamente levado até o quarto. Não se preocupe, mamãe. É o primeiro bebê de vocês duas, não é? São amigas e estão tendo bebês ao mesmo tempo. Isso não é divertido?

— Sim, um festival de gargalhadas — murmurou Eve.

Capítulo Vinte e Dois

Eve detestava hospitais. Mesmo quando alguém resolvia espalhar fotos de bebês angelicais em paredes pintadas em tons pastel, montar pequenas salas de estar rodeadas de plantas como se fossem jardins e colocar arco-íris nos uniformes dos funcionários. Continuava sendo um hospital — um lugar onde médicos e máquinas tomavam posse do seu corpo e normalmente havia algum tipo de dor envolvida no processo.

Sem dúvida devido ao status de celebridade que Mavis desfrutava, por ser artista, ela foi levada para uma sala de parto tão exuberante e estilosa quanto a suíte presidencial de um hotel de luxo. Aproveitando um pouco da fama que transbordava da amiga, Tandy foi instalada num quarto sofisticado bem em frente, no mesmo corredor.

As esperanças que Eve tinha de que a única coisa necessária, por enquanto, seria acompanhar as duas parturientes até seus aposentos foram rapidamente destroçadas. O único jeito de Mavis soltar a mão de Eve, que ela apertava com a força de um torno, foi a promessa de que ela iria só até o outro lado do corredor para verificar se Tandy estava bem e voltaria em poucos instantes.

— Leonardo e eu íamos ficar com ela nessa hora. Agora, também estamos em contagem regressiva. Ela não tem ninguém para acompanhá-la até Aaron chegar aqui.

Como Eve estava preparada para tratar as duas mulheres como se fossem animais feridos e perigosos, deu tapinhas leves na mão de Mavis, que continuava apertando a dela com tanta força que as juntas dos dedos tinham ficado brancas.

— Tudo bem — concordou Eve. — Ficarei ligada nas duas.

Atravessou o corredor, abriu a porta e se viu diante de uma mulher absurdamente grávida e completamente nua que estava sendo ajudada a vestir um camisolão azul-bebê.

— Santo Cristo! — Eve colocou a mão sobre os olhos. — Desculpem. Mavis pediu que eu viesse ver se estava tudo bem com você.

— Oh, não se preocupe comigo. — A voz de Tandy era alegre e luminosa. — Você precisa ficar ao lado dela, agora.

— Tudo bem, então. Vou até lá.

— Ahn, escute, Dallas! Será que você poderia ligar para Aaron novamente para ver se ele já está chegando?

— Claro! — Ela se virou, voltou para o quarto em frente e deu de cara com Mavis completamente nua. — Por favor, em nome de tudo que é mais sagrado, alguém poderia cobrir essas mulheres?

Mavis deu risadinhas enquanto Dolly a ajudava a enfiar sobre a cabeça uma camisola estampada com loucas espirais em tons de azul e cor-de-rosa.

— Tandy está numa boa? Leonardo já vem vindo? E Aaron?

— Ela está ótima. Vou verificar.

Desesperada para escapar, Eve foi para o corredor. Ali, descobriu que Aaron já conseguira um táxi e Leonardo tinha acabado de preencher a ficha de internação.

Nascimento Mortal

— Coragem — lembrou a si mesma, e voltou para Mavis.

— Nossa! Puxa, estou ligadona! — Ela estava sentada na cama, com o rosto rosado de empolgação. — Olha lá! Aqueles são os batimentos cardíacos do bebê e aquele outro aparelho mede as contrações.

Dolly colocou uma luva de proteção.

— Vamos medir a dilatação do colo do útero.

Deus tenha piedade de mim, pensou Eve, e avisou:

— Estou aqui no corredor.

— Não, não vá embora! — Mavis esticou a mão. Resignada com a ideia de que Deus não estava ouvindo, Eve pegou a mão de Mavis quando ela assumiu a posição solicitada.

— Leonardo está subindo — avisou Eve, tendo o cuidado de manter os olhos grudados no rosto de Mavis.

— Mais ou menos três centímetros — anunciou Dolly. — Temos tempo suficiente, relaxe um pouco. Avise-me se precisar de alguma coisa. E você, Dallas, está tudo bem?

— Está, sim.

— Posso lhe oferecer alguma coisa?

— Um imenso cálice de vinho.

Dolly riu.

— Ora, ora, álcool só depois, para brindar a chegada do bebê. Que tal uma bela xícara de chá?

Eve pensou em pedir café, porém, logo se lembrou de que a gosma preta do hospital era tão ruim quanto o café dos tiras.

— Pepsi, por favor.

— Claro.

— Meu raio de luar! — gritou Mavis quando Leonardo entrou na suíte carregando um enorme vaso com rosas amarelas. — Aww, você me trouxe flores e eu ainda nem tive o bebê.

— Elas se parecem com a luz do sol, e você pode exercitar o foco nelas até a chegada do bebê. — Ele se inclinou e a beijou suavemente na testa. — Você está bem? Quer que eu traga pedacinhos de gelo para chupar? Dizem que ajuda. Ou quem sabe a bola de estabilidade? Você quer ouvir música?

— Estou mag. Três centímetros e aumentando. Estou tão feliz por você estar aqui. Feliz por todos vocês estarem aqui. Tudo está acontecendo exatamente como eu imaginei. Summerset, você poderia ser um anjo mais um pouquinho e fazer companhia a Tandy até... Opa! Aqui vem mais uma.

Como Leonardo estava ali ao lado para acudi-la, Eve se afastou um pouco e foi para o canto com Roarke..

— Vi as duas grávidas nuas e fiquei traumatizada para o resto da vida. O corpo humano não foi feito para ser tão esticado daquele jeito.

— Estou mais preocupado é com as outras regiões que ainda vão ser esticadas.

— Ah, pode parar!

— Até que não foi tão mau — comentou Mavis, muito alegre, e lançou um olhar meloso para Leonardo. — Ursinho de mel... Sabe aquilo que você me pediu antes? Na semana passada, no mês passado e no retrasado?

Ele estava com as duas mãos dela entre as dele e as apertou junto do coração.

— Sério, Olhinhos de Anjo?

— Sim.

Eve desviou os olhos quando eles se engataram num beijo do tipo desentupidor de pia, algo que provavelmente tinha sido o precursor do ato que dera origem à situação atual.

— Resolvemos nos casar! — cantarolou Mavis.

— Sério, isso não é brincadeira? — reagiu Eve.

— Seriíssimo. Vamos ficar oficialmente amarrados um ao outro.

— Estou pedindo Mavis em casamento há muitos meses. — O rosto de Leonardo cintilava como uma lua de cobre. — Agora ela finalmente aceitou! Vou desenhar para ela o mais fantástico vestido de noiva que alguém já teve.

— Ah, mas não é assim! — protestou Mavis. — Minha tortinha de mel, temos de fazer isso agora, antes que o bebê chegue.

— Agora?!

— Sinto que é a coisa certa a fazer. O bebê está chegando e eu quero ser sua esposa adorada quando colocarmos os olhos nele pela primeira vez. Ou nela. Um momento íntimo e pessoal. Por favor?

— Mas não temos autorização para casar, não preparamos nada.

O lábio inferior de Mavis estremeceu.

— Mas tem de ser agora.

— Aguentem um instante. — Eve ergueu a mão antes que a cachoeira começasse novamente. — Acho que posso resolver isso. Por favor, me deem só alguns minutos.

Saiu com Roarke.

— Vou ligar para o prefeito — disse, pegando o *tele-link*. — Se eu não puder convencê-lo a emitir uma licença, quero que você entre em ação para suborná-lo.

— Dá para fazer isso, mas vai ser preciso alguém daqui para oficializar a cerimônia. A maternidade deve ter uma pessoa autorizada para isso. Vou descobrir.

Eve concordou com a cabeça e respirou fundo.

— Sr. Prefeito, aqui é a tenente Dallas. Preciso lhe pedir um favor pessoal.

Quando desligou, Peabody e McNab saíam do elevador.

— Tropas de revezamento chegando, senhora, e trazendo suprimentos. — Peabody riu como uma idiota. — Qual é a situação?

— Elas estão tendo bebês. Como se isso já não fosse agitação suficiente, Mavis decidiu que ela e Leonardo vão se casar. Agora!

— Aqui e agora? Puta merda!

— Convenci o prefeito a emitir uma licença especial para eles. Roarke está à caça de alguém para realizar a cerimônia.

— McNab, monte uma nova rede de conexões pelo *tele-link*. Já tínhamos entrado em contato com quase todo mundo — explicou Peabody. — Fiz uma lista, mas comece de novo e atualize o status para os convidados: agora temos um bebê e um casamento.

— É para já! E Tandy?

— Naquele lado do corredor. Mavis está neste lado.

— Vou vê-la. — Peabody executou uma dancinha no meio do corredor. — Estou feliz por ter colocado a tiara na mala antes de vir. Ela vai ter de usá-la como adorno de cabeça nupcial.

Quando Peabody abriu a porta, ouviram-se gritos histéricos dela e de Mavis. Eve simplesmente pressionou os olhos com os dedos. Ao baixar a mão, Roarke vinha pelo corredor com um homem muito pálido que Eve reconheceu como Aaron Applebee.

— Encontrei um futuro pai perdido — disse Roarke.

— Estou tão baratinado que minha cabeça não anda funcionando direito. Por Deus, você é Dallas?

Antes de Eve ter chance de se defender, ele lançou os braços sobre ela num abraço emocionado e pousou a cabeça em seu ombro. O terror dela aumentou quando o ouviu emitir um soluço abafado.

— Obrigado. Deus a abençoe! Obrigado pela minha Tandy e por nosso bebê.

— Ahn... Provavelmente ela quer ver você. Está nesse quarto.

— Tandy. — Ele inclinou o corpo de lado e se lançou pela porta do outro lado do corredor. — Tandy!

— Não sei quanto mais disso vou conseguir suportar.

Nascimento Mortal

— Aguente firme, tenente. — Com a mão no ombro de Eve, Roarke ergueu uma sobrancelha inquisitiva para Summerset quando este saiu do quarto de Tandy. — E então?...

— Ela está progredindo muito bem e de forma rápida. Eu diria que veremos o bebê em duas horas. Três, no máximo.

— Também veremos um casamento hoje. Mavis e Leonardo.

Os lábios de Summerset se curvaram num sorriso. Algo tão raro, pensou Eve, que ela se espantou quando o rosto dele não implodiu.

— Isso é adorável. Vocês não deviam estar junto dela como parte da equipe de parto?

— Estamos trabalhando aqui fora — disse Eve, com desconforto. — Peabody está lá.

— É a senhora que ela quer — lembrou Summerset. — Vou entrar lá, mas só por um momento.

— Não vou me sentir culpada — declarou Eve, com firmeza. — Não vou me sentir culpada. Ok, eu desisto... Merda, estou me sentido culpada.

— Você precisa sair dessa.

— Não use a expressão "sair dessa" aqui na maternidade.

A hora seguinte foi atarefada, com Peabody e McNab correndo de um lado para outro entre as duas parturientes. Trina chegou correndo e insistiu em arrumar o cabelo de Mavis. A parteira ia de um quarto para outro o tempo todo e informava que as duas mulheres estavam seguindo o curso normal, embora Tandy estivesse mais adiantada.

Mavis parou nos seis centímetros de dilatação. Tandy logo alcançou os dez e estava no ponto para começar a fazer força para fora.

A suíte encheu de gente, graças à rede de conexões. Havia muitas pessoas e vozes. Doutora Mira e seu marido; Louise

DiMatto e Charles; Feeney, Nadine e o imenso Crack, que veio direto do seu local de trabalho, a Boate Baixaria.

— É como se fosse um casamento de verdade, me sinto tão feliz! Como estou?

Leonardo beijou os dedos de Mavis e elogiou:

— Você é a mulher mais linda do mundo.

— Oh, meu cãozinho. Vamos em frente, já temos tudo, certo? Flores... — Abraçou o pequeno buquê de violetas que Roarke lhe trouxera. — Música, amigos. Dama de honra — olhou para Eve.

— Padrinho — olhou para Roarke.

— Tudo. — Os olhos de Leonardo se arregalaram de repente.

— Uma aliança! Não tenho uma aliança para colocar no seu dedo.

— Oh. — O lábio inferior de Mavis tremeu novamente, mas ela o firmou de forma heroica. — Ora, isso não é importante, fofinho. Alianças nem sempre garantem a felicidade, afinal de contas.

Summerset deu um passo à frente. Debaixo da camisa engomada puxou uma corrente de ouro.

— Se você aceitar algo emprestado, eu ficaria muito feliz de vê-la usar esta aqui na cerimônia, até ter sua aliança definitiva. Ela pertenceu à minha falecida esposa.

Lágrimas surgiram nos olhos de Mavis.

— Eu ficaria absolutamente honrada, obrigada. Você se importaria de me entregar ao noivo? Tudo bem para você?

Ele tirou a aliança da corrente e a entregou a Leonardo. Eve percebeu que ele pigarreou de leve, emocionado, antes de afirmar:

— Eu ficaria indescritivelmente honrado.

Quando ele recuou, Eve o fitou longamente e disse:

— Muito bem.

Foi tudo perfeito, na opinião de Eve. Mavis fez seus votos e promessas com uma ou outra pausa para enfrentar as contrações que aumentavam, no centro do luxuoso quarto da maternidade, rodeada de amigos e usando uma tiara tola.

McNab registrava tudo com sua filmadora da polícia.

Não se viu um único olho seco no quarto, incluindo o de Eve, quando as mãos imensas de Leonardo fizeram deslizar a aliança emprestada pelo dedo delicado de Mavis.

Depois dos aplausos, dos beijos e do champanhe que Roarke conseguira contrabandear para dentro do quarto — podia-se contar sempre com ele para essas coisas —, a parteira entrou pela porta quase dançando.

— Meus parabéns e muitas felicidades. Tenho muito prazer em anunciar que uma nova vida acaba de chegar ao nosso mundo. Tandy e Aaron têm um filho. Três quilos e setecentos gramas de perfeição. Mavis, vim dizer que Tandy está enviando boas energias para você. E... Dallas? Ela quer vê-la por alguns instantes.

— Eu? Por quê?

— Sou só a mensageira. Tudo bem, mamãe, vamos ver como você está indo — continuou, olhando para Mavis.

— Você vai comigo — disse Eve, agarrando Roarke pela mão.

— Ela não me chamou.

— Não vou entrar lá sozinha! — Eve o puxou com ela.

Na suíte em frente, Tandy estava pálida, suada e com os olhos vidrados, igualzinho ao novo pai. Ela trazia nos braços uma trouxinha envolvida por um tecido azul.

— Está tudo bem por aqui?

— Tudo maravilhoso e brilhante! Ele não é lindo? — Tandy exibiu o bebê, que estava tão apertado nos panos que veio à mente de Eve a imagem de uma salsicha azul com um rosto vermelho redondo e feições de alienígena.

— Lindo! — concordou, sabendo que era o que se esperava que dissesse. — como você está se sentindo?

— Cansada, empolgada, loucamente apaixonada pelos meus dois homens. Mas queria fazer uma apresentação especial para você. Conheça Quentin Dallas Applebee.

— Quem?

— O novo membro da família, tenente — disse Roarke, empurrando-a de leve pelo cotovelo.

— Está tudo bem para você, não está? — quis saber Tandy. — Escolhemos o nome em sua homenagem. Ele não estaria conosco aqui, agora, se não fosse por você.

Surpresa e comovida, Eve enfiou as mãos nos bolsos e sorriu.

— Puxa, que simpático. Muito legal, mesmo. É um nome grande para um bebê tão pequeno.

— Vamos ensiná-lo a honrar o nome que recebeu. — Aaron se inclinou e beijou a mãe e o filho. — E Mavis, como está?

— Indo devagar, mas evoluindo bem, foi o que a parteira disse. Ainda vai levar um tempinho.

— Quero ir vê-la quando eles me deixarem.

— Ela vai estar por lá. Agora é melhor você repousar um pouco.

Quando ela saiu do quarto encontrou Feeney no corredor, bebendo café ruim.

— A parteira estava conferindo alguma coisa nela. Eu me recusei a ficar lá dentro enquanto isso acontecia — explicou ele.

— Qualquer pessoa sã agiria assim, certo? — O comunicador de Eve tocou.

— Não pense em escapar daqui por nenhum motivo — avisou Roarke, com ar sombrio.

— Puxa, eu dei minha palavra, vou ficar até o fim. Dallas falando!

— Tenente. — O rosto de Whitney encheu a tela. — Você deve comparecer imediatamente ao pavilhão feminino da prisão de Riker Island.

Nascimento Mortal

— Comandante. No momento eu não posso cumprir essa ordem. Estou na maternidade. Mavis está...

— Nesse instante?

— Sim, senhor. A qualquer momento. Houve algum problema com Madeline Bullock?

— Realmente houve. Ela está morta. O filho dela quebrou seu pescoço.

Depois de lhe relatar os detalhes, Whitney garantiu que ele poderia ligar para Baxter e mandar que o auxiliar de Eve lidasse com a situação. Eve foi se sentar junto de um dos lindos recessos ajardinados do hospital com a cabeça entre as mãos.

— Por que culpar a si mesma? — Havia impaciência na voz de Roarke. — Por que você deve carregar esse fardo, agora? Foi ela quem convenceu um guarda a deixar o filho ir visitá-la.

— Burros, burros! Não poderiam permitir que eles se vissem nem se falassem. Pelo menos não neste momento. Convenceu o guarda uma ova. Deve ter subornado algum policial, e cabeças vão rolar por causa disso, ah, se vão!

— Então por que você está sentada aqui, assumindo a responsabilidade?

Eve se recostou.

— Ela deve ter irritado o filho, isso sim, foi o que fez! Deve ter forçado a barra, provavelmente tentou obrigá-lo a confirmar a versão dela para salvar a própria pele à custa dele. "Sou sua mãe, você me deve a vida." Consigo até ouvi-la falando exatamente isso e dá para vê-lo ouvindo tudo e compreendendo, por fim, que ele seria o cordeiro do sacrifício e não era tão importante para ela salvá-lo e amá-lo.

— E mesmo sabendo disso tudo fica aí sofrendo?

— Queria que ela afundasse mais que os outros, mais que todos. Foi por isso que eu a guardei para o final no interrogatório.

Quis que ela suasse frio. Foi também por isso que eu não martelei tanto a cabeça dela... Para deixá-la sofrer ainda mais e interrogá-la novamente amanhã. Não lhe ofereci nenhum acordo, apesar de ter liberdade e autorização para isso. Poderia ter encerrado o caso mais depressa com a oferta de um acordo decente e insistência suficiente. Em vez disso, deixei bem claro que iria vê-la ser frita. Permiti que ela entendesse isso. Quis que ela sofresse.

— E por que não? Ela foi a responsável por tudo o que aconteceu, pelos assassinatos, pelo sofrimento. Você queria justiça.

— Não, ou pelo menos não só isso. Eu queria proporcionar dor e medo nela. Foi o filho que cometeu os assassinatos e adorou ser o instrumento disso. Mas ela o distorceu desde o início. Ela o transformou no que ele é, e o usou como ferramenta. Abusou dele como...

Roarke ergueu a mão para interrompê-la e selou os lábios dela com dois dedos.

— Como você também foi abusada — completou ele.

— Eu vi a expressão do meu pai quando entrei naquela sala. Eu o senti e vivenciei o que ele tinha feito e queria fazer comigo.

— Ela era um monstro e seu pai também. Apesar disso, Winfield Chase era um homem adulto. Poderia ter escapado da influência dela. Poderia ter procurado ajuda.

— A pessoa não acredita em ajuda nem em escapatória quando se percebe derrotada pela pessoa opressora.

— Ele não era você, Eve. No seu caso, você jamais poderia se tornar Chase, não importa o que diga. Jamais teria feito as escolhas que ele fez.

— Não. Eu sei disso. Sim, ele tinha escolhas, todos nós temos, mas a mãe dele as limitou. Ela prejudicou essas escolhas.

— Isso é o que o seu pai teria feito, estava tentando fazer com você.

Nascimento Mortal

— Ele volta sempre à minha cabeça, em sonhos. Foi por isso que eu vi a imagem dele nela. Eu o vi quando a olhei nos olhos e quis que ela pagasse caro. Quis que ela sofresse, pagasse e soubesse o porquê disso. Agora ela pagou, mas não sei se compreendeu por quê.

— Você a queria morta?

— Não. Não queria mesmo, porque quando tudo acaba, a vingança é pequena, nunca é o bastante.

Respirou fundo de forma um pouco estremecida. Depois tornou a inspirar, mais lentamente dessa vez, e com mais força.

— Whitney disse que tudo aconteceu muito depressa. Eles simplesmente estavam conversando, Chase estendeu os braços na direção dela e lhe torceu o pescoço. Ele nem tentou resistir quando foram agarrá-lo, simplesmente se deixou levar para longe dali. Agora está sob vigilância para não cometer suicídio.

— Olhe para mim e me ouça. — O tom de Roarke era duro e firme. — Ele não queria ver nem aceitaria Eve carregando aquele fardo pesado. — Você não consegue enxergar que, não importa o que você quisesse ou a forma como conduzisse a situação, isso teria terminado do mesmo jeito? Ela não ficaria satisfeita com um acordo. Continuaria tentando usá-lo e ele a teria matado do mesmo jeito.

— Talvez. Pode ser.

— Eve, você viu há poucos instantes aquela criança que acabou de nascer, aquela vida minúscula que carrega parte do seu nome. Existe um novo começo aqui e você ajudou a fazer com que ele acontecesse. É um ser puro como nós já não podemos ser, e certamente não vai ficar desse jeito para sempre. Mas fazendo o que fez, agindo como agiu e sendo como é, você deu a ele uma família.

— Então vamos deixar as coisas no lugar certo, aonde pertencem. — Fechou os olhos e concordou com a cabeça. — Você está certo, sei que tem razão. Farei isso.

— Dallas? Desculpe. — Peabody disfarçou um bocejo. — Mavis pediu para chamar você. Ah, e ela alcançou sete centímetros de dilatação. Alguns de nós vamos comer alguma coisinha lá embaixo. Vamos levar Leonardo porque a parteira garantiu que ainda temos tempo.

— Mas...

— Mavis insistiu, disse que precisa muito de um tempinho a sós com você.

— Ok, ok. Pode tirar essa expressão e alívio da cara, garotão — avisou a Roarke. — Você continua com o compromisso de estar aqui na hora da decolagem.

— Que Deus tenha pena de mim. — Ele se levantou, enlaçou-a com os braços e roçou os lábios em sua sobrancelha. — Pense no que foi salvo — murmurou. — Pense no olhar embevecido de Tandy ao segurar o filho. Não há espaço para as trevas aqui.

— Você tem razão de novo. — Ela se segurou nele por mais alguns instantes. — Obrigada.

Eve achou que a futura mamãe estava um pouco mais abatida quando entrou no quarto, e Mavis a olhou com preocupação.

— Aconteceu alguma coisa? — Ela se ajeitou um pouco mais para cima na cama. — Tandy? O bebê?

— Não, nada disso, eles estão ótimos Foi um problema no meu trabalho. — Tire isso da cabeça, disse Eve para si mesma, lembrando-se de novos inícios. — Não foi nada importante.

— Você não vai precisar ir embora, vai?

— Mavis, eu não vou a parte alguma até tudo se resolver aqui. Como você está? Ainda não ficou de saco cheio de ouvir as pessoas perguntando isso?

— Estou mais ou menos bem, e não me importo em receber atenção, não. É muito legal me sentir o foco de tantos cuidados, entende? É muito diferente de quando estou fazendo um show.

Aqui é uma coisa ligada à realidade, até mesmo primal, e sou a única pessoa que deve resolver o problema. Você não pode se sentar aqui do meu lado?

— Basta pedir.

Quando Mavis deu um tapinha na beira da cama, Eve se sentou.

— É que eu queria... Ai, lá vem ela! Está ficando mais forte. Merda, porra, puta que pariu!

— Você precisa respirar fundo. Onde está aquele ponto de foco?

— Você é meu ponto focal, agora. Estou farta de olhar para a porra de um sol amarelo.

Mavis soprou com força, fitando com tanta intensidade para Eve que ela se perguntou se aquele olhar não tinha atravessado o seu cérebro. De repente se lembrou de uma das opções das aulas para momentos como aquele e colocou as mãos na barriga de Mavis, massageando em pequenos círculos a protuberância que parecia feita de concreto.

— Está melhorando, não está? Sim, estou vendo que está — disse Eve, acompanhando o monitor. — A contração está cedendo, está tudo se normalizando, bom trabalho. Solte o ar com força.

Depois de fazer isso, Mavis exibiu um sorriso.

— Você estava prestando atenção às aulas!

— Devo lembrar a você que sou uma tira? Ouvimos e vemos tudo. Você sabe que eles têm analgésicos especiais para isso, não sabe?

— Sei, estou até pensando no assunto. É que eu nunca passei por uma situação desse tipo antes. Mas acho que vou tentar aguentar mais um pouco. No momento, tudo que eu quero é alguns minutos aqui, só eu e você. Veja só isso!

Ela levantou a sua mão esquerda, e a aliança de Summerset cintilou.

— Sim, fiquei feliz por você.

— Somos duas mulheres maduras e casadas agora. Quem poderia imaginar? Logo, logo eu vou ser uma mãe. Quero cumprir bem esse papel mais que tudo na vida.

— Mavis, você tem tudo para ser.

— Mas existem tantas formas de a gente estragar tudo! Eu costumava ser uma despirocada, mas até que tomei jeito, não foi?

— Sim, claro que tomou.

— Quero dizer uma coisa para você antes que tudo vire do avesso novamente na minha vida. Porque eu sei que isso vai mudar tudo, e vai ser uma mudança grande. Absolutamente maravilhástico, mas mesmo assim. Dallas, você é a melhor pessoa que eu conheço.

— Tem certeza de que ainda não encheram você de drogas?

Mavis abriu um sorriso molhado pelas lágrimas.

— Tô falando sério! Leonardo é a pessoa mais doce, mas você é a melhor. Faz o que é certo e se liga no que é importante, não importa o quanto custe. Você é a pessoa mais importante da minha família de coração e foi quem me colocou na linha. Eu não estaria aqui prestes a ser mãe se não fosse por você.

— Acho que Leonardo tem mais a ver com isso do que eu.

Mavis sorriu e acariciou a barriga.

— Sim, ele teve um belo papel na parte mais divertida. Eu amo você. Nós amamos você. — Pegou a mão de Eve e a colocou sobre a barriga. — Só queria lhe contar isso.

— Mavis, se eu também não amasse você, e muito, estaria a milhares de quilômetros deste quarto, agora.

— Eu sei. — Ela fingiu um sorriso cruel. — É empolgante saber disso. Mas você fez o que é certo. Faz o que importa ser feito, e é por isso que está aqui, coladinha a mim. Oh, merda, lá vem mais uma contração!

• • •

Nascimento Mortal

Duas horas mais tarde, depois de tomar um calmante leve com analgésico para aliviar um pouco a dor, Mavis foi declarada "pronta para empurrar".

— Muito bem, pessoal da equipe. — Randa ergueu uma tenda entre as pernas de Mavis. — Assumam suas posições!

— Por que essa é minha posição? — reclamou Eve quando foi colocada na parte da cama onde estavam as pernas de Mavis.

— Mavis, quero que você respire bem fundo quando vier a próxima contração e prenda o ar enquanto conta até dez; depois, solte e faça força para baixo. Dallas, mantenha-a firme aí embaixo. Leonardo, ajude-a a manter a resistência e a apoie. Roarke, você ajuda na contagem da respiração.

— Está vindo!

— Segure a respiração e deixe ir depois. Solte! Um, dois...

— Mag! Você é fantástica — declarou Leonardo quando a contração passou. — Você é um milagre. Respire lentamente agora, torrão de açúcar. Cuidado para não hiperventilar.

— Amo você — disse Mavis, com os olhos fechados e o rosto sem expressão. — Mas se me disser como respirar mais uma vez eu arranco fora a sua língua e estrangulo você com ela. Ai, lá vem mais uma!

Durante a hora que se seguiu, Leonardo passou paninhos umedecidos no rosto de Mavis, deu-lhe pedacinhos de gelo para chupar e se encolheu de vergonha cada vez que ela reclamava do seu excesso de empolgação.

Eve, por sua vez, tentava cumprir sua tarefa olhando para todos os lugares, menos para o que acontecia diante dela.

— Acho que devíamos trocar de lugar — sugeriu, estreitando os olhos para Roarke quando Mavis sugou o ar com mais força para enfrentar a contração seguinte.

— Não existe poder no céu nem no inferno que me faça ir até onde você está — avisou ele.

— Muito bem, Mavis — encorajou Randa. — Vejam só, apareceu a cabeça.

Por instinto, Roarke olhou de relance para o espelho colocado em ângulo para Mavis acompanhar tudo e exclamou:

— Por Deus! Meus olhos!

Puxando a correia em vermelho-vivo que Leonardo lhe estendeu e empurrando com força o pé contra Eve, Mavis emitiu um grunhido primitivo e quase inumano para depois se largar na cama mais uma vez, terrivelmente ofegante.

— Mais dois empurrões — pediu a parteira. — Só mais dois!

— Não sei se eu consigo.

— Consegue sim, meu brilho de luar!

— Quer trocar de lugar comigo? — perguntou Mavis, exibindo os dentes para Leonardo. — Merda, merda, merda! — Ergueu o corpo em arco, segurou a correia com mais determinação e agarrou a mão de Roarke com tanta força que suas unhas se enterraram na pele dele.

— A cabeça saiu! Que rostinho lindo!

Com um dos olhos fechados, Eve olhou para baixo e viu um rosto molhado e enrugado que parecia vagamente humano espocar do espaço entre as pernas de Mavis.

— Isso é mesmo possível? Será que está certo?

— Mais um empurrão, Mavis, e você terá seu bebê.

— Estou tão cansada...

Eve soprou o cabelo da testa e esperou até que os olhos vidrados de Mavis se encontrassem com os dela.

— Mais uma vez, com força e pra valer — incentivou Eve.

— Tudo bem, tudo bem, lá vai.

O bebê deslizou lá de dentro, escorregadio e se remexendo muito quando Mavis o empurrou com vontade. Seu choro era forte e irritado, contrapondo-se ao riso lacrimoso de Mavis.

Nascimento Mortal

— Meu bebê! Nosso bebê! Qual é o sexo? Não dá para ver daqui. Tem um penduricalho ou não?

Eve virou a cabeça meio de lado para analisar, mas a parteira ergueu no ar o bebê que agora choramingava e exclamou:

— Nada de penduricalho. É uma menina. E tem pulmões muito fortes.

Leonardo chorou ao cortar o cordão e chorou ainda mais quando a bebê foi colocada sobre a barriga de Mavis.

— Olhem só minhas meninas lindas. Vejam minhas duas meninas lindas — repetiu, como um mantra. — Vocês estão vendo?

— Está tudo bem, papai — cantarolou Mavis, fazendo carinho no cabelo dele com uma das mãos e alisando as costas da bebê com a outra. — Oi, minha bebê. Olá, meu verdadeiro amor. Vou fazer de tudo para que o mundo não machuque você.

— Vamos precisar dela por um minutinho — avisou Randa, olhando para Mavis. — Só para limpá-la e pesá-la. Dolly vai levá-la agora, mas vai trazê-la de volta logo em seguida. Ela é linda de verdade, mãe.

— Mãe. — Mavis tocou a cabeça da bebê com os lábios antes de Dolly levá-la. — Sou mãe. Obrigada. — Ela pegou a mão de Roarke e sorriu para Eve. Obrigada.

— Ela é belíssima. — Roarke se inclinou e beijou a bochecha de Mavis. — Parece uma boneca perfeita e linda.

— Vai combinar com o nome que vamos dar a ela. — Leonardo enxugou os olhos.

— Ficamos divididos entre um monte de nomes, você se lembra, Dallas?

— Acho que Radish tinha sido o nome escolhido na última vez em que conversamos.

— Nada disso, foi Apricot. — Mavis olhou para o alto com impaciência, mas quase cintilava de alegria. — Só que decidimos algo mais suave, caso nascesse uma menina. Algo doce. O nome será Bella. Bella Eve. Vamos chamá-la de Belle.

A linda Belle foi envolta num cobertor cor-de-rosa, sua cabecinha careca também foi protegida por uma touca igualmente rosa e só então foi colocada nos braços imensos do pai.

— Agora não me falta nada — sussurrou ele. — Tenho o mundo inteiro.

Algumas horas mais tarde, Eve estava em pé no silêncio do seu quarto e tirou as botas.

— Que dia infernal.
— Que sucessão de dias infernais!
— Nós fizemos tudo certinho, não foi, Instrutor Roarke?
— Houve momentos de estremecer qualquer um, mas acho que fizemos bonito, sim. E graças a todos os deuses tudo terminou.
— Ela parecia um dos bichos daquele filme antigo, que ainda não estavam totalmente formados.

Passando os dedos pelos próprios cabelos, Roarke fez cara de estranheza.

— "Invasores de corpos"?
— Sim, esse mesmo. O bichinho... quer dizer, a bebê parecia assim quando saiu lá de dentro, mas depois não parecia mais um animal estranho, tinha um jeitão realista. Nunca pensei que fosse me ouvir dizendo uma coisa dessas, mas fico feliz por Mavis nos ter quase obrigado a fazer isso por ela. Significou muito passar por essa experiência ao seu lado.

— É verdade. — Ele foi até onde Eve estava e a enlaçou com os braços. — Agora você tem duas vidas, dois novos começos que carregam o seu nome. Isso é uma bela homenagem, tenente.

— Tomara que eu nunca tenha de prender nenhuma das duas.

Ele riu, pegou-a no colo e disse:

— Quero você na cama.

— Eu também quero estar lá. E gostaria muito que você me acompanhasse. — Beijou a lateral do pescoço dele. — Preciso dar um jeito na bagunça toda amanhã no trabalho, atar as pontas ainda soltas. Talvez leve uns dois dias na tarefa, não mais que isso. De qualquer modo, a nova mamãe vai ficar emburrada se não formos lá amanhã para babar um pouco em cima de Belle. Depois disso somos só eu e você, meu chapa. Dançando nus sob o sol tropical.

— Aleluia!

Quando ela se enroscou nele, deixou tudo para trás: as perguntas, as respostas, a vida e a morte. Tudo isso poderia esperar até a manhã seguinte.

Impresso no Brasil pelo
Sistema Cameron da Divisão Gráfica da
DISTRIBUIDORA RECORD DE SERVIÇOS DE IMPRENSA S.A.
Rua Argentina 171 – Rio de Janeiro, RJ – 20921-380 – Tel.: 2585-2000